ウォールデン　森の生活

ヘンリー・D・ソロー
田内志文＝訳

角川文庫
24212

Walden; or, Life in the Woods

by Henry David Thoreau

1854

ウォールデン　森の生活

目次

経済

私がこの本を――いや、この本のほとんどを――書いたのは、もっとも近い隣家まで一マイルも離れた森の中。マサチューセッツ州コンコードのウォールデン湖畔に自分で建てた家にひとりきりで住み、何から何まで自給自足の暮らしを送っていたときのことだ。そこでは、二年と二ヶ月を過ごした。そして今はふたたび、文明社会の中に身をおいて、私は生きている。

森での暮らしについて町の人々からあれこれと質問されたりすることがなければ、こうしてわざわざ個人的な話を読者の目に触れさせようなどとは、私も思わなかったろう。そうした詮索《せんさく》を無礼だという人もいたが、私にとっては無礼でもなんでもないことだった。こんな暮らしを送っている者がいれば誰だって詮索したくなるのがきわめて当然で、もっともなことだからだ。私が何を食べているのか、孤独で寂しくはないのか、怖くはないのか、そんなことを人々は知りたがった。他にも、私が自分の稼ぎのどれほどを慈善活動に寄付したかを知りたがる者もいたし、大家族を抱えて苦労する人々の中には、私が何人の貧しい子供たちに救いの手を差し伸べたのかと訊《き》いてくる者もいた。私になど大して興味のない読者の方々もいるだろうが、そのような理由があるので、この本の中でそうした質問に答えることをお許しいただきたい。多くの本では「私」という一人称代名詞が省略されるが、この本ではあえて残しておいた。そうして自我を残してあるところが、この本の大きな特徴だ。とかく私たちは、そこには常に語り手がいるのだというのを忘れがちだ。もし私に自分と同じくらいよく知る誰かがいたのなら、私だってこんなに自分のことばかり書いたりはしない。だが、あいにく私はいかんせん経験というものが浅いものだから、どうしても自分のことを語るしかないのである。さらに私としてはすべての書き手に対し、人の暮らしについて聞きかじったことばかりではなく、自分自身の暮らしについて簡潔かつ嘘偽りなく書いてほしいと思っている。遥《はる》か彼方《かなた》の国から家族に送る手紙をしたためるように書いてほしいのである。というのも、人が送る嘘偽りない暮らしというものは、私にとって、遥か彼方の国での暮らしと変わらないからだ。おそらく、この先には、貧しい学生たちへと向けた文章が並ぶことになるだろう。そうでない読者の方々にはどうか、自分に必要だと思えるところだけを読んでいただければいい。誰かにぴったり合うようあつらえたコートを、無理やり縫い目を引っぱるようにして着ようとする人などいないのだから。

私はこれから、中国やサンドウィッチ諸島〔現在のハワイ諸島〕の人びとに向けてではなく、ニューイングランドに暮らすあなたがたに向けて書こうとしている。私はこれから、この世界に――この町でもなんでもかまわないのだが――生きるあなたがたの状況や状態が外側からはどのように見えているのか、こんなにも悪いままで果たしていいのか、もっとよくしていくことはできないのかを、書いてみようとしている。私はこれまでコンコードをくまなく旅して回ってきたが、どこを訪れようとも、店でも、オフィスでも、畑でも、そこに暮らす人びとがありとあらゆる苦行を続けているように私には見えた。苦行といえば、バラモン教で行われる、四つの炎にさらされて座ったまま太陽を直視する苦行や、逆さ吊《づ》りにされて火あぶりにされる苦行や、「ついに首が元の角度にもどらないほどよじりきり、液体しか喉《のど》を通らなくなるまで」背後の天を振り向き続ける苦行や、木の根元に鎖で繋《つな》がれたまま生涯を過ごす苦行や、イモムシのように這《は》い回り自分の体を使って広大なインド帝国の広さを測る苦行や、柱のてっぺんに延々と片足で立ち続ける苦行などが思い出されるが、私が目にしてきた光景は、そのように人びとが自らすすんで行う苦行などより遥かに信じがたいようなものばかりだった。ヘラクレスの十二の苦行も、我が隣人たちが受けているものに比べれば些細《ささい》なものだ。なにせたった十二個だけで、ちゃんと終わりがあるのだ。だが私は、隣人たちが怪物を倒したり、捕らえたり、なにかの苦役を終えたりするところなど、一度も見たことがない。イオラオス〔ギリシャ神話に登場する、ヘラクレスの双子の兄弟イフィクレスの息子。ヘラクレスにヒドラ討伐へと連れて行かれた際、燃える木を手にヘラクレスを助けた〕のような友を持たないせいで、ヒドラの頭を落としてもその首を火で焼いてくれる者が誰もおらず、落とすそばからすぐさま二つの頭が生えてきてしまうのである。

私は、農場、家、納屋、家畜、農具といった財産を相続するという不幸に見舞われる町の若者たちを何人も目にしてきた。そういうものは、差し出されるとついつい断れずに受け取ってしまうものだ。しかし、もしその若者たちも野原に生まれて狼に育てられていたならば、自分がその財産を手にどんな野原で働くことになるのかを、曇りなき目で見ることができていただろう。この若者たちを大地の奴隷にしたのは、いったい誰だろうか？　確かに、人生とは土を一ペック〔およそ八・八リットル〕喰《く》らうほど苦しくつらいものだと言われるが、六十エーカーもの土を喰らわなくてはいけないなど、そんな話があっていいものだろうか。なぜ彼らは、生まれたとたんにもう自分の墓を掘りはじめなくてはいけないのだろう？　彼らはこうしたすべての重りを押しながら、必死に人間らしく生きようとしなくてはいけなくなるのだ。幅四十フィート、奥行き七十五フィートの、どれほどがんばっても決して綺麗《きれい》にならないアウゲイアースの家畜小屋と百エーカーの土地、耕作地、芝、牧場、植林地といったものの重みに押しつぶされそうになりながら、人生という道を這いずり進む哀れな不滅の魂を、私はどれほどたくさん目にしてきたことだろう！　そして自分を苦しませる相続物などひとつも持たない者たちも、たかだか数立方フィートの肉体を保ち、養うために、大変な苦労を強いられているのだ。

だが、人はある思い違いのせいで自らを苦しめている。肉体というものはそう遠くない未来、ほとんどが土に還《かえ》って肥料になってしまう。にもかかわらず人は、俗に必然性と呼ばれるうわべばかりの運命に導かれ、あの古《いにしえ》の書に書かれているとおり、いずれ朽ち果て、盗人に取られてしまうに違いない財産をたくわえようとして躍起になっている。そんなものは、愚か者の人生だ。元気なうちはいいとしても、いずれ最期を迎えるころになり、人はそう気づくことになるのだ。ギリシャ神話の神、デウカリオーンとピュラは、後ろ向きに石を放り投げて人間を創造したとされている。

Inde genus durum sumus, experiensque laborum,

Et documenta damus qua simus origine nati.

ローリー〔イギリスの探検家、作家、詩人〕はこれを、格調高く詩にしたためている。

それ以降、我らという種が持つ堅き心は、数多《あまた》の苦しみと心痛を耐えしのび、己の肉体が石から生まれた証《あかし》を示し続けている。

だが、後ろ向きに石を放り投げてどこに落ちたか確かめもしない愚かな神々の言葉など、これ以上むやみに信じ込んでいてもしかたがない。

比較的自由なこの国でさえ、ほとんどの人びとは単なる無知や誤った思い込みのせいで、人が自ら生み出した苦労や、生活という名の過酷な労苦にすっかり頭を囚《とら》われてしまい、人生が実らせる最高の果実を摘み取れずにいる。過酷な労働のために指がすっかり折れ曲がり、震え、摘み取ることができないのだ。実際、労働者には日々を誠実に送るようなゆとりも、人びとと人間らしい関係を持つ余裕もない。そんなことにかまけていては、労働者としての価値が市場において下がる一方だから、時間を惜しんで機械のようになるしかないのである。人は己が無知であることを知らねば成長できないというのに、このようにひっきりなしに頭を使っていたのでは、自分が無知であると思い出すことなどとてもできない。私たちはそんな人びとを批判する前に、時には惜しみなく食事や衣服を与え、熱意でもってはげましてやらなくてはいけないのだ。人間が持つもっとも尊い性質というものは、果物の表面に付いた粉のように、繊細に手をかけてやらなくては保ち続けることができない。にもかかわらず私たちはお互いに、そんな温かさを持って触れ合おうとはしないものなのだ。

　誰もが知っているとおり、私たちの中には貧しい人びとがいる。生きるのに四苦八苦し、時には息をするにも喘《あえ》ぐような貧苦の中にいる。今これを読んでいる読者の中にも、自分が食べた食事の代金を払えぬ者や、コートや靴がどんどん擦り切れていっている者や、もうすっかり擦り切れてしまった者がいるはずだ。あなたがたは、お金を貸してくれた人の時間を借り、盗み、奪い取ってここまで読み進めてきたのである。経験に研ぎ澄まされた目を持つ私には、あなたがたの多くがいかにけちけちとして卑屈な日々を送っているのかが、まざまざと見える。うまい仕事をものにしよう、借金から抜け出そうとして、いつもせっぱつまっている。借金というものは太古から存在する泥沼で、ラテン人たちは何種類か真鍮《しんちゅう》でできた硬貨を使っていたことから、これを「他人の真鍮《aes alienum》」と呼んだ。他人の真鍮で生き、死に、そして次に葬られる。明日には返すと約束し、その約束も果たせないまま今日死んでいく。法に触れないようにだけ気をつけながら、客を得ようとあらゆる手を使いご機嫌取りをする。嘘をつき、おだて、うなずき、表向きだけ礼儀正しい顔を装ったり、煙のように自分をふくらませてひどく気前のいい振りをしてみせたりして、隣人から靴や帽子やコートや馬車の注文を取り付け、日用品を買ってもらおうとする。そして、古いタンスや壁の裏側、はたまたもっと安全なレンガ造りの銀行など、どこかに多かれ少なかれ、いずれ病に倒れたときの蓄えを作ろうと躍起になり、おかげで自ら病気になってしまうのだ。

時々、首をひねらずにはいられないのだが、北部も南部も奴隷にしてしまおうとする狡猾《こうかつ》なお偉がたたちがこれほどまでに跋扈《ばっこ》しているというのに、黒人奴隷制度という、忌まわしきこそあれどこか縁遠い問題に首を突っ込もうとは、人はなんと軽薄なのだろうか。南部の親方はたちが悪いが、北部の親方を持つとなおさら悪い。だがずば抜けて最悪なのは、自分が自分の奴隷監督になってしまうことである。人には神性が宿るなどとは笑止千万！　昼夜を問わず市場に向けて大通りをゆく馭者《ぎょしゃ》たちを見てみるがいい。果たしてその男の中に、神々しさなどがちらりとでも見えるだろうか？この馭者にとって果たすべき最高の役目とは、馬たちに飼葉と水を与えることなのだ！　この男にとって運命など、運ばれている積荷に比べてどれほどのものだというのだろう？　大地主の言いなりに、馬車を走らせているだけなのだ。その男のどこがどう、神聖で不滅だなどといえるのだろう？　彼がいかにびくびく怯《おび》えてこそこそし、日がな一日ぼんやりとした不安にさいなまれているか見てみるといい。不滅でもなければ神聖でもない。この男は自己評価と、自らの働きで手にした名誉に囚われている。世間の評価というものは、私たちが自分に下す評価と比べれば、かわいい暴君だ。自分に下す評価が人の運命を定め、さらに言うなら道筋を決めてしまうのだ。この自己解放が、西インドの人びとに空想し、想像する力をもたらした。いったいなにがウィルバーフォース〔奴隷解放運動に尽力したイギリスの政治家〕となり、そんなことをなしとげさせたのだろう？　それに、己の運命になど興味のないような顔をして、最後の審判の日などそ知らぬ顔で化粧台のクッションを縫っている、地元のご婦人がたのことを考えてみるといい！　君は、時間など永遠にあるのだからそんな時間つぶしなどなんでもないとでも言うだろうか？

本当に多くの人びとが、ひっそりと絶望のうちに生きている。諦《あきら》めと呼ばれるものは、慢性的な絶望のことだ。人は絶望の都会から絶望の田舎へと移り住み、ミンクやマスクラットの勇敢さを見て自らを元気づけるしかない。典型的でありながらも人びとが気づくことのない絶望は、人びとが触れる遊びや娯楽の下にさえ隠れている。そんなものの中に楽しみなどありはしない。楽しみとは、働いた後に訪れるものだからだ。だが、絶望的なことはしないのもまた、知恵というもののひとつの形だろう。カトリックに入信する前に行う問答から言葉を借りるとすれば、人が生きる第一の目的や、人生が持つ本当の必要性や意味とは、人があらゆる生きかたを見比べたうえでごくありきたりの生きかたを選び取ることではないかと思える。だが人びとは、他の生きかたなどありはしないと信じ込んでいる。しかし、用心深く健全な精神を持つ人であれば、太陽はまたちゃんと昇るのだと憶《おぼ》えているものだ。おかしな思い込みを正すのに、遅すぎるということはない。いかに太古の昔から伝わるものの考えかたであろうと、証拠もなしに信じたりすることはない。人びとが口を揃えて言ったり、真実として疑わずにきたりしたことが、明日にも嘘偽りだと分かるかもしれないし、田畑に雨の恵みをもたらす雲だと信じられていたものも、実はただの煙なのかもしれないのだから。老人たちが無理だということでも、試してみればできるかもしれない。老人には老人の、そして若者には若者のやりかたがある。もしかしたら老人たちは、炎を燃やし続ける燃料をどう手に入れればいいのか、知らなかっただけかもしれない。今の人びとは鍋《なべ》の下に薪をくべ、昔の人びとには思いも寄らなかったような方法で、鳥のように世界中を飛び回る。老人たちというものは、決して若者にとっていい教師ではない。年を取って得たものよりも、失ったもののほうがずっと多いからだ。どんな賢者であろうとも、己の人生を通して絶対的な真理を学んだなどというなら、それはとんだ眉唾《まゆつば》だ。老人が若者に向けるアドバイスなど、大して重要ではないものばかりである。彼らの経験はあまりにも部分的であり、誰もが個人的な理由で人生を惨めに失敗してしまったと信じて込んでいる。中には自らの経験をちゃんと自覚している老人もいくらかいるかもしれないが、そうした人びとこそ、しっかり歳を重ねた人びとなのである。私はこの惑星に三十年あまり暮らしてきたが、老人たちから役に立つアドバイスを聞いたことや、さらにいえば心からのアドバイスを聞いたことなどただの一度もありはしない。聞かされるのは無意味なことばかりだったし、おそらくは、アドバイスなどなにもできなかったのだろう。私の人生とは大部分が、私にしかすることのできない実験だ。老人たちがしてきた実験など、私の役に立ちはしないのだ。もし私が、これは価値があるぞと自分で思うような経験を何かするならば、それはきっと、我が師たちが口にすらしなかったようなことに違いない。

ある農民に、「野菜だけを食べては生きていけやしないよ。骨になるようなものが含まれてないからね」と言われたことがある。その農民は、骨を作るものを摂取するため、実に熱心に日々時間を割いていたのだった。そんな話をしている間じゅう、私たちの前には野菜によって骨を作られた牛たちが、農民と地面を耕す鋤《すき》を引っぱり、あらゆる障害物を押しのけながら進んでいく。人びとが無力感にさいなまれる病んだ社会には、本当に必要なものもあるが、他の社会ではそれが単なる贅沢品《ぜいたくひん》になり、さらにまた他の社会ではまったく知られてすらいないのだ。

私たちが暮らすこの世界は、山の頂から谷底にいたるまで、先人たちによってくまなく知り尽くされていると思う人もいるだろう。ジョン・イーヴリン〔十七世紀イギリスの作家、造園家。当時の社会や文化の資料となる日記や回想録の執筆で知られる〕は、「賢王ソロモンは、森に立つ木々の間隔まで厳格に定めた。そして古代ローマの執政官《プラエトル》は、どんぐりを拾うため何回隣人の土地に入ってもよいか、そして拾ったどんぐりのうちどれだけが隣家のものになるかを定めた」という。そしてヒポクラテス〔古代ギリシャの医師〕は爪の切りかたまで書き記し、爪の先は指先より短すぎず長すぎず、等しくするのがよいとしている。人生の彩りや喜びをそこなう退屈で面白みのないこうした決めごとは、遡《さかのぼ》ればアダムの時代より存在している。しかし、人の可能性を測ることなど誰にもできはしない。先人たちのほんのわずかな試みだけを元に、私たちに何ができるかを判断することも、またしかりだ。これまでにどんな失敗を犯してこようとも、「我が子よ、嘆いてはいけない。お前がなしとげられないからといって、誰がそれを責めようか?」という話なのである。

私たちには、自分の人生を見つめ直す実に簡単な方法がいくつもある。たとえば、私の畑に豆を実らせるその太陽は、私たちの惑星を隅々まで照らしている。それを忘れずにさえいれば、私も犯さずにすんだ過ちがいくつかあったことだろう。今日の光は、私が畑を耕しながら浴びていた、あの光とは違うのだ。星々は、なんと美しい三角形の頂だろう! 遥《はる》か離れた宇宙に棲《す》まう別々の生物が、同じ瞬間に同じ光を眺めているのだ! 自然も人の暮らしも、私たち一人ひとりの体と同じで違いにあふれている。人生が人にどんな未来をもたらすか、誰に断言できるというのだろう? たとえ一瞬でも互いの目を通して見つめることができるとするなら、それ以上の奇跡など、果たしてありえるだろうか? 世界に存在するありとあらゆる時代のすべてを、私たちはほんの一時間のうちに生きなくてはならない。すべての世界が持つ、すべての時代をだ。歴史も、詩も、神話も!――私には分かる。強烈な驚きと知恵とに満ちた人の経験を読むことに、勝るものなどありはしないのだと。

人びとが善と呼ぶものの実に多くを、私は心の中では悪と信じている。そして、もし私に何か後悔すべきことがあるとしたら、それはきっと、私の善き行いになるだろう。あんな善行をしてしまうとは、私はどんな悪魔に取り憑《つ》かれていたというのだろうか？　ご老人、七十年という年月を生き、いくらか名誉を手に入れもした君がいくら聡明《そうめい》なことを言おうと、私は、それから遠ざかれという心の声に抗《あらが》うことができない。人びととは、自分たちと違う世代がなしとげたものごとを、まるで座礁した船のように放棄してしまうものなのだ。

人びとは今よりもっとずっと多くを信じても大丈夫だと、私は思っている。自分のことばかり大事にするのをやめ、代わりに他のものを大事にしても大丈夫なのだと。自然は、私たちの強さと同じように、弱さにもまた合わせてくれる。途切れることのない不安と緊張は、もはや不治の病とほとんど変わらない。私たちは、自分の仕事がどれほど大事な働きをしたのか、つい大げさに考えてしまうようにできている。それでも、手付かずのことは山ほど残っている！　病気になったらどうしよう？　なんと私たちは慎重なのだろう！　できることなら信仰など持たずに生きようと決意するほどである。昼間は延々と気持ちを張り詰めさせ、夜にはしぶしぶ祈りを捧《ささ》げ、あるのかどうかも分からぬものに身を委《ゆだ》ねる。ささやかな自分の人生を大切に思い、変化の可能性を拒絶して、心から真剣に生きよと強要されている。それこそが生きる道なのだ、と人は言う。だが、ひとつの円の中心から数えきれないほどの放物線を引くことができるのと同じように、人の生きかたもまた無数にあるものなのだ。あらゆる変化は奇跡のように目に映るものだが、どの瞬間にもその奇跡が起こっている。「これを知るをこれを知るとなし、知らざるを知らずとなす。これ知るなり」と孔子《こうし》は言った。想像で知った気になっている事実を、自ら経験した事実とすることができるなら、すべての人びとはきっとそれを礎として人生を作り上げていくことができるだろう。

ではここで少しだけ、私が話してきた問題や不安とはいったいどんなものなのか、そして本当はどれだけ思い悩んだり、気にかけたりしなくてはいけないのかを考えてみるとしよう。生きるにはどれだけのものが必要で、それを手に入れるにはどんな方法があるのかを知るためだけにでも、周囲を取り巻く文明社会を離れ、原始的かつ開拓的な暮らしを送る価値はあると、私は思っている。そのうえ昔の商人たちがつけていた帳簿を調べてみれば、その店で人びとがなにをいちばんよく買っていたのか、店にはどんな在庫があったのかが見て取れる。要するに、暮らしに欠かせない物はどんなものかが分かるわけである。というのも、どれだけ時代が進歩しようとも、人間が存在するために必要な法則にはほとんど影響がないからだ。私たちの骨だって、おそらくは祖先たちのものと見分けなどつかないに違いない。

私の言う「暮らしに欠かせない物」とは、人間が自分の力で手に入れられるもののうち、最初からあったか、長く使われているうちに人の野蛮さや、貧しさや、哲学といったもののせいで、それを持たずに暮らそうとする者がいなくなってしまったものである。そのような意味では、多くの生物にとって「暮らしに欠かせない物」といえば、ただひとつ、それは食料だ。大草原のバイソンにとっては——森や山の日陰に隠れ家を求めたりするような場合は別だが——ほんの数インチの美味《おい》しい草と水である。野生動物たちにとって必要なのは、食料と隠れ家だけなのだ。今のような環境に生きる人間たちにとって欠かせない物は、食料、隠れ家、衣服、燃料という四つに分けられるだろう。こうしたものを確保したうえでなければ、私たちは自由と成功への夢が待ち受ける人生の本当の問題と向き合うことができないからだ。人間は家だけでなく、衣服や、食料の調理法をも発明した。そしておそらくは偶然のうちに炎の温《ぬく》もりを知り、それを使いつづけているうちに、最初は贅沢品だったはずが、炎のそばに座るということが欠かせなくなっていったのだろう。そして猫や犬も私たちと同じ、この第二の天性を身につけている。私たちは家と衣服を使うことにより、きちんと体温を保っている。そして、体温よりも高い熱を生み出し続ける燃料に余分が生まれ、そこで火を使っての調理が始まったのではないだろうか。自然主義者のダーウィンはフエゴ諸島の住民について、衣服をまとって炎のそばに座っている自分たちですら寒いくらいなのに、裸の住人たちは炎からずっと離れたところにいても、驚いたことに「たき火が発する熱によりだらだらと汗を流していた」と記している。それにニュー・ホランド〔現在のオーストラリア大陸〕の人びとは、ヨーロッパ人たちが服を着てもなおがたがた震えているのに、平気な顔をして裸のまま過ごしているのだという。未開の地に暮らす人びとが持つこうした頑強さと、文明人たちの知性とを、一緒に持つのは不可能なのだろうか？　リービッヒ〔ユストゥス・フォン・リービッヒ。十九世紀を代表する有機化学分野のドイツ人化学者であり、農芸化学の父と呼ばれた〕によれば、人体とはストーブであり、食料とは肺における燃焼を保ち続ける燃料なのだという。寒いところでは人はより多く食べ、暑いところでは少なく食べる。動物の体温とはゆっくりとしたこの燃焼から生まれるものであり、燃焼速度があまりに速まると、病気になるか、もしくは死に至る。そして燃料としての食料が欠乏したり、何らかの障害で熱がうまく行き渡らなくなったりしても、病や死が起こるのである。無論、体温が本物の火と関係があるわけではないが、両者の類似点はあまりにも多い。こうしたことからも分かるように、「動物の命」という表現は「動物の体温」という表現とほとんど同じ意味だと言っていい。というのも、食料とは人間の中に火を燃やし続けるための燃料だと言えるからだ。一方、燃料は食料を調理し、体外から私たちの体を温めてもくれる。家や衣服の目的も、こうして生まれ、吸収される熱を保ち続けるためのものなのである。

要するに、私たちの肉体にどうしても必要なのは、温かさを保つこと、体温を保つことだ。そのため私たちは食料、衣服、家にくわえ、ベッドについても大変な労力を支払っている。まるで穴のすみっこに草葉でベッドを作るモグラのように！ 貧しき人びとは作る。家の中の家ともいえるベッドを、私たちは鳥の巣や胸の羽毛を奪っていつでも、世界が冷たいと不満をこぼす。そして肉体的にも社会的にも、苦しみの大部分をこの冷たさのせいにする。天候のいいところであれば、夏場の暮らしはさながら楽園《エリシュオン》だ。調理以外に燃料が必要になることもない。太陽が火の代わりに人に温もりを与え、発する熱気で果実を見事に調理してくれる。さまざまな食料が豊富にあって手に入れるのも簡単だし、衣服や家なども、冬に比べて半分も必要ない。私の経験から言うと、今のこの国においては道具類をいくらかと、ナイフ、斧《おの》、シャベル、手押し車などがあれば済むし、勉強家の人びとにはランプ、文房具、本が何冊か必要になるだろうが、そんなものはすべて集めても安いものだ。ところが賢くない人びとというものは、生きるために——そして快適な温もりを保ち続けるために——地球の裏側の、野蛮かつ不健康な地域にまでおもむき、そこで十年も二十年も貿易の仕事に没頭し、最後にはニューイングランドで死ぬのである。うなるほど金を持った金持ちというものはただの快適な温もりではなく、異常なほどの熱さに焼かれている。そして私が前に書いたとおり、その熱に調理されているのである。そう、時代の流行どおりに。贅沢品《ぜいたくひん》や、人生を快適にしてくれるとされるもののほとんどは、必需品というわけでないどころか、人類の進歩の邪魔になるものばかりだ。贅沢と快適さという意味では、賢い人びとはこれまで、貧しい人びとよりもさらに質素でこぢんまりとした生活をしてきた。中国、インド、ペルシャ、ギリシャといった国々の太古の哲学者たちは、外向けには最底辺の暮らしを送りつつも、内なる豊かさにかけては最上級の人びとであった。今となっては彼らについてはあまり分からないが、それだけでも分かっているというのは素晴らしいことだ。現代の改革者たちや、人類に利益をもたらした人びとについても、まったく同じである。自ら貧しき暮らしに身を置き、そこから眺めてこそ、人間の暮らしというものをもっとも公平に、そして聡明《そうめい》に見つめることができるのだ。農業でも、商業でも、文学でも、そして芸術でも、贅沢な暮らしは贅沢な実をつける。今や哲学の教授は存在していても、哲学者はどこにもいなくなってしまった。だが、哲学者として生きれば昔は尊敬されたことを思えば、それを教えるということもまた、尊敬に値するものである。哲学者になるというのは、単にややこしい思想を持つことでもなければ、新たな学派を開くということでもない。知恵を愛し、そして知恵の導きに従い、シンプルさと、自立性と、寛容さと、信頼の人生を愛することなのだ。こうした生きかたが人生の問題のいくつかを、理論的にではなく実質的に解決してくれるのだ。現在、大学者や大思想家たちにとっての成功は、まるで廷臣たちのようにこびへつらった成功であり、そこには国王のような風格も、人間らしさもありはしない。彼らは父親たちと同じような人生を従順に生きているにすぎず、高潔なる人類という種族の始祖となれるような人びとではないのだ。しかし、なぜ人類は堕落を続けていくのだろうか？　いったい何が家族というものを崩壊させていくのだろう？　国家を衰退させ破壊させる贅沢さの本質とは、いったいなんなのか？　それは自分たちが贅沢とは無縁だからだなどと、私たちは言い切れるだろうか？　哲学者というものは、外面的な人生においても時代より先を行っている。同じ時代を生きる人びとと同じように食べ、家に住み、服をまとい、暖を取ったりはしないものだ。どうすれば人は哲学者のように生きつつ、他の人びとよりも優れた方法で命の熱を保ち続けていられるのだろう？

ここまでに私が書いてきたような方法で温もりを得てきた人びとは、次に何を望むだろうか？　より豊かな食料だとか、大きくて豪華な家だとか、ありあまる上質な衣服だとか、絶え間なく燃え続けるたくさんの暖かな炎だとか、これまでと同じような温もりをさらに多く求め続けたりしてはいけない。暮らしに欠かせないそうしたものを手に入れたなら、贅沢を手に入れること以外に、もうひとつ道はある。その道とは、延々と続く地道な骨折りをひと休みし、人生の冒険に出ることである。種が土の中に根を伸ばしたのであれば、それは土壌がその種に合っているということだ。ならば今こそ、自信を持って上へ上へと伸びていくときだ。気高い植物というものは、地面から遥《はる》か離れたところで大気と光に包まれて果実をつけてこそ価値があり、ただの食用植物のように扱われるべきではない。ただの食用植物はたとえ二年草であったにせよ、根を下ろすまでしか育ててもらえず、わざわざそこから上が刈り取られてしまい、たいていは花の咲き誇る季節を誰にも見てもらえないものなのだ。

私はなにも、自分の生きかたなどはまるで気にせずに、天国だろうと地獄だろうと自分のことしか考えず、どんな金持ちよりも立派な家を建て、尽きることのないお金をどぶに捨てるように使い続けるような、強く豪胆な人びとに——そんな夢に描いたような人びとがどこかにいればの話だが——ルールを押し付けたいわけではない。それに、今自分を取り巻く状況の中に励ましとひらめきを見出《みいだ》し、恋人に注ぐような愛情と熱意をそこに抱くような人びと——私もいくらかは、こうした人びとの中に含まれると思っているが——に対しても同じである。私は、どんな状況であれいい仕事に就いている人に語りかけているわけではないのだ。そうした人びとは、自分が仕事に恵まれているかいないかを知っている。私が話しかけているのは大多数の、人生をよりよくすることができるかもしれないというのに不満を胸に溜《た》め込み、運命や人生のつらさにあてどなく不平をこぼしている人びとである。中には、自分は義務を果たしているのだと言って、誰よりもひたむきに、そしてとめどなく不平をこぼしている人びともいるだろう。それに、一見裕福に見えても、もっとも貧しく生きている人びとのことも忘れてはいない。つまりいくら大金を貯めてもどう使えばいいのかを知らず、捨ててしまうこともできず、自ら金銀の足かせをはめてしまっている人びとのことだ。

もし私がここ数年、どんな人生を送りたいと願い続けてきたかを語ったならば、実際のいきさつを知っている人は驚くことだろうし、なにも知らない人は心底びっくりしてしまうに違いない。だから、胸にしまってきた理想の暮らしの一部に、軽く触れる程度にしておこう。

どんな天気のときも、昼夜を問わず何時だろうとも、私は今この瞬間もっといい生き方をしなくてはと不安に襲われ、そのつど木の棒に印を刻みつけた。そうして、過去と未来というふたつの永遠のはざまで今という瞬間につま先立ちをしたのだ。私の行いには人より多くの秘密があるので、やや曖昧《あいまい》な言いかたになってしまうのはご容赦願いたい。わざわざ隠そうとしているわけではないのだが、本質からどうしても切り離すことができないのだ。私は、知っていることならなんでも喜んで語りたいし、自分の門に「立入禁止」と書くつもりなどまったくない。

ずいぶん前に私の犬と栗毛の馬、そしてキジバトがいなくなってしまい、まだ探し続けている。そしてたくさんの旅人たちに、いなくなってしまった経緯や、どう呼べば答えるかを説明してきた。何人かの旅人たちは、犬の鳴き声や馬のひづめの音を聞いたとか、雲間に消えていくハトの姿を見たと言って、まるで自分たちの身に起きたできごとのように心配してくれた。

できることなら、朝日や夜明けだけでなく、自然そのものとの出会いを心待ちにしたいのだ！　夏も冬も、私は何度隣人たちが仕事に取りかかるよりもずっと早くに起き出して、自分の仕事に向かったことだろう！　そしてその帰り道に、これからボストンへと作物を売りに行く農民たちや、仕事に出かける木こりたちとすれ違ってきた。もちろん太陽が昇るのを手伝ったことなどないが、日の出を見守るのは私にとって何よりも大事なことだったのである。

秋や冬の日々にはしょっちゅう町の外に出かけて風の声に耳を傾け、そこで聞いたものを原稿にし、速達で送ったものだ！　あり金すべてを郵便代につぎ込み、向かい風の中を駆け回り息を切らしていた。もし私の書いたものがどちらかの政党についての記事であれば、きっと最新ニュースとして『ガゼット』紙を飾っていたことだろう。他のときには崖《がけ》や木の上にのぼり、なにか目新しいことでもあれば電報を打とうと景色を眺めたり、夜に丘の頂に登り、何か見つかるのではないかと空が降ってくるのを待ったりもした。とはいえ大したものは見つからなかったし、何かを手にしたとしても、それはまるでマナ〔宇宙に存在するとされる超自然的な力のこと〕のように朝日の中に溶けていってしまったのだが。

私は長きにわたり、ある小さな新聞社で記者をしていたが、編集長は私が書いた記事などほとんど取り上げてはくれなかった。作家にはあまりにもありがちな話だが、私はそうして無駄骨を折り続けていたのである。だがこうして過ごすことの骨折りは、それ自体が私にとっての報酬だと言えた。

何年もの間、私は吹雪や嵐の訪れを告げる予報士となり、その仕事を忠実に務めてきた。さらには監視員として、大きな道はともかく森の小道や抜け道などを見て回り、人びとの足跡が残っている場所があればちゃんと通れるようにあたりを整え、どんな季節でも渡ることができるよう谷には橋を渡しておいたのだった。

そして柵《さく》を飛びこえては、ある真面目な牧場主を困らせにくる野生動物たちの世話をした。そして普段は人が行かないような農場の隅々にまで目を配っていたのだった。とはいえ、ヨナやソロモンが今日はどこの畑で働いていたかをいつも知っていたというわけではない。そんなことは、私にはまるで関係がないことだ。乾季には水をやらなくては枯れてしまう、レッド・ハックルベリー、サンド・チェリー、エノキ、レッド・パイン、ブラック・アッシュ、ホワイト・グレープ、イエロー・ヴァイオレットなどに水やりをして過ごした。

要するに私は（自慢するわけではないが）、そうして町のためになるよう力を注いでいたのだが、やがて、町の人びとが私を町の役人に加えてはくれないだろうことや、低賃金の閑職にすらつけてはくれないだろうことが、だんだんはっきりと分かってきた。几帳面《きちょうめん》に付け続けた帳簿など一度として検査されたことがなかったし、承認はおろか、きちんと支払いを受けたこともなかったのだ。だが、私はそうしたことのために心を尽くしていたわけではなかった。

近ごろ、旅のインディアンがカゴを売ろうとして、我が家の近所に住むある有名な弁護士の家を訪れた。「カゴは要りませんか」彼が訊《たず》ねた。「いや、いらないよ」と弁護士が答えた。インディアンは門に引き返しながら、「まったく！　俺たちに飢え死にしろというのか！」と声を荒らげた。この男は、勤勉な白人の隣人たちが豊かな暮らしをしているのを見て、弁護士ならばちょっと議論をするだけで魔法のように富と地位とがやってくるものと思い込んでしまったのだ。そこで、俺もひとつやってみようじゃないか、カゴを編むくらいなら自分にでもできるぞ、と思い立ったのである。自分がカゴを編めば、白人たちがどんどん買ってくれるはずだと。このインディアンには分からなかったのだ。人が買いたい、これには価値がある、これには金を出してもいいと思ってくれるようなものを作らなくてはいけないのだということが。私も同じように入り組んだ模様のカゴを編んだものだが、誰かが買いたいと思ってくれるようなものは作れなかった。それでも私は、編んでみただけでもいい経験になったと思い、人が買ってくれるようなカゴ作りを身につけようとする代わりに、カゴを売らなくても困らないよう学ぶことにしたのだった。人は、たったひとつの生きかただけを褒め称《たた》え、成功だと考える。なぜ他の生きかたをすべて捨て去り、そのたったひとつだけを追い求めるのだろうか？

どうやら町の人びとには、私に裁判所での職や、副牧師の仕事などを与えてくれる気がないようだと気づくと、私は自分がよく知る森での暮らしにいっそう心を引かれるようになっていった。そしてお金が貯まるのも待たずに手持ちの貯金だけを頼りに、さっさとその仕事に着手することに決めた。目的をウォールデン湖に定めたのは、安上がりの暮らしをしたり、その地をいつくしみながら生きたりするためではない。私は、できるだけ邪魔が入らない場所に身を置いて、自分の仕事に打ち込みたかったのだ。常識や計画力や商才に多少欠けてはいても、それだけで仕事が成就しないと思うと、悲しいというより馬鹿らしい気がしていたのだ。

私は、ちゃんとした商習慣は誰にでも必要なものだし、自分もそれを身に付けようといつでも努力を続けてきた。中国と取引をしたいのであれば、セイラム港あたりの沿岸にある小さな事務所がぴったりの仕事場になる。そこから、この国で作られる純国産商品、氷や松材、御影石を少々といったものを、この国の船舶に載せて輸出する。きっといいビジネスになるに違いない。自分ひとりですべてを監督し、操舵士《そうだ》となり、船長となり、荷主となり、保険引受人となり、売買をし、会計業務もこなす。届く手紙にはすべて自分で目を通し、自分の手で返事を書く。昼夜を徹してすべての輸入品を検査し、陸揚げする。大急ぎで港のあちこちを駆け回って働かなくてはいけなくなる。もっとも高価な積荷は、だいたいジャージーの沿岸で陸揚げされる。私たちは自ら通信手となって水平線にくまなく目を配り、沖合を行き交う船舶とひとつ残らず交信しなくてはいけない。遥《はる》か遠くの巨大な市場に向けて、絶え間なく品物を出荷し続けなくてはいけない。常に市場の状態を知り、各地の戦争と平和の動向を知り、貿易や文明の傾向を先読みしなくてはならない。すべての探検旅行の結果を利用し、新たな航路や航法を活《い》かしていかなくてはならない。海図をくまなく見て、岩礁や新しくできた灯台やブイの位置をしっかり把握し、常に正確な数を把握しておかなくてはいけない。というのも計算ミスにより、目的の港を目ざしていた船舶が岩礁に乗り上げ、難破してしまうことがよくあるからだ。知られてはいないだけで、ラ・ペルーズ〔フランス海軍の士官であり探検家。太平洋の遠征航海において、オセアニアで行方が分からなくなった〕を襲った悲劇は数限りなく起きているのである。そのうえハンノとフェニキア人たちに始まり今日にいたるまで、あらゆる偉大なる発見者、航海者、冒険家、そして商人たちの生涯を知り、新しい科学の進歩にも付いていかなくてはならない。そして最後に、時どき自分の資金を確認して現状を把握しなくてはいけない。これは、さまざまな能力が必要となる大変な仕事である。利益と損失、金利、積荷の総重量など、あらゆる計算ができなくてはならないうえに、幅広い知識が求められるのだ。

私は、自分の仕事にはウォールデン湖がうってつけだと考えた。とはいえ、これは、鉄道が使えて氷を取引できるからではない。ウォールデン湖には、人に教えるには惜しいような利点が数々あるからだ。あのあたりにはいい港があり、地盤もしっかりしている。建物を作るには自分の手で何本も杭《くい》を打たなくてはいけないものの、ネバ川の湿地帯のように埋め立てをする必要もない。なんでもサンクト・ペテルブルグの街は、西風が起こす高潮とネバ川の氷とで、すっかり水びたしになってしまうのだとか。

私はこの仕事をろくな資金もなく始めたわけだが、こうした仕事には不可欠な資金をどこから調達したのか、きっとさぞかし不思議に思われるだろう。その疑問の核心をてっとり早く説明しよう。まず衣服だが、私たちはこれを買うとき、使い勝手がどうこうということよりも、目新しさや人の意見を気にして選ぶことが多い。だが、すべき仕事がある者が衣服を身につける理由とは、第一に命の温《ぬく》もりを保たなくてはいけないから、第二にこの社会では裸を隠さなくてはいけないからである。そうだとすれば、わざわざ洋服ダンスに新しい洋服を加えなくても、いかに多くの必要かつ重要な仕事ができるかが分かってもらえるだろう。一着の服に一度しか袖《そで》を通さない国王や女王たちは、専属の仕立屋や衣装メーカーがいたとしても、自分にぴったり合う服を着ることの快適さを知らない。彼らは、きれいな衣服をかけておく木馬と大して変わらない。衣服というものは日に日に私たちに同化し、着る者の人格を吸収し、やがて私たちはぐずぐずと同じものを着続け、自分たちの肉体と同じように治療するかのごとく繕い、重苦しい気持ちで捨てることになる。着ている衣服がつぎはぎだらけだからといって、私は人を見下したりはしない。だが世の中にはまっとうな良心を持つことよりも、ファッショナブルな服や、最低でもこぎれいでつぎはぎの無い服を着なくてはいけないという大いなる不安が蔓延《まんえん》している。しかし仮にほころびがそのまま放置してあったとしても、そんなものは着ている本人がすこしだけずさんであることが人に知られるくらいのものなのだ。私はたまに、「君は膝《ひざ》につぎを当てたり、破れ目を縫い合わせたりしたズボンをはいてすごせますか?」などと質問をして、知り合いを試してみることがある。ほとんどの人たちは、そんなことをしたら今後の人生が台無しになるとでも言わんばかりの顔をしてみせる。ぼろズボンをはいて町に出るよりも、怪我した脚をひょこひょこ引きずりながら出かけるほうが、彼らにとってはましなのだ。脚の怪我くらいなら、やがて治る。だがズボンが同じ目に遭ってしまったら、これはもうどうしようもない。そういう人は本当に立派な人になることよりも、立派な人に見られることばかり気にするからだ。私たちはコートやズボンばかりに目を奪われ、人のことなどろくに知りもしない。なけなしの服をカカシに着せ、その横に裸で立ってみれば、誰もがカカシのほうに頭を下げてみせるだろう。先日とあるトウモロコシ畑を通りかかったとき、杭にかけてある帽子とコートを見て、働いている男はそこの農場主なのだと分かった。農場主は前に会ったときより、ほんの少しだけ日焼けしていた。前に、ある犬の話を聞いたことがある。服を着た赤の他人が主人の家に近づくと、誰彼かまわず吠《ほ》え立てるのに、裸のこそ泥をすんなりと素通りさせてしまったという。さて、もし人から衣服を剝《は》ぎ取ってしまったら、私たちはいったいどれだけ社会的地位を保ち続けていられるだろう？　想像してみてほしいのだが、君はそうした文明人たちを見て、誰がもっとも高い階級に属しているかを見分けることができるだろうか？　プファイファー夫人〔アイダ・ローラ・プファイファー。オーストリアの旅行家〕は東から西へと世界を回る旅のさなか、アジア側のロシアを通って故国へと向かう途中、その地の権力者に面会するには旅行服から着替えなくてはいけなかったと書いている。「文明的な国に入ると（中略）誰もが着ている服で判断されるからだ」と。民主的な我らがニューイングランドの町においても、偶然手に入れた富であろうと衣服や身の回りの品にさえ金をかけていれば、それだけでほとんど絶対的と言っていいほどの尊敬を集めることができる。このような形で人を尊敬する人びとはあまりにも多い。もはや異教徒的ですらあり、宣教師でも送ってやらなくてはどうしようもないくらいだ。そのうえ衣服には裁縫がつきものであり、これはもう果てしないと言っても過言ではないほどの労働だ。少なくとも婦人服というものにはきりがない。

ついに自分のなすべきことを見つけた人には、もう新たなスーツを作る必要などありはしない。いつから屋根裏部屋で眠っていたかも分からないような古着でも、じゅうぶんなのだ。古靴も英雄がはくならば、英雄の従者がはくよりずっと長持ちすることだろう（英雄が従者を持つことがあればの話だが）。靴ができるまで人びとはずっと裸足《はだし》だったのだし、裸足でもことたりるはずだ。新しいコートを欲しがるのは、夜会や議会の集まりに出かけていくような連中だけだ。そしてコートの流行が目まぐるしく変わるように、彼らの中身もまた、目まぐるしく変わっていくのである。だが、本当ならば神に祈りを捧《ささ》げるのに十分な上着とズボン、帽子、そして靴さえあれば、それだけでこと足りるはずではないか？　すっかりボロボロに擦り切れてしまうまで服を着続ける人がいるだろうか？　貧しい少年にあげたとしても、彼がさらに貧しい少年にあげてしまいたくなり（わずかばかりのもので暮らしていける豊かな少年というべきかもしれないが）、あげたところで親切にもならないほどボロボロになってしまうまで服を着続ける人が果たしているだろうか？　私は、服をまとった新たな人材を求めるのではなく、新たな服を着ることが求められるような仕事には気をつけろと言いたい。新たな人がどこにもいなければ、彼に合う新たな服など作りようが無いではないか。もしすべき仕事が目の前にあるのなら、着古した服を着て取り組んでみるといい。すべての人びとに欠けているのは、仕事をするための何かではない。すべき仕事や、目指すべき自分の姿が欠けているのだ。私たちはきっと自分の服がどれほどボロボロに擦り切れ、古びて汚れてしまおうとも、仕事をし、試行錯誤や航海を続けるべきなのだ。そして、やがて自分は古い服をまとった新しい自分なのだと感じ、古いボトルに入ったままの新しいワインのような気持ちになれたなら、その時に初めて新しい服を作ればいいのである。鳥たちと同じく私たちにとってもまた、羽毛の生え換わる時期は人生の危機になる。水鳥たちはその時期を、ひっそりと湖に隠れて過ごす。蛇やイモムシは、内側から体を膨らませて、古くなった皮を破ってしまう。私たちにとって衣服とは、いちばん外側にかぶっている使い捨ての皮にしかすぎない。それに気づかずにいれば、知らず知らずのうちに誤った旗のもとに船を進めているのを人に見抜かれ、世間から、そして自分からさえも見捨てられてしまうことになるのだ。

木々が年輪を重ねるように、私たちは次々と衣服を重ね着していく。私たちの外側を飾る薄っぺらできらびやかな衣服は、表皮か、もしくは偽の皮であり、人の命とはなんのつながりもないので、あちらこちらを剝ぎ取ったところで致命傷にはならない。普段着にしている厚手の服は、私たちにとって細胞を持つ外皮である。シャツは靭皮《じんぴ》、すなわち本物の樹皮であり、これを剝ぎ取ることは樹皮を剝ぐことと同じで、人を死に至らしめる。季節により、どんな種族であろうと、シャツと同等のものを人は身に着けているはずだ。理想的な暮らしとは、人が暗闇でも自由がきくようなシンプルな服を着て、質素かつ必要十分なものだけに囲まれ、町が外敵に襲われた時には古い時代の哲学者のように、なんの心配もなく手ぶらで逃げ出すことができる生活だ。厚手の服というものは、だいたいの場合において薄手の服三枚分ほど暖かく、そのうえ安いものを選べば誰にでも手頃な価格で買うことができる。厚いコートは五ドルで買えて何年ももつし、厚手のズボンは二ドルで、革のブーツは一ドル五十セントで買える。夏用の帽子は五十セントで手に入るし、冬用の帽子は六十二セント半で買うことができ、家で手作りすればもっと安い。貧しくとも、自ら稼いだ金でこうした服に身を包んでいるような人を見れば、ちゃんと敬意を払わない愚か者などいるわけがない。

私がある形の服を仕立屋に注文したところ、訳知り顔の女性店員から「今どきでは、みなさんそのような服はお作りになりません」と言われた。「みなさん」という言葉などはまったく強調せず、まるで運命のような超越的存在の言葉でも引用するかのように言ってのける彼女を見て、私は、こちらが本気で言っていると信じてすらもらえないのなら、望み通りのものを手に入れるのは困難を極めるに違いないと悟った。この神のお告げのような言葉を聞かされた私は、しばらく考え込んでしまった。一語一語を別々に考えながら、みなさんは私とどのくらい深いつながりがあるのだろうかとか、そんな言葉が私の問題に対してどれほど影響力があるのだろうかとか、思いを巡らせたのだ。そして最後には彼女と同じように神のお告げでも口にするかのように、「みなさん」という言葉を強調することなく、ついついこう答えたくなったのだった。「ええ、最近まではそうだったのですが、今ではみなさんこういうのを好まれるんですよ」私という人間を見ようともせず、コートをかけるハンガーでも見るかのように肩幅ばかり測ったところで、いったい私の何が分かるというのだろう？　私たちは美の女神グレイスでもなく、運命の女神パルカでもなく、ファッションという女神を崇拝しているのだ。この女神がすべての権力を持ち糸を紡ぎ、縫い、裁断しているのだ。パリのボス猿が旅行帽をかぶろうものなら、アメリカじゅうの猿という猿が旅行帽をかぶりだす。私はシンプルな真心ゆえの行いを、人の力を借りてすることなど不可能なのではないかと時おり絶望する。まずは人を強烈なプレス機にかけて古い価値観を絞り出し、当分は立ちあがることができないようにしなくてはとても無理なのだ。それでも人びとの中には、誰も知らぬまに産み付けられたウジ虫を頭の中に飼っている者たちがいる。そうしたウジ虫というものは火で焼いたところで殺すことなどできず、まったくの徒労なのである。だが、古代エジプトのミイラが私たちに小麦の種をもたらしてくれたことを、決して忘れてはいけない。

そもそも、アメリカでも他の国でも、衣服というものが芸術の域にまで高められたことなど、私の思うかぎりありはしない。現代人は、手に入れることができる服をとりあえず着ているだけなのだ。難破船の乗組員たちのように、誰も彼も浜辺に打ち上げられたものを身にまとい、お互いがいかにおかしな格好をしているか笑い合っているのである。どの世代も古いファッションを笑い、新しいものをやみくもに追い求める。人はヘンリー八世やエリザベス女王の、まるで食人族の王や女王みたいな出《い》で立ちを見て笑う。衣服というものは人が脱いでしまえば、どれも惨めで、グロテスクなものばかりだ。服を着た者の真剣なまなざしと真摯《しんし》な生きかたがあってこそ、人は笑うのをやめ、まとう衣服は神聖なものになるのだ。ピエロが強烈な腹痛に襲われれば、派手な衣装にもその苦しみが表れるだろう。大砲の弾に倒れた兵士の軍服は、紫色をした将軍たちの軍服と変わらない気高さを持つようになる。

男も女も子供じみて粗野な趣味しか持たず、現代人が求めるファッションが見つかるのではないかと、そろいもそろって必死に万華鏡を振り回し、中を覗《のぞ》き込む。衣服の作り手たちは、人びとの趣味がすぐに変わることなど百も承知だ。色がほんの少し違うだけの二種類の服の一方が瞬く間に売り切れ、一方が棚に残ってしまうようなこともあり、時期が変わると今度はその残り物のほうが一気に流行しだすのも珍しくない。それに比べれば、入れ墨という習慣は言われているほど醜悪なものではない。肌に深く刻み込んで変えようがないからというだけで、野蛮と言われているだけなのである。

私は、工場というシステムで作られる衣服を手に入れるのがいちばんいいとは思わない。工員たちの働く条件は、日増しにイギリスのそれに近づいている。だが、それも無理のない話である。私が見聞きしたところによれば、第一の目的は、人びとにちゃんとした服を着させることではなく、まずなんとしても会社が儲《もう》けをあげることなのだ。長い目で見れば、人間は狙った的しか射貫《いぬ》くことができないものである。ならばすぐには上手《うま》くいかないにせよ、何かもっと高い理想を掲げるべきだろう。

さて、家の話に移るが、ここよりもずっと寒い地で、長きにわたり家もないまま人びとが暮らしているようなことはあるものの、現代人の暮らしにとって、家というものが必要不可欠なものになったのは、否定できないところだろう。サミュエル・ラング〔スコットランドの作家、鉄道管理者、政治家〕は、「ラプランド人は皮の服を着て、皮袋を頭から肩にかけてかぶり、何夜でも雪の上で眠る。(中略) どんなウールの服を着ていようと、身をさらせば凍死してしまいかねない寒さにもかかわらず」と書いている。そうして眠る人びとを目の当たりにした彼は、さらに「とはいえ、彼らが他の民族に比べて頑丈にできているわけではない」とも書いている。だが、人類はおそらく誕生して比較的早い段階で、住居というものの快適さを見出《みいだ》したのだろう。家庭の温《ぬく》もりという言い回しも、元々は家族というより家そのものの快適さから生まれたものだったはずだ。だが、家というものが主に冬や雨季と結びつき、一年のうち八ヶ月はパラソルでもあればことたりるような気候の土地においては、家が持つ快適さも大して求められず、たまにしか必要とされないものに違いない。私たちが暮らすこの土地では、かつては夏になると、家は夜の寝床くらいの役割しか持たなかった。インディアンたちが残した記録の中で、住居《ウィグワム》は一日の旅を表すシンボルとして使われ、樹皮にはキャンプをした回数だけずらりとそのシンボルが刻まれたり描かれたりしている。人間はそれほど大きく頑丈にはできていないので、自分にぴったり合うよう空間を壁で囲んで、自分だけの小さな世界を作りたがったのだ。人間も、最初は裸のまま野外で生きていた。穏やかで暖かな天気であれば、それでもじゅうぶんに気持ちよく過ごせるだろうが、強い日差しはもとより雨季や冬が訪れると、慌てて家という隠れ家の中へと逃げ込まなければ、まだ生まれたてのまま種族ごと根絶やしになってしまっていたことだろう。物語に出てくるアダムとイヴは、まとう服もなかったころから木の葉で体を隠していた。人間はまずは体の温かさを、そして次に愛情の温もりを求めて、家という暖かな場所を、そして快適な場所を手に入れようとしたのだ。

もしかしたら人類がまだ生まれたばかりのころ、冒険心豊かな人びとが隠れ家を求めて岩間のほら穴に入ってみたのかもしれない。子供たちはある意味、世界を始まりから経験しようとするものであり、雨が降ろうと寒かろうと、外で過ごしたがる。そして本能のままに、ままごとをしたり、お馬さんごっこをしたりして遊ぶものだ。子供のころに岩棚やほら穴の入口を見つけて胸を躍らせた覚えがない人など、いるだろうか？　そうしたものは、私たちの祖先が懐いていた自然な憧《あこが》れが、まだ私たちの中に息づいているのだ。私たちの屋根は、ほら穴から、ヤシの葉の屋根へ、樹皮や枝へ、縫い合わせて張った布地へ、草や藁葺《わらぶ》きへ、板へ、石やタイルへと進歩してきた。そしてしまいに人は屋外での暮らしというものがまったく分からなくなり、自分たちが思う以上に家庭的な生きかたをするようになった。居心地のいい暖炉の前と雄大な野原とは、はるか遠くにかけ離れてしまったのだ。だが、私たちは夜空と何も隔てられることなく日々を過ごし、詩人は屋根の下でものを語ったりせず、聖者は長く屋内にとどまったりしないほうがいいのではないだろうか。鳥たちはほら穴の中でさえずったりしないし、鳩小屋の鳩たちは愛らしくなど振る舞わないものだ。

しかし、もし自分の住まいを作ることになったのであれば、ここでは少々いかにもアメリカ人らしく気を利かせたい。さもないと、気づいてみれば工場や、出口のさっぱり分からない迷宮や、博物館や、救貧院や、監獄や、荘厳な墓所と変わらない住まいになってしまうからだ。まずは最初に、必要最低限の住まいはどんなものかを考えてみるべきだ。私は前にこの町で、ペノブスコット・インディアンの人びとを見たことがある。三十センチも雪がつもっているというのに薄いコットンのテントに住んでいる彼らを眺めていると、雪がもっと積もって風を防いでくれたならこの人たちも喜ぶに違いないと思ったものだ。以前、好きな仕事をする自由をいかに残しつつ人を欺くことなく日々の稼ぎを得るにはどうしたらいいかという問題に、今よりも遥《はる》かに頭を悩ませていたころ（残念なことに、今ではやや無関心になってしまったが）、私は線路のわきに置かれた、夜間に作業員たちが工具類をしまっておく、縦六フィート、幅三フィートの大きな箱をよく眺めたものだ。そうしていると、苦しい暮らしを送る人びとは一ドルも出して同じような箱を買い求め、きりを使っていくつか空気穴を開け、雨の日や夜には中に入ってふたを閉めてしまえば、愛する自由も魂の解放も手に入るではないかという気になったのだ。それが最低の暮らしなどではありえないし、いかなる意味でも軽蔑《けいべつ》されることでもない。好きなだけ夜更かしができるし、いつ目を覚まそうとも、家賃を取り立てにくる地主や大家に煩わされることなく出かけていけるのだ。このくらいの箱に住んでいても凍え死んだりするわけではないというのに、もっと大きくて豪華な箱に住もうと、実に多くの人びとが必死の思いで家賃を払う。冗談などではない。たやすくあれこれ言うことはできても、経済とはそうそう簡単なものではないのだ。このあたりにもかつては原始的で丈夫な体を持つ人びとが住心地のいい家を建てていたが、ほとんどは簡単に手に入れられる自然の材料で、すみからすみまで作られていた。

マサチューセッツ湾植民地でインディアンたちの監督を務めたグッキンは、一六七四年にこんなことを書いている。「彼らにとって最高の家は樹皮を用いて非常にきっちりと暖かく覆われている。この樹皮は、樹液が上がっている季節に剝《は》ぎ取り、まだ生のうちに材木の重みを使ってプレスして大きな断片に仕上げたものである。（中略）粗末な家々はホタルイ属の植物で編んだ生地で覆われており、こちらも上等な家ほどではないにせよ、風も入らず、ちゃんと暖かかった。（中略）中には長さ六十から百フィート、幅三十フィートもあるものまであった。（中略）私はよく彼らのウィグワムに泊めてもらい、イギリスでいちばんいい家々と変わらないほど暖かであるのを知ったのだった」さらにグッキンは、どの家の床も壁も見事な刺繡《ししゅう》がほどこされたゴザが敷かれ、さまざまな家庭用品が置かれていたと付け加えている。インディアンたちは、屋根に開けた穴にゴザをかぶせ、紐《ひも》を引っぱりそれを調節しながら通気量を調節できるほどに進歩的であった。こうしてウィグワムはだいたい一日二日で作られ、ものの数時間で壊され、片付けられた。すべての家族がこうした家を持ったり、大きなウィグワムの中に自分たちだけの部屋を持ったりしていたのである。

人びとが原始的な暮らしを送っていたころは、すべての家族が、質素でシンプルな目的を十分に満たすことのできる快適な家を持っていた。しかし、大空を舞う鳥たちが巣を、キツネがキツネ穴を、インディアンたちがウィグワムを持っていたというのに、現代の文明化された社会を生きる人びとはといえば、せいぜい半分しか自分の家を持っていないと言ってもいい。さらにいえば、文明が特に充実している街や都会では、全体のほんのわずかな人びとしか家を持っていないのである。そうでない人びとは、夏冬にはすっかり必需品になった外側にまとうこの衣服を手に入れるため、インディアンのウィグワムなら村ごと買えてしまうような大金を家賃に支払っている。そうして、一生続く貧乏の原因を自らの手で作っている。私はここで、家を買うよりも借りたほうが損だなどと主張する気はないが、未開人たちが家を持つことができたのは少ししかお金がかからないからであり、現代人は買うほどの余裕がないから借りていることは明白である。そして長い目で見れば、借りたところで暮らしが楽になるほど豊かになるわけではないのだ。だが中には、家賃さえ払っていれば貧乏な文明人でもインディアンから見れば宮殿のような家に住めるではないかという人もいる。年間に二十五ドルから百ドル（この国の平均的家賃である）を払うだけで、広々とした住居や、綺麗《きれい》なペンキや壁紙や、ラムフォード式暖炉や、裏塗りの壁や、ベネチアン・ブラインドや、銅のポンプや、スプリング式の錠前や、大きな地下室をはじめ、何世紀にもわたって人類が積み上げてきた進歩の恩恵にあやかれるのだ。しかし、未開人たちが未開人なりに豊かである一方で、こうして文明の恩恵にあやかっている文明人たちのほうが往々にして貧しく暮らしているのは、いったいどういうわけだろう？もし文明というものが、人間の暮らしに起きた真の進歩なのだと言い切ることができるなら――その恩恵は金持ちしか存分に享受できないとはいえ、私もこれには同意見である――人びとはより安く、よりよい家を作ることができるようになったということを示さなくてはいけない。そして、ものの値段とは、私たちが一括で、もしくは分割で差し出すことになる、いわゆる人生の総量のことだと私は思う。このあたりの平均的な家の相場はおそらく八百ドルくらいだが、これを貯めるとなると、たとえ家族という重荷を背負っていなくとも、十年から十五年は働かなくてはいけないだろう。稼ぎの多い者も少ない者もいるが、一日の労働として得られる対価は平均して一ドルだからだ。つまりウィグワムを手に入れるには、一般的に生涯の半分は労働に費やさなくてはいけなくなる。このような条件で自分のウィグワムを宮殿と取り替える未開人がいるとしたら、果たして賢明だなどと言えるだろうか？

もしかしたら人間個人については、将来に向けて蓄える余分な財産は自分の葬式代を払えるくらいにしておけと、私が言っているように思われるかもしれない。だが、人は自分自身を葬ったりしなくてもいいのだ。しかし、この点には文明人と未開人を隔てる重要な違いがある。文明人たちは、人類という種を保存し、完成させるべく、人生を制度化することこそが利益であるとして、その制度の中に人びとの人生を埋もれさせるよう作り上げてきた。これは、断じて疑いない。だが私は、いったいどんな犠牲のうえにその利益が成り立っているのかを示し、あらゆる不利益に苦しむことなくすべての利益を保ち続けることもできるはずだと提案したいのである。

「貧しい人たちはいつもあなたがたと一緒にいる」〔マルコ伝福音書、第十四章七節〕だとか、「父たちが、酢いぶどうを食べたので子供たちの歯がうく」〔エゼキエル書、第十八章二節〕だとかいう言葉には、いったいどんな意味があるのだろう？

「主なる神は言われる、わたしは生きている、あなたがたは再びイスラエルでこのことわざを用いることはない」

「見よ、すべての魂はわたしのものである。父の魂も子の魂もわたしのものである。罪を犯した魂は必ず死ぬ」〔エゼキエル書、第十八章三―四節、以上日本聖書協会訳より〕

他の階級の人びとと変わらないほど豊かな暮らしを送っている隣人たち、つまりコンコードの農家たちのことを思うに、彼らのほとんどは農場を自分のものにするために二十年、三十年、四十年と、必死に働き続けている。一般的にこうした農場は債務ごと相続されたものか、借金して購入したものだからだ。実際にはその債務が農場の価値を上回ってしまい、農場そのものが巨大な債務となっていることもあるが、人はそれを重々承知の上でなお相続するのである。資産の査定士に話を聞いて、私は驚いた。なんとその査定士は、なんの債務もなく農場を所有している人びとの名前を、町で十人とあげられなかったのだ。こうした農地の歴史が知りたいなら、どこの抵当に入っているのか銀行で訊《き》いてみればいい。自分の畑で働いて本当に農場を手に入れた人はごくわずかしかいないので、近隣の者ならば誰にでも名前をあげることができるはずだ。そんな人物など、このコンコードには三人もいるか疑わしい。よく、商人というものはほとんどが――百人中九十七人は――まず失敗すると言うが、これは農家でもまったく変わらない。だが商人の話でいえば、ある商人が的確な意見を述べている。商人たちの失敗とは、大部分が金銭的な理由ではなく、商人側が自分に都合の悪い契約を無視するから生まれているという。つまり、道徳心の欠如で破滅しているわけである。しかし、こうなると自体は遥《はる》かに悪くなってくる。生き残った三人も、自分の魂を救済することに失敗し、ともすれば、正直に失敗した人びとよりずっと悪い意味で破産しているかもしれないのだ。破産と支払い拒否は、文明がジャンプし、宙返りするための踏切板だが、未開人たちは飢餓という名の、弾力のない板の上に立っている。それでもミドルセックスの畜牛品評会は、まるで農業機械のあらゆる関節がなめらかに稼働しているかのように、毎年大々的に開かれている。

農民たちは生計の問題を、問題そのものよりもずっと入り組んだ方法で解決しようとする。靴ひも一本買うのにも、畜牛の取引相場の行く末を予測するのだ。誰にも頼る必要のない快適な暮らしを捕まえようとして、熟練の技を使って罠《わな》を仕掛け、さて帰ろうと振り向いたとたんに自分の足がその罠にかかってしまう。農民が貧しい理由はこれである。そして同じような理由で、私たちはどれほどの贅沢品《ぜいたくひん》に囲まれていようとも、無数に享受できるはずの原始的な安楽が手に入らない、貧しい暮らしを送っているのである。チャップマン〔ジョージ・チャップマン。イギリスの詩人、劇作家〕は次のように歌っている。

「過ちの人の世よ――
地上の富を求めるあまり
天上の至福はすべて宙に消えてゆく」

そして農民が家を手に入れたところで、豊かになるどころか逆に貧しくなりかねない。家に捕らえられてしまうのだ。モモス〔非難や皮肉が神格化されたギリシャの神〕はミネルヴァ〔医学、知恵、商業、工芸、魔術などを司《つかさど》るローマ神話の女神〕の建てた家を見て「動き回れる家を作らなくては、嫌な隣人たちから逃れようがない」と非難したというが、これには深く納得させられる。この言葉はもっと広く知られるべきだ。なぜなら、家というものは時として手に負えないものであり、人が住むというよりも人が囚《とら》われているようなこともしばしばあるもので、逃れるべき嫌な隣人とは卑しい私たちに他ならないからだ。郊外の家を売り村に引っ越したいと、ほぼひと世代にわたり悩み続けている家族を、私はいくつか知っている。だがその願いは叶《かな》うことなく、死をもってしか自由が手に入らないのだ。さて、ほとんどの人があらゆる進歩の恩恵がそろった現代的な家を買ったり、借りたりできると考えてみよう。確かに文明は私たちの家を進歩させてはきたが、その家々に住む人間のほうも同じ進歩を辿《たど》ったわけではない。文明は宮殿を作り上げたが、貴族や王族を作り出すのはそうたやすい話ではないのだ。それに、もし文明人たちの追い求めるものが未開人のそれらに比べて大した価値も無く、最低限の必需品や快適さを手にすることに人生の多くを費やしているとしたら、文明人のほうが未開人よりいい家に住む必要などどこにあるというのだろう？

では、貧しく暮らす少数派の人びとの暮らしはどうだろう？ おそらく調べてみれば、未開人よりも物質的に恵まれた人びとが増えるに従い、下に堕《お》ちる者もまた増えていくのが分かるはずだ。ある階級が豊かになると、それとバランスを取るように、他の階級は貧しくなっていく。一方には宮殿が建ち、もう一方には救貧院で〈静かなる貧者〉たちが暮らしている。ファラオたちの墓であるピラミッドを作った数えきれない人びとはニンニクを食べて命をつなぎ、自分たちはまともに葬られることもなかった。宮殿の蛇腹《コーニス》を仕上げた石工は、きっと夜にはウィグワムにも劣るような小屋に帰っていったのだろう。文明化された印が当たり前に見つかる国だからといって、そこではほとんどの人びとが未開人のような粗末な暮らしをしているわけではないと考えるのは間違いだ。私が言っているのは堕ちた金持ちではなく、堕ちた貧民たちのことだ。それを知るには、最新の文明である鉄道の両側、どこにでも並んでいる粗末な小屋を見てみるだけでじゅうぶんだろう。日ごろ散歩に出かければ、目にする人びとは汚らしい小屋に住んでおり、明かりがないものだから冬場でもドアを開けっぱなしにしている。あるはずの薪の山もなく、老いも若きも、長いこと寒さとひもじさにさいなまれ続けたせいで体が縮こまり、手脚や体の自由も奪われている。今の世代が成し遂げた発展の功労者たるこうした人びとに報いるのは、当然のことだ。これは多かれ少なかれ、今や世界の工場となったイギリスの、さまざまな分野の工員たちの状況もまた同じである。でなければ、文明国として地図上に白く示されたアイルランドを引き合いに出してもいい。アイルランド人たちの健康状態を、北米のインディアンや、南太平洋の島に暮らす人びとや、文明人との出会いにより堕落してしまう前の未開人たちと比較してみれば分かる。彼らの国の指導者たちもまた、文明国家の平均的な指導者たちと変わらぬ聡明《そうめい》さを持っていることを、私は疑わない。こうした人びとの状態は、文明化には悲惨さもまた付きものだということを証明しているのだ。この国の主な輸出品を作り、自分たち自身もまた南部の主な製品となっている南部各州の労働者たちの話は、ここで持ち出すまでもないだろう。だから、そこそこの暮らしを送っているとされる人びとのことに話を限定したい。

ほとんどの人びとは、家とはなにかということを一度も考えたことがないように思える。そして、隣人と同じような家を持たなくてはと思い込んでいるせいで、わざわざ自分から貧しさを背負って生きているのだ。仕立屋が自分に作ってくれたのなら、どんなコートでも着ようというのだろうか。それともヤシの葉やウッドチャック〔哺乳《ほにゅう》綱ネズミ目リス科マーモット属。マーモットの一種〕の毛皮で作った帽子をかぶるのをやめ、王冠を買う金がないからつらくてたまらないと嘆こうとでもいうのだろうか！　今手に入る家よりもさらに便利で豪華絢爛《けんらん》で、誰にも手が届かないほど高価な家を作り出すことはできる。ときにはわずかなもので満足することよりも、そうしていつでも、際限なく求めるばかりで果たしていいのだろうか？　尊敬を集める立場の立派な人びとは教訓と実例をまじえながら、人というものは死ぬまでに、ピカピカの靴や、傘や、来もしない客のための客間を持たなくてはいけないのだなどと、いかめしい顔をして若者に説かなくてはいけないのだろうか？　アラブ人やインディアンと同じように、質素な家具を持つのでは駄目なのだろうか？　人びとが天からの使者とあがめる、人類に聖なる贈りものをもたらした恩人たちの姿を想像してみても、従者を後ろに引きつれた姿や、流行の家具を馬車に積み込んだ姿など、とても私には想像できない。それとも、私たちはアラブ人よりも道徳的かつ知的に優れているのだから、その分立派なことを使ってもいいのだ、などという仮説を認めたら——とんでもない仮説ではあるが——いったいどうなってしまうのだろう！　私たちの家は今、そうしたもので散らかり、見る影も無い。できる主婦であればその大部分をゴミ箱に放り込み、さっさと朝の仕事を終えてしまうことだろう。朝の仕事！　曙《あけぼの》の女神アウローラがもたらす朝焼けとメムノンが奏でる夜明けの音楽のかたわらで、私たちはどのように朝の仕事をすればいいのだろうか？　以前、私は机の上に石灰岩の破片を三つ置いていた。だが、心の中の家具はどれもまだ埃《ほこり》を落としていないというのに、石灰岩の埃は毎日なんとしても必ず払わなくてはいけないのだと気づいて恐ろしくなり、窓から投げ捨ててしまった。そんなありさまなのに、家具付きの家になど私が住めるわけがない。それならば、外で座っていたほうがいい。人が地面を掘り返したりしない限り、草が埃をかぶることもないのだから。

人びとがそれほどまでに熱心に追い求める流行を作り出しているのは、贅沢《ぜいたく》な浪費家たちである。いわゆる高級ホテルに宿を取った旅行者は、支配人からサルダナパロス〔アッシリアの三十人の王の最後となった王。もっとも贅沢な暮らしをしたとされる〕のようにもてなされ、支配人の言葉に乗せられているうちに、すっかり骨抜きにされてしまうに違いない。列車に乗り込めば、安全性や利便性よりも豪華さのほうに金をかけるような傾向があるように見受けられる。そんなものは二の次にして現代的な応接室にしてしまおうとばかりに、背もたれのない長椅子や、オットマンや、日よけや、ありとあらゆる東洋風のもの……つまり、ハーレムや中国王朝の女性たちのために生み出されて私たちが西洋へと持ち帰った、生粋のアメリカ人なら名前を知るだけでも恥じ入ってしまうようなものが、あれこれと置かれているのである。私ならば人混みの中でヴェルヴェットのクッションに座っているより、ひとりきりでカボチャに腰かけているほうがいい。周遊列車の豪華客車で延々と毒気を吸い込み続けて天国に行くよりも、新鮮な空気を存分に味わいながら牛に引かれて大地を進むほうがいい。

原始時代の人びとが送っていた実にシンプルかつ裸の暮らしには、少なくとも、人が自然の客人となれる長所があった。人びとは食事と睡眠とでリフレッシュし、それからまた旅に思いを馳《は》せた。この世界でテントに寝て、谷を越え、草原を渡り、山の頂を極めたのだ。だというのに、見てごらん！　人間はすっかり、自分たちの道具に使われる道具になってしまった。腹がすけば果物をもいでいた者たちは農民となり、木陰で雨風をしのいでいた者たちは家々の管理人になった。今や人びとは夜にテントを張ることもなく、地上に根付いて天国を忘れ去ってしまったのである。私たちは、発展した農耕文化の手法のひとつとして、キリスト教を採り入れた。この世界のために家族の屋敷を建て、子孫のために家族の墓所を作ったのだ。最高の芸術とは、このような状況から自由になるためにもがく人の苦しみを表現するところにあるはずだが、今の私たちを取り巻いているのは、このひどい状況に心地よさを見出《みいだ》させ、よりよい状況があることを忘れさせるような芸術作品ばかりである。たとえ優れた芸術作品が手に入ったところで、この村には飾る場所などひとつとしてありはしない。私たちの人生にも、家にも、通りにも、そんなものを飾っておく台など用意されていないからだ。絵画一枚かける釘《くぎ》もなければ、英雄や聖者の胸像をおけるような棚ひとつないありさまなのだ。私たちの住む家々がどのように建てられ、どのように支払いがなされたのか――もしくはなされていないのか――や、家族の経済がどのようにやりくりされ、維持されているのかをじっくり考えてみると、家を訪れた客人が炉棚に置かれた安物の装飾品を褒めそやしている間に足元の床が抜けてしまうのではないかという気になってくる。そして客人は、強固で嘘偽りのない大地へと落下していくのである。私には、人びとの言う豊かで洗練された暮らしなど、ひとっ飛びで手の届くものにしか思えないし、飛びつくことに躍起になってしまえば、歓《よろこ》びをもたらしてくれる優れた芸術品になど目もくれていられなくなる。だが私の思い出せる限り、人がなんの器具も使わず己の筋力だけを頼りに跳躍をした最高記録は、放浪の民であるアラブ人が平地で打ち立てた二十五フィートにとどまるらしい。人工的な補助がない限り、これ以上の距離を跳ぶことはできないのである。こうした誤りを抱いている人びとに私がまずどうしても問いたくなるのは、あなたがたの補助をしているのは誰なのかということだ。九十七人の失敗者と三人の成功者、君はどちらに含まれるのだろうか？　この質問に答えてほしい。答えによっては、あなたがたが飾る安い飾り物も、優れた芸術品に見えてくるかもしれない。荷車は、馬の前に付けてしまえば、美しくもなければ役にも立たないものだ。私たちは家を美しく飾り立ててしまう前に、壁という壁を剝《は》ぎ取り、自分たちの人生を剝ぎ取り、美しく家を守って美しく暮らす気持ちを基礎として敷かなくてはいけない。美しさを感じる心とは、家も使用人も存在しない外の世界でこそ、もっとも育つものなのである。

懐かしきジョンソン〔ウーバンの町の設立者。マサチューセッツ初の地図を作成し、植民地の歴史を記した〕は『ニューイングランドにおけるシオンの救い主の大いなる摂理』の中で、同時代を生きた町の最初の定住者たちについて「彼らは丘の麓《ふもと》に穴を掘って最初の住処《すみか》にすると、地面を掘った土を材木の上に放り上げ、もうもうと煙の出る炎を起こしていちばん高いところで土を焼いた」と書いている。そして、その人びとは「神の恵みにより大地がパンを与えてくれるまで、決して家をつくろうとはしなかった」

という。だが初年の収穫はあまりにも少なく、「彼らはずっと長い間、パンをとても薄く切って過ごさなくてはいけなかった」と書いている。一六五〇年、ニュー・ネーデルラント植民地の長官は、その土地に入ることを希望する人びとに対し、オランダ語でこう詳述している。「ニュー・ネーデルラント、とりわけニューイングランドの人びとは当初、願いどおりの家を建てるだけの資源に恵まれず、地面に深さ六フィートから七フィートある地下室のような穴を掘り、内部に梁《はり》を巡らせ、土砂が落ちてくることがないようそこに樹皮を張った。床には板を敷き、天井には羽目板を張り、丸太で屋根を組んだところを樹皮や芝土などで固めた。そうして雨からも寒さからも守ってくれる家を手に入れ、家族そろって二年から四年にわたり住んだのだった。どうやら、家族の人数によって、地下室に仕切りを設けることもあったことが分かっている。ニューイングランドを代表するような裕福な人びとも、入植当時はこのような住居で暮らしていたが、そこにはふたつの理由があった。まずひとつは、家を建てる作業で時間を無駄にしたり、次の季節に食糧難に陥ったりしないように。そしてふたつめは、はるかな祖国から連れてきた哀れな貧しき労働者たちの気持ちを、自分の手でくじいたりしないように。そして三年四年と過ぎて国に農業が浸透してくると、彼らは数千ドルを出して見事な屋敷を作ったのである」

私たちの祖先が取ったこうした行動には、より差し迫った欠乏をまずは満たそうとするような、慎重な態度が見て取れる。しかし現在を考えた場合、果たして私たちの差し迫った欠乏が満たされているだろうか？　私は豪華な家を手に入れる自分を想像すると、つい躊躇《ちゅうちょ》してしまう。それはこの国がいまだに人間の文化に適合していないからだ。私たちはまだ、祖先たちがパンを切ったよりもさらに薄っぺらく、精神のパンをスライスしなくてはいけないのだ。とはいえ、いくらこのように粗野な時代だからといって、建物にまったく贅沢するなと言いたいわけではない。ただうわべを飾り立てるのではなく、貝の住処である貝殻と同じように、まずは自分たちの人生に直接触れるところから家を美しくするべきだということだ。だが悲しいかな、いくつかの家に足を踏み入れた私には、そこにどんなものが飾られているのかが分かってしまう。

私たちも、洞窟《どうくつ》やウィグワムに住んで毛皮の服で暮らすことができないほどに堕落しているわけではないが、人類の発明と工業とがもたらしてくれた恩恵は、大きな代償を支払おうとも、もちろん享受するべきだ。この近隣のようなところでは板や屋根板、石灰やレンガといったものが、適当なほら穴や丸太まるごとや、十分な量の樹皮、はたまた質のいい粘土や平石なんかよりも安く、ずっと簡単に手に入るのだから。私がこのテーマについて、さも分かったように語っているのは、理論的にも経験的にも熟知した話題だからだ。もう少しだけ頭を使えば、私たちはきっとこうした材料を使い、世界一の金持ちよりもさらに豊かになり、この文明を祝福と呼べる域にまで高めることができるはずだ。文明人とは、経験と知恵をそなえた未開人なのだから。さて、このへんで切り上げて、私自身の体験談に話を移すとしよう。

一八四五年、三月の終わり頃、私は斧《おの》を一本借りると、家を建てるつもりだったウォールデン湖から目と鼻の先にある森に行き、まっすぐに伸びたシロマツの若木を何本か、材木にするため切り倒した。道具も借りずにこうしたことを始めるのは難しいだろうが、こちらが今からしようと思っているくわだてに友人たちの興味を惹《ひ》くことができたなら、それはもっとも思いやりのある道になるかもしれない。これは自分にとって大切なものだと言って持ち主が手渡してくれた斧を、私は受け取ったよりも鋭くして返したのだった。私が木を切っていたのは実に気持ちがいい山の中腹で、あたりを覆う松林の隙間からは湖と、松やヒッコリーが生えた小さな野原を見渡すことができた。ところどころ溶けてはいるもののまだ湖には氷がはっており、何カ所か溶けているあたりには黒々とした水面が顔を覗《のぞ》かせていた。そこで働いている間には、日中にほんの少し雪がちらつくこともあったが、ほとんどは家に帰ろうとして線路に出てみれば、こんもりとした黄色い土が霞《かすみ》に見えなくなるまで延び、レールは春の陽光にきらめいているのだった。私たちとともに新たな一年を生きようとしているヒバリや、タイランチョウや、他の鳥たちのさえずりが聞こえていた。実にうららかな春の日々で、人を鬱々《うつうつ》とさせた冬は凍《い》てついた大地とともに溶け、冬眠していた生命も伸びをしはじめていた。ある日、斧が柄から抜けてしまったので楔《くさび》にするためヒッコリーを切って石で打ち込み、木を膨らませるため湖の氷に開いた穴に入れて水にひたしていると、縞模様《しまもよう》の蛇が一匹するすると水に入って水底にもぐり、まったく平気な様子で、私がそこにいる間じゅうずっとおとなしくしていた。十五分以上もそうしていただろうか。たぶん、まだ冬眠状態からすっかり目覚めきっていなかったのだと思う。私はふと、人びとも同じような理由で今の低級で原始的な状態にいるのではないかと思った。もし身の回りに訪れる春の気配を感じたならば、彼らもきっと、立派で崇高な人生を送ろうと立ち上がるに違いない。私は以前、霜の降る朝に道を歩きながら、感覚を失い固まった体を温めほぐそうと待っている蛇たちを見かけたことが何度かあった。四月一日の朝には雨が降って氷を溶かし、ほぼずっと霧に覆われていたのだが、ふと一羽のはぐれたガチョウが、迷子になったかのように――もしくは霧の精になったかのように――ガアガアと鳴きながら、湖にはった氷の上をふらふらと歩いていくのが見えた。
そうして私は数日ほど、小さな斧で材木や、間柱や、垂木を作り続けたのだった。人に話せるような学者めいたことなどろくろく考えず、ただひとりで唄《うた》いながら。

人は多くを知っているという、
だが、ごらん！　そんなものは翼を生やし、飛び去ってしまう、
芸術も科学も、
あらゆる便利な道具も。
人が知っているのは、
吹き抜ける風だけなのだ。

私は主な材木を六インチ角に整え、間柱のほとんどは二面のみを、そして垂木と床材は片面だけを平らにし、残った部分には樹皮を残したままにしておいた。こうしておくと、鋸《のこぎり》で挽《ひ》いたのと同じくらいまっすぐで、かつ、はるかに強度が増すのである。すでに他の工具も借りてきてあったので、それを使ってどの材木にも慎重にほぞ穴を作り、ほぞ接《つ》ぎをした。こうして森で過ごしたのは大して長い間ではなかったが、私

はいつもバターを塗ったパンを携え、昼になると伐採した松の枝の合間に腰掛け、パンを包んできた新聞を読んだものだった。手に松ヤニが分厚くこびりついているせいで、パンにもほんのりと松の香りが移った。すっかり材木作りを終えてしまうころには、私は松の木と互いに前よりも深く分かり合い、何本か切り倒してはいても、敵ではなく友人のようになっていた。ときどき、森を散歩している人が私が振るう斧の音に引かれてひょっこりやって来ると、私たちは木切れに囲まれながら楽しいおしゃべりに興じたりもした。

仕事を急ぐことはまったくなかったが、四月の中ごろには家の骨組みもできあがり、いつでも棟上げができる準備が整った。すでに、フィッチバーグ鉄道で働くジェームズ・コリンズというアイルランド人の小屋を、板材にするため購入済みであった。なんでもコリンズの小屋は、めったにないほど立派なものだという話だった。小屋の下見に行った時、彼は留守にしていた。私は表を歩き回ってみたが、窓が高くて引っ込んだところに付いていたので、小屋の中からは見えなかったろう。小屋は小さく、いかにも山小屋らしい庇《ひさし》の付いた屋根があり、まるで堆肥《たいひ》の山のように積み上げられた五フィートもの土塁のほかには、これといってなんの特徴もなかった。屋根は日にさらされて反り、傷んではいたものの、いちばんしっかりしているように見えた。戸口には敷居もなく、ニワトリたちが自由にドアの下をくぐり抜けて出入りしていた。コリンズの奥さんが玄関口に出てきて、中を見てはどうかと声をかけてくれた。私が近づくのを見て、ニワトリたちが逃げだした。中は暗く、ほとんどがじめじめとして湿り気をおびた気分の悪くなるような土間になっており、動かしたら崩れてしまいそうな板が何枚か置かれているだけだった。奥さんはランプを点《つ》けると、屋根と壁の内側や、ベッドの下に敷かれた板を見せてくれ、深さ二フィートのゴミ捨て穴のような地下室には足を踏み込まないよう私に注意した。いわく「天井も壁もいい板を使っているし、窓もしっかりしている」とのことで、窓はもともと真四角のものが二枚付いていたのだが、今はただ猫が外に出る通り道になっているらしい。ストーブ、ベッド、座る場所、そこで生まれた赤ん坊がひとり、絹のパラソル、金縁の姿見、樫《かし》の若木に釘《くぎ》で留められた、新特許のコーヒー・ミルの他、小屋には何も見当たらなかった。間もなくジェームズが帰宅したので、取引はすぐにまとまった。私はその夜に四ドル二十五セントを支払い、彼は他の者には小屋を売らずに翌朝五時に小屋を空けると約束してくれた。私は六時に引き取る手はずだ。彼は、土地の使用料や燃料代などのはっきりしない不当請求があるといけないから、早めに来るほうがいいだろうと言った。そして、負債はそれだけだと約束したのだった。朝六時、道でジェームズ家族と出くわした。一家はベッドも、コーヒー・ミルも、姿見も、鶏も、ひとまとめの大荷物にして運んでいたが、猫だけは見当たらなかった。後で聞いたところによると森に入って野良猫になったのだが、ウッドチャック用の罠《わな》にかかって死んでしまったという。

私はその朝のうちに釘を抜いて小屋をバラバラにし、小さな荷車に載せて湖畔へと運び、草地に並べて太陽の光を当て、反った板を元に戻した。荷車を引いて森を歩いていくと、早起きのツグミの鳴き声が聞こえた。私が荷車を引いて留守にしている間に、シーリーという近所のアイルランド人が、まだまっすぐで使える釘や、かすがいや、大釘などをポケットに入れたらしいということを、パトリックという若い青年から耳打ちされて知っていた。私が戻ってみると、シーリーはとぼけた顔でそこに立ち、壊された小屋を眺めていたが、近ごろは仕事が無いのだと私に話しかけてきた。彼がそこで見物人のような顔をしていたおかげで、このつまらない取り壊し現場も、まるでトロイの神々の撤退のような一大事になったのである。

私は南の傾斜にウッドチャックの巣穴の跡を見つけると、漆やブラックベリーの根を切りながら、縦横六フィート、深さ七フィートの貯蔵庫を掘った。そのくらい掘ればいい砂の層が出てくるし、冬になってもジャガイモが凍らずに済むのである。横の壁は掘りっぱなしで石は積まなかったが、日差しが届くところでもないので、土崩れも起きなかった。掘り終えるには、二時間しかかからなかった。私はこの穴掘りを大いに楽しんだ。世界のどの地域でも、人びとは安定した気温を手に入れるために地面を掘るものだ。都会に建つもっとも見事な家だろうと、昔と変わらず根菜を貯蔵しておくための地下室がある。いずれ地上の家が消え去って長い年月が過ぎても、後世の人びとは地面に開いたその穴をきっと見つけるだろう。家などは、その穴につながる戸口のようなものなのである。

五月の初め、何人かの知り合いの手も借りた私は——必要があったからというよりも、近所付き合いを深めるいい機会だったからなのだが——ついに家の骨組みを完成させた。棟上げをするのに、こんなにも人に恵まれた者などいないだろう。きっと彼らはいつの日か、もっと立派な建築物をいくつも棟上げする人びとになるに違いない。壁と屋根を張り終えると、私は七月四日に家に入居した。雨を完全に防ぐことができるよう、板はどれも入念に薄刃べりにし、重ねて張り合わせた。だがその前に荷車二台分の石を両腕に抱えて丘を登って運び、小屋の隅に煙突の土台を作っておいた。そして秋に鍬《くわ》入れを終えると、暖を取るため火をおこさねばならなくなる前に、ようやく煙突を作ったのだった。それまでは朝早くから外で食事を作っていたのだが、ある意味、そのほうが普通の方法よりも便利だし合理的だと私は考えている。パンが焼ける前に大雨に見舞われたりすると、火の上を何枚かの板で覆い、自分もその下に座ってパンの様子を見ながら、なんとも楽しいひとときを過ごしたものである。当時はやるべきことが山ほどあったから読書はほとんどしなかったが、地面にしいたり、容《い》れ物にしたり、テーブルクロスにしたりしていた新聞の切れ端は大きな楽しみを与えてくれ、『イーリアス』とまったく変わらぬ役割を果たしてくれたのだった。

今必要だからと焦ったりせずに、それよりましな理由が見つかるまでは建築に取りかからず、たとえばドアや窓、地下室、屋根裏といったものが人間の本質のどんなところから生まれてきたのかを考えながら、私よりもずっと注意深く家を建てたなら、それだけの結果が得られるはずだ。人間が自分の家を作るということには、鳥が自分の巣を作るのとまったく同じ合理性がある。もし人が自らの手で家を作り、雑念のない真心から自分と家族のために食料を手に入れるとしたら、鳥たちがそのためにさえずり唄うのと同じように、人の中でも詩心がどんどん育っていくことだろう。それがどうだろう！　人はまるで、他の鳥が作った巣に卵を産み、おしゃべりや調子はずれの歌声ばかりで旅人を楽しませてもくれない、コウチョウやカッコウのようではないか！　私たちは家作りという喜びを、永遠に大工たちの手に渡してしまうのだろうか？　人が一生のうちにする経験の中で、建築はどれほどの割合を占めているのだろう？　私はあちこち歩き回ってきたが、我が家を建てるというシンプルかつ自然な仕事を抱えた人には、ひとりとして出くわしたことがない。私たちはみな、社会の一員だ。九人一組で働くのは、なにも仕立屋だけではない〔仕立屋は九人で一人前とことわざで言われている〕。これは説教師にしろ商人にしろ農民にしろ、一緒である。いったい私たちは、どこまで細かく分業する気なのだろう？　そんなことをして、どんな目的を果たそうというのか？　誰かが私のために何かを考えてくれるのはいいが、私の考えをないがしろにするのであれば、そんなことはとても歓迎できない。

　確かにこの国には建築家と呼ばれる人びとがいる。そんな彼らのうちのひとりが、まるで神の啓示でも受けたかのように、建築的な装飾には真実の核があり、必然性があり、それゆえに美しいのだ、などと言うのを耳にしたことがある。彼にしてみればしごくまっとうな言葉なのかもしれないが、そんなものは芸術道楽《ディレッタンティズム》と大して変わらない。彼は土台からではなく蛇腹《コーニス》の装飾から建物を考え始めるような、建築の改革者なのである。どの砂糖菓子の中にもよくアーモンドやキャラウェーの種が入っているものだが（ちなみに私は、砂糖などまぶさないほうがアーモンドは健康的だと思っている）、これもそれと同じで、装飾の中にどう真実の核を仕込もうかという話でしかない。装飾などはなるように任せ、住人がどう家の内外を真に作り上げていくかという話とは、まったく別物なのである。装飾はうわべだけのもので、単なる表皮に過ぎないのだと——亀がまだらの甲羅を、そして貝が真珠のようにきらめく貝殻を手に入れたのは、ブロードウェイに住む人びとがトリニティ教会と交わしたのと同じような契約を交わしたからなのだと——考えるような正気の御仁が、果たしてどこにいるだろうか？　亀と甲羅の姿形にはなんの関係も無いように、人間と家の姿形にも関係などありはしないのだ。兵隊だって、わざわざ自分の能力を色で表し旗を塗りたくろうとはしない。わざわざ自分から敵に見つかるようなものだし、そんな危険にさらされれば、あらゆる色を忘れてまっ青になってしまうことだろう。先の建築家はコーニスから身を乗り出し、自分よりもずっと真実をよく知る無学の住人に向かって、びくびくしながら生半可な真実を囁《ささや》きかけているように、私の目には映るのだ。今、私の目に見える建築の美しさとは、住人の、要するに唯一の建築者の必然性や性格から生まれ、内から外へと向けてゆっくり育ってきたものだ——無意識的な真実と気高さから生まれたものだ。外見や後付けの美しさなど気にも留めないこうした美とは、人が意識することのない人生の美しさから生まれてくるものだ。画家ならば知っていることだが、この国でもっとも趣のある住居とは、貧しき人びとが暮らす、もっとも飾り気のない素朴な丸太小屋や山小屋である。こうした家々を絵画的にしているのは単に見せかけの面白さではなく、その家を殻として暮らす人びとの人生なのだ。郊外に建つ箱型住宅も、住人たちの人生が慎ましく、想像力豊かに暮らし、建物の形に余計な手を加えたりしなければ、同じように趣に富んだ住居になることだろう。建築的な装飾はほとんどが文字通りに空っぽで、きっと九月にやってくる嵐が、家の本質だけを無傷のまま残し、借りものの羽飾りのようにすべて剝《は》ぎ取ってしまうに違いない。地下の貯蔵庫に入れるオリーブやワインを持たない者には、建物も必要ないかもしれない。もし文学的なスタイルについて人びとが同じような大騒ぎをしたり、聖書の建築家たちが、教会建築家と同じくらいの時間をコーニスにかけたりしたならば、どんなことになるだろう？　軟文学《ベルレットル》やボザール風建築や、それらの専門家たちは、こうして誕生したのである。実際、頭の上に棒を数本どう傾けて取り付けるかだとか、箱にどんな色を塗ればいいかだとか、そんなことばかりを気にしているのだ。なにか真剣な気持ちで棒を傾けたり色を塗ったりするのであれば、そんなことにも何らかの意味はあるだろう。だが魂がその宿主から抜け出してしまえば、それはもう自分の棺《ひつぎ》を作るのと――墓を建てるのと――同じで、「建築家」という言葉など「棺桶屋《かんおけ》」の別称にしか過ぎなくなる。とある男が絶望し、人生への関心も失い、足元から土を一握り取り、それで我が家を塗れと言った。彼は、自分が最後に入る狭き家のことを考えていたのだろうか？　それならば、コインを投げて裏表で色を決めても同じことだ。なんという時間の無駄だろう？　わざわざ一握りの土を取る必要などあるのだろうか？　ならば自分の顔と同じ色に家を塗ったほうがいい。そして自分の変わりに、青くしたり赤くしたりしてやればよいのだ。小屋建築の様式を進歩させる大改革とは笑わせる！　私の装飾品を用意してくれるなら、ひとつ身に着けてやろうではないか。

冬の訪れの前に私は煙突を建てると、すでに防水にしてあった家の壁にこけら板を張った。丸太から切り出したばかりのこけら板は、形もバラバラで乾いてすらおらず、かんなで端を整えなくてはいけなかった。

こうして、しっかりと板を張って漆喰《しっくい》を塗った家ができあがった。幅十フィート、奥行き十五フィート、柱は高さ八フィート。屋根裏部屋とクローゼット、両側に大きな窓があり、落とし戸がふたつ、表側にドアがひとつと、奥にはレンガの暖炉がある。家の総工費——使用した材料には一般的な費用を支払ったが、作業はすべて自分で行ったため計上していない——は、次のとおりである。自宅にいくらかかったかを正確に言える人はごくわずかだろうし、さまざまな材料に個別にかかる費用についてはもっと少ないと思われるので、ここに詳細を記しておく。

板（ほぼコリンズの小屋のものだ）	八ドル三・五セント
屋根と外側のこけら板	四ドル
木舞	一ドル二十五セント
中古窓枠および窓ガラス二つ	二ドル四十三セント
レンガ千個	四ドル
石炭二樽《たる》（これは高かった）	二ドル四十セント
毛（必要以上に多かった）	三十一セント
暖炉用鉄材	十五セント
釘《くぎ》	三ドル九十セント
蝶番《ちょうつがい》とネジ	十四セント
掛け金	十セント
白亜	一セント
輸送費（多くは自分で背負って運んだ）	一ドル四十セント
合計	二十八ドル十二・五セント

以上が、無断居住者の権利として使用した材木、石、砂を除いた材料のすべてである。家を建てた後に残った材料を使い、私は家の隣に小さな薪小屋も作った。

これほどの喜びを得られるうえにこの価格で作れるのであれば、私はすぐにでも、コンコードの大通りに建ち並ぶどんな家をも凌《しの》ぐほどに荘厳で豪華な屋敷を建てるだろう。

こうして私は、家を欲しがっている学生たちも、年間に支払っている家賃と変わらないほどの費用で、生涯の住処《すみか》を手に入れられるということを知ったのだった。やたらと自慢しているように聞こえるかもしれないが、私は自分自身ではなく世の人びとすべてのために自慢しているのだ。私にどんな欠点や矛盾があろうと、そんなものはこの話の真実になんの影響も与えはしない。安っぽい説教や偽善ぶったこともあれこれ言われるだろうが――これは小麦から取り去るのが難しい籾殻《もみがら》のようなもので、私だって皆と同じように残念に思っている――、私は好きなように呼吸をして体を伸ばすつもりだ。そうすることこそ、道徳心にも肉体にも、大きな安息となるからである。それに私は、謙遜《けんそん》することで悪魔の代理人になったりはしないと心に決めたのだ。よき言葉を選び、真実に尽くすつもりでいる。ケンブリッジ大学〔今のハーバード大学〕の学生寮では、私の小屋よりやや大きい程度の部屋の家賃だけで、毎年三十ドルもかかるという。大学側は三十二部屋が並ぶ建物を持っているわけだから利点があるものの、入居者たちはぞろぞろいるやかましい隣人たちに悩まされ、ともすれば、四階に住むという不便をこらえなくてはいけない。もしこうしたことについて私たちに真の知恵がもっとあったならば、すでにたくさんのことを身に付けているはずだから、受ける必要のある教育もぐんと減り、教育を受けるのに必要なお金ものすごく少なくなるはずだと、私には思えてならない。ケンブリッジや他の場所において学生が求めるこうした便宜を手にするには、学生もその周囲の人びとも、双方がしっかり手を打った場合に比べ、十倍もの人生を犠牲として支払わなくてはいけない。そうして、学生がもっとも求めるところ以外に、もっとも多額のお金がかかってしまうのである。たとえば授業料は学期中の支払いの中でも重要なものだが、同世代の仲間たちの中でもっとも洗練された人びととの付き合いから得られる遥《はる》かに価値の高い教育には、費用などまったくかからない。一般的に、大学を設立するための手順としてはまず何ドル、何千ドルといった具合に寄付を集め、わき目もふらずに分業の原則にのっとり――本来は、用心しながらでないと絶対に従ってはいけない原則である――極端と思えるほどに準備を進め、こうした工事こそ絶好の投機だと思ってくれる建築業者を呼び、その建築業者がアイルランド人や他の作業員たちを雇って基礎を作るものだ。一方、この大学に入学しようとする学生たちはといえば、大学に適応するようにと言われるのだ。このような手抜かりの代償を、後の人びとは何世代にもわたり払わされ続けるのである。学生や、大学から利益を得ようと願う人びとにしてみれば、自分たちの手で基礎工事をするほうがましというものに違いない。人に求められるあらゆる労働を計画的に回避することにより、誰もが欲しがる娯楽や休息を手に入れようとする学生は、休暇を実りあるものにしてくれる経験という唯一のものを自ら騙《だま》し取り、低劣で無益な休暇を過ごすはめになるのだ。「まさか、学生は頭ではなく手を使って仕事をしろというのか?」と言いたい人もいるだろう。正確とまでは言えないが、私の頭の中にあるのは、それに非常に近いことだ。要するに、学生は人生を遊んだり、単に勉強したりするだけではなく、社会がこの高価なゲームで彼らを支えている間に、徹頭徹尾真剣に生きるべきだと言いたいのである。人生を生きるという実験をさっさと始めること以上に、生きる道をよく学べることが、学生にとって他にあるだろうか?これは、数学と同じくらいに心の運動になることだ。たとえば、もし私が少年に人文や科学を教えたいのであれば、その辺にいる教授のもとに少年を行かせるような、一般的な方法は選ばない。そういうところでは何でも教えてもらえるし、実践も受けられるが、人生の道だけは別である。自分の目ではなく、望遠鏡や顕微鏡を通してしか世界を見ることがないのだ。科学を学んでもパンがどのように作られているかは学べず、機械学を学んでも、いかにしてその機械ができたのかは学べない。海王星の新たな衛星を発見しても、目に入った埃《ほこり》も見つけられず、自分自身がどんなごろつきの衛星になってしまっているのかも分からない。そして、一滴の酢の中の怪物をじっくりと観察している隙に、周囲を取り巻くたくさんの怪物たちに喰《く》われてしまうはめになる。さあ、ジャックナイフを作るのに必要なだけの知識を本で学び、自ら掘った鉱石を溶かして自分のナイフを作り上げた少年と、研究機関で金属学の講義を受け、ロジャースのペンナイフを父親から贈られた少年とを想像してみてほしい。一ヶ月のうちに大きく成長するのは、いったいどちらの少年だろうか？　自分の指を切ってしまいそうなのは、いったいどちらの少年だろうか？　大学を卒業するとき、私は自分が航海術を学んだと知らされ、思わずぎょっとしてしまった。こんなことがあっていいのだろうか？　たった一度でも港から外に出るだけで、もっと多くを学んでいたはずなのに。世間の大学では、貧しい学生ですら政治経済だけしか学んだり教わったりすることができず、哲学の同義語とも言える生活の経済学は、真摯《しんし》に教えようとすらされていない。そうして学生はアダム・スミスやリカードやセーの書いたものを読みながら、取り返しがつかないほどの借金を父親に背負わせるのである。

大学と同じことが、ありとあらゆる「近代的改善」についても言うことができる。ここには幻想がある。明確な進歩というものは、常にあるわけではないのだ。悪魔は、最初の出資とそれに続けて何度も行う多大なる投資の報いとして、最後まで福利を貪《むさぼ》る。人間の発明というものはいつでも、私たちの目を重要なものごとからそらしてしまう、可愛らしいオモチャに過ぎない。こうしたものは、改善されていない目的を達成するための改善された道具にしか過ぎず、その目的とは、ボストンとニューヨークを結ぶ鉄道のように、すでに存在していてごく簡単に到達できてしまう代物なのだ。今、世間ではメイン州とテキサス州とを電信網で結ぼうと大いに急いでいるが、もしかしたらメイン州にもテキサス州にも、急いで通信しなくてはならないような重大事など何もないかもしれない。この両者は、耳の不自由な女性との仲をなんとか取り持ってもらおうと躍起になっていた、とある男の状態とよく似ている。ようやく紹介してもらい、彼女からトランペット型補聴器の片端を手渡された男は初めて、伝えることが何もなかったと気づくのである。まるで、ちゃんと話すことよりも、速く話すことが目的になってしまっているかのようではないか。人は今、なんとか大西洋をくぐるトンネルを掘り、旧世界を何週間分か新世界へと近づけようと躍起になっている。だが、耳をそばだてるアメリカ人たちの元に届くニュースはおそらく、アデレード王女が百日咳《ひゃくにちぜき》にかかったとか、その程度のものだろう。とどのつまりは、一分に一マイルも走る馬にまたがった男だろうと、最重要なメッセージを届けにくるとは限らないのだ。彼は福音伝道者でもなければ、イナゴと野蜜《のみつ》を食べながら来るわけでもない〔マタイによる福音書、第三章四節に「このヨハネは駱駝《らくだ》の毛織衣をまとひ、腰に皮の帯をしめ、蝗《いなご》と野蜜とを食とせり」とある〕。かのフライング・チャイルダーズ〔十八世紀に不敗神話を作った名競走馬〕も、製粉所に穀物を運んだことなど一ペックたりともなかったろう。

ある御仁から「旅行好きなのに、どうして貯金をしないんだね？　今日にでもフィッチバーグ行きの汽車に乗って、あっちを見て回れるのにさ」と言われたことがある。だが、私はもっと賢い。もっとも素早い旅行者とは、自分の足で赴く旅行者だと学んだのである。私は友人によくこう言ってみる。「さて、どちらが先に着けるか考えてみるとしようじゃないか。距離は三十マイル、汽車は九十セントだ。ほとんど一日分の給料だよ。この鉄道で働く人びとの給料は、昔は一日六十セントだったものだな。さて、私が今から歩いて出発すれば、夜になる前には到着できるだろう。このペースで丸一週間、徒歩の旅をしたことがある。一方、君は汽車賃を稼いで明日《あした》のうちにあっちに着く。いや、運よく仕事にありつければ、今夜じゅうに到着できるかもしれない。まあ結局は、フィッチバーグに行くことはできず、君は一日の大半をここで働かなくちゃいけなくなるわけさ。だからもし鉄道が世界を一周したとしても、きっと私のほうが君よりもずっと先に着き続けるはずだよ。そうやってあちこち見たり、経験したりするのであれば、いちいち君と一緒に行くわけにはいかないな」

これは、誰にも絶対に出し抜くこともできない普遍の法則であり、ものが鉄道になろうとも、まったく変わらない。全人類が使うことのできる世界一周鉄道を作るということは、この惑星の表面を隅から隅までを均《なら》すことに等しいのだ。株式事業と工事とを続けてさえいれば、いつかは誰もが無料であっという間にどこにでも行けてしまう日がくるなどと、人びとはぼんやり思い込んでいる。だが、だが、群衆が駅に押し寄せ、車掌が「ご乗車ください!」と叫ぼうとも、いざ煙が吹き飛ばされて蒸気が水滴になるころには、乗車したのはほんのわずかで残りの人びとは轢《ひ》き殺されていることになるだろう。そして「悲しい事故」と呼ばれるだろうし、実際、悲しい事故なのである。確かに汽車賃を稼いだ人は最後には汽車に乗れるだろうが、それも、そこまで長生きできればの話である。むしろ、そのころには旅行への興奮も熱意も、すっかり失っているかもしれない。このように、人生の盛りも過ぎてからつまらない自由を享受しようとして、人生最良の時期を金稼ぎに費やしている人びとを見ると、私はとあるイギリス人のことを思い出してしまう。この男はいずれイギリスに戻って詩人になろうと思い、ひと財産を築きにインドに渡ったのである。だが彼は、脇目も振らずに屋根裏部屋にのぼってしまうべきだったのだ。「なんだと！　俺たちが国中の小屋から飛び出してきて叫ぶかもしれない。ああ、比較的いいものかもしれないね、と私は答えるだろう。もしかしたら、もっとひどいものを作っていたかもしれないのだから。だが、あなたがたの兄弟として言わせていただくが、土をほじくり返したりするより、もっといい時間の使いみちがあったはずだと思うのだ。

家を仕上げてしまう前に、不測の出費にそなえておくため、正直かつ後ろめたくないような方法で十ドルか二十ドルくらい作っておきたいと思い、家のそばにある二エーカーほどの砂地に、主にそら豆を、それからジャガイモ、トウモロコシ、えんどう豆、カブなどを植えた。全体で十一エーカーあり、その前年に一エーカーにつきたった八ドル八セントで売られたその土地は、ほとんどが松やヒッコリーの木々で覆われていた。ある農民の話だと、「やかましいリスどもを増やすくらいしか、使いみちが無い土地だ」とのことであった。私はその土地の持ち主ではなくただの無断居住者だったし、ふたたび大々的に土地を耕すような気もなかったので、肥料もやらなければ、草刈りもほとんどしなかった。耕すときにはいくつか切り株を掘り起こし、しばらくの間、薪として活用した。その跡には小さく丸い穴が残ったが、夏になるとここに豆がよく実るので、一目でそこだと分かった。家の裏手にある、ほとんど売り物としては使えない枯木や湖から運んできた流木が、不足分の燃料として活用できた。耕すには自分だけでは手が足りず、家畜数頭と人をひとり雇わなくてはならなかった。私の畑における第一期の総支出額は、農具、種子、手間賃などで、十四ドル七十二・五セントだった。トウモロコシの種は、人からただで分けてもらった。余計に作物を植えたりしない限り、どうということのない出費である。えんどう豆とスイート・コーンの他に、そら豆十二ブッシェル〔一ブッシェルは約三十五・二リットル〕、ジャガイモ十八ブッシェルが穫《と》れた。イエロー・コーンとカブは、時期が遅すぎて実らなかった。この畑からの総収入は、次のとおりである。

総収入　　二十三ドル四十四セント
支出額　　十四ドル七十二・五セント
残高　　　八ドル七十一・五セント

この計算書を作った時点で、自分で消費した分と手元に残した分とが、四ドル五十セント分あった。これは、私が自ら作らずよそで買ったわずかばかりの牧草代よりも、ずっと多い。あらゆることを——要するに、人間の魂と今日という日の重要性を——考慮すると、私の実験が短いものだったにもかかわらず、いや、ある意味では実験が短期型のものであったがために、その年はコンコードのすべての農家よりも好結果を収めることができたのだと思う。

その翌年は、必要な土地、およそ三分の一エーカーをすべて耕してしまったので、さらに結果は伸びた。そして、アーサー・ヤング〔有名なイギリスの農学者、農業経済学者。小麦、カブ、大麦、クローバーの四年輪作方式であるノーファク農法を見出《みいだ》した〕をはじめとする、たくさんの有名な農業書に気圧《けお》されることもなく、この二年の経験から次のようなことを学んだ。人はもしシンプルな暮らしを送り、自らの手で育てた穀物だけを食べ、自分で食べる分以上を育てたりせず、またその穀物をわずかばかりの贅沢《ぜいたく》な高級品などと交換したりしなければ、わずか数ロッド〔一ロッドは約五メートル〕の地面を耕すだけでこと足りる。しかも牛など使わず自分で耕したほうが、そして古い土に肥料をやるよりその時どきで新鮮な土を選んだほうが安上がりである。必要な農作業は夏場の空いた時間にでも、なんなら左手でできてしまうし、今のように雄牛や馬や雌牛や豚などに縛られずに済むのである。この点については公平に、そして今の経済的および社会的な仕組みにおける成功や失敗などには関心の無い者として話をしたい。私には家や農場といった足かせもなかったので、コンコードのどんな農家よりも自由で、いつでもこのひどくひねくれた精神の赴くまま、好きにすることができた。すでに他の農家よりも暮らしは豊かだったし、もし我が家が火事になったり畑が不作に襲われたりしても、ほとんど前と変わらない程度に豊かでいることができたろう。

私は常々、人間が家畜の主《あるじ》なのではなく、家畜が人間の主なのであり、家畜のほうが遥《はる》かに自由なのだと考えている。人間と牛は互いのために仕事をしているが、必要な仕事だけを考えてみた場合、牛たちのほうが遥かに大きな利益を得ている。牛の住む牧場のほうがずっと広いからである。人間は六週間もかけて牛のために干し草作りをしなくてはいけないが、これは生易しい仕事ではない。あらゆる面でシンプルに生きる国民――つまり哲学者である国民――は、動物の力を利用するなどという大きな過ちを犯したりはしないだろう。無論、哲学者の国が存在したことなど一度たりともなかったし、これからも出現しそうには思えないが、果たしてそんなものができるのが望ましいことなのかどうかも私には分からない。だが私は牛馬を手なずけたり、なにか仕事をさせるために飼ったりは絶対にしない。そんなことをすればただの馬飼いや牛飼いになってしまいそうで怖いのである。それに、そうすることで仮に社会にさらなる恩恵があったにせよ、誰かの得が他の誰かの損になるかもしれないし、厩番《うまや》の少年には主人と同じように満足のいく理由がないかもしれないではないか。家畜の力がなければ成し遂げられなかった公共事業があることは認めざるをえないし、人はその栄誉を牛馬とも分かち合うべきだ。しかし、だからといって、人間が自分たちにとってさらに価値のある仕事など達成できなかったと言い切ることができるだろうか？　人間が家畜たちの力を借り、本来生活には不要な仕事や芸術的な仕事のみならず、贅沢かつ無駄な仕事をし始めると、ごくわずかな者たちが牛たちとともにすべての仕事をするようになり、言い換えるならば、最強者の奴隷になってしまう。こうして人は自分の内なる動物のためにだけでなく、このことの象徴として、外なる動物のためにも働くはめになるのである。私たちはレンガや石で作られた丈夫な家を持っているが、農家の繁栄具合はいまだに、納屋がどれだけ母屋に影を落とすかで測られる。この町は、近隣でもっとも大きな牛馬小屋があると言われているが、公共建造物についても、他の町に負けてはいない。だが、自由に礼拝したりスピーチしたりできる公会堂は、この郡にはひどく少ない。人びとは建物によって自分たちの記念を残すのではなく、抽象的な思想の力を残そうとするべきではないだろうか？　東洋に残るあらゆる廃墟《はいきょ》よりも、『バガヴァッド・ギーター』〔ヒンドゥー教の聖典のひとつ。バガヴァッドはクリシュナ神の別称であり、『バガヴァッド・ギーター』で「神の歌」の意味になる」のほうがどれほど称賛に値するだろうか！　塔や寺院などは、王族の贅沢品《ぜいたくひん》である。シンプルで自由な精神は、王族の命令で働いたりはしない。天才というものはどんな皇帝の家来でもなく、材料を見たところで金銀や大理石などごく少量を除けば使われていないのだ。いったいどのような目的で、あんなにも大量の石がハンマーで叩《たた》き割られるというのだろう？　私が訪れたアルカディア〔古代ギリシャの、牧歌的で平和な理想郷〕では、石を叩くところなど一度たりとも見かけなかった。人びとは、自分たちの記憶を叩き割った石の量で永遠に残すのだという、狂った理想に取り憑《つ》かれている。それと同じだけの労苦を、自らの品位を磨くために費やしてはどうだろうか？　月と同じほどに高くそびえるモニュメントなどより、ひとひらの良心のほうが長く記憶に残るはずなのだから。私は、石があるがままの場所にあるのを見るのが好きだ。テーベの荘厳さは、下品な荘厳さである。正直者の畑を仕切る石壁は、人生の目的からかけ離れてしまった百の門を持つテーベよりもまっとうだ。野蛮で異教的な宗教と文明は見事な寺院を建ててみせるが、人びとがキリスト教と呼ぶものは違う。人びとが叩き割る石のほとんどは、墓場に行くばかり。そして自分自身を埋葬するのだ。ピラミッドに関して言えば、どこかの理想に燃える、ナイル川で溺《おぼ》れさせて死体を犬にでも喰《く》わせてしまったほうが賢明かつ男らしいとしか思えないような愚か者の墓を作ることに、あれほどまでに多くの人びとが人生すべてを費やすほどに貶《おとし》められたという事実以外、何も驚くべきほどのことはない。彼らとその愚か者のために何か言い訳を考えてやることもできるだろうが、あいにく私にはそんな時間などありはしない。建築者の宗教や芸術への愛については、建てたのがエジプトの寺院だろうがアメリカの銀行だろうが、世界中どこに行ってもだいたい同じと言っていい。入ってくる分よりも、ずっと金がかかっているのだ。人びとを突き動かすのは、ニンニクとパンとバターへの愛に後押しされた虚栄心なのである。前途有望な若き建築家バルカムがウィトルウィウス〔帝政ローマ時代の建築家。ローマ時代に建築体系書をまとめた〕の『建築書』の裏側にエンピツと定規で設計図を描き、その仕事を石工のドブソン&サンズに任せる。三千年という歳月がそれを見おろしだすと、人間はそれを見上げはじめる。高い塔や記念碑に関しては、かつてこの町に住み、中国まで穴を掘り抜けようとした奇人の話をしよう。この男が言うには、中国の鍋《なべ》やヤカンががちゃがちゃと鳴る音が聞こえるほどのところまで掘ったらしい。だが、私は彼が掘った穴を褒め称《たた》えるためわざわざ外に出かけようとは思わない。多くの人びとが、西洋と東洋の記念碑に関心を持ち、誰が建てたものかを知りたがる。しかし私としては、その当時にそんなものを建てなかった人物を――そんなつまらないものなど超越していた人物を知りたいと思う。だが、ここでは私が取った統計の話を進めることにしよう。

私は十指に数えるほどの仕事ができるので、この間に測量、大工、それから村のさまざまな日雇い仕事などをして、十三ドル三十四セントを稼いだ。ここには二年以上住んでいたが、七月四日からこの表を作った三月一日までの八ヶ月にかかった食費は下記のとおりである。ただし、自分で栽培したジャガイモ、グリーン・コーン、えんどう豆、および最後に手元に残っていた分は勘定に入っていない。

米　一ドル七十三・五セント
糖蜜《とうみつ》　一ドル七十三セント（最安価の甘味料である）
ライ麦粉　一ドル四・七五セント
トウモロコシ粉　九十九・七五セント（ライ麦粉よりも安い）
豚肉　二十二セント

使って失敗した分：
小麦粉　八十八セント（金銭的にも手間的にもトウモロコシ粉より

負担が大きい）

砂糖	八十セント
ラード	六十五セント
リンゴ	二十五セント
干しリンゴ	二十二セント
サツマイモ	十セント
カボチャ一個	六セント
スイカ一個	二セント
塩	三セント

そう、私はぜんぶで八ドル七四セント分を食べた。こうして恥知らずにも己の罪を公にしてみせるのは、多くの読者諸兄も私自身と同じくらいに罪深く、その行いを出版したなら、私と同じくらいにみっともないものになると分かっているからである。その翌年には時おり夕食にするため魚を獲《と》り、一度などは豆畑を荒らしに来たウッドチャックを殺し――タタール人流に言えば転生の邪魔をして――実験と称してそれを食べてみることさえした。ジャコウの風味がきつかったものの楽しいひとときであっ

たが、日常食とするのはあまり得策とは思えなかった。町の精肉店できれいに精肉されていたとしても、私はごめんである。

同じ期間における衣服と不意の出費については八ドル四〇・七五セントだが、これから得られる推論は何も無いだろう。

油および家事用具類　二ドル

洗濯と衣服の修繕はほとんど外に出し、まだ請求書が届いていないので省くことにするが、最終的な私の総支出額は次のとおりである。世界のこの場所で必要となる費用は、これだけあればじゅうぶんなのである。

家	二十八ドル十二・五セント
畑（一年分）	十四ドル七十二・五セント
食費（八ヶ月分）	八ドル七十四セント
衣類等（八ヶ月分）	八ドル四十・七五セント
油等（八ヶ月分）	二ドル
合計	六十一ドル九十九・七五セント

自活していきたい読者のために書いておくが、私は自給自足のために、

畑の作物の販売　二十三ドル四十四セント
日雇い労働の収入　十三ドル三十四セント
合計　三十六ドル七十八セント

を稼いだ。総支出額からこれを差し引くと、差額は二十五ドル二十一・七五セント。これは当初の資金とほぼ同じ額であり、今後の目安となる金額である。こうして手に入れた余暇や、誰にも邪魔されない暮らしや、健康の他に、私には好きなだけ住むことができる快適な家が残ったのである。

こうした統計には偶然性も含まれるから参考にならないように見えるかもしれないが、それでも特定の事例を確かに網羅している以上、何らかの価値もまた持っている。人から貰《もら》ったものについては、差し引いて計算をしておいた。右の計算を見るかぎり、私の食費は金額にしてどうやら一週間に二十七セントほどのようだ。これ以降のおよそ二年間は、イースト抜きのライ麦とトウモロコシ粉、ジャガイモ、米、豚肉の塩漬けごく少量、糖蜜、塩だけを食料とし、飲みものは水だけであった。米を主食として

暮らすのは、インド哲学をこよなく愛する私にとってはぴったりだった。執拗《しつよう》に粗探しをする人びとからの反論にそなえて書いておくが、時には外食することもあったし、これからだってするだろうが、こうしたことは往々にして家計にとってマイナスとなった。とはいえ外食とは先述したように日常的な要素であるから、このような相対的な明細に対してなんの影響も及ぼさないのである。

二年間の経験をとおして、私はこの緯度でも必要な食料を手に入れるには驚くほどわずかな労働だけで済むことや、動物たちのように質素な食事をしていても健康や体力を保てることを学んだ。トウモロコシ畑に生えるスベリヒユ（Portulaca oleracea）を摘み、茹《ゆ》でて塩を振るだけで、様々な意味で満足のいく食事になった。ラテン語名を併記したのは、oleracea（料理）という言葉が食欲を感じさせてくれるからだ。平和な時代のありふれた昼下がりに、茹でて塩を振ったスイート・コーンをたっぷり食べる。分別のある人間が、それ以上どんなことを望むだろうか？ 健康のためではなく食欲のためですら、私はごくわずかな変化しか自分の食事に付けようとは思わなかった。だというのに人間は、必要とするからではなく、贅沢《ぜいたく》を求めるせいで、しょっちゅう飢え苦しんでいる。私の知り合いのある女性は、息子が死んでしまったのは水ばかり飲んでいたせいだと思い込んでいる。

読者諸兄は、私がこの問題を、栄養学的ではなく経済的な視点から扱っていることにお気づきだと思う。そして、どっさり食料をたくわえた貯蔵庫の持ち主でもないかぎり、私がしたような粗食を実践してみようなどとは誰も思わないだろう。

最初のパンはトウモロコシ粉と塩だけで作った。家を作るときに切った材木の端切れに載せて家の外で焼いたので、まさにホー・ケーキであった〔鍬《ホー》の先に載せて焼かれたという説もあるが、ホーと呼ばれた鉄鍋《てつなべ》で焼かれたという説もある〕が、いつでも煙に燻《いぶ》されるせいで松の臭いが付いてしまうのだった。小麦粉のパンも試してはみたが、結局は、ライ麦粉とトウモロコシ粉のミックスがもっとも使い勝手がよく味もいいことが分かった。寒い季節に、卵を孵《かえ》そうとするエジプト人のように注意深く、小さなパンをいくつもひっくり返して焼いていくのは、実に楽しい作業であった。なにせこの手で実らせた穀物の実なのだ。そこからは私が布にくるんで長く保存し続けていた、他の麗しい果実にも劣らぬ匂いが漂っているよう私には感じられた。私は太古より欠かすことのできぬパン製造法を研究した。ありとあらゆる著名な文献をひもとき、木の実や肉という野蛮な食事から人類が抜け出し、初めてパンというまろやかで洗練された食物と出会い、パン種を入れないパンを初めて作り上げた原始時代の日々にまでさかのぼった。それから私の研究は、練り粉が起こした偶然の発酵や――これが人に発酵法を教えたとされている——、その後に確立されたさまざまな発酵法をゆっくりとたどりながら、やがて生活の糧となる「上質で、美味で、健康によいパン」ができるまで進んできた。ある人びとは酵母というものを、パンの魂と、そしてパンの細胞組織を満たす精霊だとみなし、ヴェスタ神殿の炎のごとく崇拝し、保存してきた（メイフラワー号が運んできた数本の瓶に入った酵母がアメリカで役割を果たし、その影響力が今もなおこの国全土に、穀物の大波となって起こり、うねり、広がってゆくように私は思っている）。私はそのパン種をきっちりと欠かすことなく村から買っていたのだが、ついにある朝、その決まりを忘れ、イーストを入れずにパンを焼いてしまったのだった。そしてこの事故により、イースト菌さえ必要不可欠なものではないと知り——私のこの発見は総合的ではなく、分析的過程によるものだったのである——それっきり、喜々《きき》として使うのをやめてしまった。ほとんどの主婦たちは、イースト菌を使わないパンなど安全でも健康的でもないと私に力説し、年寄りたちはすぐに体力が衰えてしまうと予言したものである。しかし、イースト菌は必要な材料ではないと知った私がそれ無しで一年を過ごしてみても、果たして私は生者の国に留《とど》まっていた。そのうえ、ポケットに瓶を詰め込んで運ぶ煩わしさから解放されたのも嬉《うれ》しかった。というのも、瓶が飛び出して中身をぶちまけてしまい、悲しい思いをすることが時どきあったからである。使わずに済ませるほうが簡単だし、理に適《かな》っている。人間とは、他のどんな動物よりもあらゆる気候や状況に適応できる動物なのである。私はパンを作るのに、炭酸ソーダも使わなければ、酸やアルカリも使わなかった。まるで紀元前二世紀にマルクス・ポルキウス・カトー〔共和制ローマ中期の政治家〕が作った製法をなぞっているように思われるかもしれない。

"Panem depsticium sic facito. Manus mortariumque bene lavato. Farinam in mortarium indito, aquae paulatim addito, subigitoque pulchre. Ubi bene subegeris, defingito, coquitoque sub testu."

私はこれを、次のような意味と思っている。「練り粉のパンは、このように作ること。手と桶《おけ》をよく洗う。桶に練り粉を入れて少しずつ水を加えながらしっかりと練る。よく練りあがったら形を整え、蓋《ふた》をして（要するに焼き窯に入れて）焼くこと」酵母など、ひとことたりとも出てこない。だが、私はいつもパンを命の糧としていたわけではない。時には財布がすっからかんになってしまい、一ヶ月以上もパンになどお目にかかれないこともあったのである。

きっとニューイングランド人なら誰でも、自分のライ麦畑やトウモロコシ畑でパンの材料を作ることができるから、遥《はる》か遠くで休むことなく変動し続ける市場になど頼ることはあるまい。それなのに私たちはシンプルさとも自立性ともかけ離れた暮らしをしており、このコンコードでは、挽《ひ》きたての美味《おい》しい粉などめったに売られていないし、もっと粗いトウモロコシや穀類となると、使う者すらほぼいない。ほとんどの農民は自分で育てた穀物を牛や豚にやってしまい、自分は店で大枚をはたいて大した栄養もない小麦粉を買っているのである。私は、一、二ブッシェルのライ麦やトウモロコシであれば簡単に栽培できることを知った。ライ麦は渇いた土地でも育つし、トウモロコシにしろそれほどいい土地でなくても大丈夫だからだ。それをハンド・ミルで挽いてやれば、米や豚肉がなくともやりくりできる。それに、どうしても濃縮された甘味が必要なときには、カボチャやビートから実にいい糖蜜《とうみつ》を作ることができるのも、いろいろ試してみて分かった。さらに、もっと簡単に甘味を手に入れたければメイプルを何本か植えればそれで済むのは知っていたし、それが育っている間は、さきに挙げたもの以外にもいろいろな代用品が使えるのだ。祖先たちが唄《うた》っているとおりである。

「カボチャやパースニップやクルミを使って、
唇に楽しい甘い酒を作ろう」

最後に、食料品の中でもいちばんよく使われる塩についてだが、これを手に入れようと思うのならば、せっかくだから海岸まで足を延ばす機会にするといい。もし塩をまったく使わないとしたら、私はおそらく水を飲む量を減らしただろう。インディアンたちが塩を手に入れようと苦労した話など、私は聞いたことがない。

こうして食料については、ありとあらゆる売買や交換をせずに済ませることができたし、家はもうすでにあるわけだから、あとは衣服と燃料さえ手に入れればよかった。私が今はいているズボンは、農民の家族が織ってくれたものだ――人間がまだそれほどの善良さを残しているとは、ありがたい話である。なぜなら私は、農民から職人へと堕落することは、人間から農民へと堕落することと同様、記憶に留めるべき一大事だと思っている。新しい国では、燃料を手に入れるのはなかなか大変なものだ。居住地については、もし住み続けることが許されないとすれば、私が耕した土地の売却価格と同額、つまり八ドル八セントで一エーカーを買い取ってもかまわない。とはいえ、私が住み着いたことにより、この土地の価値は上がったものと私は思っているのだが。

時どき疑《うたぐ》り深い人びとがおり、野菜だけを食べて生きていけると本当に思っているのかなどと私に訊《たず》ねてくる。そうした疑念を根絶やしにするために——その根っこにこそ信念があるからだ——私はいつも、釘《くぎ》を食べたって生きていけるとも、と答えるようにしている。これを言っても分からないのであれば、私の話などいくら聞いてもほとんど理解できないだろう。私はといえば、過去になされたこうした実験の話を聞くのが好きである。たとえばとある若者が、臼《うす》やすり鉢は一切使うことなく自分の歯だけを頼りに硬い生のトウモロコシを食べ、二週間暮らそうとしてみた、というような話だ。リス族は同じことに挑戦し、これに成功している。そうしたことができないほどに年老いていたり、製粉所の権利を三分の一相続したりしているご婦人がたにしてみれば危険なことと思われるだろうが、人間という種族はそういう実験に興味を持つものなのだ。

使用した家具の一部は自分で手作りし、計算書に書かれていないものについてはまったく金がかからなかった。その内容は、ベッド、テーブル、机、椅子三脚、直径三インチの鏡、火箸《ひばし》と薪《まき》載せ台、ヤカン、小鍋《こなべ》、フライパン、ひしゃく、洗面器、ナイフとフォーク二セット、皿三枚、カップ、スプーン、油壺《あぶらつぼ》、糖蜜用の瓶、そして漆塗りのランプである。カボチャを椅子代わりにしなくてはいけないような貧乏人などいやしない。いるとすれば、ただのぼんくらだ。村の屋根裏部屋の数々には、運び出しさえすれば自分のものになる椅子が、山ほどあるのだから。家具！ ありがたいことに、私はわざわざ家具倉庫の世話になるまでもなく、座ったり立ったりすることができる。自分の家具が荷車に載せられ、陽光や衆目を浴びながら運ばれていくのを見たならば、哲学者でもなければ誰もが恥ずかしい思いをするだろう。スポールディング家の家具がそうである。そんな積荷を見ただけでは、金持ちのものなのか貧乏人のものなのか、分かるはずもない。持ち主はいつでも、貧しさに打ちひしがれたように見えるものなのだ。事実、そうしたものを持てば持つほど、人はますます貧しくなるのである。それぞれの積荷にはまるで小屋十二軒分もの中身が押し込められているように見えるし、小屋一軒が貧しいのならば、その十二倍も貧しいことになってしまう。自分の家具を、つまりは抜け殻を捨て去ること以外、引っ越しというものにどんな目的があるというのだろう？ 引っ越しとは、ようやくこの世界から新たに家具を置かれた別天地へと移り住み、こちらの世界は焼けるに任せるのと同じことではないのだろうか？ これではまるで家財道具《トラップ》をすべてベルトにくりつけ、それをずるずると引きずりながら、人が住み続ける運命のあるこの荒れ果てた土地をえっちらおっちら進んでいくのと同じである。私たちは、しっぽを罠《トラップ》に挟まれたまま逃げのびた、運のいいキツネなのだ。ジャコウネズミなら、脚を噛《か》みちぎって罠から逃れるだろう。人が融通性を失ってしまったのも、無理のない話ではないか。身動きが取れなくなってしまった人びとの、なんと多いことだろう！　「こんなことを訊《き》くのは失礼かもしれませんが、身動きが取れないとはどのような意味でしょう？」君にもし千里眼があるならば、誰か人と出会うたびに彼の持ち物すべてが、そして持ち物でないような振りをしているものが、さらには台所道具や、燃やさずに取っておこうと思っているつまらないものまで見えてしまうだろうし、そうしたものにがんじがらめになりながら必死に進もうともがいている彼の姿までもが見えるだろう。私が言う身動きの取れない人というのは、せっかく節穴や門をくぐったというのに荷車に山盛りの荷物がつっかえてしまっている人びとのことだ。一見したところ何にも縛られないしっかり者のような人物が、自分の「家具」に保険をかけてあるかどうかなどと話しているのを耳にすると、私はどうしても同情を感じてしまう。「しかし、私の家具をいったいどうすればいいのでしょう？」そこで私の元気な蝶《ちょう》は、蜘蛛《くも》の巣に捕まってしまう。長いこと家具など持ったことがないように見える人であろうと、よくよく訊ねてみれば、誰かの納屋にしまってあるものがいくらか見つかるはずだ。私から見れば今のイギリスは、長い家庭生活の中でたんまり溜《た》め込んでしまった、燃やしてしまう勇気もないがらくたを、大小さまざまなトランクや箱や鞄《かばん》に詰め込み旅をしている老紳士のようなものである。最低でも、トランクや箱などは捨ててしまうべきだ。ベッドを背負って歩くなどということは、元気な男性にとってすらきつい話なのだから、病気の人にはベッドなど捨てて逃げ出すことをお勧めしたい。以前、自分の財産をまとめて運びながらよろめいている移民と出会ったことがあるが――その大荷物は、まるで首にできた巨大なできもののようであった――私は哀れみを感じずにはいられなかった。それしか財産が無いことにではなく、まるごと運ばなくてはいけないことにである。もし私が自分の家財道具《トラップ》を運ばなくてはいけないはめになったとしたら、できるだけ軽くして、急所を挟まれたりしないようにするだろう。だがおそらく、そもそもそんなことをしようと考えないのがいちばん賢いのである。

ところで、カーテン代はまったくかからなかったことを、ここに書いておきたい。太陽と月を除けば我が家を覗《のぞ》くものなど何もありはしなかったし、そのふたつになら、覗かれたところで大歓迎だったからである。月は牛乳や肉を腐らせたりしないし、太陽は家具を傷めたりカーペットの色を褪《あ》せさせたりしない。それに、もし太陽が時として暑すぎる友であったとしても、家計簿に新たな出費を書き加えるより、自然が与えてくれるカーテンの陰に隠れているほうがより経済的であることも発見した。一度は、ある女性がマットをくれると申し出てくれたこともあったのだが、家にはそれを敷くような部屋もなければはたいて綺麗《きれい》にするような時間もないので、玄関前の芝で靴底をこするほうがいいと思い、申し出を断ってしまった。面倒の種は、最初から避けて通るに限るのだ。

近ごろ、ある教会執事の遺品の競売に顔を出してみた。というのもこの執事というのが、なかなかの有力者として人生を送った御仁だったのである。

「人の悪行は死後にまで生き続ける」

〔『ジュリアス・シーザー』ウィリアム・シェイクスピアより〕

ありがちな話だが、遺品のほとんどは父親の代から積み重なったがらくたの山で、中にはひからびたサナダムシまで見つかる始末だった。そして今、半世紀にわたり屋根裏部屋やゴミ置き場で眠っていた遺品の数々は、まとめて燃やし、清められる代わりにオークションに出され、新たな物持ちを増やそうとしている。近所からは遺品をひと目見ようと大勢が集まり、片っ端から買いあさり、注意深く自宅の屋根裏部屋やゴミ置き場へと運んでいき、再び自分たちが次の世に旅立つ時まで眠らせておく。そして死んだらまた埃《ほこり》をたててそれを持ち出してくるのである。

ある未開人たちの国々は、年に一度、抜け殻を捨て去るような習慣を持つのだが、これは私たちがまねをしても有益なものだろう。自覚しているかどうかはともあれ、彼らはそれがどんな意味を持つのかをきちんと理解しているのだ。バートラム〔ウィリアム・バートラム。アメリカの博物学者。植民地の精密な調査を行い、多くの資料を残した〕はマックラス・インディアンの風習について書いているが、私たちも彼らと同じように「収穫祭《バスク》」や「最初の実りの祝宴」を祝ってみてもいいのではないだろうか？　バートラムは、次のように書いている。「町が収穫祭を祝う時には、あらかじめ人びとに新たな服と、鍋やフライパン、家財道具や家具を与え、着古した服や他のがらくた類を集め、家や広場、それから町じゅうの汚れを掃いて綺麗に掃除し、そこで出たゴミを残っている穀物や他の食料と一緒にまとめて山と積み上げ、焼却してしまう。そして薬を飲むと町じゅうの明かりを消し、三日にわたって断食を行うのである。断食の期間中は、食欲はもとより他のいかなる欲求も満たしてはいけない。大赦が宣言され、すべての罪人たちが町に帰ってきてよいとされる。

四日目の朝、高僧が広場にて乾いた木をこすり合わせて火をおこすと、町の人びとが生まれたての純粋な炎をそこから持ち帰っていくのである」その後三日間、人びとは採れたての穀物や果物をごちそうにして祝宴を開き、唄《うた》い踊って過ごす。「そして、それからの四日間は、同じように身を清めて新たな年に備えた近隣の町に住む友人たちがやって来て、ともに楽しむのである」

メキシコ人たちも、五十二年ごとに世界が終わると信じ、これと似たような清めの儀式を行っていた。

この儀式を辞書は「内面的かつ精神的な恩寵《おんちょう》の、外面的かつ視覚的な表現」と定義しているが、私はこれほどまでに真に神聖なる儀式をほとんど耳にしたことがない。彼らにはこの啓示が記された聖書のような記録があるわけではないが、きっと初めには天がこうせよという声を聞いたのに違いないと、私は確信している。

私はこのようにして五年以上も自分の働きだけを頼りに暮らし続け、その結果、年に六週間も働けば、それだけでじゅうぶんな生活費を得られることを突き止めた。冬と夏のほとんどは何もない自由時間で、好きなだけ勉強することができた。私には学校経営にずいぶんと力を注いだ時期もあったが、収入に比例して支出が大きくなるどころか、むしろ収入を上回るほどであるということが分かった。というのも、教師として考えたり信念を持ったりすることはさておき、きちんと身なりを整えたり教える用意をしたりしなくてはならず、まったく時間が無くなってしまったのである。生徒たちに寄り添い教えることよりも、生活のために働いたのが失敗であった。商売に手を出してみたこともあったが、いっぱしになるには十年はかかりそうだったうえに、そのためには悪魔に心を売らなくてはいけない気がした。そのころには、すっかり俗に言ういい商売ができるようになってしまっているような気がして、恐ろしさすら覚えたものである。それ以前に、果たしてどうやって生計を立てていこうかと考えていたころ、友人の希望どおりにしようと考えて悲しい思いをした記憶がまざまざと心に残ったまま私を縛り付けていたものだから、私はよく、ハックルベリーを摘んで暮らそうかと本気で考えたものだった。それならば私にだってできそうだし、少ない稼ぎしか得られなくとも私には十分だろうし――私の最大の能力とは、物欲がほとんど無いことである――元手だって大してかかりはしないし、いつもの穏やかな気持ちが妨げられることもないはずだと、愚かしくも考えたのである。知り合いの面々がためらいも見せずに商売や仕事を始めるのを見ながら、私はハックルベリーを摘むことこそ、もっともそれに近いのだと思った。夏の間じゅう山々を歩き回っては、そこで見つけたハックルベリーを摘み取り、適当に売りさばいてしまう。そうして、アドメートス王の羊を飼うアポロン〔キュクロープスを殺したアポロンは、一年にわたり人間に仕えるよう命じられ、アドメートス王の羊飼いとなった。牛飼いともいわれる〕の役を演じ続けるのである。もしくは野草を摘んだり常緑樹を干し草用の荷車に積んだりして、森を思い出すのが好きな村の人びとに、なんなら都会にまで運んでいってはどうかと空想することもあった。だがその後、商売というものは関わるすべてのものに災いをもたらすということを学んだ。たとえ天のお告げを伝えようとしても、商売というものに付きものの災いからはまず逃れることができないのだ。

私には私の好みというものがあるが、自由がことさら好きであり、つらい暮らしを送ろうとも心から満足することができる。ふかふかのカーペットや上質な家具、上等な食事、はたまたギリシャ様式やゴシック様式の家などを手に入れるために時間を割きたいなどとは思わない。そういうものは、たやすく手に入れることができる人、そして手に入れても使い道をちゃんと理解している人がいるのなら、彼らに任せておくとしよう。中には、労働そのものを愛したり、苦難を免れるために労働を愛したりするような人びともいるらしい。とりあえず、そうした人びとに言うことなど私には何もない。今享受しているよりも多くの余暇ができても何をしたらいいのか分からないという人には、今の二倍働くよう進言する——働いて貯めた金で自分自身を身受けし、自らの自由への切符を手に入れるのだ。私は、日雇い仕事こそがもっとも独立性が高いということを学んだ。なにせ年間三、四十日も働けばそれでやっていけるのである。労働者の一日は日が沈むとともに終わり、あとは労働から解放されて好きなことにだけ打ち込むことができる。だが雇い主のほうはといえば、毎月毎月あれやこれやと考えごとに追われ、年がら年中休む暇もまったく見つからないのである。

要するに、私は信念と経験から、この地上で自分の命を守っていくというのは、シンプルで賢く生きさえすれば、苦行というよりむしろ娯楽なのだと確信している。これは素朴な国に生きる人びとが、今でも仕事を楽しみとして生きているのと同じこと。私よりも汗かきでないのなら、生きる糧を稼ぐのにわざわざ額に汗するまでもないのである。

数エーカーの土地を相続した知り合いの若者から、もし財産さえあれば私のように生きてみたいと言われたことがある。だが私は、自分と同じ生きかたをなんとしても誰かに押し付けようとはまったく思わない。というのも、相手がようやく私の生きかたを身につけるころ、私はもう別の生きかたを見つけ出しているかもしれないからだ。世界にはできるだけ多種多様な人びとが生きているほうが、私はいいと思っている。私はひとりひとりに、父親とも母親とも隣人の誰とも違う自分だけの生きかたをじっくり見つけ、それを追い求めてほしいのである。若者は家を建てても、木を植えても、航海に出てもかまわない。私は、彼らがしたいと言うことの邪魔をせず、させてやるだけだ。船乗りや逃亡の奴隷たちが北極星を見つめ続けるのと同じように、私たちは数学的な意味でしか賢さを持つことができない。だが、それも私たちの人生にとって、れっきとした導きになる。たとえ計算通りの期間に港に入ることができなくとも、本来の航路から外れることがないよう導いてくれるのである。

ひとりの人間にこれがあてはまるのであれば、千人の人にも当然あてはまる。ちょうど、家の大きさに比例して値段が高くなるわけでないのと同じだ。屋根も貯蔵庫もひとつで済むし、壁ひとつでいくつもの部屋に仕切ることができるからである。けれど私はといえば、ひとりで住まうほうが好きだ。そのうえ、壁を挟んで共同生活をする利点を他人に説くよりも、すべて自分ひとりで建ててしまうほうが往々にして安上がりだろう。それに共同生活をずっと安く上げるには壁を薄くしなくてはならないし、ともすれば暮らしてみたら相手がひどい隣人で、自分の住む側をぼろぼろにしたまま修理もしないかもしれない。普段から協力してくれるといっても部分的かつ表面的な協力だけで、ほんのわずかに本当の協力があったとしても、人の耳には聞こえることのない旋律《ハーモニー》のような、無きに等しいものだろう。信頼のある者は、どこにいようとも変わらぬ信頼から協力するものだが、信頼のない者はどんな社会に加わろうとも世間の人々と同じように生きていく。協力というものは最大限の意味でも最低限の意味でも、共に生活するということなのだ。近ごろ、次のような話を聞いた。ふたりの若者が一緒に世界旅行をしようと意気投合したのだが、ひとりはお金がないので船や農場で働きながら旅をしたいと言い、もうひとりは為替手形を持って旅をすると言った。なにせひとりはまったく働く気がないのだから、ふたりの旅が長続きしないことなど火を見るよりも明らかだった。最初に遭遇する重大危機で決別してしまうに違いない。とにもかくにも――前にもそれとなく書いたことではあるが――ひとりで旅立つ者は今日にでも出発できるが、人と旅立とうとする者は、相棒の準備が整うまで、時として長きにわたり待ち続けなくてはならないのだ。

けれど、私のこの試みを知った何人かの町人たちに、ひどく身勝手だと言われたことがある。実を言うと、私は今まで慈善的な活動に打ちこんだことがほとんどない。義務を果たすために何度か犠牲を払い、そして人々の中にいることで今のこの歓《よろこ》びもまた犠牲にしてきた。町に暮らす貧しき人々を助けなさいと、全身全霊をかけて私を説得しようとする人々もいた。私も、もし何もすることがなかったならば、おそらくそのような気晴らしに手を出してみていたとしてもおかしくはないだろう——暇人には悪魔が邪《よこしま》な仕事を持ってくるというからだ。だがしかし、私がそれに打ち込んでみようと思いたち、そうした貧しき人々があらゆる意味で私と同じくらい快適に過ごせるようにすることでひとつ恩に着せてやろうと考え、わざわざそんな申し出をしたというのに、彼らときたら誰もが口を揃えてあっけらかんと、乏しいままのほうがいいなどと言う。町では男も女もみな仲間である町人のためにあれこれと手を尽くしているのだから、彼らと違って人道的な行いなど大してしない者がひとりくらいいても構うまい。他のあらゆるものごとと同じく、慈善にもまた生まれ持った才能が必要なのだ。善行とはもはや完全に専門職のひとつである。そう思ったうえで私はかなり熱心に試みたりもし——妙な男だと思われることだろうが——自分の性にはまず合わないと納得したのである。おそらく私は、社会に求められる善行を果たしたり、宇宙を崩壊から救ったりするためであろうとも、天に与えられた使命を己の意志でみすみす放棄してはいけないのだ。それに私は、自分に似ていこそすれ遥《はる》かに偉大なる普遍の精神を持つ何者かがどこかで宇宙を守っていると信じている。私は人と、人が生まれ持った才能との間に入って邪魔立てしたりはしない。そして心も魂も命もかけてこの仕事をするのだという人がいれば、たとえそれが世間から悪行と呼ばれようとも——いかにも世間が言いそうなことだ――耳を貸すことなく成し遂げるよう私は言いたい。

私の考えが偏屈であるとは露ほども思わない。読者もまず間違いなく似たような弁解をすることだろう。何かしろと言われれば――たとえそれが近所の人々が善と呼ばないことであれ――私は雇うだけの甲斐《かい》のある男だと躊躇《ちゅうちょ》なく答えよう。だがその仕事が何であるかは、私を雇った側が決めることだ。私のすることになる善行――一般的な言葉の意味での善行――は決まって私の本流からはずれており、一から十までほぼ私の意図しない行いである。人は、より価値のある人間になろうなどと理想を持たずにそのままの、ありのままの君として、そして優しい気持ちを持って善を行いなさいなどと本当に口にする。もし私が同じように説教するのであれば、まずは自分を善くしなさいと言うだろう。でなければまるで、太陽は生きとし生けるものすべてが直視できないほどの眩《まばゆ》さとなるよう優しき温《ぬく》もりと恩寵《おんちょう》とを着実に高めるまで――そして高めてからも――己の軌道を周回しながら世界に善をなし続けるのではなく――いや、より真理に近い学問が明らかにしたように、世界のほうが太陽から善きものを受け取っているのだが――むしろ家から家へと窓を覗《のぞ》いて回るロビン・グッドフェロー〔イギリスの民話に登場する家事好きの陽気な妖精。人間の家事を手伝って回る〕のように、月や六等星に自分の炎を移してやるたびに動きを止め、狂人を昂《たか》ぶらせ、肉を腐らせ、暗闇を照らさなくてはならぬとでも言わんばかりではないか。パエトーンは善行によって己が天の子であることを示そうと太陽神の戦車を持ち出したが、踏み固められた道をはずれて天国の火災で何ブロックかの家々を灰にし、地表を焦土とし、泉をすべて干上がらせてサハラの大砂漠を作り出してしまった。そしてしまいにはジュピター〔ローマ神話の主神であり、ギリシャ神話のゼウスに相当する神。ユピテルとも〕が雷で打って彼をまっさかさまに地上に落としたものだから、息子の死を悲しむ太陽はその後一年間にわたり輝くのをやめてしまった。

汚れた善が放つ臭気ほどひどい悪臭はない。それは人の、そして神の腐肉なのだ。もし人が私に善行を働こうとして訪ねてくるのがはっきりと分かってたならば、口も鼻も耳も目も砂塵《さじん》でふさいで人を窒息させてしまうシムーンという名のアフリカの乾いた熱風から逃げ出すかのように、命がけで逃げるだろう。何らかの善行などが働かれ、そのウイルスが私の血に混ざったりしたらたまらない。断じて駄目だ——受け入れるくらいならば、私はむしろそのまま苦難にさいなまれよう。飢えた私の腹を満たしてくれたり、凍えた私を温めてくれたり、溝に落ちた私を引き上げてくれたりしたからといって、私にとって善人であるということにはならない。その程度であれば、ニューファンドランドの犬だってしてくれるだろう。慈善とは、もっとも大きな意味での同胞への愛とは別物だ。慈善という意味でいえば、ハワード〔ジョン・ハワード。イギリスの監獄改革運動家〕は疑う余地もなくとびぬけて愛にあふれた立派な人物であるし、その行いも成就させている。けれど一方、私たちがもっとも助けを求めているときにその慈善がなんの助けも与えてくれないのだとしたならば、百人のハワードがいたところで、いったい何になるというのだろう？ どこかの慈善集会で、私や私の同類たちに善をなそうと真剣に議論されているという話など、一度たりとも耳にしたことがない。

杭《くい》に縛りつけられ火《ひ》炙《あぶ》りに処されながらも、自分たちを苦しめる拷問者たちに新たな拷問法を提案するインディアンたちの姿を見て、イエズス会の宣教師たちは愕然《がくぜん》としてしまった。肉体的苦痛を超越していた先住民たちは時として、宣教師たちに与えることのできる慰めを凌駕《りょうが》した。自分が何をされようとも気に留めることなく、宣教師たちにとっては未知の方法で敵を愛し、敵にされたことをほとんど無条件で許してしまう先住民たちの前では、「人にしてほしいことを人にしてやりなさい」などという教えには、ろくな説得力もなかったのである。

たとえ貧しき者には到底まねのできない手本となろうと、貧しき者には彼らがもっとも必要とするものを与えることだ。彼らに金をやるのであれば、ただやってしまうのではなく、自分自身が使うことだ。人はときとして、実に不思議な過ちを犯す。貧しき者はいくら薄汚れて身なりもぼろぼろでみすぼらしくとも、往々にして見た目ほど凍えても飢えてもいないものだ。彼らは我が身に降り掛かった不運ではなく、自らの嗜好《しこう》によってそんな姿になっていることもある。金をやってしまえば、おそらく彼はさらにぼろを買い込んでくるだろう。私はかねがね、自分はきちんとした、いくらかファッショナブルな装いに身を包みつつ、ぼろ服をまとって湖の氷を切り出して暮らすアイルランド人労働者たちを哀れんでいた。しかし、凍《い》てつくような寒さのある日、水に落ちた労働者が暖を取るため私の家に来たことがあるのだが、その彼が私の前でズボン三枚と靴下二枚を脱いでみせたのだ。どれも汚れてぼろぼろではあったが、それだけ着込んでいれば大丈夫だからといって、私が差し出した余計な衣服を断ったのである。そうしてずぶ濡《ぬ》れになることこそ、まさしく彼の仕事だったのだ。私は自分が間抜けになったように感じると、彼に古着をひと揃い買ってやるより自分のためにフランネルのシャツを一枚買うほうがよほど大きな慈善になることを理解した。たとえ悪の枝を切ろうとする者が千人いようとも、根を断とうとするのはひとりだけだ。そして貧しき者に湯水のように時間と金を注ぎ込む者は、そんな生きかたを通して、必死に消し去ろうとしている苦難を手ずから生み出しているのかもしれない。これでは、十人いる奴隷のうちひとりが稼いだ金で他の九人の自由な日曜日を買う、偽善的な奴隷の主《あるじ》だ。中には、貧しき者を料理番に雇って己の慈悲を示す人々もいる。だがそれならば、自らが厨房《ちゅうぼう》で働くほうが親切というものではないか？　収入の一割を慈善活動に使うと言って鼻にかける者もいるが、九割をそうして残り一割でやりくりするべきではないのか？　たった一割しか社会に還元されないではないか。富を持つ人々の寛容さに任せているからこうなるのだろうか？　それとも司法官たちの怠慢からこんなことになるのだろうか？

慈善とは、全人類が全面的に価値を認めるほとんど唯一の美徳である。いや、これは大いなる過大評価だ。私たちの利己主義がそんな過大評価をするのだ。ある晴れた日、このコンコードで、貧しくも逞《たくま》しい男がある町人のことを、貧しき者――つまり彼自身のことだ――に親切だと褒めていた。親切な叔父《おじ》や叔母《おば》とは、真の精神を持つ父や母よりも尊敬されるのである。かつて学識も知性もある聖職者がイングランドについて講演を行うのを聴いたことがあるのだが、彼はシェイクスピア、ベーコン、クロムウェル、ミルトン、ニュートンなど、科学、文学、政治の偉人たちの名を列挙すると、次にキリスト教の英雄たちの名前を挙げ、仕事上やむをえないのだといった顔をして、偉人のなかの偉人として、他の偉人たちの遥か上にまで持ち上げたのである。

その英雄たちというのはペン、ハワード、フライ夫人〔ウィリアム・ペンはペンシルヴェニア植民地提督。フィラデルフィア市を作り、ペンシルヴェニア州を整備した。ジョン・ハワードとエリザベス・フライは、ともに監獄の改善に尽力した〕だったわけだが、誰だってこれを聞けば、嘘だ、偽善だと感じるに違いない。彼らなどイギリスでもっともすぐれた人物などではなく、おそらくはせいぜい最高の慈善家といったところだろう。

私は慈善行為に与えられるべき賛辞にけちをつけたいわけではなく、ただ自らの人生と労力を費やし人類への祝福となすすべての人々を正当に評価したいのだ。人間の茎や葉にすぎない正直さと博愛だけで人の価値を見定めたりはしない。病人のお茶を淹《い》れるのに使うような葉のしなびた植物など大した役にも立たず、だいたいはヤブ医者が使うものと相場が決まっている。私は人間の花と果実が欲しい。人から私にその芳香が運ばれてきて欲しいし、人との交わりにその熟れた味わいが欲しい。人の善は部分的なものでも一時的なものでもあってはならず、労することなく無意識のうちになされる、絶え間ない余剰物でなくてはならない。これは、数多《あまた》の罪を覆い隠す慈善なのだ。慈善家は不要になった己の悲哀の記憶をやたらと漂わせて周囲の人々を包み込み、それを同情と呼びたがる。私たちは絶望ではなく勇気を、病ではなく健康と安寧を人に分け与え、病が感染して拡がらないよう気にかけなくてはいけない。南部のどの平原から泣き声が聞こえてくるのだろう？　私たちが光を見せるべき異教徒はどの緯度に住んでいるのだろう？　私たちが救うべきあの粗野な乱暴者はいったい誰なのだろう？　人は何かに苦しめられて思うように動けなくなると、腹の底に——つまり同情のありかに——痛みがあると——すぐさま世界の——改革に取りかかる。彼自身が小宇宙となり、世界は青い林檎《りんご》を食べていたのだと発見する——そしてこれは真の発見、彼でこそ成し遂げられる発見なのだ。彼の目には、地球そのものが巨大な青い林檎となり、熟れる前のそれに人の子らがかぶりつく、考えるのも恐ろしい危機がまざまざと映る。すると即座に彼の猛烈な博愛精神がエスキモーやパタゴニア人を探し出し、人のひしめくインドや中国の村々を抱く。そうして数年にわたり慈善活動を続けるその間、確かに神々が自分たちの目的を果たすため彼を使っているのだ。彼は己の消化不良を癒《いや》し、地球はあたかも熟れはじめたかのように片頬を——もしくは両頬を——うっすらと赤く染め、人生はその粗雑さを失い生きるに足るだけの甘く健やかなものへと立ち返るのだ。私は、自分の犯した非道ほどひどいものなど夢にすら描けない。私よりもひどい人間を知らず、この先も決して知ることはないだろう。

　これほどまでに改革者を悲しませるのは、苦難のうちにある同胞《はらから》への同情ではなく、彼がもっとも敬虔《けいけん》な神の子であろうと抱く個人的な苦悩であると私は確信している。

いずれ彼に春が訪《おとな》い、朝日が彼のソファーを包んだら、彼はきっとひとことの謝罪もなく善良な同胞《はらから》をさっさと見捨ててしまうだろう。私が嚙《か》み煙草に反対してあれこれとやかく言わないのは、私自身が一度も嗜《たしな》んだことがないからであり、その役目は嚙み煙草をやめた者に科すべき罰なのである。もっとも私自身、声をあげて反対すべきようなものをあれこれと嚙んだことはあるのだが。もしそんな慈善行為に手を染めざるをえなくなったときには、右手の行いを左手に教えてはいけない。知るべき価値もないことだからだ。溺《おぼ》れる者を救ったら、さっさと靴紐《くつひも》を結ぶといい。そして時間を取り、何か自由に仕事をするのだ。

私たちの習俗は、聖者たちとの関わり合いにより害されてきた。私たちの賛美歌集からは神を呪い、そして耐え忍べと、絶え間なく美しき旋律があふれてくる。予言者や救済者たちですら、人間の希望を盤石のものとしてきたというより、恐怖を和らげてきたに過ぎないといえる。人生の贈り物への質素で抑えがたい満足感や、神に対する忘れがたき讃歌《さんか》など、どこにも記録されてなどいない。どれほど遥《はる》か遠くに、奥深くに思えようと、あらゆる健康と成功は私に益をもたらしてくれる。一方、あらゆる病や失敗は、いかに私への同情を抱き、逆に私がそれらへの同情を抱こうとも、私を悲哀させ、害をなす。ならば、私たちが真にインド的な、植物的な、磁力的な、はたまた自然な方法で人間を回復させたいのであれば、まずは私たちが自然と等しく質素で健全になり、眉《まゆ》の上に垂れ込みつきまとう雲を晴らして、毛穴からわずかな生命を取り込まなくてはいけない。貧しき人々の監督者であるのをやめ、世界に益なす者たちのひとりとなるべく努めなくてはならないのだ。

私はシーラーズのシェイク・サアディー（十三世紀イランの詩人、散文家。『ゴレスターン』の他に、代表作『ブースターン（果樹園）』も）が書いた『ゴレスターン（薔薇《ばら》園）』の中で、こんな文章と出会った。「ある賢者に人々が『最高神は高くそびえ大きな木陰を落とす名だたる木々をいくつも作られたのに、なんの実も付けぬイトスギをのぞいて自由《アザド》と呼ばれる木がひとつもないのには、いったいどんな秘密があるのですか？』と訊《たず》ねた。すると賢者は『それぞれの木にはそれぞれ適した果実と、定まった季節というものがあり、その季節の間には生き生きとして花を咲かせ、終われば干からびてしおれてしまう。けれどイトスギは干からびもしおれもせずに、常に生き生きとしている。その性質こそがアザド、言い換えれば宗教的な自立なのだよ――束の間のものに心を囚《とら》われていてはいけない。ディジラ、つまりチグリス川は、カリフの一族が滅んでもなおバグダッドを抜けて流れ続けよう。お前がもしたっぷりと物を持っているのなら、ナツメヤシのように惜しみなく与えなさい。だが、もし与えるものなど何も持たぬのなら、イトスギの木のようにアザドに、自由人になりなさい』と答えた」

補いの詩

貧しき者の奢《おご》り

貧しく強欲で哀れな者よ、そんなにも思い上がるな。
まるで桶《おけ》のような粗末な小屋に住まい
怠惰で学識ぶった美徳を育《はぐく》み
金のかからぬ陽光のもとや日陰の泉のほとりで
根菜やら野菜やらを育てているのだから。
天上に居場所をよこせなどとは。
その右手で己の心から、いずれ麗しい美徳の花を咲かせる
人間の情熱をいくつも心から引き剥《は》がし
自然を貶《おとし》め、感覚を麻痺《まひ》させ
まるでゴルゴンのように、生き生きとしたものを石にする。
君の無理強いした節制とも

歓《よろこ》びも悲しみも知らぬ不自然な愚かさとも、
積極性を超越するほど愚かしくも高められた
その消極的なその忍耐とも、
面倒な付き合いなどしたくない。
平凡の中から出ようともしない卑しく惨めな雛鳥《ひなどり》たちこそ
お前の卑屈な精神によくお似合いだ。だが私たちが
掲げるのはただ、過剰を受け入れること、
勇敢で寛容な行い、悠然たる気高さ、
すべて見通す分別、果てなき心の広さ、そして
名こそ残さず型ばかりが今に残る、ヘラクレス、
アキレス、テセウスのような英雄的な美徳だけだ。君は卑しい住処《すみか》に帰り
いずれ新たな光に輝く天を見たときに、
そうした益なす者たちとは何者かを考えてみるといい。

T・カルー

私はどこに、なぜ住んだのか

人生のある時期にさしかかった私たちは、どこに家を建てようかとあらゆる土地を候補として考える。私もまた例にもれず、今の住まいから半径十二マイルをくまなく調べ尽くしたものだ。あちこちで農場が売りに出されているのも知っていたし、価格も分かっていたので、私は想像の中で次から次へと購入していった。農場の敷地をひとつひとつ歩き回り、野に実をつけたリンゴを食べ、主《あるじ》と農業の話をし、彼の言い値で農場を買い取り、頭の中でそれを抵当に入れた。言い値よりも高く払うこともあったが――私はおしゃべりをこよなく愛するので――証書だけはもらわず相手の言葉をその代わりとした。そして土地を耕し、私の思い違いでなければ彼のこともいくらか耕してやり、じゅうぶん楽しんだと感じたら身を引き、あとは彼の好きに続けさせた。そんなことをしていたものだから、友人たちは私を不動産ブローカーか何かのように思っていた。どこに腰をおろそうとも私はそこで生活し、その私から風景はおのずと広がっていった。家とはラテン語の sedes、つまり座席でしかないはず——田舎の座席なら、そのほうがいい。開拓にかなりの時間はかかりそうだが家の立地によさそうな場所をたくさん見つけた。人によっては村から遠すぎると思っただろうが、私の目には、村のほうがそこから遠すぎるのだと映っていた。どれ、ここに住んではどうだろう。私はそう言うとそこにとどまり、一時間にわたり夏と冬の暮らしをしてみた。どのように一年を過ごし、冬に立ち向かい、そして春の訪れを見つめるかを確かめてみた。いずれこの地に住む人々はどこに家を建てようとも、自分が先を越されていたことに気づくだろう。土地を果樹園や植林地や牧草地に分け、ドアの前にどのオークや松の木を残すべきかを決め、どこから見れば一本一本の枯木がもっとも見栄えがよいかを決めるには、午後を費やせばたっぷり足りた。それが済んだら、もう休閑地として放っておいた。人は放っておくことのできるものが多ければ多いほど豊かなものだからだ。

私はさらに、いくつかの農場の優先購入権を自分が手に入れるところまで想像してみた——とにかく優先購入権が欲しかったのだ——が、実際にそれを所有して痛い目を見る機会はなかった。もっとも所有に近づいたのはホロウェルの農場を買ったときだった。私は種を仕分けし、その種を運んだりするのに必要な手押し車を作るため材料を集めた。だというのに農場主が私に証書を渡すよりも先に、彼の妻が――誰でもこういう妻を持っているものだ――心変わりして手放すのは嫌だと言い出し、牧場主は話を白紙に戻そうと私に十ドルを差し出してきた。実を言うと当時、私の全財産は十セントしかなく、私は自分が十セントしか持っていないのか、農場を持っているのか、十ドル持っているのか、それともすべてを手にしているのか、もう計算しても分からなくなってしまった。ともあれ私はもう十分に満足していたので、十ドルも農場も彼に返してしまった。いや、むしろ寛容さを見せ、私が支払ったのと同じ十ドルで彼に農場を売り渡したうえに、彼が裕福な男ではなかったものだから十ドルをプレゼントしてやったわけだが、それでも私の手元には十セントと種、そして手押し車の材料が残ったわけである。こうして私は自分の貧しさにさらなる痛手をこうむることなく、自分は豊かな男だったのだと気づいたのである。それでもあの風景は私のものであるし、以来、私は毎年そこで採れる物を手押し車なしで運び出した。風景については……

「私は目の前に広がるすべての土地の王だ。
私の権利に異議を唱えるものはひとりもいない」

私は何度も、こんなできごとを見かけた。持っていかれたのはせいぜい野生のリンゴいくつかくらいのものだろうと偏屈な農場主が思っていたのに、詩人が農場のもっとも価値のある部分を享受してしまうのだ。農場主が何も知らぬまま何年もが過ぎたというのに、詩人が目には見えぬもっとも見事な柵《さく》という旋律で農場をすっかり囲い、そこで乳を搾り、うわずみをすくい、クリームをすべて取ってしまい、農場主には脱脂乳しか残さない。

私にとってホロウェルの農場が持つ本当の魅力とは、次のようなものだった。村まで約二マイル、もっとも近い隣家まで半マイルの距離があり、街道とはだだっ広い畑が隔ててくれており、完全に人里離れていたこと。立地が川沿いであること――農場主によるとその川があるから春霞《はるがすみ》から守られているそうだが、そんなことは私にとってはどうでもよかった。家屋も納屋も灰色で廃墟《はいきょ》のように荒涼としており、前の持ち主から私の手に渡るまで長く時間が空いたため柵がぼろぼろになっていること。中空となりすっかり苔《こけ》むしたリンゴの木々はウサギにかじられ、どんな隣人がいるのかを示してくれていること。しかしとりわけよかったのは、初めて川をのぼってここを訪れたとき、家屋をアメリカハナノキの大きな木立がすっかり隠し、その奥から農家の犬の鳴き声が聞こえてきた記憶であった。そこで私は持ち主がすっかり岩を取り除き、中空のリンゴの木々を伐採し、牧草地に映えるカバノキの木々を掘り起こしてしまわないうちに、要するに彼がそれ以上整地を進めてしまわないうちに、買い急いだのだった。そうした楽しみを味わうため、私は自分の手でやりたくてうずうずしていた。アトラスのように世界を自分の両肩にかつぎ――彼がどんな報いを得たかは耳にしたこともないが――対価を支払い、誰にもとやかく言われぬ所有者になるのだという気持ちのほかになんの動機も理由もなく、すべてを自分の手でする覚悟だった。なぜならそのままにしておきさえすれば、私が欲しい穀物がたっぷり収穫できると私には分かっていたからだ。しかし、先ほど書いたようなできごとが起きてしまったのだった。

そのようなわけで、この私が大規模な農場経営について言えるのは――菜園程度ならばずっと手掛けてきたが――きちんと種は用意した、ということだけだ。種は年が過ぎれば良いものになると考える人は多い。私も、時が経つうちに良き種だけが残ることに疑いを抱いてはいないし、いずれ種蒔《たねま》きの時が訪れても、失望させられることはないだろう。だが私と同類の人々には、できるだけ自由に、何にも縛られぬ生活をしなさいと、はっきり言っておきたい。農場に縛られるのも郡の牢獄《ろうごく》に縛られるのも、大して違いはしないのだ。

私を耕してくれた大カトー〔マルクス・ポルキウス・カトー・ケンソリウスのこと〕の『農《デ・レ》業論《・ルスティカ》』に、このような一節がある――私が知る唯一の翻訳ではここがひどく誤訳されているのだが――「農場の購入を考えているのなら、次のことを胸にきざみ、強欲に買ってはいけない。労を惜しまずしっかり下見をし、一度見て回っただけで満足しないこと。よい土地というものは、通えば通うだけどんどん楽しくなるものだ」私は強欲に買おうなどとは思わない。この生命が続く限り何度も何度も土地を見て回り、やがて初めてそこに埋葬される者となり、そうしてようやく深く満たされるのだろう。

今のような実験的な生活は二度目になる。二年にわたるその生活を便宜上一年にまとめ、ここに詳しく書いていきたい。前にも書いたとおり、私は己の落胆を頌歌《オード》としてしたためたいわけではない。たとえ隣人たちを叩《たた》き起こしてしまうことになろうとも、とまり木に立つ朝の雄鶏のように力強く唄《うた》いたいのである。

私がはじめて森に家を建て、昼のみならず夜もそこに寝泊まりするようになったのは、偶然にも独立記念日、つまり一八四五年七月四日のことだった。家はせいぜい雨露がしのげる程度のもので、冬を迎える準備などなにもできていなかった。漆喰《しっくい》塗りもまだで煙突もなく、壁は風雨にさらされた粗板で、大きな隙間があるものだから夜にはひんやりとした。まっすぐに立つ粗削りの間柱とかんなをかけたばかりのドアや窓枠のおかげで清潔に見えて風通しがよく、板が朝露に濡《ぬ》れる朝にはことさらそう感じられたし、午後には樹液の甘やかな香りが滲《にじ》み出てくるのが私は好きだった。この夜明けの情景が私の空想の中で一日じゅう残り続け、一年前に訪れたとある山中の家を私に思い出させた。まるで旅神をもてなすのにちょうどよい、女神が裾《すそ》を引きながら佇《たたず》むのがよく似合うような、風通しのいい粗壁の家だった。私の家を吹く風はまるで山々の尾根を吹き抜ける風のようで、地上の音楽をとぎれとぎれに、そのもっとも美しい部分だけを運んできた。風の吹きやまぬ朝には創造の詩を妨げるものは何もなく、けれどそれを聴く者はほんのわずかばかりだった。俗世界の外に出れば、いたるところにオリュンポス山があるのだ。

私がこれまで所有した家は、ボートを別にすれば、夏に遠出をする際に使ったテントひとつだけだ。これはまだ丸めたまま屋根裏部屋に置いてあるのだが、ボートのほうは次から次へと人手に渡り、時の流れに流され消えてしまった。今度はより確固たる家を手に入れたことにより、私はこの世界に腰を据える方向にささやかな進歩を遂げた。この頼りなく覆われただけの木の枠はいわば私の周囲にできた結晶体であり、建てた私自身にも作用を及ぼした。まるで輪郭だけの絵のようで、どこか暗示的だった。家の中の空気は外気の新鮮さをまったく失わず、私は空気を吸いに表に出る必要もなかった。もっとも雨の激しい季節だろうと、ドアの中にいるというよりドアのうしろに腰かけているというほうが的確だった。『ハリヴァンサ』〔古代インドの叙事詩〕には、「鳥の住まわぬ家は香味料をかけぬ肉のようなものだ」と書かれている。私の住処《すみか》はそんな家ではなかった。自分が鳥たちの隣人となったのがすぐに分かったからだ。鳥を鳥かごに飼うのではなく、私自身を鳥たちのそばで鳥かごに入れたのである。私のそばにいるのはしょっちゅう庭や果樹園に訪れる鳥たちだけでなく、モリツグミ、ビリーチャッグミ、アカフウキンチョウ、ヒメドリといった、村人たちには滅多に——もしくは絶対に——歌を聴かせぬ野生で胸躍るような森の歌手たちだった。

私は小さな湖のほとりに腰をおろした。コンコードの村から約一マイル半の、村からやや上ったところにある湖だった。コンコードとリンカーンの間に広がる広大な森の中で、このあたりでは唯一名の知られたコンコード古戦場から南におよそ二マイル行ったところである。だが私のいた場所は森の中でもかなりの低地で、他のところのように木々に覆われた半マイル向こうの対岸までしか見渡すことができなかった。最初の一週間、私は湖の情景を眺めるたびに、まるでこの湖が山肌高くにあり、湖底が他の湖の水面よりもずっと高所にあるような印象を受けた。そして太陽が昇りはじめると湖は夜毎にまとう霧のガウンを脱ぎ去り、柔らかなさざなみや、光を反射すると滑らかな湖面がだんだんと姿を現すのだ。やがて霧は夜中の密会を終えたかのようにあちらこちらに散らばり、ひっそりと森の中へと退いていった。露もまるでそこが山腹であるかのように、すっかり日が高くなるまで木々に残り続けていた。

この小さな湖という隣人がもっとも心を惹《ひ》き付けるのは、八月に訪れる穏やかな風雨の合間であった。空気も水も完璧《かんぺき》に静まりかえっているのに頭上の空は雲で覆われており、真昼であるにも拘《かかわ》らず夜の静穏があたりを包み、そこらじゅうでモリツグミが唄い、岸辺から岸辺へとその声が響き渡る。こんなときほど、このような湖が穏やかになることはない。上空の晴れた部分に周囲の雲のせいで薄く影がさし、湖面には光と反射があふれかえり、かけがえなく大切な地上の楽園になるのだ。近ごろ伐採された近くの丘の頂から湖を越えて南を見渡すと、対岸をなすふたつの丘の広いくぼみを通して美しい景色が広がっていた。小川など流れていないのに、向かい合った丘の斜面が、木々の生い茂る谷間を抜けて流れる小川を思わせる。そうして私は緑の丘の狭間《はざま》とその先に広がる景色や、青く染まった地平線に連なる高い山々を見渡した。思いきり背伸びをすれば、北西に連なるさらに青みを帯びた遠くの山脈の頂が、まるで天国の造幣局で作られたまっ青な硬貨のようにちらちらと煌《きら》めく様子や、村の一部まで見えた。だが別のほうに顔を向けると、そこからでさえ、周囲に広がる森の上や向こうまでは見渡すことができなかった。近隣に水があるのは、大地に力を与えて浮かせるのにいいこと《ウェル》だ。ほんの小さな井戸《ウエル》だろうと覗《のぞ》いてみさえすれば、この大地は大陸ではなく島なのだと分かる。これは、そこでバターを冷やしておけるのと同じくらいに重要なことだ。その頂から湖の向こうにあるサドベリー平原を見ると（おそらく水害さながらに大荒れとなった谷にできた蜃気楼《しんきろう》のせいだろうが、たらいに浮かぶ一枚の硬貨のごとく浮き上がっているように私の目には見えた）池の向こうの陸地が、間に広がる小さな水面のせいで、水面に浮かぶ薄っぺらい地殻みたいで、私は自分の住むこの土地は乾燥した陸地に過ぎないのだと思い至った。

　私の家の戸口からの景色はもっとささやかなものだったが、ごちゃごちゃしているだとか、せせこましいだとか、そんなふうに感じたことはなかった。想像力を遊ばせるのに十分な牧草地がある。対岸の浜辺の先が隆起してオークの茂みがあるちょっとした台地になっており、それが西部の大草原やタタールのステップへと続き、放浪の民にたっぷりと大地を与えていた。ダモダラ〔インドで広く人気のある神、クリシュナの別名〕は、家畜のために新しく広い牧草地が必要になったとき、こんなことを言った。
「この世界に幸福な者がいるとすれば、広大な地平を自由に楽しむ者だけだ」

場所も時も変わり、私はこの宇宙で自分が最も魅力を感じる場所のより近くに、そして最も魅力を感じる時代のより近くに、住まいを置くことになった。私が住んだ場所は、天文学者たちが夜な夜な眺めた星々と同じくらいのはるか彼方《かなた》だった。私たちはついつい、類稀《たぐいまれ》なる素晴らしき世界はカシオペア座の向こう、騒音や混乱とは無縁の宇宙の片隅にあるのだなどと空想する。しかし私は自分の住処が実際に、人里離れてはいても永遠に新しく、そして汚されることもない宇宙の一部にあることを知ったのだ。もしプレアデスやヒアデス、アルデバランやアルタイルなどのそばに住むことに価値があるのなら私は本当にそこに住むか、自分が置き去りにしてきた暮らしと同じくらいはるか遠い場所に住み、いちばん近くの隣人にすら、月のない夜にしか見えないほどの小さな光の瞬きになっていただろう。私が腰を据えたのは、宇宙のそんな場所だったのである。

「ある羊飼いがいた
そして自分の思いを高く掲げた
ヒツジの群れが草を食《は》む
山々のように高くまで」

もしこの羊たちがいつでも彼の思いよりも高くにある牧草地へと彷徨《さまよ》っていくとしたら、私たちはこの羊飼いの人生をどう思えばいいのだろう？

訪れる朝はひとつ残らず、自然そのものと変わらず質素な、そして無垢《むく》な暮らしへの招待状だ。私は昔から、ギリシャ人のようにアウローラ〔ローマ神話に登場する曙《あけぼの》の女神。ギリシャ神話ではエーオースとされる〕の敬虔《けいけん》な信奉者である。朝は早起きして湖で沐浴《もくよく》をしたが、これは宗教的な行いであり、私にとっては最大の善行のひとつだった。殷《いん》の湯王《とうおう》の水盤には「日々欠かすことなく己を完全に新たにせよ。永久《とこしえ》にそれを何度でも繰り返すのだ」という言葉が彫られていたという。私にはよく理解できる。朝は、英雄たちの時代を呼び戻す。まだ日の明けきらぬうちからドアも窓も開け放って座していると、家の中を飛び回る目に見えぬ、姿を想像すらできない蚊の羽音に、誉《ほまれ》を讃《たた》えて吹き鳴らされるラッパの音色と変わらないほど心を動かされた。その羽音はホメロスのレクイエムだった。激しい怒りと放浪を唄いながら宙を舞う『イーリアス』であり『オデュッセイア』だった。その響きにはなにか宇宙的なものがあった。この世界が持つ無限の生命力と肥沃《ひよく》を伝える、禁じられるまで鳴り止むことのない高らかな歌声だ。朝は一日のうちでもっとも印象深く、そして目覚めの時である。眠気からこれほど解放される時間はない。昼も夜も眠りこけている私たちの一部も、一時間は目を覚ましてくれる。守護霊《ゲニウス》にではなく従者の手でぞんざいにつつかれて目を覚ましたり、新たに手に入れた、天上の音楽が発する波動や大気を満たす芳香を伴う力や内面から湧き出す強い願望ではなく工場の始業ベルに叩《たた》き起こされたりするのであれば――つまり、眠りに落ちる前よりも高き一日へと目覚め、そして闇が実を結んで、闇も光と変わることなく善いものなのだと示すことができなければ――そんなものは一日と呼べるかどうかも怪しい、大して期待もできない一日にしかならない。どの一日にも、自分がこれまで冒瀆《ぼうとく》してきた日々よりも早く、神聖で、曙光《しょこう》の射す時間が存在すると信じない者は、人生に絶望を抱き、どんどん暗くなる下り坂を歩んでいくしかない。夜にいっとき五感を休ませると、人の魂――いや、むしろ人の五腑《ふ》といおうか――は毎日新たに生き返り、そのつど守護霊が私たちに可能な限り崇高な一日を送らせようとするのである。言っておこう、記憶に留《とど》めるべき大切なできごとは朝のうちに、朝の大気の中で起きるのだと。ヴェーダでは『すべての知性は朝の訪れとともに目覚める』という。詩も芸術も、そして何よりも記憶に留めるべき人間のもっとも素晴らしい行いも、こうした時間に生まれる。詩人も英雄もひとり残らずメムノンと同じくアウローラの子らであり、日の出とともに己の音楽を奏ではじめるのだ。朝日とともに歩む柔軟で活力のある思考を持つ者にとって、一日は永久《とこしえ》の朝である。時計が何時をさしていようと関係なく、人の態度や働きかたにも左右されはしない。私が目覚めているときが朝であり、私の中に夜明けがあるのだ。分別を改めること、それは眠気を振り払う努力のことだ。眠りこけていたわけでもないというのに、人々はなぜ自分の一日をろくでもないものにしてしまうのだろう？　彼らだって、簡単な計算くらいできないわけではない。もし眠気に飲まれたりしなければ、何かを成し遂げていただろう。肉体労働をするのにじゅうぶんなくらい目を覚ましている人々は何百万人といるが、知性を存分に発揮できるほど目覚めている者は百万人にひとり、そして詩的で神聖な生きかたができるほどの者は一億人にひとりしかいない。目覚めること、それは生きることだ。私はまだ、しっかりと目を覚ましている者にはひとりとして出会ったことがない。どうしたらそんな御仁の顔を拝むことができたろう？

私たちは機械の力に頼るのではなく、どれほど深い眠りであろうと、私たちを見放すことのない夜明けへと抱く無限の期待を持って己を再び目覚めさせ、そして目覚め続けることを知らなくてはいけない。意識的に努力をすることで人生を高みへと導くことのできる人間の力は疑いようもなく、それ以上に勇気づけてくれるものなど私は他に何も知らない。何らかの絵を描けたり、彫像を彫れたり、何か美しいものを作ったりできるのは、確かに素晴らしい。しかし私たちが通してものを見る大気や媒体そのものを彫り、描くということは、それよりも遥かに誉《ほまれ》のあることだ。新たな一日の質を自ら変えること、それこそが至高の芸術なのだ。すべての人間には己の人生を――細部に至るまで――自分がもっとも崇高に、そしてもっとも厳しく熟考しても価値を認められるものにする使命がある。もし私たちがつまらぬ知識を拒絶したり、使い切ったりしたならば、どのようにしてこれを成すべきかを天の声がはっきりと教えてくれるだろう。

私が森に行ったのは、丁寧に暮らしたい、人生の本質的な事実だけと向き合いたい、そしてその事実から何か学べるのかを確かめたい、いずれ死が私を訪《おとな》うときに自分は生きてこなかったのだと思いたくない、という願いからのことだった。人生でないものは生きたくなどなかったし、生きることはあまりにも愛《いと》おしかった。それにどうしても必要に迫られるまで、諦《あきら》めたりはしたくなかった。深く生きて人生の核心をすべて吸収し、逞《たくま》しくスパルタ人のように生きて人生と呼べぬものはすべて捨て去り、幅広く根本まで刈り取ってしまい、生活をどん詰まりまで追い込んで最低限の暮らしまで切り詰め、もしそんな暮らしが惨めなものだったなら、ひとつどれほど惨めであるかをとことんまで掘り下げて世界中に公表してやりたいと思った。そしてもし崇高なものであったなら自ら味わって知り、次の旅行記《エクスカージョン》に真実をしたためられるようにしておきたかった。なぜならほとんどの人々は妙に人生に対する理解が曖昧《あいまい》で、悪魔のものとも神のものとも分からず、人間の目的とは「神を賛美し永遠に享受することである」とやや性急に決めつけすぎているよう私には見えるからだ。

それなのに私たちはまるでアリのように、みすぼらしく生きている。寓話《ぐうわ》の教えによって、自分が遥か昔に人間に変わったと知っているにも拘《かかわ》らずだ。私たちはピグミーのように鶴と戦っている。過ちに過ちを重ね、ツギの上にツギを当て、私たちの言う最高の美徳にせよ、本来ならば避けて通れる余計な不幸をきっかけに得られる程度のものに過ぎない。私たちは、細々したことのせいで人生を浪費してしまう。正直者は何を数えるにも十本の指があればことたり、どんなに増えたとしても足の指を十本加えれば間に合い、残りのことはひとまとめにしてしまえばいい。質素、質素、質素！　抱える問題は百や千ではなくふたつか三つにし、百万まで数える代わりに六までにして、大事なことは親指の爪に書ける程度にすることだ。文明社会というこの荒れ海のまっただ中では、雲や嵐や流砂や数限りない条件を鑑《かんが》みなくてはならず、浸水して船が海の底に沈んでしまい港までたどり着くことができないなどという事態を避けるには推測航法で生きるしかなく、相当計算に長《た》けている者でなくては成功するのは無理である。質素、質素。一日に三食を摂《と》るのではなく、どうしても必要ならば一食だけ食べ、百皿食べるのではなく五皿にし、他のことも同じように減らすのだ。私たちの暮らしは、たくさんの細々とした州からなり、その境は当のドイツ人たちですらいつどうなっているか分からないほどどうつろい続けるドイツ連邦のようなものだ。国家そのものは、外的かつ表面的ないわゆる内政改革こそ行ったものの、国内数百万の家庭と同様ろくな計算もせず大した目的もなかったため、家具が乱雑に散らかり自らその罠《わな》に足をひっかけ、贅沢《ぜいたく》と不要な出費でめちゃくちゃになった、どうしようもない太った組織でしかないのである。彼らを救済する唯一の方法は、財政を緊縮し、スパルタ人よりもさらに生活を質素にし、高き目的を掲げることだけだ。この国はあまりにもせかせかと生き過ぎている。人々は己のことはまず棚に上げ、国家は商業をし、氷を輸出し、電信でやり取りし、時速三十マイルで走らなくてはならぬと思っている。だが人がヒヒのように生きるべきか、それとも人間らしく生きるべきかという問いになると、少々あやふやなのだ。もし人が枕木を切らず、レールを鍛造せず、そうした仕事に昼も夜も打ち込むこともなく、自分の生活をより良くしようとあれこれしてばかりいたら、いったい誰が鉄道を作ってくれるのだろう？　そして、誰も鉄道を作ってくれないのなら、どうやって季節の盛りに天国のような美しき場所に行けと言うのだろう？　だが、もし人が自宅に留まり自分のことばかりに専心していたとしたら、誰が鉄道など欲しがるだろう？　人が鉄道に乗るのではない。鉄道が人の上を走るのだ。線路に敷かれた枕木《スリーパー》とはいったい何か、考えてみたことがあるだろうか？　一本一本が人なのだ——アイルランド人であり、ヤンキーなのだ。彼らは上からレールを敷かれ、砂をかぶされ、その上を汽車が淀《よど》みなく走っていく。彼らは盤石の枕木《サウンド・スリーパー》だ〔「ぐっすり眠る人」とかけたダブル・ミーニングになっている〕。そして数年ごとに新しい枕木たちがまた敷かれ、また上を走られる。そのように誰かが線路の上を走る楽しみを享受すると、他の者たちが己の上を走られる不幸を味わわされることになるのである。そして汽車が、眠ったまま歩いている御仁——誤った場所に置かれた余分な枕木——を轢《ひ》いて目覚めさせてしまうと、彼らはいきなり汽車を止め、まるでとんでもない椿事《ちんじ》でもあるかのように抗議の叫びをあげるのだ。寝床の枕木を水平に寝かせておくには五マイルごとに線路作業員の一団を配備しなくてはならないと耳にして、私はすっかり嬉《うれ》しくなってしまった。彼らがいつか目覚めるかもしれぬという印だったからだ。

人はなぜこんなにも生き急ぎ、人生を無駄にしなくてはならないのだろう？　私たちは腹も減る前から、餓死するものと決めつけている。今日ひと針縫えば明日九針楽になると言って、明日の九針を楽するために今日千針も縫う。仕事にしても、重要な仕事など何ひとつしてはいない。私たちは舞踏病〔コレラの古い呼称。神経が侵され体の各部が勝手に動くことからこう呼ばれた〕にかかり、頭を動かさずにはいられないのだ。もし私が教会で火事だと叫んでベルの紐《ひも》を何度か引っ張れば、朝には仕事が忙しいと何度も言い訳をしていたはずの男が――いや、子供も女もそうだろう――ほとんどひとり残らず、鳴り響く鐘の音につられて何もかも放り出し、コンコード郊外の農場から飛んでくるだろう。だが真実を言うならば、燃えている現場を見るという目的のほうが遥《はる》かに大きい。だから火は燃えていなくてはならず、念のために言っておくが、私たちが放火したわけではない。さらには火が消し止められるところが見たいし、もしすんなり消火できるのであれば自分も手を貸したい。それが自分の住む教区の教会だろうと関係ない。食後にせいぜい三十分くらい居眠りをしても、目が覚めるとすぐに頭を上げて「何も無かったか?」と、まるで他の人々がみな自分のために見張り番でもしていたかのように訊《たず》ねてみせる。中には三十分ごとに起こしてくれと人に頼む者もいるが、やるべきことなどまったく何もないものだから、自分が見た夢を相手に話して聞かせるのである。ひと晩眠って目を覚ましたならば、朝食と同じくらいにニュースは欠かせない。「地球上のどこでもいいから、何か新しいできごとはないか教えてくれ」——そしてコーヒーとパンを口に運びながら、その朝にワチト川で両目をえぐられた男の話を読むのである。自分が底しれぬ暗く巨大な洞窟《どうくつ》に住まい、退化した片目しか持っていないことになど気づきもせずに。

個人的な話をするのなら、私は郵便局などなくても困りはしない。わざわざ郵便を使うほど重要な用事など、ほとんどありはしないと思っているのだ。厳しい言いかたをすれば——何年か前にも書いたことではあるが——郵便料金を出すだけの価値がある手紙など、ほとんど受け取ったことがない。一般的にペニー郵便制〔イギリスで生まれた、一ペニーで届けられる郵便制度〕とは、「一ペニーで考えを聞かせてくれ〔黙り込んでいる相手などにちょっと口を開かせたいときなどに使われる、ジョークめいた言い回し〕」と、ほいほい人にやってしまえるその一ペニーを、大真面目で支払おうという制度なのである。そして新聞でも、憶《おぼ》えておくほど価値のある記事にお目にかかったことなど、私は一度たりともない。誰かが強盗に遭っただとか、殺害されただとか、事故死しただとか、火事で家が焼けただとか、船が沈んだだとか、蒸気船が爆発しただとか、ウエスタン鉄道で牛が轢き殺されただとか、狂犬が駆除されただとか、冬にイナゴの大群が出現しただとか、そんな記事は一度読めばそれでじゅうぶんだ——また似たような記事を読む必要などありはしない。ひとつ原則を憶えてさえしまえば、わざわざ無数に実例を見たり応用したりを繰り返すことなどないのである。思慮深き者にとってニュースと呼ばれるものはすべてただのゴシップであり、それを編集する者も読む者も、お茶を飲みながらおしゃべりに興じる老婆でしかない。だというのに、そのゴシップをありがたがる者は本当にたくさんいる。ある新聞社に、海外から入ってくる最新のニュースを知ろうとする人が大挙して押し寄せ大変な騒動となり大きなガラスが何枚か割れてしまったという話を耳にした——そんなニュースなら、もし切れ者がいれば十二ヶ月前、いや十二年前にはそっくりそのまま書けていたに違いないと、私は本気で思っている。たとえばスペインならば、ドン・カルロスと王女《インファンタ》、セビリヤやグラナダといった名前をほどよく羅列する方法さえ身に付けており、他に楽しそうな話題がないときには闘牛を話題にした記事でも書いておけば、スペインの荒廃ぶりを伝えるあらゆる新聞記事の中でももっとも簡潔明瞭《めいりょう》なものとして、読者に伝わってくれるだろう。イギリスについては、一六四九年の清教徒革命以降は憶えておくべき重要なニュースなどほぼ皆無である。この国における平均収穫高の推移さえ知っていれば、金銭的な投機でもしていない限り、わざわざ気に留める必要もないと言っていい。めったに新聞を読まない者からすれば、海外では新しいことなど何も起きてはいない。フランス革命といえど、例外ではない。

なにがニュースか！　決して古くならないものを知るほうが、はるかに重要だというのに！「衛《えい》の大夫である蘧伯玉《きょはくぎょく》は孔子の近況を訊ねようと思い使者を送った。孔子は使者をそばに座らせると、次のように訊ねた。ご主人はどうしておいでかな？　すると使者はこう答えた。主人は失敗を減らしたいと願っておいでですが、どうしてもすっかり無くすことができずにおられます。やがて使者が帰ってしまうと、孔子はこう言った。なんと立派な使者だろう！　なんと立派な使者だろう！」説教師は週末の休日にだらだらと説教をして眠い目をこする農民たちの耳を悩ませたりせず――日曜日とは浪費した一週間の締めくくりなのであって、新しい週の新鮮で力に満ちた始まりなどではないのだから――、雷鳴のように轟《とどろ》く声で「止まれ！　やめろ！　なぜそうも見てくればかりせかせかとして、実はそんなにもぐずぐずしているのだ！」と怒鳴りつけるべきなのだ。

現実はとてつもなく素晴らしいものだというのに、人々は偽りと幻想を間違いのない真実と思い込む。もし人が惑わされまいと己を律して現実だけをしっかりと見つめたならば、人生の景色は今まで知っていたものとがらりと変わり、おとぎ話やアラビアン・ナイトのように楽しいものになるだろう。そして避けられないことや、起きてしかるべきことだけをちゃんと受け止めれば、街には音楽と詩が響き渡るようになるだろう。焦らずに賢明でいれば、偉大で有意義なものだけが普遍的であり絶対的なのであり、つまらぬ恐怖や娯楽などは現実が落としているただの影でしかないのだということが理解できる。この理解はいつでも人を元気づけ、高めてくれる。まぶたを閉じて無為にまどろみ、うわべの見せかけに欺かれることをよしとしてしまえば、日々の暮らしはどこにいようとも、絵に描いた幻想の他になんの礎も持たない、決まりきったことの繰り返しになってしまう。しかし人生そのものを遊びと捉《とら》える子供たちは、その真理と因果を、大人よりもちゃんと理解している。大人は価値のある日々を送ることができなくとも、自分は経験によって――言い換えるならば失敗を通して――知恵を身に付けていると思っているのだ。かつて私はインドの書物で、こんな話を読んだ。「あるところにひとりの王子がいた。しかし王子はまだ幼いころに生まれた街を追い出されて森に住まう蛮族に育てられた。そしてすっかりそこで大人になって、自分は一緒に暮らしている蛮族のひとりなのだと思い込んでいた。あるとき、父に仕えるひとりの大臣が彼を見つけ、彼に素性を教えてやった。王子は思い違いを改め、自分が本当は王子だったと知ったのである」その本を書いたインドの思想家は、さらに次のようにしたためた。「それと同じように人の魂は、置かれた環境のせいで真の己の姿を誤って認識し、やがて聖者によって真実があらわにされて初めて、自分がいずれ神に至る者であることを知るのである」ニューイングランド人がこんなにもみすぼらしい暮らしを送るはめになっているのは、人がさまざまな物事を芯《しん》まで見通すことができずに表面ばかり見ているからだと、私は確信している。人は物事を、見かけどおりだと思ってしまう。もしある御仁が現実だけを見てこの街を歩いたならば、ミルダム〔一六三〇年から一九三〇年までコンコードに存在した短い通りのこと〕の場所はどこになるだろうか？　彼がその場で目にした現実だけを頼りに説明するのを聞いても、人々はミルダムの場所などさっぱり分かるまい。礼拝堂、裁判所、拘置所、商店、住宅などを見て、現実の目の前に広がるそれらの本当の姿を語ったなら、説明の中ですべてがばらばらになってしまうだろう。人々は、真実というものは遥か遠く太陽系の果てに浮かぶいちばん遠くの星の向こう、アダムより前に、そして最後の人間のあとにあると思っている。永遠の中には確かに、真実であり崇高なものが存在する。そして、それが見つかる時も、場所も、機会も、今ここにあるのだ。神自身も今この瞬間に最盛期を迎え、いついかなる時代においてもそれを超越することはあるまい。そして私たちは自らを取り囲む現実に濡《ぬ》れ、それを染み込ませることによってのみ、崇高で高潔なものを理解することができるのだ。宇宙はいつでも惜しむことなく私たちの問いかけに答えてくれる。急いで進もうがゆっくりと進もうが、私たちの前に道筋は用意されている。ならば、熟慮することに人生を費やそうではないか。詩人や画家に美しく崇高な下書きを描くことしかできなくとも、後継者が必ずやそれを完成させてくれるのだから。

自然と同じくらい丁寧に日々を生き、レールに木の実の殻や蚊の羽が落ちてくるたびにレールを外れたりしてはいけない。さっさと早起きし、ささやかな朝食を心静かに摂《と》る。客人は来て帰るに任せ、ベルが鳴っても子供が泣いても好きにさせる――一日を存分に生きる決意を胸に、そうするのだ。諦《あきら》め、流れに身を任せる理由など、どこにあるだろう？　昼の盛りという浅瀬に待ち受ける、豪華な昼食という恐ろしい逆巻く急流に狼狽《うろた》え、混乱してはいけない。この危険を乗り越えてしまえばあとは安全で、残りの道は下り坂だ。気持ちを引き締め、朝の活力を抱き、オデュッセウスのように己を帆柱に縛りつけて進路を見据え、船を進めるのだ。蒸気機関が悲鳴をあげても、やがて苦痛にその悲鳴が嗄《か》れるまであげさせておけばいい。警報のベルが鳴ろうとも、あわてふためくことはない。どんな音楽に似ているか考えてみるといい。どっしり構え、意見、偏見、伝統、幻想、外見などというくだらぬゴミをものともせず、パリとロンドンを覆い、ニューヨークとボストンとコンコードを覆い、教会と州を覆い、詩と哲学と宗教を覆う泥溜《だ》まりにも臆《おく》せずしっかりと足を突っ込み、私たちが

「これは現実である」と思える固い地面とそこに転がる岩を踏みしめ、これぞ疑いのない現実だと声に出して言うのだ。そして、洪水と霜と炎の下に拠《よ》り所《どころ》を持ち、何の危険にも悩まされることなく壁を、国を、そして街灯などの基礎を作りはじめるといい。そしてナイロメーター〔ナイル川の水位測定施設〕ならぬリアロメーター〔現実測定施設〕を設け、偽りや物事の外見の構図がどれだけ深くなっているかを、後世の人々が知る手がかりとすることだ。君が事実と真正面から向き合ったなら、その両面で太陽が煌《きら》めくのが見え、それがシミター〔湾曲した刃を持つ肉切り包丁〕の優しい刃のように君の心臓と骨髄とを切り分けるのを感じ、そうして幸福のうちに肉体の生を終えるのだ。生きていようと死んでいようと、私たちが追い求めるのは真実だけだ。本物の死に瀕《ひん》したならば、喉《のど》ががらがらと立てる音を聞き、冷えていく手足を感じ、生きているのであれば、己がすべきことを成すだけである。

時間とは、釣り糸を垂らしにいく川でしかない。私はそこで水を飲むが、飲みながら砂に覆われた川底を見て、そこがどれだけ浅いかを知る。ささやかな流れは過ぎ去っていっても、永遠はあとに残る。私はさらに深き水を飲み、底に星々が敷き詰められた空に釣り糸を垂らす。「一」の数字を数えることもできず、アルファベットの最初のひと文字も分からない。生まれたその日のように賢くない我が身を、私はずっと悔やみ続けてきた。知性とは、肉を裂く大包丁だ。あらゆるものごとの秘密を見定め、そこに切り込んでいく大包丁なのだ。私はこれ以上にせわしなく、この手に働かせたくはない。私の頭は両手であり、両足だ。最高の能力がすべてそこに集まっているのを感じる。この頭は穴掘りをするための器官であり、動物たちが鼻先や前脚で穴を掘るのと同じように、私は頭で穴を掘って山々を突き抜けていくのだと、私の直感が告げている。私のすぐそばのどこかに、もっとも豊かな鉱脈があるはずなのだ。占い棒〔地下の水脈や鉱脈を探すために用いられた、二股《ふたまた》になったハシバミの棒〕とほのかに立ち上る湯気で、その在処《ありか》が私には分かる。さあ、今こそ掘りはじめるとしよう。

読書

　何を追い求めるかをもう少しよく考えて選択すれば、すべての人々はおそらく根っからの研究者、観察者になるだろう。追求というものの本質も、その行く末も、人々にとっては同じように興味を掻《か》き立てるものだからだ。たとえ自分自身や子孫のために財を貯め込み、家族や国家を成し、名声すら手に入れようとも、私たちの命には限りがある。だが真実を求めるとき、私たちは不滅であり、変化や思いがけぬ事故を恐れる必要もない。古代、エジプトやインドの哲学者は神像を覆うヴェールの片隅をめくりあげた。今もなお風にはためくローブの裾《すそ》から、私はかつて哲学者たちが見上げたのとなんら変わることのない鮮やかな栄光を見上げる。遥《はる》か昔そんなにも大胆だったのは彼の中の私であり、今このヴィジョンを見ているのは私の中の彼なのである。そのマントには塵《ちり》ひとつ落ちておらず、神の姿があらわになってから少しの時間も過ぎてはいない。私たちが活《い》かす時間にも、活かせない時間にも、過去や現在や未来などありはしないのだ。

私の住まいは思索のみならず、読書に打ち込むことにかけても、大学よりもずっと適していた。私がいたところは巡回図書館が回ってくる範囲から外れていたが、私はそれまで以上に、世界じゅうを回り続ける本の——初期には樹皮にしたためられ、今はそのつどリンネル紙に印刷される本の——影響を受けていた。詩人、ミル・カマル・ウディン・マストは「座して魂の世界を駆け回る歓《よろこ》びを、私は書物の中に得た。グラス一杯のワインで味わう陶酔感——私は深淵《しんえん》なる原理という酒を飲み、この愉《たの》しみを享受した」と書いている。私は、夏の間じゅうホメロスの『イーリアス』をテーブルの上に置いて過ごしたが、開くことは稀《まれ》であった。家を作らなくてはならないうえに豆畑も耕さなくてはならず、それ以上の時間を学びに費やすことは不可能だったのだ。それでも私は、いつかは思うさま読書に没頭できる時が来るのだと期待を抱き、自分を鼓舞しつづけた。仕事の合間にはごくつまらない旅行記をちらほら読んだが、やがてそんな自分を恥じるようになり、こんなところに移り住んでまで何をしているのだと自問したものだ。

学生がホメロスやアイスキュロスをギリシャ語で読んだところで、時間の浪費や贅《ぜい》沢《たく》になることはない。というのも、それはいくらかでも自分が憧《あこが》れる英雄に己を重ね、開かれたページに朝を捧《ささ》げる行為だからである。そうした英雄たちの書物とは、たとえ私たちの母語で印刷されていようとも、堕落した時代においては死んだ言葉で書かれているに等しい。だから私たちも、己の中にある知恵や勇気や寛容さを礎とする一般的な理解を超越する大きな意味を推測しながら、自ら苦心して一語一語、一行一行の内容を探し出していかなくてはならない。安価な大量生産を可能とする現代の印刷技術が数多《あまた》の翻訳を可能にしたところで、太古の英雄的な書き手たちへと人を近づけるうえでは、ほんの一助にもなりはしない。英雄たちは変わらず孤独に見え、彼らの姿が印刷されたその文章も、変わることなく数奇なものとして目に映るのだ。太古の言葉をほんのいくつかだけでも学べば、それがつまらぬ街の中から突出し、永久不滅の示唆や刺激になるのだから、青春の日々と貴重な時間を費やすだけの価値はある。仮に農民がラテン語の言葉をいくつか小耳にはさみ、それを記憶して繰り返し使ったとしても、決して無駄なことではない。たまに、古典の研究はいずれ、より現代的かつ実践的な研究に取って代わられるとでも言わんばかりに話す御仁に出会う。だが冒険心あふれる学生というものはどんな言語で書かれていようと、どれだけ古い時代のものであろうと、常に古典を学ぶものである。古典こそ、記録された人々の思想の中でもっとも高貴ものだ。古典は今もなお朽ちぬたったひとつの神託であり、そこにはもっとも現代的な問いに対する、デルフィ〔古代ギリシャの聖地、デルポイの現代名。予言の神アポロンが祀《まつ》られる〕にもドードーナ〔ギリシャ北西部イピロスに存在した、古代ギリシャの神託所〕にも出せないような答えがある。それを学ばないというのは、古いからといって自然の研究を放り出してしまうのと同じことだ。熟読――つまり真の書物を真の精神で読むこと――は高潔な修練であり、この修練は現代の世俗で重んじられるどんな修練よりも読者に労力を強いるものだ。アスリートが行うようなトレーニングを求められ、ほぼ一生涯をそれに注ぐ集中力を要するものだ。本とは、それが書かれたときと等しくひたむきに、粛々と読むべきものだ。その本が書かれた国の言語を話すことができるだけではじゅうぶんとはいえない。なぜならば、口語と文語の間、耳で聞く言語と目で読む言語の間には、とてつもない隔たりがあるからだ。前者は一般的に刹那《せつな》的であり、音や、発音や、単なる方言や、ほぼ原始的なもので、私たちは自分の母親から動物のように無意識のうちに学び取る。後者はその言語が成熟し、洗練されたものだ。前者が母語なら、こちらは父語とでもいったところで、耳で聞くにはずっしりと重すぎ、生まれ変わりでもしないと話すことの叶《かな》わない、堅牢《けんろう》で選ばれた言語である。中世時代には、ギリシャ語やラテン語を話すだけならば大勢の人々が話せたが、偶然そうした場所に生を受けたからといって、その言語で書かれた天才たちの作品を読む資格が与えられたわけではなかった。なぜならそれらの作品は彼らの知るギリシャ語やラテン語ではなく、精選された文語で書かれていたからだ。彼らはギリシャやローマで使われていた高貴な言葉を学んだこともなかったから、その言語で書かれた作品も紙くず同然に扱い、同じ時代に書かれたより低俗な作品を文学として称賛していた。だがヨーロッパのいくつかの国々が粗削りながら独自の言語を持ち、それで文学を作品を生み出せるようになると学問が復興を遂げ、学者たちは長い時を超えて古代の宝物を発見するに至った。ローマやギリシャの大衆が聞くことのできなかったものを、何世代もあとになって数人の学者たちが読み、今もなお数少ない学者たちが読み継いでいるのである。

折に触れて雄弁にほとばしる演説家の言葉に人々がどれほど拍手喝采《かっさい》を送ろうとも、もっとも高貴な文学は儚《はかな》い話し言葉の頭上、雲よりもさらに上に広がる星々またたく大空のような遥か遠くにある。そこに煌《きら》めく星々が見える者には、それを読むこともできる。天文学者たちは永久《とこしえ》に、その星々に注釈を付け、観察する。この星々は、私たちの日々の会話や儚く消えてしまう吐息のような、蒸気みたいなものではない。公衆の面前で振るわれる雄弁というものは、往々にして机上で練られたレトリックでしかない。雄弁家はつかの間の状況に応じて直感的に話を作り、目の前で自分の話を聞いている群衆に向けて話す。だが文章家はより静穏な状況下で、雄弁家に刺激を与えるようなできごとや群衆を邪魔者とし、人々の知性と心に、彼を理解するあらゆる時代のすべての人々に向けて語りかけるのだ。

アレクサンダーが大遠征の際『イーリアス』を貴重品箱に入れて持っていったというのも、実にうなずける話である。文字で書かれた古典とは、もっとも優れた歴史的遺物なのだ。どんな芸術作品よりも私たちに関係があり、そして普遍的である。人生そのものにもっとも近い芸術作品だと言っていい。古典はありとあらゆる言語へと翻訳され、ただ読まれるだけでなく、人々の唇から息吹とともに放たれる。カンバスや大理石の上のみに刻まれるのではなく、人生の息吹そのものから刻みあげられる。太古を生きた人々の思考の象徴が、現代人の言葉となるのだ。二千回もの夏を経ようと、ギリシャ文学の古典は自らが刻まれた大理石と同じで色褪《いろあ》せることなく、成熟した黄金の秋の風合いを帯びるのみだった。それは古典が、自らに宿る穏やかで神聖な大気をあらゆる大地に分け与え、自分を腐食から守るからである。本は世界の貴重な財産であり、さまざまな世代や国家の素晴らしい遺産なのだ。本は——最古かつ最高の本は——どの家の本棚にも自然と、そして当たり前に並んでいる。本そのものは主張するような自分の言い分など持ち合わせてはいないが、読者を啓蒙《けいもう》して力づけ、読者の良識がそれを拒むこともない。そうした本の作者たちはどの社会においても抗《あらが》うことのできぬ貴族として生まれ、人々に対して国王や皇帝よりも強い影響力を持つ。無学な、ともすれば学問を軽んずる商人が事業に心血を注いで念願の余暇を手に入れ独立し、富と流行の社会へと受け入れられると、今度は必然的にさらに高貴で手の届かぬ知性と才能の社会を目指すようになり、己の教養の未成熟さや、手に入れた財産の虚《むな》しさと無意味さを知り、自分があれほどまでに欲した知的教養を我が子らにはちゃんと身に付けさせるべく苦心することで自らの良識を示し、そうして一族の創設者となるわけである。

太古の古典を原語で読む術《すべ》を知らない者は、人類の歴史について、とても不完全な知識しか手に入れることができない。なぜなら、私たちの暮らす現代社会をその古典の写本とみなすことができない限り、現代のどんな言語にも翻訳しきれていないのは明白だからである。ホメロスが英語で出版されたことなど一度たりともありはしないし、アイスキュロスも、ヴァージル〔古代ローマの詩人ウェルギリウスの英名〕の作品すらも——洗練され、しっかりと書かれた、まるで朝そのもののように美しい作品ですらも——出版されていないのだ。後世の作家たちは、私たちがいかに天才として語ろうとも、繊細な美しさを持ち見事に仕上げられた、古代の人々が生涯をかけて書き残した英雄的な文学作品に肩を並べることは極めて稀であり、むしろ皆無と言ってもいい。古典など忘れてしまえなどと言うのは、古典を知らない者だけだ。古典を学び、古典を読んで賛美できるほどの才能を手に入れてから言っても、決して遅くはないだろう。私たちが古典と呼ぶそのような遺物や、古典よりもさらに古くあまり知られていないさまざまな国の聖典が今以上に集積され、バチカンがヴェーダやゼンド・アヴェスタ〔ゾロアスター教の聖典〕や聖書、ホメロスやダンテやシェイクスピアで溢《あふ》れ返り、さらにこれから迎える新時代がどんどん自らの勲章をそこに加え続けるようになれば、本当に豊かな時代になるだろう。そうして積み上げたものがあってこそ、人は天国まで昇れるかもしれぬと望みを抱くことができるのだ。

偉大な詩人の作品は偉大な詩人にしか読むことができず、そのためまだ人々に読まれたことがない。大衆は星を読むにつけても天文学的にではなくせいぜい占星術的にしか読まないが、そんな読みかたをされてきたにすぎない。帳簿を付けたり商取引で騙《だま》されないようにしたりするためアラビア数字を学ぶのと同じく、多くの人々は些細《ささい》な便利さを求めて読みかたを学び、高貴な知的行動としての読書についてはほとんど何も知らないか、まったくの無知である。贅沢《ぜいたく》さで私たちを甘やかして高次の機能に居眠りをさせてしまうような読書ではなく、つま先立ちをしながら全神経を集中させ、頭の冴《さ》え渡る時間をすべて捧《ささ》げる読書だけが、高度な読書なのだ。

文字を憶《おぼ》えたならば文学作品の中でも最高のものを読むべきであり、四年生や五年生の子供みたいに最前列で低い椅子に腰かけ、a－b－abなどといった一音節の単語ばかりをいつまでも繰り返し続けるべきではない。ほとんどの人々は聖書を読んだり、聖書を人に読んでもらってそれを聞いたり、ともすればそこに書かれた知恵によって断罪されたりすると、それだけで満足し、あとの人生は簡単に読めるものばかりを読んで自分の能力を無駄にし、浪費して過ごしてしまう。私のところに来る巡回図書館には『リトル・リーディング』と題された数冊の作品集があるのだが、私はてっきりまだ訪れたことのない町の名前だとばかり思っていた。鵜《う》やダチョウのように、肉や野菜をたっぷり平らげたあとでもなお、何も捨てずにたまるものかとばかりに、こうしたものをすべて消化してしまえる者もいるのだ。書き手が彼らに飼葉を作る機械だとすれば、彼らはそれを読む機械というわけだ。彼らはゼブロンとソフロニアの九千番目にもなる焼き直しの物語を広げ、彼らが過去の誰よりも深く互いを愛し合っていたことや、真実の愛の旅路にどれほどの邪魔が入ったかを――とにかくふたりの愛がどのように進んでどのようにつまずき、そしてまた立ち上がって続いていくのかを読むのだ！　不運な男が哀れにも鐘楼になど行かなければいいものを、いかにして尖《せん》塔《とう》に登っていったかを読むのだ！　必要もないというのに男をそんなところに登らせて、有頂天の小説家は世界じゅうに向け、こっちに来て聞いてくれと鐘を鳴らす。まったく、なんということだ！　そして、今度は男がどのようにしてまた降りてきたかを書くのだ！　私は、昔の人々が物語の主人公たちを星座の中に住まわせたのと同じように、小説世界の熱意溢れる主人公たちが降りてきて、人々に悪さができないよう風見鶏に変えてしまい、錆《さ》びついて動かなくなってしまうまで風まかせに回しておくほうがいいと考えている。今度小説家が鐘を鳴らそうとも、私は礼拝堂が焼け落ちたとしても決して動じるまい。「あの『ティトル・トル・タン』の作者が贈る中世のロマンス『ティップ・トー・ホップのスキップ』が月刊で登場。現在注文殺到中。書店へ急げ」こんなものを誰もが目を皿のようにして、まっすぐで未熟な好奇心に突き動かされて読み、まったくひだのすり減っていない疲れ知らずの砂嚢《さのう》で消化し、ベンチにかけて二セントで買える派手な表紙の『シンデレラ』を読む四歳の子供のように読み漁《あさ》るのだ――発音もアクセントも抑揚もまったく進歩せず、物語から教訓を得たり逆に込めたりするスキルもまったく上達しない。その結果、視力が悪くなり、血液の循環は滞り、すべての知的能力が低下し、脱落してしまう。このような菓子パンは毎日、混ざりものなしの小麦粉やライ麦とトウモロコシ粉のパンよりもせっせと焼かれ続け、市場に確固たる地位を確立しているのだ。

いい読者だと言われる人々ですら、最高の本を読んではいない。我らがコンコードの文化的水準は、どの程度のものだろう？　この町ではごくわずかな例外を除き、誰にでも読み書きができる言葉で書かれた英文学の傑作やかなりの良作ですら、まったく興味を持たれない。この町でも他のどこでも、大学を卒業した者だろうと、高い教育を受けた者だろうと、英文学の古典への興味は皆無か、あるにしてもほんのわずかなのである。私の知り合いに、フランス語の新聞を取っている中年の木こりがいるのだが、彼はニュースなどは自分に関係ないから読む気はなく、カナダ生まれとしてフランス語を「使えるようにしておく」ためにそうしているのだという。そして、この世界で君にできる最善のことは何かと私が訊《き》くと、これを続けながら英語の勉強をしてもっと英語をうまくなることだと彼は答えた。これは大学の学生たちが普段していることと、もしくはしようとすることであり、彼らはそれを達成するために英語の新聞を取るのだ。たとえば英文学の傑作を読み終えたばかりの者は、その本について語れる相手をどれだけ見つけられるだろうか？　もしくは、学の無い人々にとっても耳慣れたギリシャ語やラテン語の古典を原語で読んだと仮定してほしい。彼は語り合う相手などひとりも見つからず、沈黙し続けるしかない。事実、原語の高い壁を乗り越え、ギリシャ詩人のウィットと詩の難しさを存分に克服し、熱心に聞き耳を立てる読者にそれを語ろうという熱意を持つ教授など、私たちの大学にはほとんどいはしないのだ。そして聖なる教典や聖典の数々となると、そのタイトルだけでも言える者がこの町にいるだろうか？　ほとんどの人々は、ヘブライ人の他に教典を持っていた国々があるのを知らない。一ドル銀貨を拾うためであれば、誰だって大きく道をはずれてでもそうするだろう。だがここには太古に最高の賢者たちが口にし、それ以降各時代の賢人たちがその価値を確約してきたたくさんの金言がある――にもかかわらず私たちは、入門書や教科書といった簡単な本しか読まず、学校を卒業すると、子供や初心者向けの『リトル・リーディング』や物語の本くらいしか読まなくなる。そして読書も会話も思考も、ひどく低レベルなものになってしまうのだ。

ここではほとんど名が知られていなくとも、私はこのコンコードの大地が生んだ誰よりも聡明《そうめい》な人々と出会ってみたい。もしくはプラトンの名前は耳にしていても、彼の書いた本は一度も読まずにおこうか？　プラトンが同じ町の住人なのに一度も顔を合わせたことなどないかのように――隣に住んではいても彼が話すのを聞いたこともなく、彼の叡智《えいち》の言葉に耳を傾けたこともないかのように。だが、現実はどうなのだろう？　彼の不滅の真理が書かれた『対話篇』はすぐそこの本棚にしまわれているが、私はまだ一度も読んだことがない。私たちは育ちが悪く、暮らしが卑しく、無学である。そしてこの点においては正直に打ち明けるが、私はまったく字の読めない町人たちの無学さと、子供向けの本やごく簡単な本しか読むことのできない者の無学の区別が、はっきりとはつかない。私たちは古代の偉人のように立派になるべきだというのに、そもそも彼らがどれほどの偉人なのかを知らない。私たちは些末《さまつ》な種族であり、せいぜい日々届く新聞のコラム欄と変わらぬ知性の空を飛び回っているにすぎないのだ。

とはいえ、読者と同じくらいにつまらない本ばかりというわけではない。まさしく私たちのような状況に向けて発せられた言葉があると、私は考えている。人が本当に聞き、理解することができたなら、朝や春よりも人の暮らしの役に立ち、ものごとの表層に新たな一面を加えてくれるような言葉だ。いったいどれほど多くの人々が、本を読むことで人生の新時代を迎えられるだろう！　人の奇跡に説明をつけて新たな奇跡を見せてくれる本が、もしかしたら存在するかもしれないのだ！　今は言葉にされていないものごとが、どこかで言葉にされているのを見つけられるかもしれない。こうして私たちを悩ませ、戸惑わせ、混乱させるのとまったく同じ問題が、太古の賢者たちにものしかかっていた──ひとつの例外もなくである。そしてすべての賢者たちが自分の能力に応じ、言葉と人生をかけて、そうした問題に答えてきた。私たちはその叡智に加え、彼らの寛容さまでもを学ぶことができるのである。コンコード郊外の農場に雇われていたある孤独な男は、生まれ変わりと風変わりな宗教的体験を通し、信仰心に駆り立てられるままに重苦しい沈黙をまとい人を寄せ付けなくなったが、彼はきっと私の言うことなど信じるまい。しかし数千年の昔にゾロアスターは同じ道筋を経て、同じ経験をしたのである。だが聡明だった彼はそれが万人に共通する問題であることを悟ると、隣人たちのことも同じ問題を持つ者として扱い、人々の中に信仰を興し、それを発展させていった。農場の男もゾロアスターと謙虚に交わり、あらゆる賢者の影響を受けて自由となったなら、イエス・キリストその人とも交わり、「私たちの教会」など見捨ててしまえばいいのである。

　私たちは自分が十九世紀人であり、どんな国よりも急速に発展していることを誇りにしている。だがこの村が自らの文化にどれほど力を注いでいないかを、考えてみるといい。私は町人たちに媚《こ》びたいとは思わないし、町人に媚びてほしいとも思わない。どちらのためにもならないからだ。私たちは、刺激を受けなくてはいけない──雄牛のように棒で突かれ、追い立てられて走らなくてはいけない。事実、雄牛と変わらないのだ。私たちは児童の公立学校については、それなりにまともな制度を持っている。だが半分餓死状態のライシーアム運動〔十九世紀前半のアメリカで始まった文化向上運動およびその推進機関。ソローも講師を務めた〕と州の提案で作られた取るに足らないような図書館を除き、私たちのための学校は皆無である。私たちは身体の栄養や病には、それがどんなものであろうと、心の栄養に支払うよりも遥《はる》かに大きなお金を注ぎ込む。今こそ新たな学校を設け、人々が大人になっても教育から離れないようにするべきだ。今こそ村が大学となり、年配の住民は――彼らにそのゆとりがあればだが――残りの生涯をかけてより高い教養を追い求めるべく、大学の一員となるべきだ。世界は永遠に、たったひとつのパリとたったひとつのオックスフォードだけに限られたままでいいのだろうか？　学生たちがここに住み、コンコードの空のもとで自由な教育を受けることは不可能なのだろうか？　アベラール〔中世フランスの論理学者、キリスト教神学者〕のような学者を雇って講義をしてもらうことはできないだろうか？　なんという話だろう！　私たちは牛に飼葉をやり、店番をしているうちにあまりにも長く学校から遠ざかり、教育というものを悲しいほどおろそかにしてしまった。この国では、ヨーロッパで貴族が担っていた役割のいくつかを負うべきだ。芸術活動のパトロンになるべきなのだ。村にはそれだけのお金がある。あとは度量と教養があればいい。農民や商人の利益になることには村もお金を出すが、より知的な人々が遥かに大きな価値を見出《みいだ》すことに出資を求めれば、夢想家扱いされてしまう。この町は幸運に恵まれたのか、それとも政治のおかげか、役場を建てるのに一万七千ドルを投じたが、真にその殻に入れるべき中身、つまり生きた叡智には、百年経ってもそんな大金を払ったりしないだろう。冬のライシーアム運動のために毎年寄付される百二十五ドルは、この町で集められる他の同等額の寄付よりもいい使いかたをされている。せっかく十九世紀に住んでいるのだから、十九世紀が与えてくれるアドバンテージを享受しない手はないはずだ。私たちの暮らしが何から何まで田舎くさくなくてはいけない理由など、どこにあるだろうか？　新聞を読むにしてもボストンのゴシップなどはやめて、さっさと世界最高の新聞を読むようにしたらどうだろう？――このニューイングランドでも、家庭向けの中立的な新聞を乳首のようにしゃぶったり、『オリーブの枝』誌をぱらぱらめくったりなどしてはいけない。ありとあらゆる学会の論文を取り寄せ、彼らの知識がどれほどのものか、ひとつ確かめてみようではないか。私たちが読むものをハーパー＆ブラザーズやレディング社に選ばせておく理由などあるものか。洗練された趣味を持つ貴族は己の教養を高めてくれるあらゆるもの――天才――学問――ウィット――書物――絵画――彫刻――音楽――科学器具など――を身辺に置くものだが、村も同じようにすればいい。ピルグリム・ファーザーズが冷たい岩の上、衒学者《げんがく》ひとり、牧師がひとり、墓守がひとり、教区の図書館がひとつ、そして選挙で選ばれた委員が三人だけで寒い冬を過ごしたからといって、私たちまでそうすることはない。集団として行動することは、この国の精神にかなっている。そして現在は昔よりも繁栄しているのだから、私たちには当時の貴族よりも潤沢な資金があると私は確信している。ニューイングランドは世界じゅうの賢者をひとり残らず呼び寄せて教えを乞《こ》い、その間は町に住んでもらい、田舎くささを完全に脱することができるのだ。それこそ私の求める新たな学校だ。貴族の代わりに、人々が暮らす高潔な村を作るのだ。必要とあらば川にかける橋をひとつ減らして少しくらいは遠回りをし、私たちを取り囲む無知という暗黒の奈落《ならく》に、せめてひとつのアーチくらいはかけようではないか。

音

だが閉じ籠《こ》もって本に埋もれてばかりいると、たとえそれが選び抜かれた古典だろうと、それ自体が方言であり俚言《りげん》である偏った書き言葉ばかり読んでいたのでは、あらゆるものごとやできごとを比喩《ひゆ》も使わずに語る、膨大かつ標準的な言語を忘れてしまうおそれがある。こうした言葉は広く用いられはしても、印刷されることはほとんどないのだ。鎧戸《よろいど》から差し込む光は、鎧戸がすっかり取り外されてしまえば誰の記憶にも残らない。どのような手段を持ち、鍛錬を積もうとも、常に警戒心を張り巡らせていなくてもよい、ということにはならない。どんなに厳選された歴史の流れや哲学や詩も、どんなに素晴らしい社会も、どんなに立派な生活習慣も、常に見るべきものを見ようとする私たちの規範に比べれば些細《ささい》なものである。君は読者、つまりただの学生と見者、どちらになりたいだろう？　己のさだめを読み、眼前にあるものを見、そして将来を歩むのだ。

最初の夏は本を読まず、豆畑を耕して過ごした。いや、もっと有益なこともしていた。手を使う仕事にせよ頭を使う仕事にせよ、どんな仕事のためにも犠牲にしたくない素晴らしい瞬間が折に触れて訪れた。のんびりとした余暇のある人生が、私は好きだ。夏の朝にはときどきいつものように水浴を済ませ、明け方から昼まで日当たりのいい戸口に腰かけ、松やヒッコリーや漆の木々に囲まれながら空想にふけった。周囲では鳥たちが唄《うた》い、音もなく飛んで家を過ぎ、やがて西の窓に夕陽が差し込んだり、離れたところで街道を行く旅人たちの馬車の音が聞こえてきたりすると、私はいつの間にか時が過ぎていたことに気づくのだった。そうした季節、私は夜のトウモロコシのように成長したが、それはどんな手仕事よりも遥かに素晴らしい体験だった。そうした時間は私の人生から取り去られたのではなく、当たり前に与えられる分を遥かに上回り、超越していた。東洋の人々が用いる瞑想《めいそう》や無為という言葉の意味を知った。時が過ぎていくことなど、ろくろく気にもならなかった。日々はまるで、私の仕事に光を当てるかのように過ぎていった。ついさっき朝だと思ったのに、はたと気づけばあっという間に宵闇が落ちており、私は大事なことなど何ひとつできていないのだった。鳥たちのように唄う代わりに、私は連綿と続く我が身の幸運にそっと微笑んだ。玄関の前に立つヒッコリーの木でスズメがさえずるように、私も自分の巣で忍び笑いや控えめな歌声を漏らしたものだが、それをそのスズメも聞いているのかもしれなかった。私の毎日は異教の神の名を冠する曜日が付いた一日ではなく、時間に分けられ時計の針の音に刻まれてもいなかった。私は「彼らは昨日、今日、明日を言い表すのにひとつの単語しか持たず、昨日のことは後ろを、明日のことは前を、過ぎゆく今日のことは頭上を指差して表す」といわれる、インディアンのプリ族〔南米の北岸とブラジルに住んでいた部族〕のように暮らしていたのだ。町の人々からすれば、疑いようもなくひどい怠惰に見えたに違いないが、もし鳥や花々が彼らの基準で私を見たならば、まず私を無能とは思うまい。人は自分の中に好機を求めなくてはならない、これは真実だ。本来、一日はとても穏やかで、人の怠惰を咎《とが》めることなどほぼありはしないのだ。

日々の楽しみを社交や劇場など、外に求めざるを得ない人々と比べて、私の場合は生活そのものが決して新鮮さを失うことのない楽しみであり、これは私の生きかたが持つ長所だった。日々はあらゆる場面が登場する、決して終わりのないドラマだった。もし人がいつでも自分の力で暮らし、最新の、そして自分が学んできた中でも最高の生きかたで人生を形作っていれば、倦怠感《けんたい》に悩まされることもない。己が生まれ持った本質にきちんと従っていれば、毎時間移り変わる新たな眺望が必ずや眼の前に現れてくれるだろう。家事は心の躍る道楽だった。私は床が汚れていると朝早くに起き、マットレスもベッドの枠組みもまとめて家具をひとつ残らず戸口から運び出して草の上に出し、水で床を洗い流し、池から持ってきた白砂をそこに撒《ま》き、それからほうきで掃いてすっかり綺麗《きれい》にした。そして村の人々が朝食にありつくころには太陽がすっかり我が家を乾かし、また入れるようにしてくれて、私はほとんど何にも邪魔されることなく瞑想に耽《ふけ》ることができた。荷物はすべて草の上で小さな山のように積み上がっており、三本脚のテーブルには本もペンもインク瓶も載ったままで、まるでジプシーたちの荷物でも見ているようで楽しかった。家具も外に出られたのが嬉《うれ》しそうで、また中に運び込まれるのは気が進まないといった様子だった。ときどきその上に日除《ひよ》けを張り、そこで座っていたい誘惑にも駆られた。日差しを浴び、のびやかな風に吹かれている家具たちを眺めることには、時間をかけるだけの価値があった。見慣れれば家具が玄関の外にある光景は、家の中に置いたままよりもずっと楽しいものだった。隣の大きな枝に鳥がとまり、テーブルの下にはハハコグサが茂り、脚にはブラックベリーのツルが巻き付いている。松ぼっくり、イガ栗、イチゴの葉が散らばっている。私たちが使う家具――テーブル、椅子、ベッドなど――にそうした模様があしらわれるようになったのは、かつて家具がそれらの中に置かれていたからだ、とでも言わんばかりだった。

私の家は丘の中腹に生い茂るヤニマツとヒッコリーの若い森の中にあり、すぐそばからはさらに深い森になっていた。湖からは六ロッドの距離で、そこまでは丘を下る小道が続いていた。家の前庭にはイチゴやブラックベリー、ハハコグサ、セイヨウオトギリソウ、アキノキリンソウ、シュラブ・オーク、サンド・チェリー、ブルーベリー、そして落花生が育っていた。五月末になるとサンド・チェリーが、短い茎に円筒状に広がる散形花序の繊細な花を咲かせて小道の両側を飾った。秋になると大きくて美しいチェリーの実をつけ、その重みで放射状にこうべを垂れるのだ。私は自然に対する賛美の念からその実を食べてみたが、とても美味とはいえなかった。漆は私がせっかく作った土塁を越えて家の周りに生い茂り、最初の年には五、六フィートにまで生長した。羽のように大きな奇妙な葉ではあったが、眺めているのは楽しいものだった。晩春、枯れてしまったかに思えた乾燥した枝からいきなり突き出てきた大きな芽は、魔法のように、優雅な緑色をした直径一インチの立派な枝になった。ときおり私が窓辺にかけていると、気ままに伸び続けたせいで貧弱な付け根に負荷がかかり、空気を揺らすような風も吹いていないというのに自分の重みで折れてしまい、まだ若々しく柔らかな枝が扇のように地面に落ちる音が聞こえた。八月になると、花をつけていたころにはミツバチを誘い込んでいた木苺《きいちご》が大きな実をたくさんつけ、だんだんと鮮やかな深紅に染まっていき、こちらも自分の重みのせいでおじぎをすると弱い枝から折れてしまうのだった。

夏の午後に窓辺に座っていると、私が拓《ひら》いた土地の上空で何羽かのタカが円を描くように飛んでいた。二、三羽の野バトが私の視界を突っ切って飛び、ときにはそわそわした様子で家の裏に立つシロマツの枝にとまって鳴き声をあたりに響かせた。一羽のミサゴが湖のガラスみたいな水面を乱して魚を摑《つか》み上げた。戸口の前にある沼地から忍び出てきたミンクが、岸にいるカエルを捕まえた。そこかしこを飛び交うコメクイドリたちがときおりスゲにとまり、その重みでスゲがおじぎする。そしてここ三十分、ボストンから田舎へと乗客たちを乗せて走る汽車がレールを踏む音が、ヤマウズラの羽音のように消えては聞こえ、聞こえては消えていった。以前耳にした話では、町の東にある農場にやられた少年がホームシックのあまり、ぼろぼろになりながらも遥《はる》か我が家へと逃げ帰ったそうだが、私はその少年ほど人里離れたところで暮らしていたわけではない。少年は、そんなにも退屈で辺鄙《へんぴ》なところなど、見たこともなかったのだ。人っ子ひとり姿が見えず、汽笛さえも聞こえない！　今もこのマサチューセッツにそんな場所が存在するのだろうか――。

「もはや我々の村も
　あの汽車の群れの標的だ。そして
　我らが静かなる平原に響くその音は――コンコード」

　フィッチバーグ鉄道は、私の住まいから南に百ロッド行ったところでウォールデン湖に接している。私は村に行くとき、何ごともなければ線路の敷かれた土手を歩いていくのだが、この接点によって社会と繋《つな》がっているのだった。線路を隅から隅まで走っていく貨物列車に乗る男たちは、まるで昔なじみにそうするように私に挨拶《あいさつ》をしたが、どうやらあまりにしょっちゅう私と行き交うものだから、私を鉄道会社に雇われているのだと思い込んでいるようだった。ある意味、そのとおりだった。私も地球の軌道のどこかで線路の整備士として働いてみたいと思っていたからだ。

　機関車の汽笛はどこかの農場の上空を飛んでいくタカの叫びのように、夏も冬も私の森を貫き、休む暇もない大勢の都会の商人たちが町に到着したことや、線路の逆方向から冒険心に満ちた田舎の商人たちが到着したことを私に知らせた。彼らは同時にひとつの地平線に入ると、ふたつの町にまで聞こえるほどの大声を張り上げ、互いに線路からどくよう叫び合う。さあ田舎者ども、お前らの荷物が届いたぞ。お前らの飯が届いたぞ、田舎者ども！　けれどそこには、彼らを追い返せるほど自立した農民などひとりもいはしない。そら、お代はこれだ！　田舎者たちの汽笛がけたたましく響く。町の壁に時速二十マイルで突進する長い破城槌《はじょうつい》のような材木と、壁の中に住まう疲弊しきって重荷を背負わされた人々をみな座らせられるだけの椅子。それほどまでに重々しい製材所の儀礼を持ち、田舎は都会に椅子を差し出す。丘という丘からはインディアン・ハックルベリーがすべて剝《は》ぎ取られ、牧草地のクランベリーも残らず掻《か》き集められ、都会へと持ち出される。綿が運び込まれ、布に織られてまた出ていく。絹が運びこまれ、毛織物が出ていく。本が運び込まれるが、その本を書く才人は都会に出ていってしまう。

いくつもの車両をぞろぞろ引き連れた機関車が惑星配列のようにやって来て――同じ速度と向きで再びこの太陽系に戻って来るかは見ている者には分からないので、あるいは彗星《すいせい》のようにと言うべきかもしれないが――金銀の花冠で飾られはためく旗のような、そして天高くで陽光を浴びる私も見慣れた無数の綿雲のような蒸気の雲をたなびかせ――まるでこの雲を引き連れ旅する半神半人が己の汽車に夕焼け空をまとわせているかのようで、鋼鉄の馬が雷鳴のようないななきを山々に響かせ、その足で大地を揺らし、鼻の穴から炎と煙を噴き出す音を聞くと（人々が新たな神話にどんな翼馬やドラゴンを登場させる気か私は知らないが）、地球がようやく住むのに相応《ふさわ》しい種族に恵まれたのだと思えてくる。もし何もかもが見たままで、人々が気高い理想を叶《かな》えるために自然を構成する数々の元素を従えることができたなら！　もしも機関車の上にたなびく蒸気の雲が英雄的行動から生まれた汗や、農民の畑の上に浮かんだ雲のように恵みに満ちたものだとしたなら、自然そのものも喜んで人間の用事に寄り添い、導きとなってくれるだろう。

朝の汽車が走る姿を、ほとんど変わらぬ規則正しさで訪れる日の出を見るのと同じ気持ちで私は眺める。汽車が吐き出す雲は遥か後方に伸び、高く高く昇っていき、ボストンに向かう汽車と離れて天国へと向かいながら、太陽を覆い隠して遠くにある私の野原を影――地上を這《は》いつくばる、単なる矢じりの返し程度にしか過ぎないような列車とは違う、天空の列車だ――で飲み込んでいく。鉄の馬を走らせる馬丁は冬の朝にも、山間に瞬く星々の光に早く起き出して愛馬たちに飼葉を与え、馬具を着けた。炎もそんな朝早く、馬に命の熱を燃やして走り出させるために叩《たた》き起こされた。鉄道事業も、早朝と同じくらい無垢《むく》だったなら！　雪が深く積もっていれば雪靴の紐《ひも》をしっかりと縛り、巨大な雪かき板《プロウ》を使って山から海岸まで雪かきし、その後に続く汽車が種蒔《たねま》き車のように、慌ただしい男たちや積荷という種をこの田舎に蒔《ま》いていく。炎の馬は日がな一日あちこち国じゅうを駆け回り、主人が休まぬ限り決して休むことはなく、私はその荒々しい足音と烈火のような鼻息に目を覚まされる。すると汽車は森の中にあるどこか離れた渓谷で、氷と雪に閉じ込められた元素と対峙《たいじ》しているのだった。そして明けの明星が顔を出すころ自分の厩《うまや》に辿《たど》り着き、休みもせず、眠りもしないままにまた旅路に出ていくのだ。そうでなければ夕方になると、厩で一日の残りのエネルギーを吐き出すのが聞こえたが、おそらくはああして鉄の眠りに備えて神経を鎮め、肝臓と脳を冷やすのだろう。長く飽くなきこの仕事が、それと同じくらいに英雄的で威厳があったなら！

かつては狩人《かりゅうど》が昼間に足を踏み入れるだけだった辺境の森を夜闇の中、煌々《こうこう》と明かりをともした客車が自分たちの居場所も知らぬ乗客たちを乗せて矢のように走っていく。たくさんの人々が集まる立派な駅舎に止まったと思えば、次はフクロウやキツネを驚かせながらディズマル湿地に停車する。汽車の発着は今や村人たちとって、一日のうちの区切りになっている。汽車は極めて規則正しく、そして正確に発着し、遥か遠くまで響き渡るその汽笛を聞いた農民たちが時計を合わせる。こうして実によく管理された機関が、地域全土を統御するのだ。鉄道の発明以来、人間は時間の正確さについて何らかの進歩を遂げたのではないだろうか？　人々は鉄道駅にいると、駅馬車の停車場にいたときよりも速く喋《しゃべ》り、速く考えるのではないだろうか？　鉄道駅の空気には何か、人の興奮を掻き立てるものがある。その空気が生み出す奇跡に、私は何度も驚かされてきた。こんなにもスピードの出る乗り物でボストンに行くなど断じてありえないと予言してもいいような隣人が、出発ベルが鳴るとその場にいるのだ。ものごとを「鉄道のように」やるという言い回しが、今流行している。だから、何者も線路に立ち入るなかれと今のように頻繁に、そして真摯《しんし》に警告を出すのは重要なことだ。そうしておけば、線路に入り込んだ群衆を追い払うべく騒乱取締令を読み上げることも、彼らの頭上に向けて発砲することもないのである。人は決して道を逸《そ》れることのない運命を、アトロポスを創造したのだ（これをぜひとも機関車の名前にしようではないか）。こうした矢の数々が何時何分に羅針盤上のどちらの方角へと飛び去って行くのかを知らされる。だからといってそのせいで誰かの仕事が邪魔されることはなく、子供たちは別の道を通って登校していく。そのおかげで私たちは、より一定の暮らしをしている。そうして私たちはみな、ウィリアム・テルの息子であると教育される。空には、姿なき矢がたくさん飛んでいる。君自身の道以外は、すべて運命の道だ。ならば、ただ君の道を進むのみである。

私が感じる商業のいいところは、その冒険心と胆力である。彼らはジュピターに手を合わせて祈ったりはしない。私は鉄道で働く男たちが、来る日も来る日も少々の勇気と少々の充足感を抱いて仕事をし、自分で思った以上に活躍を見せ、自分で考えていたよりもいい働きをするのを見てきた。私は、ブエナ・ヴィスタの最前線で一時間半必死に戦う兵士たちの勇敢さよりも、冬には除雪車に泊まり込みをして過ごす男たちの、絶えることなき朗らかな勇気に心を動かされる。彼らは、かのナポレオン・ボナパルトすら起床を望まぬ午前三時に起きる勇気を持ち合わせているだけでなく、その勇気をさっさと休ませることもなく、休むといえば吹雪が眠りに就いたり鉄の馬の力の源が凍りついてしまったときだけなのだ。今もなお猛威をふるい人々の血を凍《い》つかせている豪雪の今朝、彼らの吐き出す凍える息が作る濃い霧の向こうから、機関車のくぐもったベルの音が聞こえてきた。ニューイングランド北東部を襲った吹雪をものともせず、大した遅延もないまま汽車の到着を知らせるベルの音である。そして私は雪と霧氷まみれになった除雪人たちが、宇宙の片隅にあるシエラ・ネヴァダ山脈に転がる岩のように雪かき板の上から頭だけを覗《のぞ》かせ、デイジーや野ネズミの巣を除くすべてを掘り起こしていく様子を目にしたのだ。

商業とは私たちの想像を超えて自信に満ち、冷静沈着で、鋭敏で、冒険的で、不屈のものだ。それにも拘《かかわ》らず方法論が実に自然で、あらゆる空想的な取り組みや感傷的な試みなどより遥《はる》かに自然であり、それゆえに際立った成功が達成できるのだ。貨物列車が車体を揺らしながら目の前を通り過ぎ、ロング・ワーフからシャンプレーン湖にかけて撒《ま》き散らしていく積荷の臭いを嗅《か》ぐと、外国のさまざまな土地やサンゴ礁やインド洋や熱帯の風土や地球の雄大さが胸に思い浮かんできて、心がすっきりとして伸び伸びしていく。この夏に帽子となってニューイングランド人の亜麻色の頭を覆うであろう椰子《やし》の葉や、マニラ麻、ココナッツの殻、古びたボロ布、麻袋、くず鉄、錆《さ》びた釘《くぎ》なんかを見ていると、自分はこの世界の一員なのだという気持ちがますます高まってくる。

貨車に積まれた破れた帆布などは紙に作り変えられて本にされるより、今のままのほうがむしろ読めるし面白い。この帆布が出会った嵐がどれほどのものか、この帆布の破れよりも鮮やかに書き表せる者などひとりもいはしない。これは、手を入れる必要のない校正刷りだ。メイン州で出荷された木材が運ばれていく。前の増水で海に流されなかった松、エゾマツ、トウヒ、ヒマラヤスギの木材で、多くの木材が海に流されたりひび割れたりしてしまったせいで、千フィートにつき四ドル値上がりしている

——一級、二級、三級、四級と分けられてはいるが、つい最近まではどれも級に分けられることなく、熊やヘラジカやカリブーの頭上で揺れていたのだ。次はトマストン産、特級品の石灰が通っていく。実際に使われるまで、いくつもの山々を越えてはるばる運ばれていくのだろう。圧縮梱包《こんぽう》された色も質もばらばらのボロ布は、これ以上ないほど劣化した綿や麻の成れの果てであろう——アメリカ製のプリント生地やギンガムやモスリンなどとは違い、もはやミルウォーキーにでも持っていかない限り人々に見向きもされないような模様のものだ。こうしたものが金持ちに始まり貧乏人に至るまであらゆるところから分け隔てなく集められ、一色刷りか二、三色刷りの紙になり、そこに事実にもとづくリアルな日々の暮らしの物語が書き綴《つづ》られるのだ！　今度の有蓋《ゆうがい》貨車からは、ニューイングランドと商業の強烈な臭いが、グランド・バンクスとそこで行われる漁業を想起させる魚の塩漬けの臭いがする。魚の塩漬けを見たことのない者などいるだろうか？　徹底的に保存処理をほどこされ、何があろうと決して腐ることなく、辛抱強い聖人たちですら顔色を変えることだろう。これを使って道路を掃いたり舗装したり、薪割りをしたりすることができるし、馭者《ぎょしゃ》は太陽や風や雨から己の身と荷物を守ることもできる——そして商人は、以前あるコンコードの商人がしたように店を開くとき看板代わりにドアに吊《つ》るし、しまいにはいちばん古いなじみ客にすら動物なのか野菜なのか鉱物なのか見分けが付かなくなってしまったが、塩漬けそのものはひとひらの雪のように純粋で、鍋《なべ》に入れて煮てしまえば土曜のディナーに相応《ふさわ》しい魚料理になってくれる。次に来たのはスペイン牛の毛皮で、まだ雄牛としてスパニッシュ・メイン〔大航海時代のカリブ海周辺大陸沿岸のスペイン帝国地域は、イギリスにおいてこう呼ばれた〕の広大な草原を走り回っていたころそのままに、尻尾《しっぽ》はねじれ、ぴんと立っている――これはあらゆる強情さの象徴であり、性癖とはほぼ絶望的で決して直らぬものである証明だ。告白しよう、人の本性というものが分かっても、私はいいほうにも悪いほうにもそれを変えたいとは思わない。東洋では「くるりと曲がった犬の尾は、温めてみたり押さえたり、紐《ひも》でくくって丸めたり、十二年間そうしても、元の形に戻るだけ」という。この尻尾のように強情なものに対して唯一役立つ手段は、世間で普通に使われている方法だとは思うが、膠《にかわ》ですっかり固めてピンと立ちっぱなしにしてしまうことだ。次は、ヴァーモント州カッティングズヴィルに住むジョン・スミス宛《あて》に届けられる、糖蜜《とうみつ》やブランデーが入ったいくつもの大樽《ホッグスヘッド》だ。この男はグリーン・マウンテン〔ヴァーモント州の愛称〕の商人で、自分が開拓した土地あたりに住む農民たちのために仕入れを行っている。おそらく今ごろは会計台の前に立ち、港に着いたばかりの荷物が自分の品物の価格にどんな影響を及ぼすだろうかと考えつつ、次の汽車で最高の品が入りますよなどと、それまで二十回は繰り返してきたに違いないセリフを客に言っているのかもしれない。カッティングズヴィル・タイムズ紙にも、その荷の広告が出ていた。
そうしてさまざまな商品が入ってきて、他の物が出ていく。風を切る音に本から顔を上げると、北の山地で伐採されグリーン・マウンテンやコネティカットを飛び過ぎてきた大きな松が十分もかからず、私の他にはほとんど誰の目にも留まらぬまま町を通り過ぎていった。

「どこかで巨大帆船の
マストになるのだ」
〔ジョン・ミルトン『失楽園』より〕

さあ、また聞こえてきた！　今度は千の山々や羊小屋、厩《うまや》、牛の囲い場、棒を手にした牛追い、羊の群れにまぎれた羊飼いの少年、そして山肌に広がる牧草地を除いたすべてが、九月の強風に山々から吹き飛ばされた木の葉のようにまっすぐに飛んでいく。あたりは子牛や羊の鳴き声や、詰め込まれた雄牛たちのざわめきで満たされ、あたかも谷間の牧場がまるまる通り過ぎていくかのようだ。先頭の老羊が首に着けたべルを鳴らすと、山々は雄羊のように、小さな丘は子羊のように跳ねた。牛追いは自分の牛たちとなんの区別もなく貨車にいるが、もはや役にも立たぬ牛追い棒に、これぞ我が職務の証《あかし》としがみついている。しかし、彼らの犬はいったいどこにいるのだろう？　犬にしてみれば、これは大脱走だ。置き去りにされて、臭いを失ってしまったのだ。私には、犬たちがピーターボロ丘陵の向こうで吠《ほ》える声や、グリーン山脈の西斜面で息を切らすその息づかいが聞こえるかのようだ。牛たちの死にも居合わせることはできまい。犬の仕事もまた、無くなってしまったのだ。その忠誠心にも賢さにも、今や大した値打ちなどありはしない。きっと恥辱のあまりすごすごと犬小屋に引き籠《こ》もるか、ともすれば野に逃げ出して狼や狐と徒党を組むかするのかもしれない。こうして牧場の暮らしがびゅんびゅんと走り去っていく。だがベルが鳴り、私は線路を降りて汽車に道を譲らなくてはならない――。

私にとって鉄道とはなんだろう？
この目で終点を
確かめにいくことはない。
大地のくぼみをいくつか埋め

ツバメの住まう土手を作り、
砂埃《すなぼこり》を舞い上げ
ブラックベリーを実らせる。

〔ソロー自作の詩〕

だが私は、森の馬車道のように線路を渡る。煙や蒸気や騒音で目をやられたり、耳を聾《ろう》されたりせぬように。

忙《せわ》しない世界を載せた汽車が通り過ぎ、その振動を湖の魚たちも感じなくなり、私はかつてないほど孤独になる。残された長い午後、私の瞑想《めいそう》を妨げるものなど、遠く離れた街道を行く馬車や荷馬車が轍《わだち》を踏むかすかな音くらいのものだろう。

日曜日にはときおり風向きがよく、リンカーンやアクトン、ベッドフォード、そしてコンコードの鐘の音が運ばれてきたが、ほのかで、甘やかで、自然なそのメロディには、野に響かせるだけの値打ちがあった。森を挟んでたっぷりと距離があると、地平を覆う松の葉がハープの弦になって掻《か》き鳴らされているかのように、その音色がかすかな揺らぎを帯びる。離れられるだけ離れてしまうと、あらゆる音にまったく同じ効果が及んで普遍の竪琴《たてごと》の揺らぎを帯びるもので、これは彼方《かなた》に連なる山々の頂が空色の風合いを帯び、風雅に見えるのと変わらない。そんなとき私のもとに届くのは、空気に濾過《ろか》され森の葉や棘《とげ》のひとつひとつと語らったメロディ、自然の元素が選び取り変調させ谷から谷へとこだまさせた鐘の音なのだった。こだまというものはある程度は独立した音であり、その音の中に魔力と魅力が宿っている。ただ鐘の音の繰り返すべき部分を繰り返すだけでなく、そこには森の声も含まれているのである。森に棲《す》まう精霊《ニンフ》たちが唄《うた》う、ささやかな歌詞や旋律と同じだ。

宵闇が降りると遠く地平に鳴く牛たちの声が低く、心地よく森の向こうから渡ってきたが、私は初め、かつてはときどき私にセレナーデを聞かせてくれた、山谷を彷徨《さまよ》うあの吟遊詩人たちの声と取り違えてしまった。やがてその鳴き声が間延びして、牛たちが奏でるつまらない自然の音楽になったので私はがっかりしたが、嫌な失望ではなかった。これは皮肉ではなく、ああした若者たちの歌に対する賛辞として言うのだが、私にとっては若者たちの歌声と牛の音楽には歴然と似ているところがあり、突き詰めてしまえばどちらも自然の発する声なのである。

夏の一時期、夜汽車が通り過ぎると、決まって七時半に戸口の切り株か家の棟木のてっぺんにヨタカがやって来て、三十分にわたり唄った。ほとんど時計のように、日暮れから五分もしないうちに正確に唄いだすのだ。私はヨタカの習性を学ぶ、稀《け》有《う》な機会に恵まれたわけである。ときどき、四、五羽が森のあちこちで鳴くのが聞こえ、そのうち一羽がたまさか他よりも一小節遅れることもあったが、とにかくすぐそばで暮らす私にはひとつひとつの音に続くくぐもった鳴き声だけでなく、蜘蛛《くも》の巣に囚《とら》われた蠅《はえ》の羽音がそのまま体の分だけ大きくなったような音まで聞き取ることができた。ときには森で私が卵に近づきすぎたのか、数フィートほど離れたところを紐で繫《つな》がれたようにぐるぐると飛び回ることもあった。ヨタカたちは夜じゅう休んでは鳴き声をあげ続け、夜明けの直前から暁天にかけてまた一斉に合唱を始めるのだった。

他の鳥たちが静まっているときにはオオコノハズクが、死を悼む女たちの叫泣のような鳴き声をあげた。その陰鬱《いんうつ》な叫びは、まさしくベン・ジョンソン〔十七世紀イギリスの劇作家であり詩人〕のようだった。賢き真夜中の魔女たち！　それは詩人たちの率直かつ無愛想なホーホーという鳴き声とは違い、戯れなど一切混じることのない、このうえなく厳粛な墓地の歌であり、自ら命を絶ち、地獄の森で天上の悲痛や歓喜を何度も想う恋人たちが互いにかける慰藉《いしゃ》なのだ。それでも私は彼らが悲嘆あふれる声で、森を震わせながら鳴き合うのが好きでたまらなかった。それを聞いていると、音楽や鳥の歌を思い出すことがあった。音楽が持つ暗く悲しい一面や、唄われるのを待ち焦がれた悔恨や切望のようだった。彼らは、かつては人の形を取って夜を彷徨い、闇の行いをし、今は己の罪の舞台となった場所で陰鬱な賛美歌や挽歌《ばんか》を唄いながら贖罪《しょくざい》している霊である――低俗な霊であり、物悲しき予言である。私は彼らに、人々の住むこの自然が持つ多様性と可能性について、新たな感覚を与えられる。ああ、なぜ私は生まれてしまったのか！　と池のこちらで一羽が悲嘆の叫びをあげ、絶望に駆り立てられるままに飛び回り、灰色のオークの木に降りる。するとさらに遠くにいる一羽が、なぜ私は生まれてしまったのか！　と心の底からの嘆きでそれに応じ、リンカーンの森の奥から、生まれてしまったのか！　とかすかな声が聞こえてくるのである。

フクロウたちも、私に歌を聞かせてくれた。すぐ近くにいるとその声は自然界でもっとも悲しげな声に聞こえ、まるで自然が死にゆく人間のうめきをそうして形にし、永久《とこしえ》に残そうとしているかのようだった――希望を置き去りにして暗い谷に入ってゆく人間が残した動物の咆哮《ほうこう》に人のむせび泣きが混ざり、喉《のど》のガラガラいう音でなおさら恐ろしさを増した、哀れで儚《はかな》い形見である――その音を自分で真似しようとすると、いつでも「グル」の二文字から始まることに私は気づいた――これは、ありとあらゆる健全で勇敢な思考が壊疽《えそ》して、ゲル状になり黴《かび》が生えてしまった精神の顕現である。この音は、悪霊や愚者や狂者の咆哮を私に思い出させた。だが今は遠くの森から一羽が、ホー、ホー、ホーアー、ホーと実に美しい旋律で応《こた》えるのが聞こえている。そしてこの声は昼も夜も、夏も冬も、大抵は心地よい夢想ばかりを喚起してくれるのだ。フクロウがいるというのが、私はとても嬉《うれ》しい。人の代わりに愚かしい、狂った叫びをあげさせておけばいい。それは人間がまだ目にしたことのない広大で未開の自然を想起させる、陽光に照らされることのない沼地や夕暮れの森にまさしく似つかわしい音だ。荒涼とした逢魔《おうま》が時と、誰もが抱える満たされぬ想いの象徴なのだ。太陽は日がな一日、サルオガセのぶらさがったトウヒの木が一本だけ立つ野生の湿地の表面を照らし、その真上を何羽かの小さなタカが円を描いて飛び、常緑樹のあちらこちらでアメリカコガラたちがさえずり、その下でヤマウズラやウサギがごそごそと動き回る。だがさらに陰鬱な、それにふさわしい時刻が訪れ、そこに広がる自然の意味を表すべく別の種の生物が目覚めるのだ。

夜も更けたころ、遠くからごろごろと、荷馬車が橋を渡る音が聞こえてきた——夜には、それよりも遠くから聞こえてくる音はほぼ皆無である——そして犬の遠吠《とおぼ》えや、ときには遠くの納屋のあたりでわびしく鳴く牛たちの声も聞こえた。そして湖の岸辺じゅうからはウシガエルたちの鳴き声が響いていた。ウシガエルたちは古代の酒飲みや飲んだくれたちの懲りない亡霊たちであり、今もなお悔い改めぬまま地獄の湖でキャッチ〔酒場で羽目をはずした男たちが唄った輪唱の戯《ざ》れ歌〕を唄おうとしている——こんな喩《たと》えをウォールデン湖の精霊《ニンフ》たちが許してくれるかは分からないが、ほぼ水草もないのにここにはカエルが棲みついている。亡霊たちは古めかしい酒宴の席で行われた愉快な習わしを続けようとするのだが、その声は嗄《か》れて重々しい厳粛なものとなり、陽気さからもかけ離れ、そして美酒は風味を失ってただ腹を膨らせるばかりになり果て、過去の記憶を飲み込んでくれる甘やかな陶酔など決して訪れず、水で膨れ、濡《ぬ》れそぼり、膨満するのみなのである。酔っぱらいの長老がよだれかけ代わりのハート形の葉にあごを乗せ、この北の岸辺でかつて冷ややかに笑い飛ばしていた水をひと息にあおり、トル・ル・ルーンク、トル・ル・ルーンク、トル・ル・ルーンク！と叫ぶやカップを回せば、すぐに遠くの入江で年齢も腹周りも二番目のカエルが自分の分の目盛りまで飲み干し、同じ合言葉を繰り返すのが聞こえてくる。そしてこの儀式が浜辺をぐるりとひと周りすると、先ほどの長老が満足げにトル・ル・ルーンク！と叫び、もっとも痩《や》せて、貧相で、皮のたるんだ一匹にいたるまで、きっちり順番どおりに一匹ずつこれを繰り返していく。そして、朝日が霧を消し去ってしまうまでこの鳴き声が何度も何度も響き渡り、湖面に顔を出しているのは長老だけになり、ときおり虚《むな》しくトルーンクと鳴いてしばし返事を待つのだけが聞こえるのだ。

自分が拓《ひら》いた土地で雄鶏の鳴き声を聞いたことがあったか分からなかったものだか

ら、私は歌声を楽しむためだけにでも、雄鶏を一羽飼ってみるのはどうかと考えた。かつてインドの野生の雉《きじ》だったこの鳥の声は他のどんな鳥のものよりも素晴らしく、もし飼育することなく野生に戻すことができたなら、ガチョウやフクロウの鳴き声を凌駕《りょうが》し、この森でもっとも名高い声になるだろう。そのうえ、主人の高らかな鳴き声がやんだ静寂を満たす雌鳥たちの鳴き声を、想像してみるといい！　卵や脚の肉はもとより、これを目当てに人間がこの鳥を飼い馴《な》らそうとしたのも当然の話だ。冬の朝、こうした鳥たちがふるさととしてたくさん棲まう森に分け入り、木々の上から野生の若い雄鶏たちが他の鳥たちのささやかな鳴き声を打ち消しながら、何マイルもの遠くまで響かせる、澄み渡った甲高い鳴き声を聞いたなら――想像してごらん！　数多《あまた》の国々が、その声にはっと気持ちを張り詰めさせるだろう。早起きをし、それも日々いつもより早く起きたなら、言葉では言い表せぬほど健やかに、豊かに、賢くならない者など果たしているだろうか？　異国から響くこの鳥の声を、あらゆる国の詩人たちが、故国の鳥たちの声とともに讃《たた》えるのだ。勇ましき雄鶏はどのような気候にも適応する。元からその土地に生きるものより、なおさらその地に根ざすのだ。健康は揺るぎなく、肺は躍動し、精神も決して弱らない。大西洋や太平洋を渡る船乗りたちでさえ、雄鶏の声に目を覚ます。だが、甲高いその声も私を眠りから覚ましたことはない。

私は犬も猫も牛も豚も雌鶏も飼っていなかったから、暮らしの音が欠落していたのではないかと言う者もいるだろう。心を安らがせてくれる、攪拌機《かくはん》も、糸車も、ヤカンの歌声も、コーヒー沸かしから噴き出す音も、子供の泣き声もないのだ。古い人であれば、もはや正気を失うか、退屈で死んでしまっていてもおかしくはない。壁にはネズミもおらず、きっと飢え死にしてしまったか、そもそも餌を求めて家に入ってすらこなかったのだろう——屋根の上と床下のリス、棟木にとまるヨタカ、窓の下で叫ぶアオカケス、床下の野ウサギやウッドチャック、家の裏手に来るオオコノハズクとミミズク、野生のガチョウの群れやアビ、あとは夜に鳴く狐くらいしか私の周りにはいない。ヒバリやウグイスなど農場に棲み着く穏やかな鳥たちですら、一度たりとも私の敷地を訪《おとな》いはしなかった。庭の雄鶏も雌鶏もいない。なにせ庭がないのだ！　だが、柵《さく》など持たぬ自然が扉のすぐ外まで来ている。窓の真下にまで若き森が育ち、漆やブラックベリーの蔓《つる》が地下室にまで入り込んでくる。広いところに枝を伸ばそうとしたヤニマツがこけら板にこすれ、軋《きし》ませ、その根が家の下にまで伸びてくる。強風の日には天窓や鎧戸《よろいど》が吹き飛ばされる代わりに、家の裏手で松の木が折れたり根こそぎ倒れたりして、後に薪になった。大雪でも前庭の門まで道がなくなるようなことはなく——門もなく——前庭もなかった——そして文明世界へと続く道もなかった。

孤独《ソリチュード》

なんと心地のいい夕暮れだろう、全身がひとつの感覚となり、すべての毛穴から歓喜を吸収している。私は奇妙な自由を感じながら、自然の中をあちらこちらと歩き回ってその一部になる。肌寒くて曇天で風もあり、そのうえ興味を引くようなものなど何もありはしないというのに、シャツ一枚で石のごろごろしている湖の岸辺を歩いていると、自然を作るあらゆる要素がいつになく気持ちよく私を迎えてくれた。ウシガエルたちがラッパを吹き鳴らして夜を迎え入れ、向こう岸で鳴くヨタカの声を風がさざ波とともに運んでくる。風にそよぐハンノキやポプラの葉に心を重ね、私は息もできなくなってしまいそうだ。けれど私の心は湖のように、さざ波こそ立ちはしても乱れたりはしない。夕暮れの風が起こす小さな波は滑らかな鏡のような湖面と同じく、嵐とはかけ離れている。今やこうして暗くなっても風は変わることなく吹いて森で咆《ほう》哮《こう》し、波は打ち寄せ続け、いくつかの森の生き物たちが他のものを寝かしつけようと唄《うた》っている。まったき安息など訪れたりはしない。もっとも危険な動物たちは休むことなく、今も獲物を探している。キツネやスカンクやウサギは恐れも知れずに野原や森をうろついている。彼らは自然の夜警なのだ——命あるものたちが暮らす昼を新たな昼へとつなぐ楔《くさび》なのだ。

私が帰宅すると、客人がやってきて名刺を置いていったあとだった。花束、常緑樹のリース、はたまた鉛筆で名前が書かれた黄色いクルミの葉や木切れのこともあった。滅多に森に足を踏み入れぬ者は小さな森のかけらを手に取って道すがらそれを手でもてあそび、わざとなのかうっかりなのか、そうして置いて帰るのである。ある人はヤナギの枝を剝《む》いてそれで輪を作り、私のテーブルに落としていった。私の留守中に来客があれば、枝や草が折れ曲がったり、靴の足跡が地面に残っていたりするのを見てすぐにそうと分かったし、落ちた花や、ちぎられ捨てられた草や——ときには半マイルも離れた線路沿いで見つかることもある——葉巻やパイプの残り香などというちょっとした痕跡《こんせき》から、客人の性別や年齢や性格までおおむね判断できた。それどころか、六十ロッド離れた街道を旅人たちがゆくのを、彼らのパイプの匂いで気づくこともしょっちゅうだった。

私たちの周囲には一般的に、じゅうぶんな空間がある。地平線がすぐそばにあるなどということは決してない。深い森も、湖も、戸口のすぐ外になどありはしないが、それでも常に人の手ですこしは拓かれ、親しまれ、使い込まれ、目的に合わせて整地され、柵で囲われ、そうして自然から切り取られるのだ。これほどまでに広漠とした大地を、滅多に人の立ち入らぬ何平方マイルもの森を、私はいったいどんな理由で人々から任されたかのように専有しているのだろう？　もっとも近い隣家とは一マイル離れており、丘の頂に登らない限りは周囲半マイルのうちに一軒の家も見当たりはしない。森で覆われた地平はすべて私ひとりのものだ。一方を見れば湖をかすめて延びる線路が見渡せ、もう一方を見れば森を抜ける道沿いに立てられた柵が見える。だが私の住むあたりはほとんどが大草原のように孤独なところだ。ニューイングランドであると同時に、アジアやアフリカでもある。私は自分の太陽を、月を、星々を持ち、自分だけの小さな世界を持っている。夜には我が家を通りすがったり扉を叩《たた》いたりする旅人はひとりもおらず、まるで私が最初か最後の人間のようだ。ただし春にはごく稀《まれ》に、村からナマズを釣ろうと人がやって来た――勝手に空想したウォールデン湖で大量に釣り上げたものだから、その邪《よこしま》な心を針に付けて釣ろうというのだ――しかしだいたいの者は獲物もろくに入っていない軽いビクを手に間もなく「世界と暗闇を私に」残して退散するものだから、黒々とした夜の核が近隣の住民たちによる冒瀆《ぼうとく》を受けることはないのだった。魔女がひとり残らず吊《つ》るし首になり、キリスト教と蠟燭《ろうそく》が広まったというのに、世の人々はいまだに暗闇が少し恐ろしいのだ。

それでも私は、どれほど人の世を嫌い鬱々《うつうつ》と過ごしている者であろうとも、このうえなく優しく温かく、このうえなく無垢《むく》で頼もしい世界を自然の中に見出《みいだ》せるのだとわかる経験を何度かしてきた。自然のただ中に生き、それでも正気を失わずにいる者には、真っ黒い憂鬱《ゆううつ》など決して訪れはしない。健やかで無辜《むこ》な耳には、どんな嵐もアイオロスの奏でる調べのように聞こえるのだ。純真で勇敢な者に下卑た悲哀を味わわせる権利など、何ものも持ち合わせてはいない。四季との交流を楽しんでいれば、人生を重荷と感じるようなことなど何もありはしない。私の豆を潤わせ、私を家に閉じ込めている今日の雨は陰鬱《いんうつ》でも物憂くもなく、むしろ私にとっても恵みである。雨のおかげで豆畑を耕すこともできないが、この雨は私が耕すよりも遥《はる》かにいいものだ。仮に雨が長々と降り続いて土中の種が腐り、低地のジャガイモが駄目になろうとも、台地の草にはいいし、草にとっていいのであれば、私にとってもいいものだ。ときおり我が身を他の人々と比べてみれば、彼らに比べて自分が意外なほどに神々の寵愛《ちょうあい》を授かっているように思える。まるで神々から他の者たちの持たぬ認可と保証とを与えられ、特別な導きと庇護《ひご》を受けているかのように感じられるのだ。私はうぬぼれたりはしないが、私がうぬぼれているのだとすれば、神々がそうさせるのだ。私は寂しいなどと感じたことはないし、孤独感にのしかかれたことすらありはしないが、かつてこの森に来て数週間が過ぎたころに一度だけ、健やかな精神と肉体で生きるには傍に人がいなくてはならぬのではないかと、一時間ほど頭を悩ませたことがあった。ひとりきりでいるのが、どこか気持ち悪く感じられたのである。だが一方で、私は自分の中にかすかな狂気を認識しており、それがいずれ回復することを予見もしていた。そうした思いで頭を満たしながらたおやかな雨の中にいると、私は突如、自然の中に、雨音の中に、我が家を取り巻くあらゆる音や眺望の中に、そんなにも優しく恵み深い世界と、そして私を支えてくれる大気のような、言葉では説明のつかぬ無限の慈しみがあるのだと悟った。そして私が空想したような人間の隣人を傍に持つことの美点などは無意味であると感じ、それっきり隣人については考えたこともない。小さな松葉の一本一本が私に心を寄せて大きく広がり、傍に寄り添ってくれた。私は、人が荒涼という言葉で表すのが当たり前になった情景の中にすら私にとって何かとても身近なものが存在し、自分にとってもっとも血の繋《つな》がりが近く誰よりも人間味のあるものは、他人でも村人でもないのだということを明確に悟った。もはや私にとって見知らぬ土地などどこにもありはしないのだと思うほどであった。

「悼み悲しむものは時ならず衰える
現世《うつしよ》で残された日々はごくわずか
トスカーの美しき娘よ」

春秋に訪れる長く激しい風雨の時期もまた、私には至福のときである。午前ばかりか午後までも家の中に足止めされ、いつ止むとも知れぬ風雨の咆哮と激しい雨音に心を慰められる。早い黄昏《たそがれ》が長い夜をいざなうと、さまざまな思いがゆったりと根ざし、ひとりでに花開かせていく。村の家々を吹き飛ばさんばかりに北東から猛烈な風雨が吹き付け、娘たちは玄関から水が入り込まぬようモップとバケツを手に待ち構えているころ、私はささやかな我が家で唯一の扉の内側に座し、その庇護を存分に享受していた。あるとき強烈な雷雨が来て対岸のヤニマツの木に雷が落ち、てっぺんから根本にいたるまでくっきりと、あたかも杖《つえ》に溝でも彫ったかのように深さ最低一インチ、幅四、五インチもある溝をくっきりと、完璧《かんぺき》に規則正しく螺旋《らせん》状に刻み込んだ。先日またそこを通りかかったのだが、八年前に無垢な空から落ちてきた恐ろしく抗《あらが》いがたい雷槌《いかづち》が残した爪痕《つめあと》がますます鮮明になっているのを見上げ、私は畏怖《いふ》の念に打たれた。人はよく私に「こんなところにいたのでは、雨の日や雪の日や、それになんと言っても夜中には、さぞかし人恋しくなるだろう」などと言う。私はついつい、こう答えたくなる――私たちが住まうこの地球も、宇宙の中ではただの点のようなものだよ。私たちの手にある方法では幅を測ることすらできない円盤上でもっとも離れて住むふたりの間にどれほどの距離があると思うのか？　なぜ私が、寂しさなど覚えなくてはならないのだ？　私たちの住むこの惑星は、銀河の垢《あか》にあるではないか？　私に対して君が今した質問は、とても最重要の質問には思えない。人を同胞から引き離し孤独にするような空間とは、いったいどんなものなのだ？　どんなに足を棒のようにして苦心しても、ふたつの心を近づけることなどろくにできはしないのだと、私は悟った。私たちは、どんなもののそばに住みたいと最も強く望むだろう？　無論、もっとも人混みの激しい駅や郵便局、酒場、礼拝堂、学校、食料品店、ビーコン・ヒル、ファイブ・ポインツ〔十九世紀ロウワー・マンハッタンにあった地域。五つの行政区がひとつになることからこう呼ばれた〕などではない。決して涸《か》れることのない生命の源の傍に住みたいと願うのだ。水辺に立つ柳の木が水のあるほうに根を伸ばすのと同じように、ここから生命が湧き出してくるのだと私たちは経験を通して知った。個人個人の性質によっても異なるだろうが、賢者とはこのような場所に地下室を掘るものだ……。ある夕方ウォールデン街道で、二頭の牛を市場に連れて行こうとしている町の住人に追いついた。この目でちゃんと見たわけではないが、「ひと財産」を築いた男だ。彼は、なぜそうもたくさん人生の歓《よろこ》びを放り出してしまう気になったのかと質問してきた。私は、自分がそうすることに対してやぶさかではないのがはっきり分かったからだと答えたが、なにも冗談で言ったわけではなかった。そうして私は帰宅してベッドにもぐり込み、男は暗闇とぬかるみの中ブライトンへと——もしくは明るい町《ブライト・タウン》へと——道を辿《たど》り続けた。朝のうちには到着したことだろう。

たとえわずかであろうと覚醒《かくせい》や復活への希望があるならば、死者は時や場所など選びはしない。どこでそれが起ころうとも変わることはなく、すべての感覚が言葉にできぬほどの歓びを味わうのだ。私たちはほとんどいつも、自分とはおよそ無関係で刹《せつ》那《な》的なことにばかり頭を悩ませている。だが実をいえば、そうしたことがあれこれと、私たちの気を散らすのだ。万物にもっとも近いのは、万物を作り出すあの力だ。もっとも偉大なる法は、絶えることなく私たちのとなりで執行され続けている。私たちのとなりにいるのは、私たちが雇い、話し相手としたくてたまらぬ働き手ではない。私たちという作品を産んだ働き手なのである。

「霊妙なる天と地の威力とは、なんと無辺で深遠なものだろう！」

「我々が見ようとしても見えず、聞こうとしても聞こえない。物の実質とひとつになり、切り離すことは叶《かな》わないのだ」

「この力により全宇宙の人々は心を浄化され、聖別され、聖日の装いをまとって祖先に犠牲と供物を差し出す。これは霊妙なる叡智《えいち》の大海だ。その叡智は、私たちの頭上にも、左にも、右にも、どこにでも存在する。周囲をくまなく取り囲んでいるのだ」

人間は、私が大いに興味を抱く実験の被験者である。このような境遇に囲まれてしばらくは下世話な噂話に興じるのをやめ、己の思考で自らを励ますことはできないだろうか？　孔子は「美徳は孤児のように捨てられたままではいない。必ずや隣人を得る」と言ったが、これは真理である。

思考することで、人は思慮分別を失わずに我を忘れられる。意識的な心の努力によって行為とも、その行為が招く結果とも無関係でいることができ、善も悪も含めていっさいは奔流のように流れ去っていくようになるのだ。私たちは、完全に自然に取り込まれたわけではない。私は奔流に流される流木であり、蒼穹《そうきゅう》からそれを見おろすインドラ〔バラモン教、ヒンドゥー教の神の名。軍神であるが、他に天候も司る〕である。私は劇場で芝居を観て心を動かされることもある一方、遥かに我が身に関わるかもしれない実際のできごとにもまったく動じぬこともある。私は、人間という実存として、つまり思考と情動の舞台としてしか己のことを知らない。そして、私が他人から離れるように自分自身からも乖離《かいり》させる、ある種の二重性を感じてもいる。私はいかに鮮烈な経験をしようとも、己の中に私ではない部分が存在し、それが私を批判するのに気づいている。その部分は私と経験を分かち合うことなく、ただ見物人としてじっと見つめており、あなたではなく私でもありはしない。人生という劇――おそらくは悲劇だろう――が幕を閉じれば、その見物人もさっさと立ち去っていく。彼にしてみれば、そんなものはただの作り話、空想の産物でしかないのだ。この二重性により、ときおり人はいともたやすく隣人や友人としての価値を失ってしまうのである。

大半の時間をひとりで過ごすことは実に満ち足りた行為であると私は知った。たとえ相手が最良の友であれ、人といればすぐにうんざりし、くたくたになってしまう。私は、ひとりでいるのがたまらなく好きだ。孤独という友に勝る友に、私は出会ったことがない。人は自分の部屋にいるときよりも、人々の中へと出ていくときのほうが、往々にして孤独なものだ。思考や労働に耽《ふけ》っている者は、どこにいようと例外なく孤独だ。孤独とは、人と同胞とを隔てる空間の広さによって決まるのではない。ケンブリッジ大学のもっともごったがえした場所で勉学にとことん打ち込む学生も、砂漠の修道僧と変わらぬほどに孤独なのである。農民は朝から晩まで畑を耕し木の枝を切りして働くが、仕事に没頭しているものだから孤独を感じたりはしない。だが夜に帰宅すると、自分の思考にあれこれ翻弄《ほんろう》されながら部屋でひとり座しているのに耐えきれなくなり、「人に会える」場所に赴き、気晴らしをし、孤独な一日の――彼が孤独だったと思った一日の――埋め合わせをせずにはいられなくなってしまう。そうして、なぜ学生はひと晩じゅう、そして日中のほとんどを、退屈もせず「憂鬱《ブルー》」も感じることなく自室で座っていられるのかと首をひねるのだが、農民は気づいていないのだ。その学生は部屋にいこそすれ、自分とまったく同じように己の畑を耕し、己の森で枝を切り、それが終われば農民と同じように、たとえわずかばかりであろうとも気晴らしや仲間を求めるのだということに。

人付き合いというものは、大体があまりにも些末《さまつ》なものだ。お互い、また会うだけの理由に足る新たな価値が身につくほどの時間も置かず、ろくろく間を置かずに顔を合わせる。一日三度の食事のたびに会い、カビの生えたような古チーズを新たな形にして与え合う。頻繁に行われるこの手の会合を耐えられるものにし、諍《いさか》いの口火が切られずに済むよう、エチケットだの礼儀作法だのと呼ばれるひと連なりの規則を全員が呑《の》まなくてはならない。郵便局で会い、社交の場で会い、そして夜な夜な集い炎を囲む。私たちは過密になり、互いの行く手に立ちふさがり合い、ぶつかり合い、そうして互いに対する敬意を失っていくのだろう。欠かすことのできない心からの語らいをするのならば、もっと頻度を落としても間違いなく事足りるのだ。工場勤めの娘たちを思い描いてみるといい――決してひとりきりにならず、夢の中ですらほとんど孤独ではない。私が暮らすこの地のように、一平方マイルにひとりの住人さえいれば、そのほうがいい。人の価値は肌になど宿らず、触れなくては分からぬようなものではない。

森で迷い、飢えと疲労のあまり木の根本で命を落としかけた男の話を聞いたことがある。肉体の衰弱のせいで病的な空想に取り囲まれておぞましい幻影を見たのだが、それを現実と信じ込んで孤独から救われたというのだ。そうであれば、心身ともに健やかで強い私たちは、男の見た幻影のような、しかしもっと正常で自然な交流によって、絶えず力を与えられ、自分は決してひとりきりではないのだと理解できるはずだ。

我が家にはたくさんの友がいる。誰も訪ねてこない朝にはことさら多い。私の境遇がうまく伝わるかもしれないので、いくつか喩《たと》え話をしてみるとしよう。私は、湖でやかましく笑うアビや、ウォールデン湖ほど孤独ではない。あの孤独な湖に、いったいどんな友がいるというのだろう？　しかし空色を映すあの水に潜むのは、青き悪魔ではなく、青き天使なのだ。太陽はひとつだ。霧が濃く立ち込めて太陽がふたつに見えるときこそあっても、片方は偽りの太陽なのだ。神はひとりだ――だが悪魔は孤独などとはほど遠く数多《あまた》の仲間がおり、もはや大群である。私は牧草地に咲くモウズイカやタンポポ、豆の葉や、スイバ、さらにはウマバエやマルハナバチと同じく、孤独などではない。私はミル・ブルック川や、風見鶏や、北極星や、南風や、四月の白雨、一月の雪消《ゆきげ》、さらには新居に棲《す》み着く最初の蜘蛛《くも》と同じく、孤独などではない。

雪がしきりに降り森で風が唸《うな》りをたてる冬の長い夜にはときおり、古い入植者で元はこのあたりの地主だった人物が私を訪《おとな》った。ウォールデン湖を掘り、石を敷き、岸辺にぐるりと松を植えた御仁であるらしい。彼は昔の話や、果てしなき未来の話を私に聞かせてくれた。そしてリンゴもシードルも無いというのに私たちは意気投合して笑い合い、心地よい価値観を語らい、楽しい夕べを過ごすのだった――彼は私が愛してやまぬ、非常に聡明《そうめい》かつユーモアに富んだ朋友《ほうゆう》で、ゴフやホエーリー〔ウィリアム・ゴフとエドワード・ホエーリー。清教徒革命に関わったイギリスの軍人で、後にアメリカに亡命して身を隠した〕よりもなお密《ひそ》やかに隠れ住んでいた。人には死んだものと思われているのに、誰もどこに埋葬されたかを知らない。それから年配の婦人もひとり我が家の近隣に住んでいたものの、ほとんどの人々はその姿を見たこともなかった。私はかぐわしい香り漂う彼女のハーブ園をときおり訪れては、ハーブを摘んだり彼女の語る寓話《ぐうわ》に耳を傾けたりしながら、そぞろ歩くことをこよなく愛した。彼女には並ならぬ創造の才があり、その記憶たるや神話の時代のさらに昔へと遡《さかのぼ》り、すべての寓話の原典を、そしてそれらの元となった事実を聞かせてくれた。どれもこれも、彼女の若かりしころに起きたできごとばかりだった。どんな天気や季節にも顔を輝かせる血色のよい快活な老婦人で、彼女の子供たちよりも長生きしそうであった。

自然の――太陽と風と雨の、そして夏と冬の――言葉では言い表せぬ無垢《むく》と恩恵が、とてつもない健やかさを、生命力を、永久《とこしえ》に与えてくれるのだ！　そして自然は私たちという種族に強く心を重ね、もし正当な理由で悲哀に沈む者がいたならば、すべての自然が心を動かされる。そして太陽のまばゆさは褪《あ》せ、風は人のようにため息を漏らし、雲は雨の涙を降らせ、森は葉を落として夏のさなかに喪服をまとうだろう。私も大地と心を合わせるのが当然ではないのか？　私の中にも、葉や野菜の腐植土でできた部分があるのではなかったか？

私たちの健康を、正気を、充足を守り続けてくれるのは、どんな薬だろうか？　それは私や君のひいじいさんの薬ではなく、私たちのひいばあさんである自然の普遍的な草や木の薬だ。その効能で彼女はいつでも若く、オールド・パー〔長寿で有名なイギリス人。一五二歳まで生きたという説もある〕のような長生き老人たちがどれだけいようとも上回り、朽ちていく彼らの肉を己の健康の餌としたのである。私が求める万能薬とは、たまに瓶を運ぶところを見かける黒い小型帆船のような姿の荷車に積まれた、アケローン川〔ギリシャ神話に登場する、死者の魂を渡す川。地下を流れる大河、ステュクスの支流とされる〕や死海から汲《く》んだ水を混ぜたいかさま薬などではなく、胸いっぱいに吸い込む、澄み渡った朝の空気である。朝の空気！　もし一日が湧き出すその源泉でこの薬を飲まぬ者がいるならば、私たちは少々それを瓶に詰め、この世の朝の予約券を失くしてしまった人々のため、店で売らなければなるまい。だがしかし、どれほど冷えた地下室にしまおうともこの薬は午後までもつことはなく、昼になるずっと前にさっさと栓を押し開けて、西へと向かうオーロラを追って飛び去ってしまうことを忘れてはいけない。私は、老薬草医アスクレーピオスの娘であり、片手に蛇を持ち、もう片方の手にその蛇がときおり口を付ける盃《さかずき》を持つ姿で像にされるヒュギエイアの崇拝者ではない。それよりも、ユーノーと野生のレタスの娘にして、神々や人間に青春の力を取り戻させる力を持ち、ユピテルに酒を注いだヘーベーの信奉者なのだ。おそらく彼女は丈夫な肉体と健康を持つ地上で唯一の娘であり、彼女が赴けばどこにでも春が訪れたのであった。

来訪者たち

思うに私はほとんどの人々に劣らぬ付き合い好きであり、どこかで快活な御仁と行き交うことがあればいつでもヒルのようにくっついて行く気である。私は生来の隠者ではなく、必要とあらば酒場に出向いて腰を据え、いちばんしぶとい常連客より長居をしてもおかしくはない。

私の家には椅子が三脚あった。ひとつは孤独のため、ふたつ目は友のため、三つ目は交流のためである。それより大勢の来訪者が不意にあっても椅子は三脚しかなかったが、皆いつも立ったまま過ごして効率よく部屋を活《い》かしてくれた。小さな家がどれだけ多く立派な大人を収められるかは、まったく驚異的である。私は二十五人から三十人を一度に我が家へと入れたことがあったが、みなお互いぶつかりそうなほど近づいたことにすら気づかぬまま解散するのであった。公私を問わず多くの家は、数え切れぬほどの部屋と、巨大な広間と、ワインをはじめ平和な物資を貯蔵しておく地下室を持ち、そこに住まう人々の数に対してやたらと大きすぎるように思える。あまりにも広大で威風堂々としているせいで、住人などはそこに巣くった害虫にしか見えないほどである。トレモントやアスターやミドルセックス・ハウスといった豪華なホテルの前でヘラルド〔主君やパトロンの到着を知らせる伝令官。重大事を知らせる役目もあった〕がラッパを吹き鳴らすと、宿泊者全員が出てこられるほどの大回廊《ピアッツァ》に間の抜けたネズミがぽつんと一匹這《は》い出してきて、すぐにまた舗道の穴に引っ込んでいったものだから、驚かずにはいられなかった。

こんなにも小さな家でたまに不便に思うのは、客人とややこしい言葉でややこしい思想を議論しているときに、じゅうぶんな距離を取るのが大変なことであった。思想とは、出港準備をし、何度か航路を走ってみてから入港するくらいの余裕が欲しいものなのだ。思想の弾丸は相手の耳に届く前に横揺れや跳ねを克服し、最終的な安定した弾道に収まらなくてはならない。さもないと相手の頭の側面から抜け出してしまうかもしれないからだ。それと同じように私たちの文章もまた、広がり、隊列を整えるためにゆとりが必要だ。個人というものも国家と同じく、適度に広々とした自然の境界線が、さらには広大な中立地帯までもがなくてはいけない。私は、湖の対岸にいる相手と話すのがとてつもない贅沢《ぜいたく》であることに気づいた。家の中では距離があまりにも近すぎて、どちらも相手の話を聞くような気になれなかったし――それに、穏やかな水面に石をふたつ、それもすぐそばに投げ込むと、互いのたてる波紋を打ち消し合うようなもので、相手にちゃんと聞こえるように声を落とすこともできなかった。もし私たちが単なる大声のおしゃべり好きならば、頬が触れ合い互いの息づかいが聞こえるほど傍に立ってもいい。だが、控えめに、そして思慮深く話をしようというのであれば、動物的な熱気や湿気が蒸発してしまうくらいには距離を取っておきたいものだ。もし私たちひとりひとりの内に存在し、言葉にされることのない超越的な部分とのもっとも深い交流を楽しみたいのであれば、私たちはただ沈黙するだけでなく、いかなる場合でも互いの声が聞こえたりすることのないよう、肉体的にもじゅうぶんな距離を置かなくてはいけない。こうした基準で考えるならば、会話というのは、聞くことの苦手な者のためにあるものだ。だが、いざ叫ばねばならないとなると、決して言葉にはできない素晴らしいことは、いくつもある。会話が続いて高尚で厳粛になっていくと、私たちは徐々に椅子をうしろにずらし、しまいにはお互い向かい合った壁に背中を付け、それでもたいていは必要なだけの空間が確保できないのである。

だが私にとって「至高の」部屋、つまり隠遁《いんとん》のための部屋は家の裏手に広がる松の森で、ここはいつでも人を通せたし、カーペットに陽光が落ちることも滅多になかった。夏の間にちょくちょく特別な客人がやって来ると、私はそこに彼らを案内したりもするのだが、金では雇えぬ掃除婦が床を掃き、家具の埃（ほこり）を払い、万事きちんと整えてくれているのだった。

客人がひとりならばときおりつましい食事をともにすることもあったが、トウモロコシの粥《かゆ》をかき混ぜたり、灰の中で膨らむパンを眺めたりしていても、会話の妨げになるようなことは皆無であった。だが一度に二十人が来て家の中で座り込んだりしようものなら、ふたり分くらいのパンはあっても、食事などはもはや時代遅れの慣習だとでもいわんばかりに話題にものぼらず、必然的に断食を遂行することとなった。けれどこれをもてなしの精神に反するといって腹を立てる者は誰もおらず、それどころか皆このうえなく適切で思慮深い行為だと感じるのだった。そうした場合には、普段は引きも切らずに回復してやらなくてはならない肉体的な消耗と衰弱が奇跡のように抑えられ、生命力が盤石のものとなった。こうすることで私には、二十人が千人でももてなすことができた。そして、もし私が在宅しているにも拘《かかわ》らず、失望したり空腹に耐えかねたりして我が家を立ち去る者がいたとしても、私がそうした人々に同情していたことだけは信じて頂いていい。家事に従事する人々には疑いを抱かれるかもしれないが、新しくよりよい習慣を古きに代わり作り上げるのは、非常にたやすいことだ。ごちそうを振る舞って評判を上げる必要などありはしない。私の場合を言うならば、人の家への訪問を何より思い留《とど》まらせるのは、そこに待ち受けるケルベロス〔ギリシャ神話に登場する、三つの頭を持つ冥府《めいふ》の番犬〕などではなく、私をごちそうでもてなそうとする人々の空騒ぎだった——私にはそれが、二度とそんなふうに手を煩わせてくれるなよという非常に慇懃《いんぎん》で回りくどいほのめかしであるように感じたのである。今後はもう二度と、あのような場面を再訪したいとは思わない。私は、ある来訪者が名刺代わりにと黄色いクルミの葉に残していった、スペンサー〔十六世紀イギリスの詩人〕の詩句を我が家のモットーとし、それを誇りとしている。

「人々はそこを訪れ小さな家を満たし、
もてなしの無いところでもてなしを求めようとはしない。
休息こそ彼らの宴《うたげ》であり、すべては彼らの意のままである。
このうえなく高潔な心こそ、このうえなく満たされるのだ」

のちにプリマス植民地の総督となったウィンズロー〔エドワード・ウィンズロー。ピルグリム・ファーザーズのひとり〕が仲間をひとり連れ、徒歩で森を抜けてマサソイト〔アメリカ・インディアン、ワンパノアグ族の首長〕を儀礼訪問をした際、疲労困憊《こんぱい》で空腹を抱えて首長の小屋を訪ねたところ、心からの歓迎こそ受けたものの、その日の食事についてはひとことたりとも話にのぼらなかった。彼ら自身の言葉を引用すると、夜が訪れたとき――「首長は、自分と妻の寝台に我々も一緒に寝かせた。高さ一フィートに張った板に薄いマットを敷いただけの寝台の片端にふたりが、そしてもう片方の端に我々が寝たのである。そしてさらに彼の側近がふたり、もはや隙間もないような寝台の上、私たちにのしかかるようにして寝た。そうして我々は旅よりもこの宿泊のほうでくたくたに疲れ果てたのである」翌日一時、マサソイトは「自ら獲《と》った魚を二匹持ってきた」が、ブリーム〔コイ科の淡水魚。河川、湖沼などに広く分布〕の三倍も大きかった。「これを煮ると最低でも四十人が分け前にあずかりにやってきたが、ほぼ全員に行き渡った。丸二昼夜、私たちが食べたのはそれだけだった。自分たちでヤマウズラを一羽買っておかなかったら、断食旅行をしなくてはならないところだった」食べものもなく、「蛮人たちの」おぞましい歌声のせいで眠ることもできず（彼らは唄《うた》いながら眠りに就いたのだ）、このままでは気が触れてしまうと恐ろしくなったふたりは、旅する体力が残っているうちに帰り着かなくてはならぬと、さっさと出発した。ふたりがひどいと感じたもてなしも心からの歓待であったのは疑いようがないが、寝泊まりについてはたしかにひどいものであった。だが食事に限って言うとするなら、インディアンにとってはそれ以上のことはできなかったろう。自分たちが食べるものさえ何も持ってはいなかったが、彼らはそれを謝罪すれば客人の腹が膨れるなどと考える愚か者でもなかった。そこで彼らはベルトをきつく締め、そのことについてはひとことたりとも触れなかったのである。次にウィンズローが彼らを訪れたときは食料の豊富な時期だったので、この面ではなんの不備もなかった。

人間であれば、どこにいようと不足することなどほとんどない。私は森で暮らしている間に、そうでない時期よりも多くの来客に見舞われた。もっとも、ほんの数えるほどではあったのだが。他のところで出会うよりも森でよかったという者も数人いた。つまらない用事でやって来る者は、ほとんどいなくなった。要するに、町から離れたことで、付き合う人々がふるいにかけられたのである。私は、交流という川がほぼ流れこまない孤独な大海のはるか深くに隠遁したものだから、私の求める限り、最上級の沈殿物しか身の回りには残らなかった。そのうえ対岸から人跡未踏、未開の大陸の証《あかし》がいくつも私のもとには漂着したのである。

今朝、私の小屋を訪《おとな》ったのはなんと、真にホメロス風というか、パフラゴニア人風といったような——彼にはまさしくお似合いの、いかにも詩的な名前がついているが、ここでは申し訳なくも割愛させて頂く――カナダ人で、木こりと柱作りを仕事とし、一日に五十本の柱に穴を穿《うが》つことができ、昨夜は飼い犬が捕まえてきたウッドチャックで夕食を済ませたとのことであった。彼もホメロスの名には聞き覚えがあり、「本がなかったら雨の日には何をすればいいのかも分からない」とのことだが、いくつもの雨季を経験してきたというのにおそらく一冊の本すら読み切ったことはなかったろう。遥《はる》か遠く、故郷の教区においてギリシャ語の話せる牧師が聖書の読みかたを彼に教えたのだが、今は私が彼に本を持たせ、悲しげな表情のパトロクロスをアキレスが叱責《しっせき》するくだりを翻訳してやらねばならぬ――。

「パトロクロスよ、なぜ若き娘のように涙に暮れているのだ？」
「それとも君はプティアから何か報《しら》せが届いたか？
なんでもアクトルの息子、メノイティウスはまだ生きているそうだ
それにアイアコスの息子、ペレウスもミュルミドーン人のところに身を寄せているとか
ふたりのどちらかが死んでしまったなら、大いに悲しむべきであろうが」

男は「こいつはいい」と言った。彼はこの日曜の朝、ある病人のために集めてきたホワイト・オークの樹皮の大きな束を脇に抱えていた。そして「この手のものなら、今日探しに出たところで何も問題あるまいさ」と続けた。ホメロスの作品など彼はまったく知らなかったが、それでも彼にとっては偉大な作家であった。この男ほど質素で自然な人間には、そうそう出会えまい。この世界に陰鬱《いんうつ》の黒雲を投げかける悪徳や病も、この男にとっては存在しないも同然であった。歳はおよそ二十八歳で、十二年前にカナダにある父の家を出て、いずれは生まれ故郷かどこかで農場でも買うための金を稼ごうと、合衆国で仕事を見つけに来たのである。彼はひどく粗造りの鋳型で作られでもしたかのようで、がっしりはしているが鈍重な、それでいて優雅に動く肉体と、太く日焼けした首と、ぼさぼさの黒髪と、ときおり表情豊かな輝きを放つどんよりとした眠たげな青い瞳《ひとみ》をしていた。布でできた平べったい灰色の帽子をかぶり、ウールの色をした汚い厚手のコートを着て、牛革製のブーツをはいていた。男は大の肉食家で、私の家の前を通っていつでも二マイル離れた仕事場に通っていたが——夏の間じゅう木の伐採をしていたのである——肉の冷菜（ウッドチャックの肉であることが多い）が入ったブリキの弁当箱を持ち、コーヒーの入った石の水筒をベルトから吊《つ》り下げ、ときどき私にも一杯どうかと勧めてくれることもあった。彼は朝早くに現れては私の豆畑を突っ切って行ったが、ヤンキーたちのように仕事に遅れまいと必死に先を急いだりはしなかった。無理をするような男ではなかった。その日の食い扶持《くぶち》さえ稼げれば、それでよかったのだ。道すがら愛犬がウッドチャックを捕まえたりすると、まずは宵闇が降りるまで湖に沈めておいてもよいものかと三十分ほど沈思し――そういうことを考えるのをこよなく愛しているのだ――しょっちゅう茂みの中に弁当を放り出しては、自分の下宿で下ごしらえをして地下室に置いてこようと一マイル半の道のりを引き返していった。朝に私のところを通りかかると、彼はいつもこう言った。「やあ、ずいぶん鳩がいるね！　毎日働かなくてもいい仕事をしてたら、鳩やウッドチャックやウサギやヤマウズラを狩って、どんな肉でもほしいままなんだがなあ！一日で一週間分の食料が手に入るってものだよ」

彼は腕利きの木こりで、斧《おの》を振るう技を美しく、そして華やかに飾った。のちの新芽がより元気よく育つように、そして橇《そり》が切り株の上をすいすい通れるように、木々を地面すれすれで真っ平らに切りそろえた。そして束ねた薪を支えるにも木を一本まるのまま残しておいたりはせず、最後に素手でも折ってしまえるよう細い杭《くい》か棒切れ程度にまで削っておいた。

私がこの男に興味をそそられたのは、彼がとても物静かで、孤独で、それでいて実に幸福だったからだ。彼の両目からは、上機嫌と充足感が泉のようにあふれ出していた。その陽気さには、なんの混じり気もなかった。ときおり森で木を切り倒して働く彼に出くわすと、彼は言葉で言い表すことのできぬ満ち足りた笑いで私を迎え、英語も話せるというのにカナダ・フランス語で挨拶《あいさつ》してみせた。私が近づいていくと彼は仕事の手を休め、手ずから切り倒した松の木の幹のとなりに嬉《うれ》しさをこらえた顔で寝そべり、内皮を剝《は》がしてそれを丸めると、それをかみながら私と談笑した。彼はとてつもない元気の持ち主で、ときおりなにかおかしくて堪《こら》えきれぬことがあるたびに、地面に身を投げ出し、ごろごろと笑い転げた。木々を眺め回しては、「本心だとも！　俺はここで木を切ってさえいれば、それだけでじゅうぶん楽しいんだよ。他の気晴らしなんてなんにも必要ないね」と叫んだ。たまに暇な日があれば小型のピストルを手に日がな一日森を歩き回りながら、一定の間を置いて楽しげに自分への祝砲を撃つのだった。冬には焚《た》き火《び》をおこし、昼になるとその炎でヤカンのコーヒーを温めた。そして、丸太にかけて食事をしているとたまさかコガラがやって来て、腕にとまって彼が手にしたポテトをつつくと、彼は「可愛らしい仲間が来てくれるのが好きなんだ」と言うのだった。

彼の中ではもっぱら、動物的な人間がよく育っていた。肉体的な持久力や充足について言うなら、彼は松や岩石の従兄弟《いとこ》であった。前に一度、一日じゅう働きどおしだと夜はくたくたになるのではないかと訊《たず》ねてみたことがあった。すると彼は、大真面目な顔で「まさか。疲れを感じたことなんて、今まで一度もありゃしないよ」と答えたのだった。しかし、彼の中の知的な、そしていわゆる霊的な人間は、まるで子供たちのそれと同じように眠りこけていた。これまで彼は、まるでアボリジニたちにカトリックの神父が教えを説くかのような、素朴で無意味な方法でしか教えを受けたことがなかった。生徒が意識に目覚めることなどありえず、せいぜい信頼と尊敬を抱くことくらいしかできず、大人になることなく子供のままでいるしかないような教育である。自然はこの男を創造するにあたり強靱《きょうじん》な肉体と充足感を与え、与えられた七十年を子供のまま生きられるようにと信頼と尊敬で四方から彼を支えた。彼は、ウッドチャックを隣人に紹介するのと同じくらい、人に紹介のしようもないほどに純粋で素朴であった。彼を知るには、私たちがそうしたように、隣人自ら彼を理解しなくてはならないのである。彼は、なんの役割も果たそうとはしなかった。人々は彼の仕事に金を払い、そうすることで彼も食料や衣服を手に入れられはしたものの、決して人々と意見を交わし合わなかった。彼は実に素朴であり生まれつき謙虚な男で――熱望を持たぬ者を謙虚と呼べるならの話だが――もはや謙虚さが彼の歴然たる特徴だとすらいえず、そもそも彼も謙虚さとは何かを知らなかった。自分より賢い人々は、彼にしてみれば生き神も同然だった。そのような人物がやって来るぞと告げても彼は、そんなに立派な御仁なら自分に用などあるはずがないし、その人の好きに任せて自分のことなど忘れていればいい、といわんばかりに振る舞うだけなのである。彼は称賛を耳にしたことがなかった。彼は物書きと説教師をことさら尊敬していた。彼らのすることは、彼にとっては奇跡であった。私が自分もなかなかの書き手なのだと教えると、彼は自分自身が達筆であるものだから、てっきり私も字を書くのが得意なのだろうと長きにわたり思い込んでいた。ときには街道沿いに積もった雪に彼の生まれた教区の名が、フランス語のアクセント記号付きの綺麗《きれい》な字で書かれていることがあり、彼がそこを通ったのに気づくこともあった。彼に、自分の思いを文字にしたためてみる気はないのかと訊《き》いてみたことがある。すると彼は、人のために手紙を読んだり書いたりすることはあっても、自分の思いを書いてみようと思ったことは一度もないと答えた——そう、ありはしないのだ。まずどう書き始めていいのかも分からず頭がどうにかなってしまうし、そのうえスペリングにも頭を悩ませなくてはならないのだから！

　ある高名な賢人であり改革論者が、この世界が変わればいいとは思わないかと彼に訊ねたことがあるという。すると彼は、そんな質問がなされるなど前代未聞だと言わんばかりの顔で驚いて笑うと、いつものカナダ訛《なま》りで「いいや、このままでたっぷり満足してるよ」と答えた。彼と付き合えば、哲学者には学ぶことが山ほどあるはずだ。赤の他人からすれば、まったくものを知らぬ男に見えただろう。だがときおり私は彼の中にかつて出会ったことのない人間を見て、彼がシェイクスピアにも等しい賢者なのか、ただ子供のように無垢《むく》な者なのか、優れた詩人の心の持ち主なのか、はたまた愚者なのか、さっぱり分からなくなってしまった。町のある住人は、小さなぴっちりとした帽子をかぶってひとり口笛を吹きながら町をそぞろ歩く彼を見て、お忍びの王子を思い描いたという。

彼の蔵書といえば、暦と算数の本だけで、後者にかけてはかなりの達人であった。前者のほうは彼にとって百科事典のようなもので、彼はそこに人類の叡智《えいち》が要約されているものと思っていたが、実際、それはかなりのところまで事実である。私は今日《こんにち》の様々な改革について彼の話を聞くのをこよなく愛していたが、彼はどの改革に対しても、いつも決まってもっともシンプルかつ実際的な意見を言ってみせた。どの改革の話にしろ、一度たりとも耳にしたことがないのだ。工場がなくても大丈夫なのか、と訊ねてみた。彼は、手織りのヴァーモント・グレーの服を着ているがすごく気に入っていると答えた。紅茶やコーヒーなしで暮らせるのかね？　この国に水以外の飲みものがあるのかい？　彼はツガの葉を水に浸してそれを飲み、暑い日には水よりもずっといいと思っていた。金がなくてもやっていけるかと彼に問うてみたところ、彼はこの制度の起源に関するこのうえなく哲学的な説明のみならず、「pecunia〔ラテン語で金銭、財産を意味する〕」の語源をも示唆してみせながら、金銭がいかに便利なものであるかを語ってみせた。仮に彼の財産が牛一頭で、店で針と糸を購入したくなったとすると、そのつど牛の一部を代金の分だけ抵当に入れるのでは不便きわまりないし、そんなことはすぐに続けられなくなるという。彼は様々な制度をどんな哲学者よりも巧みに弁護することができたが、これは彼が自分に関係のある範囲でその制度の話をすれば、それが広まった真の理由が説明できてしまうからで、それ以上のことはいくら思案しようとも彼には思いつきもしなかった。またあるときは、人間に関するプラトンの定義――羽のない二足動物である――を聞いたうえに、誰かが羽をむしり取った鶏を見せてこれがプラトンの言う人間だと話したのを知ると、彼は膝《ひざ》が別の方向に向いているのは見過ごせない違いだと思うと語った。彼はときどき「ああもう、話をするのが好きでたまらないよ！　まったく、一日じゅうでも話していられるくらいだ！」と叫んだりもした。ある日、何ヶ月か振りで会ったときに、この夏に何か新しい考え思いつかなかったかと訊ねてみたことがあった。すると彼は「あるわけがないよ。僕のように働かなくちゃいけないやつには、今ある考えを忘れないでいるだけでも上出来なんだ。もし君の草刈り仲間が草刈り競争をしようなんて言い出したら、君だってそのことで頭がいっぱいになって、草のことしか考えられなくなっちまうさ」と答えた。そんなときに彼のほうから、私の仕事の進み具合を訊ねることもちらほらあった。ある冬の日、私は、外界の聖職者の代わりを彼の内面に見出《みいだ》し、何かより崇高な生存動機を提示できはしないかと、今の自分のままで満足しているかと質問してみた。すると彼は、こう答えた。「満足しているとも！　人によって、何で満足するかなんて違うもんだよ。もしなんにも困ってなければ、一日じゅう暖炉に背を向け腹を食卓に向けて、それで満足ってやつだっているだろうさ！」しかしどう手を尽くしてみても、彼に精神的な視点をもたせることが私にはできなかった。どうやら彼が持つ最高の知識とは、動物にすら理解できてしまいそうなシンプルな利便性程度であり、それはほとんどの人間とまったく変わらなかった。私が仮に彼の人生をもっとよくする道を提示してみせても、彼はなんの悔恨の念も顔に浮かべず、あっさりと、もう今さらさと答えるだけなのであった。それでも彼は正直さや、それに類する美徳についてては心から信奉しているのだった。

わずかばかりとはいえ、彼には確かな独創性が感じられ、彼が自力で考え自分なりの意見を口にすることもあったのだが、この貴重な現象を目の当たりにするためであれば私はいつでも十マイルの道のりを歩くのも厭《いと》わず、彼の意見は社会に存在する多くの制度の再構築にも至るようなものばかりであった。彼は自分の意見を言うのをためらったし、うまく表現できないところもあったが、それでも耳を傾けるだけの価値がある意見をいつでも内に秘めていた。けれど彼の思想はあまりにも素朴で、動物的な生きかたに根ざしていたものだから、ただ知識ばかりを詰め込んだ堅物たちよりはちゃんとしていたものの、特筆すべきようなものは滅多になかった。彼の存在は、たとえ身分が低く無学であろうとも、人生の最底辺にでも、知ったかぶりなどはせずに己の目で物を見る才人はいるのだと示していた。ウォールデン湖のように、どれほど暗く濁ってはいても底しれぬ天才というものが。

多くの来訪者たちが私に会って家の中を見ようと、水を一杯飲ませてくれと言い訳をして寄り道をしていった。私は湖の水を飲んでいるのだと彼らに告げて湖の方角を教えてやり、柄杓《ひしゃく》を貸してあげようと申し出た。私のように人里離れて暮らしていようとも、人々が動き出す四月一日ころに始まるらしい毎年恒例の訪問からは、どうやら逃れられぬようだった。そして、客人たちの中には一風変わった御仁も紛れてはいたものの、それでも私は幸運にあやかることができた。救貧院などの施設から知的障害を持つ人々が私に会いに来たが、私はなんとか彼らにあらん限りの知恵を総動員させ、私に打ち明け話をさせた。このようなときには知恵を会話の主題としたのだが、これは奏功した。事実、彼らの中には貧者を監督するいわゆる民生委員や町の行政委員などより聡明《そうめい》な者もおり、そろそろ形勢逆転するのではないかと思えた。知恵というものは、遅れていようがいまいが大した違いはないのだと私は学んだ。ある日、気立てがよく素朴な心を持つ貧しい男が私のもとを訪ねてきた。自分や家畜がはぐれてしまわぬよう、畑に置かれたブッシェル樽《だる》の上にときには立ち、ときには座り、他の者たちと一緒に柵《さく》の代わりを務めているのをよく見かけたことのある男なのだが、彼が私のように生きたいと己の願いを口にしたのである。彼はいわゆる謙虚さというものを遥《はる》かに超越した——いや、むしろそれに届かぬ——強烈な純朴さと真摯《しんし》さで、自分には「おつむが足りない」のだと言った。一言一句違《たが》わずそう言ったのである。神は自分をこのように創られたが、それでも他の人々と変わらず気にかけてくださる、というのだ。「昔っからそうだったんだよ。ガキのころからさ。頭が悪くてね。他の子たちとはまったく違ったんだよ。おつむが弱かったのさ。たぶんそれも、神様の思《おぼ》し召《め》しってもんだろう」男は言った。そこにいる彼自身が、その言葉が真である証明だった。彼は私にとって、超自然的な謎であった。これほどまでに頼もしく立っている者など、私は他にほとんど知らなかった——彼の言葉はどれもこれもあまりにもシンプルで、熱心で、真理ばかりなのである。そして慎ましくあればあるほど、彼は歴然と、ますます崇高になっていくのだ。初め私には分からなかったが、これは彼の聡明な生きかたの成果なのだった。哀れにも知能に恵まれぬ貧しきこの男が敷いてくれた真実と篤実の土台があれば、我々の交流は、賢者たちの交流よりもなお素晴らしい場所へと到達できるのではないかと思えた。

私のもとには、町の貧者とはされないながらもそのように認められるべき人々や、あらゆる意味で世界の貧者とされるべき人々や、人のもてなしを受けるよりもまず初めに、しを強要するような人々も訪れてきた。彼らは心から助けを求めながらもまず初めに、自らを助ける気は断じて無いと伝えてくる。私は来訪者がたとえ世界一の食欲の持ち主であろうとも、本当に飢えてはいないことを望んでいる。私が施しを与えるのなら、それは来訪者とはいえない。私がまた自分の仕事に取り掛かってどんどん空返事が増えているというのに、自分の訪問が終わったのにも気づかない人々。誰もがせわしなく動き回る季節に私を訪れる人々は、知性の程度もさまざまであった。自分ではどうすればいいのか分からぬほど高い知性の持ち主もいた。大農場《プランテーション》のしきたりが染み付いた逃亡奴隷はおとぎ話に出てくるキツネのように、後を追ってくる猟犬の咆哮《ほうこう》が聞こえるといわんばかりにちょくちょく聞き耳を立て、まるで——

「おお、キリスト教徒よ、私を追い返そうというのか?」

とでも言いたげな、すがるような目で私を見た。ある本物の逃亡奴隷に手を貸し、私は北極星の瞬くほうに逃してやった。一羽の雛《ひな》を、それもアヒルの雛しか持たぬ雌鳥のように、ひとつの思想に執着する者もいた。毎朝ぞろぞろと一匹の虫を追いかけ二十羽が迷子になり、その結果ずたぼろになってしまう百羽の雛たちの世話をする雌鳥のように、千もの思想を抱いたぼさぼさ頭の者もいた。脚の代わりに思想を持つ知能のムカデのような、全身に鳥肌が立ってしまいそうな者もいた。ある男はホワイト山脈で使っているように、訪問者の名前を記録する帳面を置いてはどうかと提案してきたが、残念ながら、そんなものが必要になるほど私の記憶力は悪くない。

来訪者たちが持つ特徴の中には、いやでも気付く明白なものがいくつかあった。少女や少年、それから若い娘などはたいがい、森に入るのが楽しくてたまらないらしかった。みんな湖を覗《のぞ》き込み、花を眺め、有意義なひとときを過ごしていた。商売人は

――農民たちでさえ――孤独や仕事、そして私と人里などとを隔てる大きな距離のことしか頭になく、自分もたまに森をぶらつくのは好きなんだよなどと言ってみせはするものの、そうでないのは火を見るよりも明らかだった。食《く》い扶持《ぶち》を稼ぎ生活を維持することに時間をすっかり奪われた、落ち着きのない人々。まるで自分たちの独占市場だと言わんばかりに神を語り、あらゆる意見を拒絶する牧師たち。医者、弁護士、私の留守中にうちの食器棚やベッドを覗き込む主婦たち――○○夫人は私のシーツが自分のものより清潔でないのをどうして知ったのだろうか？　踏み固められた職務の道を歩むのがもっとも堅実なのだという結論に至った、若さを放棄した若者たち。こうした人々が口をそろえて、こんな場所にいたのでは大したことはできないだろうと言った。ああ、まったく！　厄介なのはそこなのだ。老人も病人も臆病者《おくびょう》も、年齢や性別を問わず病気や突然の事故や死のことばかり考えている。彼らには人生が、危険に満ちあふれているように見えるのだ――そんなことを考えなければ、いったいどれほどの危険があるというのか？――そして彼らは、分別のある人間は注意深く、ひと声叫べばB医師が駆けつけてくれるような、最も安全な立場を選ぶものだと考えていた。彼らにとって村は文字通りの共同体《コミュニティ》、相互防衛体で、薬箱無しにはハックルベリーひとつ摘みにすら出かけはしない。つまるところ、はじめから半分死んだように暮らしていれば危険も少なく済むに違いないものの、もし生きているのであれば、死ぬまで危険からは逃れられぬのだ。ただ座していても、走っていても、同じくらい多くの危険に晒《さら》されるのである。そして最後に、改革家を自称する連中もいたがあれほど退屈な者は他におらず、彼らはこの私が――

「これは私が建てた家
これは私が建てた家に住む男」

といつでも唄《うた》い続けているものとばかり思い込んでいたが、三行目が次のように続くとは考えてすらいなかったのである。

「これは私が建てたこの家に住む男の頭を悩ませる連中だ」

私は鶏など飼っていなかったので、鶏荒らしのハイイロチュウヒなど恐れてはいなかった。むしろ、人荒らしのほうが私には恐ろしかった。

そんな連中よりも楽しい来訪者たちもいた。ベリーを摘みに来る子供や、まっさらなシャツを着て日曜の朝のそぞろ歩きを楽しむ鉄道作業員や、釣り人と狩人《かりゅうど》や、詩人と哲学者たち。つまりは本当の意味で村を後にして、自由を求め森に出かけてくる誠実な巡礼者たちだ。私はいつでも「ようこそ、イギリスの方々！ようこそ、イギリスの方々！」と彼らを歓迎しよう。そうした人々と、私は心を通わせてきたのである。

〔ソローは自分を、ペマクウィド族の族長、清教徒の移住を援助したサモセットになぞらえている〕

豆畑

一方、畝をすべて合わせると全長七マイルにもなる私の豆畑は、すでに種蒔《たねま》きが終わっていたが、最後の種を蒔き終えるころには最初の種がもうかなり育っており、今や遅しと草刈りを待っていた。もうこれ以上種たちを待たせるわけにはいかない。こんなにもたゆまぬ、我が身の他に頼るもののないヘラクレス的な大仕事がどんな意味を持つのか、私には分からなかった。自分に必要な量はとっくに超えてしまってはいたが、私は自分の畝を、自分の豆を愛してやまぬようになっていた。そのおかげで私は大地と強く結びつき、アンタイオス〔ギリシャ神話の巨人。海神ポセイドンと大地の女神ガイアの子で、母である大地に触れている限り不死身だった〕のように力を得たのである。だが、なぜ豆を育てなくてはならないのだろう？　天だけがその答えを知っている。夏を通して私がした奇異な仕事、それは——キジムシロやブラックベリーやオトギリソウなど美味な野生の果実や美しい花を育《はぐく》んできた地表で、代わりに豆を作ることである。私は豆に何を学び、豆は私に何を学ぶだろうか？　私は豆を愛《め》で、雑草を刈り、朝も夕も目を配る。それが私の日課だ。大きな葉は目を楽しませてくれる。私の助手はこの乾いた大地を潤してくれる露と雨、そしてほとんどが痩《や》せて不毛となったこの土地に残された肥沃《ひよく》さだ。私の敵は虫たちと、寒い日と、そして何よりウッドチャックだ。ウッドチャックのやつは、四分の一エーカーを綺麗《きれい》に食い尽くしてしまった。だがこの私に、オトギリソウをはじめさまざまな草を追い出し、古来つづくこの草園を破壊する、どんな権利があったというのだろう？　けれど生き残った豆たちはすぐにウッドチャックにも歯が立たぬほどに固くなり、さらに育ち、新たな敵とまみえることになるのである。

今もはっきりと憶《おぼ》えているが、私は四歳で生まれ故郷であるこの町に連れてこられ、そのときにまさしくこの森を抜け、この野原を抜け、湖に出たのだった。それは私の記憶に刻まれた最古の記憶のひとつだった。そして今夜、その同じ水面に私の笛の音がこだまを呼び起こしている。ここに立つ松の木々は私よりも年上だった。もし倒れた木があれば、私はその切り株の上で夕食を作った。そしてあたり一面に新たに草木が育ち、新たな子らの目に映る景色を準備している。この草地にある同じ多年草の根から同じオトギリソウが芽吹き、私までもが幼き夢に見た素晴らしき情景に衣を着せるのを長々と手伝っている。そして豆の葉も、トウモロコシの葉も、芋の蔓《つる》も、私の存在と働きの結果なのである。

私は高台の約二エーカー半に種を植えた。この土地が開拓されてからまだせいぜい十五年くらいで、私も二、三コード〔一コードは一二八立方フィート〕の切り株を掘り起こした程度だったので、特に肥料はやらなかった。だが夏の間、畑仕事の最中に土中からいくつか矢じりが出てきたところを見ると、白人たちが開墾しに来る遥《はる》か昔、ここには今はもう絶滅してしまった種族が住み、トウモロコシや豆を育て、それらの作物を育てるためのこの土地の養分をだいぶ使い果たしてしまっているように思えた。

ウッドチャックやリスがちょこまかと道を横切ったり、日輪がシュラブ・オークの上に昇ったりする前、まだ朝露がひとつも乾いてしまわぬうちに、いろんな農民たちにはやめておけと忠告されはしたが――まだ朝露の残るうちに仕事を片付けるよう、私は君に忠告しておきたい――私は豆畑にはびこる横柄な雑草どもを根こそぎ刈り取り、頭の上から土をかぶせてやりはじめた。朝早くには裸足《はだし》で、露に濡《ぬ》れてぼろぼろと崩れる砂を踏みしめ働いたが、昼に太陽が昇ると足が焼け付くようだった。砂利だらけの黄色いあの高台で、十五ロッドにもなる長い緑の列の間をゆっくりと行きつ戻りつしながら草むしりをする私を、太陽が照らしていた。片側の端にはシュラブ・オークが木陰を作っており、私はそこで休憩を取ることができた。もう片側はブラックベリーの茂る野原で、緑色の実は私が一往復してくる間にも色合いを深めていく。雑草を取り除き、豆の茎の周りに新たな土を盛り、自分の植えた種を励まし、この黄色い土壌にはニガヨモギやコショウやイブキヌカボではなく豆の葉や花で夏の想いを表現させ、草ではなく豆なのだと大地に言わせる——それが私の日々の仕事であった。牛馬や男手、進歩した農機具の助けなどはほぼ借りなかったため、仕事の進みは遅々としたもので、おかげで普通よりも遥かに豆たちと親密になった。しかし手仕事というものはたとえ退屈な苦役にせよ、おそらくは最悪な怠惰の形ではありえない。そこには不朽不滅の教訓というものがあり、学者が従事すれば最高の結果を生み出すことができるだろう。リンカーンやウェイランドを抜けて西の地を目指す旅人たちにしてみれば、私はさぞかし勤勉な労働者《アグリコラ・ラボリオスス》に見えたろう。彼らはのんびりと二輪馬車に座して両膝《りょうひざ》に肘《ひじ》をつき、花綱のようにたるんだ手綱を握っている。私は家から動かずにせっせと働く土の民だ。だが私の家などまたたく間に、彼らの視界からも頭の中からも消え去ってしまう。街道沿いで道の両側が開拓されている場所などひどく珍しいものだから、彼らは隅々までくまなく眺め回したし、ときには彼らが土地の主に聞かせるつもりではない陰口や意見まで漏れ聞こえてくるのだった。「今さらそら豆なんて遅すぎるよ！　えんどう豆だって手遅れだ！」――私は、他の農民たちが草刈りを始めるころになっても、まだ種蒔きを続けていたのだ――融通の利かない農民たちには考えられないことだ。「おいおい、トウモロコシだよ、飼料用の」「あのお方、ここに住んでいるのかしらね」黒いボンネットの夫人がグレーのコートに訊《たず》ねた。するといかめしい顔つきの農民が手綱を引いて馬を休ませてやり、見たところ畝に肥料も見当たらないが何をしているのかと私に訊ね、少しでいいからおがくずでも生ゴミでも、じゃなきゃ灰か漆喰《しっくい》でもやっておきなと勧めてきた。だがここには二エーカー半の畝があるのに、手押し車の代わりに鍬《くわ》一本と、それを引っ張るふたつの手しかなく――手押し車や馬を使いたくはなかった――そのうえ木くずは遥か彼方《かなた》まで行かねば手に入らない。同乗している旅行者たちは大きな声を出し、通り過ぎてきた農場と比べるものだから、私は自分が農業の世界でどんな立ち位置にいるのかを知ることができた。この畑は、コールマン氏の報告書〔当時の農学者。マサチューセッツ州の農業についての報告書を提出した〕には記載されない畑のひとつである。とはいえ、いまだ野生の原野で自然が育む作物の価値を、誰に査定などできよう？　イギリス干し草は入念に計量され、水分や珪酸《けいさん》塩や炭酸カリウムの含有量まで計算されるが、森や牧草地や湿地の谷間や池の窪地《くぼち》でも、人に収穫されることさえないものの、さまざまな穀物が豊かに育っているのだ。私の畑は、野生と人が耕した畑とをつなぐ楔《くさび》である。文明国があり、半文明国があり、野蛮もしくは未開の国々があるのと同じように、私の畑は悪い意味ではなく、半耕作地なのだ。私の育てたのは喜々として野生の、そして原初の在りように還《かえ》ろうとする豆であり、私の鍬はその豆たちのために牛追い歌《ラン・デ・ヴァッシュ》を奏でたのである。

すぐそばに立つカバノキの頂でチャイロツグミモドキが――中にはベニウタツグミと呼びたがる人もいるだろうが――君がいてくれるのを喜んで、朝の間じゅう延々と唄《うた》い続けている。もし君がいなければ、他の農民の畑へと飛んでいくだろう。君が種を植えている間、この鳥は「落とせ、落とせ――かぶせろ、かぶせろ――引き抜け、引き抜け、引き抜け」と叫ぶ。だがその種がトウモロコシではなかったものだから、そうした敵に狙われる危険もなかった。こんなふうに、一弦でも二十弦でも鳴らす素人くさいパガニーニの真似ごとなど、いったい種蒔きとなんの関係があるのかと首をひねるかもしれないが、それでも濾過《ろか》された灰や漆喰よりはいい。これは私が全面的に信頼する、安価な追肥なのである。

鍬を手に畝の列に新しい土を寄せてやっているときに、私は太古、この天穹《てんきゅう》のもとに生きた歴史にも残らぬ種族の遺骨の眠りを妨げ、彼らが戦いや狩猟に使った小さな道具を現代の陽光のもとに晒《さら》してしまうことになった。それらは他の天然石――インディアンの焚《た》き火《び》や太陽に焼かれた痕跡《こんせき》を残すものもいくつか見つかった――や、最近になって耕作者が持ち込んだ陶器やガラスの破片と混ざり合って埋もれていた。私の鍬が石に当たるたびに、その音楽が森と空にこだまして私の仕事の伴奏となり、瞬く間に計り知れないほどの収穫をもたらしてくれた。もはや私が手をかけているのは豆ではなく、豆に手をかけているのは私ではなかった。そして私は哀れみと誇らしさを胸に、聖譚曲《オラトリオ》を聴くため町に出た知人のことをぼんやりと思い出した。よく晴れた午後、ヨタカが目の中の、いや、天の目の中の埃《ほこり》のように頭上を旋回していた――私はときには一日じゅう働いた――が、ときおりまるで天がずたずたに引き裂かれたかのような音をたてながらものすごい勢いで急降下し、しかしそれでも縫い目ひとつないまま蒼穹《そうきゅう》が広がっていた。宙を飛び回り、手つかずの砂地や山々の頂に転がる岩の間に卵を生む、小さき腕白者たちだ。湖で捉《とら》えたさざ波のように優雅でか細く、まるで風が天空に舞い上げた木の葉のようだ。自然の中には、こんな血縁があるものなのだ。鷹《たか》は、上空を飛行しながら己が見下ろす波の空飛ぶ兄弟であり、風をはらんだ完《かん》璧《ぺき》なその翼は、まだ羽毛の生え揃わぬ幼い海の翼を写している。ときには雌の鷹が二羽空に円を描きながら、互いに何度となく上昇と下降を繰り返して近づき、また離れていくのを見ながら、私はまるで、その二羽が私の胸にある想いの顕現であるように感じたものである。またあるときには、震えるようなかすかな羽音をたて、飛脚のごとき素早さでこの森から別の森へと飛んでいく鳩に目を奪われた。またあるときには、私の鍬が掘り起こした朽ちた切り株の下から、異様な姿をしたキボシサンショウウオがのっそりと偉そうに出てきて、私たちの生きるこの現代にエジプトとナイル川の名残を表した。仕事の手を止めて鍬にもたれれば、あちらこちらにそんな音や眺めが散在しており、それはこの土地がもたらしてくれる無尽蔵な楽しみのひとつであった。

祝祭《ガーラ》の日には町で祝砲が撃たれて、周囲の森にも紙鉄砲のように響き渡り、ときおり軍楽隊の音色がこんなに離れたところにまで聞こえてきた。町を挟んで遥か反対側にある私の豆畑にいると、大砲の音もまるでホコリダケの弾《はじ》ける音のようだった。そして私が知らなかった軍事訓練が行われると、猩紅熱《しょうこうねつ》や潰瘍《かいよう》のようなものがそのうち発症しそうなむず痒《がゆ》さや病の気配を一日じゅうぼんやりと地平に感じることもあったが、やがて私に味方する風が吹き、畑を渡り、ウェイランド街道を抜け、それが訓練の音であることを教えてくれた。彼方の喧騒《けんそう》はまるで誰かのミツバチの群れが飛び回り、隣人たちがウェルギリウスの忠告に従って家々からいちばんよく響くものを持ち出し、蜂たちを元の巣箱に戻そうとチリンチリンと小さく鳴らしているかのようだった。そしてその音がぱったりやむと、喧騒も静まり、どれほど私に味方する風も話を聞かせてくれなくなると、人々が一匹残らず蜂たちをミドルセックスの巣箱へと無事に帰し終え、今や巣箱に溜《た》まったハチミツに心を囚《とら》われているのが分かるのだった。

マサチューセッツや我が祖国の平穏がそのように保たれていることを知り、私は誇らしく感じた。そしてまた鍬を握ると言葉にできぬ頼もしさに胸を満たされ、未来に対する穏やかな信頼を抱きながら、うららかに仕事を続けるのだった。

楽隊がいくつか出るときには、村が巨大なふいごにでもなったかのように音を響かせ、建物という建物が代わるがわる膨らんだりしぼんだりしながら騒々しい音をたてた。だが、ときにはこの実に高貴で心を掻《か》き立てるような音色がこの森に届くこともあり、誉れを唄うトランペットの音色を聴くと、私はメキシコ人にたんまり味付けをして串刺《くしざ》しにしてしまえるような気分になり――いつも些細《ささい》なことに煩わされなくてはならぬ理由など、どこにあるだろう？――私は自分の騎士道を実践してやろうと、ウッドチャックやスカンクを周囲に探したのだった。こうした軍楽隊の調べは遥《はる》かパレスチナに等しい遠くのことのようで、村を覆うようにしてそびえるニレの木々の頂が小さく進撃の音を立てながらそよぐのを見ていると、私は地平線を行進する十字軍を連想した。それは確かに偉大な日々のひとつであったが、私の開墾地から見上げる空はいつもと同じ永遠に変わることのない偉大な姿で、私にはなんの違いも見いだせないのだった。

私が豆たちと育《はぐく》んできた長い間柄は、たぐいまれな経験だった。種を蒔《ま》き、草を取り、収穫し、脱穀し、選別し、売り――この最後の部分がもっとも大変だった――、実際に味わってもみたのだから、食べた、を付け加えてもいいだろう。私は、豆を知ろうと心を固めていた。豆が育っているときには朝の五時から正午まで草取りをし、何ごともなければその日の残りは別の用事に当てた。さまざまな種類の雑草との間にできる、親密かつ奇妙な関係について考えてもらいたい――この仕事には少なからぬ重複があるから、この記述にも多少の重複は含まれることと思う――草たちの繊細な組織を容赦なく掻き乱し、鍬を振るってあまりに不公平な選別を行い、ひとつの種をまるごと根絶やしにし、せっせと別の種を育てる。これはローマのニガヨモギだ、これはアカザだ、これはスイバだ、これはコショウだ、やっちまえ、ばっさり行け、根っこを太陽にかざせ、日陰にはひと筋たりとも残すんじゃないぞ、そんなことをしたら連中は立ち直って、二日もすればニラみたいに青々と繁っちまうぞ。蔓《つる》ではなく雑草たち、つまりは雨と太陽と霧を味方としたトロイ人との長期戦である。来る日も来る日も豆たちは鍬で武装した私が助けに現れ、敵の部隊を片付け、雑草の骸《むくろ》で溝を埋めていくのを眺めていた。群がる同胞たちより一フィートも高くそびえ、兜《かぶと》に羽飾りをなびかせたヘクトルは、私の武器の前に倒れて土煙をあげ転がった。

同じ時代を生きる人々は、夏の日々を、ボストンやローマで美術鑑賞をして過ごしたり、インドで瞑想《めいそう》に耽《ふけ》って過ごしたり、はたまたロンドンやニューヨークで商売をして過ごしたりしていたものだが、私はそうしてニューイングランドの農民たちとともに畑仕事に身を捧《ささ》げていた。豆が食べたかったわけではない。というのも私は豆について言うならポリッジに入れようが投票に使おうが生まれついてのピタゴラス派で、米と交換してしまったのである。だがおそらくは、いつの日か寓話《ぐうわ》作家の役に立つよう、比喩《ひゆ》や表現のためだけにでも畑に出て働く者がいなくてはならない。豆づくりは全体としては他では得ることのできぬ楽しみであったが、あまりに長く続けていると、すっかりそれにかまけてしまいそうであった。肥料もやらず、一度に草取りを済ませてもいなかったが、自分なりに精一杯草を取ったし、結局はそれがちゃんと報われた。「どんな堆肥《たいひ》や肥料であろうとも、鍬《くわ》を持って絶えず土をかき混ぜ、掘り返し、ひっくり返すことには敵《かな》わない」というイーヴリンの言葉どおりである。彼はさらに別の文献において「土、特に新鮮な土はある種の磁力を持っており、それが土に生命を与える塩分を、力を、徳を（呼びかたは人それぞれで構わないが）引き寄せる。私たちが自らを存続させるために、絶えず必死に土を耕し続けるのは、そういうわけなのだ。

下肥をはじめ汚物を用いた肥料の使用はどれもすべて、こうした改善行為の代用でしかないのである」と書いている。そのうえ「すっかり使われきって枯れ果てた、目下安息を享受している休閑地」であった私の畑は、ケネルム・ディグビー卿《きょう》〔イギリスの廷臣であり、自然哲学者、占星術師〕の見込みどおり、大気から「命の精」を引き寄せていたのかもしれなかった。私の収穫した豆は十二ブッシェルである。コールマン氏の報告者は主に豊かな農場主たちが巨額を投じた試みに偏っているとの批判があるので、私の支出をさらに詳細に記録しておく。

鍬	五十四セント
耕作、鍬入れ、畝立て	七ドル五十セント　金をかけすぎた
種子用の豆	三ドル十二・五セント
種子用ジャガイモ	一ドル三十三セント
種子用エンドウ豆	四十セント
カブラの種	六セント
カラスよけの白線	二セント
馬耕耘機《こううんき》と少年　三時間	一ドル

収穫用　馬と荷車	七十五セント
合計	十四ドル七十二・五セント

私の収入は（家長とは売るものであり、買うべきではない）

豆　九ブッシェル十二クオート	十六ドル九十四セント
ジャガイモ大　五ブッシェル	二ドル五十セント
ジャガイモ小　九ブッシェル	二ドル二十五セント
草	一ドル
豆の茎	七十五セント
合計	二十三ドル四十四セント

他でも書いたとおり、差引をした純益は　八ドル七十一・五セント

私が経験した豆作りの結果は、以下のとおりである。六月一日ごろ、あらかじめ入念に選別しておいた、みずみずしく形のよいごく普通の白く小さなツルナシインゲンの種を、三フィート十八インチの間隔を空けた列に植えていく。まずは害虫によく気をつけ、空いたところには新たな種を植える。それから柵《さく》がない場合には、出てきた

ばかりの柔らかな葉をすっかり齧《かじ》られてしまわないよう、ウッドチャックに目を光らせる。また新しく蔓が生えてくると、ウッドチャックがそれに気づき、リスのようにまっすぐに座って新芽もさやも食べてしまうのだ。だが、霜にやられることなく売り物として申し分のない豆を収穫したいのであれば、何より重要なのはできるだけ早めに取り入れをすることだ。そうすることで、大々的な損失を防げるからである。

そのうえ、次のような経験もした。私は自分でこう決めた——次の夏にはこんなにも必死になって豆やトウモロコシを植えたりはせず、もしまだ誠実、真実、質素、信念、無垢《むく》といった種が失われていなければ、それを植え、より少ない肥料と努力でこの土壌に育ち、私を生き長らえさせてはくれないか確かめてみよう。この土地には、そうした穀物を育む力がまだ残っているはずだ。だが、なんということだろうか！自分でそう自分に言い聞かせたというのに、また夏が過ぎ、さらにまたひとつ、そしてまたひとつと夏が過ぎたというのに、読者のみなさんには言わなくてはならない、私の植えた種が仮にまさしくそうした美徳の種だったとしたら、虫に食われるか、生命力を失うかして、とうとう発芽してくれなかったのだと。人間というものはおしなべて、父親と同じ程度にしか勇敢でも臆病《おくびょう》でもない。私たちの世代はまるでそれが運命であるかのように、何世紀もの昔にインディアンたちが行い、そして最初の植民者たちに教えたのとまさしく同じ方法で、毎年欠かさずトウモロコシと豆を植えているのだ。ある日ひとりの老人が、鍬を手に七十個目にはなろうかという穴を掘っているのを見かけたが、どれも自分が入るための穴ではなかったのはまったく驚きだ！　しかしニューイングランドの人々はなぜ新たな冒険をして、穀物やジャガイモや牧草や果樹園ばかりに力を注いだりせずに他の作物を育てようとしないのだろう？　なぜ種子用の豆のことばかりあんなにも気にかけて、人間の新たな世代のことなどまったく気にしないのだろうか？　もし私が挙げた美徳のうち――誰もが畑の作物などより貴重に思いつつも、だいたいは宙に浮遊しふわふわと漂っている美徳のうち――いくつかを備え、それを己の内に根付かせ育みつつある者と出会ったなら、私たちは心から満足し、そして胸躍る気分になれるだろう。たとえば、真実や正義のように隠微で言葉にできない美徳が、仮にごくわずかでも、私たちの知らぬ新種であったとしても、道の向こうから近づいてきたとしよう。私たちの大使たるもの、そうした種子を故郷に送るよう指示を受けているべきで、議会はそれを全土にくまなく行き渡らせる力とならなくてはいけない。誠実さと向き合うならば、決して格式に囚《とら》われてしまってはいけない。そこに価値と友情の核があるのなら、己の卑しさのままに欺き、侮辱し、排除し合ってはいけない。人との出会いに、そう性急になってはいけない。私はほとんどの人とはまったく会わない。見たところ彼らが時間に追われ、豆のことばかりで手一杯になっているからだ。仕事の合間に鍬を杖《つえ》代わりにしてもたれかかり、キノコとはまるで違って大地からだらしなく立ちあがり、まっすぐ立とうともせず、地に降りて歩き回るツバメたちのようなだらけた連中など、相手にしてもしょうがないのだ。

「すると彼は話をしながら、その翼をときどき
まるで飛び立とうとするかのように広げ、また閉じるのだ」

そうして私たちは、もしや自分は天使と話しているのではないかと思ってしまう。パンは、いつも必ず私たちに栄養をつけてくれるわけではない。それでも、自分を苦しめているものが何か分からぬときに人や自然の持つ寛容さを理解し、純粋で英雄的な歓《よろこ》びを人と分かち合おうとすれば、いつでもパンは私たちに良き働きをもたらし、固まった関節をほぐして柔軟で軽快にしてくれる。

古代の詩篇や神話には控えめに見ても、かつては農耕が神聖な行いであったことが示唆されている。だが私たちは大農場を持って大量に収穫することばかりを目指し、傲慢《ごうまん》なほど性急に、そしてぞんざいに農耕を営んでしまっている。私たちは農民たち

が己の仕事の神聖さを表現したり、その神聖な起源を忘れぬように掲示したりするような、祝祭も行進も式典も行わず、家畜の品評会や世に言う感謝祭とてその例外ではない。農民たちの心を惹《ひ》くのは賞金とご馳走《ちそう》のみ。ケレースやユピテルにではなく、非道なプルートスに犠牲を払うのである〔ケレースはローマ神話に登場する豊穣神《ほうじょうしん》、ユピテルは主神。プルートスは、良き者にのみ富を与えるとゼウスに告げ、視力を奪われた〕。貪欲《どんよく》とわがままのせいで、そして土地を財産と見なしたり、財産などを手に入れるための道具として見なしたりする、誰も逃れることのできぬ卑しい慣習のせいで、地形は醜く壊され、農耕は人々とともに堕落し、農民たちはひどくみすぼらしい暮らしを送っている。農民たちは自然を、泥棒としてしか知らない。カトーは、農業の利益とはことさらに敬虔《けいけん》かつ正しいものであると述べており、ウァロ〔博学を誇った古代ローマの著述家。『農業論』を著した〕は古代ローマ人は「同じ大地を母ともケレースとも呼び、そこを耕す者は敬虔で実りある暮らしを送りながら、自分たちだけが農耕神サトゥルヌスの末裔《まつえい》なのだと考えていた」という。

耕地も、平原も、森も、太陽は分け隔てなく見下ろしているということを、私たちは忘れてしまいがちだ。みな一様に陽光を反射し、吸い込み、耕地は日輪が日々たどる道筋から見下ろす素晴らしき眺望のごく一部でしかないのである。太陽から見れば、大地は、大地のすべては等しく耕された庭園なのだ。だから私たちは太陽の光と熱という恩恵を、それに相応《ふさわ》しい信頼と寛容さを持って受け取らなくてはならない。私はこの手で植えた豆の種を大切に思い、その年の秋にそれを収穫するが、それがどうしたというのだろう？　私がこれほどの長きにわたり見つめてきたこの広い畑も私を主たる耕作者などとは見ておらず、むしろ私からは顔をそむけ、己に水をもたらし緑を繁らせるたおやかな力を見つめている。この豆には、私には収穫できなかった実りがある。豆が育つのは、ウッドチャックのためでもあるはずではないか。小麦の穂（ラテン語でSpica。元はSpecaであり、希望を意味するSpeを語源とする）は農民にとって唯一の希望であってはいけない。その核や穀粒（Granumは、実りを意味するGerendoに由来する）だけが実りではない。ならば、不作などというものは存在するだろうか？　雑草が茂ることがあろうともその種が鳥たちの糧となるのなら、私は歓喜すべきではないだろうか？　畑が農民の納屋を満たしてくれるかどうか、それは大して重要ではない。リスたちが、今年は森に栗が実るだろうかと心配したりしないのと同じで、真の農民は不安を抱いたりせず、一日とともに仕事を終え、己の畑が生み出すものを独り占めしようとせず、最初の実りどころか最後の実りすらも、心の中で贄《にえ》とし捧《ささ》ぐのである。

村

　私は午前中に草取りをしたり、ときには読書や書き物をしたりしてから、普段はもう一度湖で水浴びし、決まりごととして泳いで入江を渡り、全身についた労働の汚れを洗い落としたり、勉強で刻まれた皺《しわ》をきれいに伸ばしたりして、午後にはまったき自由の身となった。一日か二日に一度、ぶらりと村に出かけ、ひっきりなしに村を巡り続ける噂話を聞いた。口から口へと、もしくは新聞から新聞へと伝わるそうした噂話は、ホメオパシー療法〔病気や症状を起こしうる薬品を用い、その病気や症状を治す医療行為〕のように摂取すれば、木の葉のさざめきやカエルたちの鳴き声と同じく、それなりに爽快《そうかい》なものであった。森を歩いて鳥やリスを眺めるように、私は村を歩いて大人や子供を眺めた。松の木立を吹き抜ける風の代わりに、がたがたと進む荷車の音を聞いた。我が家からある方角に進んだ川べりの草地にマスクラットたちが群れ棲《す》む巣があった。逆の方角には楡《にれ》やスズカケの木立が広がっており、その下に人々がせわしなく暮らす村があった。みな自分の巣穴の入口に座り込んだり、噂話をしに隣人の巣穴に駆け込んだりしており、私にはまるでプレーリー・ドッグを眺めているかのように面白かった。彼らの習性を観察しようと、私はしょっちゅうそこに出かけて行った。私から見た村はまるでニュースで溢《あふ》れた巨大な部屋で、ステート通りのレディング&カンパニーがかつてそうだったように、一角でナッツやレーズンや塩や粗挽《あらび》き粉など、食料品を販売しているところまで同じであった。前者の商品、つまりニュースに対しては強烈な食欲と強靭《きょうじん》な消化器官を持つ者たちもいて、根でも生えたかのように延々と天下の往来に座り込み、季節風に吹かれるかのように、己を掻《か》き立てて囁《ささや》きかけてくるニュースに身を任せたり、エーテルを吸い込んだように意識を無事に保ったまま麻痺《まひ》し、苦痛を感じなくなったりしている——そうしなくては、聞くに堪えぬほどつらいニュースもあるのだ。村をぶらつけば、ほぼ確実にそうした御仁がずらりと並んでいるのに出くわした。はしごに腰掛け前かがみになり、ときおりいやらしい顔で仲間の列に視線を走らせながら日なたぼっこをしたり、ポケットに両手を突っ込んで、女人像の彫られた支柱のように納屋にもたれたりしている。彼らはもっぱら外で過ごしており、風に乗って流れてくる噂はどんなものでも聞き逃さなかった。彼らはすべての噂話が最初に飲み込まれて粉砕されるもっとも粗い製粉機で、それから屋内でよりきめ細かいホッパーにかけられるのだ。私の見たところ、この村の生命線は食料品店、バー、郵便局、そして銀行であった。それからこの機構の要《かなめ》の部品として、鐘と大砲、そして消防ポンプが備えつけられていた。家々はどれも人間にあらん限りのもてなしをすべく小道の両側に向かい合うように建てられ、旅人たちはひとり残らずこのガントレット〔鞭《むち》打ちの刑罰。二列に並んだ兵士の間を罪人たちが走らされ、両側から棍棒《こんぼう》や鞭《むち》などで打たれた〕を走り抜け、老若男女、すべての村人たちから打たれるのである。言わずもがな、列の先頭近くの人々は、もっともよく見え、かつ見られ、旅人に最初の一撃を打ち込むことのできるこの場所に最高額を払っていたが、町外れに住まうわずかな人々はといえば、家並の列にもずいぶんと隙間ができ、旅人たちも壁を乗り越えたり牛たちの道へと折れたりして逃げてしまうものだから、支払う地税も窓税もほんの少しであった。いたるところに、旅人を誘い寄せるために看板がかけられていた。酒場や食堂のように旅人の胃袋を捕まえようとする者もいたし、衣服店や宝石店のように憧憬《どうけい》で誘惑する者もいた。そして他の者たちは床屋や靴屋や仕立屋のように、髪や足やスカートで釣ろうとした。そのうえ、どの店にもぜひお立ち寄り下さい、いつでも来客を待っていますという、さらに恐ろしい招待まで見つかった。私はガントレットを駆け抜ける者ならそうすべきであるように、ゴールめがけて大胆に、一目散に走り続けるか、もしくは「神々への讃歌《さんか》を竪琴《リラ》に合わせて声高らかに唄《うた》ってセイレーンの声を掻き消し危険を脱した」オルフェウスさながら高尚なことだけを必死に考えるかして、この手の危険からはたいていものの見事に逃れてみせた。ときとして私は脱兎《だっと》のごとく駆け出したが、行き先は誰にも知られなかった。なにせ私はなりふりなど大して構わぬたちだし、塀に穴があれば躊躇《ためら》うことなく飛び込む男である。さらには突然他人の家に闖入《ちんにゅう》することさえ厭《いと》わず、そこで存分にもてなしを受け、数々のニュースの核心や、篩《ふるい》にかけられた最後の部分を——戦争と平和の見通しや、世界がこのまま存続できそうかどうかなど、そうした沈殿物を——拝聴したあとで裏口から出してもらい、また森へと逃げ帰ったものである。

遅くまで町に留《とど》まったときには、ライ麦かトウモロコシの袋をひとつかついで夜闇の中へと船を出して帆を張り、明るく照らされた村の客間や講堂から森の中にあるこぢんまりした私の港へと船を走らせるのが——特に暗い嵐の夜には——ことのほか楽しかった。外なる私に舵《かじ》を握らせ、凪《なぎ》を進むときには舵が動かぬよう縛り付け、ハッチをぴっちり閉ざして外の世界を隔て、思想という陽気な乗組員たちとともに船室に籠《こ》もるのだ。「航海」しながら私は、小屋《キャビン》に灯《とも》した炎の前で、穏やかな思想をあれこれ抱いた。何度か猛烈な嵐にも出くわしたが、それでも難破したり絶望したりしたことは、一度たりともありはしない。穏やかな夜ですら、ほとんどの人々が思い描くよりも森は暗い。私も自分が辿《たど》る道を確かめるために、しょっちゅう頭上を覆う木々の隙間から空を見上げなくてはならず、荷車が通る道のないところでは自分が踏み固めてきた頼りない道を足で探ったし、何も見えないほど暗い夜には見知った木々を手探りし、たとえばせいぜい十八インチしか離れていない二本の松の木の間を通り抜けたりしながら進むしかなかった。そうして暗く蒸し暑い夜遅く、夢も現《うつつ》も分からずぼんやりしつつ目に見えぬ道を足で探って家に辿り着き、扉の掛けがねを外そうと手を上げたところで自分が辿ってきた道を一歩たりとも憶《おぼ》えていないことに気づき、そして自分の肉体はたとえ主人に見捨てられようとも、手がなんの助けもなく口に届くのと同じように、家路を見つけ出すことができるのだと悟ったのだった。たまたま客人が帰らぬまま夜になり、それがいつもよりも暗い夜だったりするときには、家の裏手に延びる荷車の通り道まで彼を案内し、目よりも足を頼りに進んでいくことになる方角を教えてやらなくてはならなかった。あるとても暗い夜、湖で釣りをしていたふたりの若者に、そうして道を教えてやった。ふたりとも森を抜けて一マイル程度のところに住まい、この道もよく知っていた。何日か後に若者の一人から聞かされた話では、自分たちの住まいのそばでほとんど夜通し彷徨《さまよ》い、朝になってようやく自宅に辿り着くことができたのだが、そのころには何度かひどいにわか雨が降って木の葉も水浸しだったものだから、ふたりとも素肌まで濡《ぬ》れそぼっていたという。聞いた話によると、いわゆる「ナイフで切れそうなほど」夜闇が濃いときには、村の通りですらたくさんの人々が道に迷ってしまうらしい。荷馬車に揺られて町に買い物に出かけた町外れの住人たちの中には、ひと晩帰れなくなってしまった者たちもいた。知り合いを訪ねて行った人々が足で道を探りながら、どこで道を折れたか自分でも分からぬまま半マイルも道から逸《そ》れてしまうこともあった。森で道に迷うのはいつだって驚異的で忘れがたく、価値のある体験だ。吹雪のときにはたとえそれが昼間であろうとも、よく慣れ親しんだ道に出たというのに、どちらに行けば村に着くのか皆目見当もつかないことすらしばしばである。千度も行ったり来たりした道だというのにまったく知ったところがなく、まるでシベリアの道路のように見覚えがないのだ。それが夜ともなれば無論のこと、その混乱は限りなく大きくなる。ほんのちょっとした散歩だろうと、私たちは無意識であるとはいえ常に特定の灯台や岬を頼りにする水先案内人のように舵を取り、いつもの道のさらに先まで行く場合だろうと、相変わらず手近な岬の位置を頭に入れている。そして自分が完全に道に迷い、もしくはぐるりと一回転して——この世界で道に迷うには、まぶたを閉じて一回転するだけでいい——初めて自然の広大さと神秘への畏怖《いふ》を抱くのである。眠りからであろうと放心からであろうと、人は誰しも目覚めるたびに羅針盤の針の向きを確認しなくてはならない。道に迷って初めて、つまり世界を見失って初めて、人は自分自身の姿に、自分が今いる場所に、そして自分が持つ関係性の無限の広がりに気づき始めるのだ。

最初の夏が終わりに近づいたある日の午後、修理を頼んでおいた靴を受け取りに村の靴屋に出かけた私は、捕まって牢屋《ろうや》に入れられてしまった。以前にもどこかで話したとおり、議事堂の前で男も女も子供たちもまるで家畜のように売り買いする国家に対し、私が税金も払わず権威も認めなかったからである。私が森に入ったのは、そうした目的があってのことではなかった。だが、人がどこに行こうとも世間は薄汚い制度を引き連れて追いかけ、捕らえ、可能であれば彼らのおぞましきオッドフェロー共済組合〔十八世紀にイギリスで発足した労働者家族のための互助会。ここでは皮肉として使われている〕に無理やり引き入れようとする。力ずくで抵抗してささやかな打撃を与えることも、社会を相手に「暴れまわる」こともできたろうが、おぞましき社会のほうに「暴れさせる」ほうが私にはよかった。だが私はその翌日に釈放され、修理の済んだ靴を受け取って森に帰り、フェアヘヴン・ヒルで、まだ実を付けているハックルベリーのご馳走《ちそう》にあやかることができたのだった。国家の職員たちを別にすれば、私は誰にも煩わされたことがない。原稿をしまった机以外に鍵や閂をかけたこともなく、掛けがねや窓に釘《くぎ》一本打ったことすらありはしない。何日か留守にすることがあろうとも、二年目の秋にメイン州の森で二週間を過ごしたときですら、昼夜を問わず戸締まりもしなかった。それでも私の家は、兵隊に囲まれているよりもずっと安全だった。散歩に疲れた人々は私の暖炉のそばで暖まり、文学の好きな人々は私のテーブルに置かれた数冊の本を楽しみ、好奇心が盛んな人々は私の戸棚を開いて、どんな食事が残っていて夜にはどんなものを食べるのかを探った。だが、あらゆる階級の人々がこの湖を訪れても、そのために私が大変な迷惑をこうむるようなことはなく、些細《ささい》な本一冊の他には無くなったものもなかった。内容にそぐわぬ金ピカの装丁が施されたホメロスの本だったと思うが、きっと今ごろは我が陣営の兵士が見つけてくれていることだろう。もしすべての人々が当時の私と同じ質素な暮らしをするならば、窃盗も強盗も無くなるに違いない。そうしたことは、十分な富を持たない者がいる一方で有り余るほど持つ者たちがいる社会でしか起こりえないのだ。ポープ訳のホメロスもじきに、ちゃんと人々に行き渡るようになるだろう。

「戦が人々を苦しめることはなかった。

ブナの椀《わん》だけを人々が求めていたころには」

「人の世を治める者よ、刑罰を用いる必要などどこにあるのだ？　徳を愛せ、そうすれば人も徳を持つのだから。人を治める者の徳は風のようなものだ。庶民の徳は草のようなものだ――私という草も、風が頭上を吹き過ぎれば腰を折る」

湖

人付き合いや噂話にすっかり飽き飽きして、村の友人たちにもうんざりしきると、私はときどき普段の行動範囲よりさらに西の、町の中でもあまり人のいないあたりにまで足を延ばして、「若い森や新鮮な野原」を訪れたり、逢魔《おうま》が時にはフェアヘヴン・ヒルでハックルベリーやブルーベリーで夕食にし、何日か分の蓄えを摘んだりした。こうした果実が持つ本当の味わいは、金を払って買う者にも、市場で売るために育てる者にも分からない。それを味わう方法はたったひとつしかないが、実際にその方法を選ぶ者はごくひとにぎりである。ハックルベリーの味が知りたければ、カウボーイやヤマウズラに訊ねてみることだ。一度も摘んだことがないのにハックルベリーを味わったことがあると思うなら、それはとんでもない過ちである。ハックルベリーがボストンまで届くことなど、もう二度とありはしない。かつてボストンでも三つの丘に生えてはいたが、もうすっかり途絶えてしまった。この果実の芳醇《ほうじゅん》で最も重要な部分は、市場へと向かう荷車の中で擦《こす》れて落ちてしまう白い粉とともに失われ、ハックルベリーはただの食べものになってしまう。永遠の正義が支配する限り、このあたりの丘からは、ひと粒のハックルベリーすら市場に運ばれることはないのである。

私はたまに、一日の草刈りを終えると、朝から湖で釣り糸をたれながらいらいらしている友人のところに出かけていった。彼は鴨か水に浮いた木の葉のように静まり返って身じろぎひとつせず、さまざまな流派の哲学を実践してみては、私が着くころにはたいてい、自分は古代の「ナニモツレン派」の一員なのだという結論に達していた〔原文では「Cenobites」とあるが、これは see no bites、つまり「魚がまったく食わない」をもじったソローの造語〕。他にも、釣りの達人にしてあらゆる種類の木工の匠《たくみ》がいたが、私の家を見るとまさしく釣り人のために建てられた家だと顔を輝かせた。そして、戸口に腰かけて釣り糸を整える彼を見て、私も同じくらい嬉《うれ》しくなるのだった。ときどき私たちは連れ立って湖に出ると、彼がボートの片端に、私がもう片方の端に座った。ここ数年、彼はすっかり耳が遠くなっていたため言葉を多く交わしたりはしなかったが、ときおり彼が賛美歌をハミングすると、それが私の胸中と実によく調和した。私たちの交流には決して乱されることのない調和があり、言葉による交流よりも遙《はる》かに心地よく胸に残った。語らう相手のいないときには――だいたいはそうだったが――ボートのへりをオールで叩《たた》いてこだまを起こし、輪となって広がっていく音で満たし、野生動物を見世物にする飼育員よろしく森を挑発し、木々に覆われた渓谷や山肌に唸《うな》り声をあげさせた。

暖かな夕暮れにはよくボートに座して笛を吹き、その音に魅了されたのか周囲をぐるぐると泳ぎ回るスズキを、そして森の破片が散らばったかのような湖底を月影が渡るのを眺めた。以前の私は暗い夏の夜には、冒険心に駆られて友と連れ立ちこの湖を訪《おとな》い、魚をおびき寄せられるのではないかと考え水辺で焚《た》き火《び》をし、先にミミズを何匹も結んだ糸を使ってナマズを捕まえ、夜もとっぷり更けてそれにも飽きると、薪の燃えさしを打ち上げ花火のように高く放り投げた。燃えさしは湖に落ちると長く尾を引く音をたてて消え、私たちは突如、まったき闇の中で手探りしなくてはいけなくなった。そうして闇の中、私たちは口笛を吹きながら人里に戻った。それが今や、私はその浜辺に家を建てていたわけである。

ときどき村で、家族がひとり残らず寝室に引き取ってしまうまで客間に留《とど》まってから森に帰り、翌日の夕食のためもあって、月明かりの中ボートに乗って真夜中に何時間も釣りをした。フクロウとキツネたちが小夜曲を唄《うた》い、得体の知れぬ鳥のしゃがれた鳴き声がすぐ傍で聞こえた。そうした経験は私にとって、とても思い出深く大切なものだった――水深四十フィート、浜辺から二、三十ロッドのところに錨《いかり》をおろし、ときには月明かりの中、小さな尾で湖面にさざ波を立てる何千匹という小さなスズキやシャイナー〔北米で一般的に使用される名称であり、銀色に光る小魚を指す〕に囲まれたり、長い麻糸を通して四十フィート下に住まうミステリアスな夜行の魚と対話をしたり、なよらかな夜風に吹かれながら六十フィートの糸を引き連れて湖面を漂ったりしていたが、おりおりに小さな振動を糸に感じるときには、その先に何らかの生命がうろついていて、どうしたらいいのか気持ちが定まらぬまま、なかなか決心できずにいるのが伝わってきた。やがて両手でゆっくりと糸をたぐると、きいきいと鳴き声をあげてのたうちながらナマズが湖面に姿を現した。夜闇がことさらに深く、思念が広大で宇宙的な問題へと彷徨《さまよ》っていくときには、この小さな振動を感じて白日夢が途切れ、ふたたび自然と結びつき合うのは実に奇異なものであった。次の一投を水面に投げ下ろす代わりに、同じくらいに深い空へと投げ上げてもいいような気になった。そうして私はひとつの釣り針で、二匹の魚を釣り上げたのだ。

ウォールデンの風景はささやかで、とても美しくありこそすれ雄大と呼べるようなものではなく、長きにわたり足繁く通うか浜辺に住み着くかしない限り、大して興味をそそるようなところもなかった。しかしこの湖は深さと透明度で抜きん出ており、特筆に値する。全長半マイル、周囲が一・七五マイルのよく澄んだ濃緑色の湖で、表面積は六十一・五エーカーほどにのぼる。松とオークの森に囲まれた悠久の泉なのだが、雨が降ったり蒸発したりするのみで、目に見える流入口も流出口もありはしない。湖を囲む丘は、水辺のすぐそばから四十から八十フィートの高さにまでなっているが、南東と東側は、四分の一マイルと三分の一マイルの間でそれぞれ百フィートから百五十フィートもの高さになっている。一帯は完全な森林地帯である。コンコードの水にはふたつの色がある。ひとつは遠くから眺めたときの色、そしてもうひとつは近くで見たときの色であり、こちらのほうが実際の色に近い。最初の色は光の具合で変化し、空の色とともにうつろう。よく晴れた夏の日に少し離れて眺望すると、特に湖面がざわめいているときには青く見えるが、ずっと距離を置いてみると全体が同じような色になる。嵐が訪れると、ときおり湖は暗い青灰色をまとう。だが聞くところによると海は、大気にこれといった変化がないようであっても、青く見える日も緑に見える日もあるという。見渡すかぎり雪に覆われているというのに、いつもの川が水も氷もまるで草のように緑色をしているのを私は見たことがある。人によっては「液体だろうと固体だろうと、青は純粋な水の色だ」と考える人もいる。しかしボートから直接水を見下ろしてみると、さまざまな別の色をしているのが分かる。ウォールデン湖は同じところから眺めても、ときには青く、ときには緑に見える。天と地のはざまで、どちらの色もまとっているのだ。丘の頂から見た湖は空を映していた。だが近づいてみると、砂地の見える浜辺では湖も黄色を帯び、そこから明るい緑色になり、そしてだんだんと湖の中心に広がる深緑色へと変わっていくのだった。丘の上から見ても光の具合によっては、岸辺あたりまで鮮やかな緑色に見えることもあった。これを、周囲の緑が映ったものだという者もいる。鉄道の走る砂丘が背後にあろうと、それがまだ葉の繁らぬ早春であろうと同じ緑色であるところを見ると、単に一面の青が砂の黄色と混ざり合ってそう見えているだけなのかもしれない。これが、ウォールデン湖の虹彩の色である。また、春になると水底で反射したり、大地を伝わってきたりした太陽の熱気で、温められた氷が初めて溶け、まだ凍ったままの湖のまん中あたりに細い水路を作るのがこの部分だ。そして近隣の他の池や川と同じように、天気がよく水面《みなも》が大きく荒れると、その波が空を直角に映したり、より多くの光が水と混ざり合ったりして、少し離れたところから見ると、空そのものよりも深い青に見えることもある。そんなときには水面に身を乗り出して、そこに映る空を見ようとあちこちに目をやると、比べるものなど何もなく、言葉にできぬほど鮮やかな青が見えた。その青は波の模様やくるくると色の移り変わる絹や刀身のようで、空そのものよりもなお青く、波の向こう側に広がり代わる代わる現れる元々の深い緑色と比べると、後者はまるで泥で濁ったかのようにつまらなく思えた。私が憶《おぼ》えている限り、それはまるで日暮れ前に西の空を覆った雲の切れ間から覗《のぞ》く冬空の切れ端のような、透き通って緑を帯びた青だった。しかしグラスに汲《く》んで光にかざしてみると、同じ量の空気のように無色なのだった。大きなガラス板は、製造者の言葉では「容積」のせいで緑色を帯びるが、同じガラス板でも小さければ無色透明であることは、よく知られた話である。ウォールデン湖がこの緑を帯びるのにどれほどの水が必要になるのか、私にはまだ分からない。川の水はまっすぐに見下ろすと黒か深い茶色をしており、たいていの湖がそうであるように、そこで水浴をする者の体を黄ばませる。だがこの湖の水は水晶のように透き通り、水浴する者の体をまるで雪花石膏《せっこう》のように不自然なほど白く見せ、そのうえ四肢が拡大されて歪《ゆが》み怪物じみて見えるものだから、ミケランジェロ流を学ぶ恰好《かっこう》の素材となるのだった。

湖は二十五ないし三十フィート程度の水底であればやすやすと見通せるほどに透明だった。ボートを漕《こ》いでいると、深さ何フィートもの深みを泳ぐスズキやシャイナーの群れも見えた。せいぜい体長一インチ程度であろうが、前者は横縞《よこじま》のおかげでひと目でそれと分かった。そんな深みで糧を得ているなど、さぞかし禁欲的な魚であるに違いないと考える者もいるだろう。何年も昔の話になるが、ある冬にカワカマスを捕らえてやろうと氷に穴を開けていた私が、岸に上がって氷上に斧《おの》を放り出したところ、まるで悪霊にでも操られたかのようにその斧が四、五ロッドも滑り、自分が穿《うが》った穴のひとつから水深二十五フィートの水中に落ちてしまったことがある。好奇心に駆られて氷の上に腹ばいになり穴から見下ろしてみたところ、斧は少し横に逸《そ》れたところで頭から先に落ちて直立し、湖の鼓動に合わせてゆらりゆらりと静かに揺れていた。そのまま放っておいたならば、おそらくそうして直立したまま、やがて柄が腐り落ちてしまうまで揺れ続けていただろう。私は用意してあった氷用のノミを使って斧の真上に新たな穴を開け、周囲でいちばん長そうなカバノキをナイフで切ってその先に輪縄を取り付けると、慎重に水中におろして斧の柄に通し、糸を引っ張りカバノキづたいに手繰り寄せ、無事に斧を取り戻すことができたのだった。

岸辺はひとつふたつ短い砂浜があるのを別にすれば、敷石みたいな白く丸いすべすべした石が敷き詰められた帯のようで、ひとっ飛び水に入れば頭まで浸《つ》かってしまうほどの急深がそこかしこにあった。この際立った透明度がなければ、向こう岸の浅瀬になるまで湖底が見えることはないはずだ。なかには、底なしだと思っている者もいる。どこにも濁りがなく、ぱっと見ただけなら植物などひとつも生えていないという者もいるだろう。目につく植物といえば、近ごろ水没したものの本来は湖の一部ではない草地を別にすれば、どんなに仔細《しさい》に吟味してみたところで蒲《がま》もイグサも、それどころか黄色や白の睡蓮《すいれん》ひとつ見当たらず、小さなサイシンやヒルムシロ、そしてともすればひとつふたつジュンサイがあるのみだが、どれもこれも水浴び客からは見えなくてもおかしくない。どの植物も、己を育《はぐく》む水のように、清廉でまばゆいものばかりである。岸辺の白い丸石は湖の中一、二ロッドほどまで広がっており、そこからは綺《き》麗《れい》な砂の水底になっているが、もっとも深いあたりだけは話が違い、普段は少しだけ沈殿物があった。おそらくは、何度も秋が訪れるたびにそこに吹き飛ばされ、腐った木の葉の成れの果てだろう。そして冬のさなかに錨《いかり》を上げれば、鮮やかな緑の草が一緒に付いてきた。

ちょうど同じような湖がひとつある。西に二マイル半ほど行ったナイン・エーカー・コーナーにあるホワイト湖だ。だが、ここを中心として半径十二マイル以内にあるほとんどの湖をよく知っている私も、こんなによく澄んだ泉のような性質を持つ湖はこのふたつしか知らない。きっとさまざまな種族がここに住んではこの水を飲み、讃《たた》え、湖底に目を凝らし、そして死に絶えていったのだろうが、いまだこの水は変わることなく緑色で透き通っている。この湖が涸《か》れたことなど、一度たりともありはしない！　アダムとイヴがエデンの園を追われた春の朝にも、ウォールデン湖はすでにここにあり、霧と南風を引き連れた静かな春の雨に氷が溶け、水面には数えきれないほどのカモやガチョウが群れ、追放のことなど何も知らず、こんなにも純粋な湖に心満たされていたのだろう。当時すでにこの湖は水面を上下させ、水を清らかにして今と同じ色合いを帯び、世界にただひとつのウォールデン湖として、そして天界の霧の醸造所として、天に特権を与えられていたのだろう。いったいいくつの忘れ去られた民族が己の文学の中で、この湖をカスタリアの湖としたことだろう？「黄金時代」には、どんな精霊《ニンフ》がこの湖を統治していたのだろう？　この湖はコンコードがその宝冠に付けた、最初の水の宝石なのである。

　だが、初めてこの泉を訪《おとな》った者も、何かその足跡を残したはずだ。私は、生い茂った木々が先ごろ伐採されたばかりの浜辺のあたりで途切れることもなく、棚状になって険しい丘の斜面へと続く一本の小道が池の周囲にぐるりと延びているのを見つけ、驚いたことがある。上っては下り、下っては上りながら水辺に近づいたり離れたりしながら延びるその道は、おそらくここに人類が出現したころから残る、先住民の狩《かり》人《ゆうど》たちに踏み固められたものと思えるが、今もなおときおり、この土地に住む現代の人々が知らず知らずのうちに通り道にしているのだった。このことは冬のさなか、小雪が舞ったすぐ後に湖のまん中に立ってみれば特にはっきりと分かる。夏にはすぐそばであろうとほとんど見分けがつかないのに、草や枝に遮られていないときには四分の一マイルも離れてみると、曲がりくねった一本の白い線があちらこちらにくっきりと現れる。まるで雪が白い高浮き彫り《アルト・レリーヴォ》で、道を再現してくれてでもいるかのようだ。いずれ別荘が建つことになっても、その華やかな敷地にはこの道の跡がいくらかは残ることだろう。

湖の水位は上下するが、それが奇跡的なのかどうか、どんな周期で起きるのかという話になると、例によって知ったかぶりをする者はたくさんいるが、誰も知りはしない。雨量や湿度に呼応しているわけではないものの、たいていは冬に上がり、夏に下がる。私が湖畔に住んでいたころより一、二フィート低いことがあったのも、最低でも五フィートは高いことがあったのも、私は記憶している。狭い砂州が湖に突き出してその片側がひどい急深になっているところがある。一八二四年ごろ、私は岸から六ロッドほどのあたりでヤカンに入れたチャウダーを温めるのを手伝ったことがあるのだが、この二十五年はそんなこともできなくなってしまった。そしてまた数年前には友人を相手に、彼らも知っている浜辺から十五ロッドのところにある——ずっと前に牧草地に作り変えられている——滅多に人の訪れぬ森に囲まれた入江でよくボートに乗って釣りをしたものだと話すと、彼らはとても信じられないと言いたげな顔をした。しかし、この二年にわたり湖は着実に水位を増し、この五二年の夏には、私が住んでいた当時に比べてちょうど五フィート上がって三十年前と変わらぬ水位になり、またしても牧草地で釣りが行われるようになった。これで外側からは水位に六、七フィートの差があることになるわけだが、周囲を取り囲む丘から流れ込む水の量はごく些細《ささい》なもので、これだけの増水は泉の深くにその原因があるのに違いない。この夏は、また水位が下がりだした。周期が定まっているかどうかはさておき、このように何年もかけて水位が変動していくというのは瞠目《どうもく》に値することだ。私は上昇を一度、そして部分的にだが下降を二度この目で見ているが、これから十二年から十五年の間にはまた私が知る当時と同じくらいまで水位が下がるだろう。東に一マイルのところにあるフリント池や、そこまでの間に点在する小さな湖の数々は、流入と流出の水量による変動こそあるもののウォールデン湖と同調しており、近ごろではウォールデン湖と同時に最高水位を記録した。私の観察した限り、これはホワイト湖も同様である。

　ウォールデン湖の長期にわたる水位の上下には、とりあえず次のような利点がある。一年かそれ以上にわたり水位がこれほど高くあり続けると、周囲を歩くのもひと苦労にはなるものの、前回の増水時に水辺に生えた茂みや木々――ヤニマツ、カバノキ、ハンノキ、アスペンなど――が枯れ、ふたたび水位が下がったときにはすっかり見晴らしのよくなった岸辺が残る。日々水量が移ろう多くの湖や水域とは違い、この湖の岸辺は、水位がもっとも低いときにいちばん美しくなるのだ。我が家のすぐとなりの岸辺には高さ十五フィートのヤニマツが一列に立っていたが、これが枯れ、てこでも使ったかのように根こそぎ倒れており、おかげでそれ以上の侵食が食い止められていた。倒れた木の大きさを見れば、最後にその高さまで増水したのが何年前のことになるのか察しがついた。この水位変動により湖は浜辺の領有権を主張し、浜辺は刈り取られ、木々は自分の所有権を維持することができなくなる。これはヒゲの生えない湖の唇だ。湖はときおり舌なめずりをするのだ。水位が高くなると、ハンノキやヤナギやカエデは自分の命を守ろうとして、水に浸かった幹のあちらこちらから繊維のような赤い根を数フィート生やし、それを地上から三、四フィートの高さにまで伸ばす。岸辺に生えた、普段なら実を付けることもないブルーベリーの茂みが、このような状況では豊かに実をならすのを私は知っている。

なぜ浜辺にこうもきっちりと小石が敷き詰められているのか、まったく分からない人もいる。町の人々は誰でもみな、こんな言い伝えを聞いている――老人たちも、若いころには同じ言い伝えを聞いたと教えてくれた。大昔、あたりの丘の上でインディアンがパウワウ〔盛大に踊り回って結婚、狩り、部族同士の会議などの成功を祈願する交歓会〕を開いていた――今のウォールデン湖の深さと同じくらいの高さがある丘の上だ――のだが、そこでインディアンたちが神々を冒瀆《ぼうとく》するような口汚い言葉を使ったという。インディアンたちがそんな罪を犯すのはこれが初めてだったのだが、そうこうしているうちに地面がぐらぐらと揺れ始めてあっという間に沈下し、ウォールデンという名の老婆だけがなんとか逃げ延び、彼女にちなんで湖が名付けられたという。そうして丘が揺れたときに転がり落ちた小石が、今のような浜辺になったのではないかという話だ。とにかく確かなのは、以前ここには湖がなく、今はあるということだ。そしてこのインディアンの言い伝えは、私が前に語った昔の移住者の話とあらゆる点で矛盾していない。その移住者は、占い棒を手にこの地にやって来たときのことをよく憶《おぼ》えていた。草地からうっすらと蒸気が立ち上っており、ハシバミの占い棒がぴたりと下を指したものだから、ここに泉を掘ることに決めたのだった。石について言えば、丘に打ち寄せる波の作用によるものだという説明を受け入れられない者は、いまだに数多い。だが私の見たかぎり、周りに連なる丘には同じ種類の石が特筆すべきほど大量に見つかり、湖の真横に線路を通すときには、その石を両側に積み上げて壁を作らなくてはならなかったほどだ。そのうえ石は、浜辺の傾斜がいちばんきついところにもっともたくさんある。だからあいにく私にとって、これはもう神秘でもなんでもなかった。私には、石を敷きつめた者の正体が見えている。湖の名が、たとえばサフロン・ウォールデンのようなイギリスの地名に由来しているわけでないのであれば、元は「壁に囲まれた湖《ウォールド・イン》」と呼ばれていたと想像しても、おかしくないのではなかろうか。

ウォールデン湖は私にとって、出来合いの井戸だった。湖水はいつも清らかで、年に四ヶ月はその清廉さと同じくらいに冷たくなった。そんなときこの湖の水は、最高とはいえなくとも、町のどの水にもまず引けは取らなかった。冬になると外気にさらされた水は、それから守られている泉や井戸の水よりも冷たくなった。私が午後五時から翌日、つまり一八四六年三月六日の昼まで過ごした部屋に置いてあった湖水の温度は、屋根に日が落ちていたこともあって室温が六十五度から七十度〔摂氏約十八度から二十一度〕にまで上がったのに、華氏四十二度〔摂氏約六度〕で、つまり村でいちばん冷たい井戸から汲《く》んだばかりの水よりも一度低かった。同日、ボイリング・スプリングの水温は四十五度〔摂氏約七度〕と私が計測した中では最も温かかったが、浅く淀《よど》んだ水面《みなも》の水が混ざっていなければ、私が知る限り夏の間はいちばん冷たかった。そのうえウォールデン湖の水はその深さのおかげで、日差しを浴びるほとんどの水ほど温かくはならない。ひどく暑い日になると私はいつも手桶《ておけ》一杯の水を汲んで地下室に置いておいたが、そうすると夜の間に冷えて、昼間もずっと冷たいままだった。それでも、近所の泉に水を汲みに行くこともあった。だが、湖の水は一週間が過ぎても汲んだ日と変わらずに美味く、ポンプの味もしなかった。夏に湖のほとりで一週間ほどキャンプをするのなら、日陰に深さ数フィートの穴を掘って手桶一杯の水を埋めておきさえすれば、氷などという贅沢品《ぜいたくひん》など一切不要になるというわけだ。

ウォールデン湖では目方七ポンドのカワカマスが捕れた——もう一匹、ものすごい速さでリールを引いていった魚がいたのだが、いかんせん姿を見ていなかったので、釣り人本人は勝手に八ポンドあったということにしていた——それから二ポンドを超えるスズキとナマズ、シャイナー、フォールフィッシュやローチ（レウキスクス・プルケルス）、ごく稀《まれ》にブリーム、ウナギ二匹（片方は四ポンドあった。私がこう具体的に書くのは、目方だけが魚にとって唯一の誉《ほまれ》であり、ここで他にウナギが捕れたなど耳にしたことがないからである）。それから、体の側面が銀色で緑がかった背を持つ体長五インチ程度の小魚のことも、かすかに記憶している。どこかデイスに似た特徴を持つ魚だったが、私がここでこの魚の話を持ち出したのは、主に私の知る事実を伝説とリンクさせるためである。そうは言っても、この湖には大して魚がいない。カワカマスにしても多いわけではないが、湖の目玉といえばこの魚である。いつか氷上に寝転がっていた私は、数えられただけでも三種類のカワカマスを見つけた。ひとつは長く薄っぺらくて鋼鉄のような体色をした、川でよく捕れるものだ。次は鮮やかな金色で光を浴びるとほのかな緑色を帯びる特筆するほど分厚い体を持つ、ここではもっともよく見られるものだ。そして最後のひとつは金色で体形は前のものとよく似ているものの、体の側面はマスとそっくりで、小さな焦げ茶色か黒の斑点《はんてん》があり、それにうっすらと鮮やかな赤い斑点がちらほら混ざっている。「レティキュラータス（網目のある）」という種名はこれには当てはまらず、むしろ「グッタータス（斑点のある）」とすべきだろう。これらはとても身のしまった魚で、見かけよりもずいぶんと目方がある。シャイナー、ナマズ、スズキ、そしてこの湖に棲息《せいそく》するありとあらゆる魚はどれも、水が綺麗《きれい》なおかげで他の川やほとんどの水域に棲《す》む魚よりも綺麗で見かけがよく、身も締まっており、ひと目でそれと分かる。魚類学者の中には、ここの魚のうちに新種を見出《みいだ》す者も多くいることだろう。それからカエルやカメもおり、わずかながら二枚貝も棲息している。マスクラットやミンクがあちらこちらに痕跡《こんせき》を残し、ときおりどこかへと向かうドロガメが顔を出す。朝にボートを湖面に出そうと押していると、夜の間にボートの下に入り込んでいた大きなドロガメを起こしてしまうこともあった。春や秋にはよくアヒルやガチョウが姿を見せ、腹白のツバメ（ヒルンド・ビコロール）が湖面をかすめて飛び、シギ（トタヌス・マクラリウス）は石の転がる浜辺を夏の間じゅう「よちよち」歩いていた。ときには、湖面に張り出したシロマツにとまるミサゴを驚かせてしまうこともあった。だがこの湖がフェアヘヴンのように、カモメの羽ばたきによって冒瀆されることがあったとは、私には思えない。せいぜい年に一度、アビの訪れを大目に見てやった程度だろう。今この湖をよく訪れる動物は、そんなところである。

穏やかな日にボートを出し、砂に覆われた水深八から十フィートほどある東岸など数カ所で水底を見下ろせば、直径六フィート、高さ一フィートほどある円形の小山が見つかることがある。周りに砂しかないところに、鶏卵よりも小さな石が積み上がってできたものだ。初めは、インディアンが何らかの目的で氷上に作ったものが、氷が溶けて下まで沈んできたものかと思ったが、とにかく形が規則的すぎるし、中にはインディアンのしわざにしては新しすぎるものも見受けられる。川で見かけるものとよく似てはいるものの、ここにはサッカーもヤツメウナギもおらず、どんな魚が作ったのか私には見当もつかなかった。もしかしたら、ウグイの巣であろうか。こうしたものが湖底を、楽しく謎めいたものにしているのだ。

岸辺は不規則で、単調で退屈してしまうようなことはなかった。心の目には、深い入江のある複雑に入り組んだ東岸や、険しく切り立った北岸や、いくつもの岬が連なる間に人跡未踏の入江が眠る美しい扇形をした南岸が焼き付いている。水際からそびえるように連なる丘に囲まれた小さな湖の中央から眺めると、森は絶好の背景に恵まれ、最高に美しく見えた。そうして眺めてみると景色を映し出す湖面が最高の前景になるばかりか、曲がりくねった浜辺がこのうえなく自然で心地よい境界線になるのである。景色の縁を見回しても、斧《おの》で一部を切り取ったり開墾された土地が入り込んできたりというような、粗野で不完全な感じもない。水辺には木々が悠々と枝を伸ばすだけの余裕があり、ひとつひとつの枝は湖面に向けてもっとも力強い枝を伸ばした。自然がそこに自然の織物を編み上げ、それを眺める視線は、浜辺の低い灌木《かんぼく》からいちばん高くそびえる木々まで、そのグラデーションを追って上っていくのだ。人の手が加えた痕跡など、ほとんど見当たらない。湖水は千年前と変わらず浜辺を洗っている。

湖というものは、景色の中でもっとも美しく表情豊かな要素だ。大地の目であり、それを覗《のぞ》き込む者は己が本来持つ深さを知ることになる。岸辺を縁取る木々は繊細な睫毛《まつげ》、そして木々に覆われた周囲の丘や断崖《だんがい》は垂れ下がる眉《まゆ》である。

おぼろな靄《もや》に対岸の湖水と陸地の境目がぼやける穏やかな九月の午後、湖の東岸に広がる滑らかな砂浜に立っていると、「鏡のような湖面」という表現がどこから生じたのかがよく分かった。頭を逆さまにしてみると、谷を渡って張られた限りなく繊細な蜘蛛《くも》の巣が遠くの松の木立を背にしてきらめき、大気の層をふたつに隔てているかのように見える。下を歩いてもまったく濡《ぬ》れることなく対岸の丘へと辿《たど》り着けそうだし、湖面をかすめて飛ぶツバメも、そこにとまることができてしまいそうだ。事実、ツバメが間違ってこの線より下に飛び込んでしまい、はっと我に返ることもあった。湖の西を見渡せば本物の太陽と、そして同じくらい眩《まぶ》しい湖面の反射に、両手で目を守らなくてはならないほどだ。このふたつの光の間に広がる湖面をじっくりとよく観察すると、まさに文字通り鏡のようになめらかだが、一面に等間隔で散らばり日差しを浴びて動き回るアメンボたちが筆舌に尽くせぬほどに美しいきらめきを湖面に生み出したり、鴨が羽の手入れをしたり、先ほども書いたようにツバメが湖面すれすれを飛行したりしている。ときには遠くのほうで魚が三、四フィートの弧を宙に描くこともあり、魚が飛び出したところと再び着水したところにまばゆい水しぶきが立った。ときおり銀色をした完全な弧ができたり、水に浮いたアザミの冠毛に魚が飛びつきあちこちにさざ波を立てたりもした。それは冷えてなおしっかりと固まらぬ溶けたガラスのようで、そこに混ざったわずかな塵《ちり》は、ガラスにできた疵《きず》のように純粋で美しかった。まるで見えない蜘蛛の巣で他と隔てられたニンフの休み場のような、さらに穏やかで暗い水域が見えることも多い。丘の上から眺めれば、ほぼいたるところで魚が跳ねるのが見え、カワカマスやシャイナーが水面の虫を捕えるたびに、穏やかな湖面がひと息に乱れた。こんなにもシンプルなできごとがこれほどまでに繊細に表現されるというのは、驚嘆すべきことだ——こうして魚たちの殺戮《さつりく》劇は顕《あらわ》になり、広がる波紋が直径六ロッドにもなれば、ずっと離れた私の止まり木からでも見て取れるようになる。四分の一マイル離れた穏やかな水面をミズスマシ（ギリヌス）がせっせと進んでいくのさえ分かる。水にかすかな轍《わだち》を作り、くっきりとした二本線の波を立てていくからだ。だが、アメンボは見て取れるような波も立てずに水面を滑っていく。湖面がひどく荒れているときにはアメンボもミズスマシも姿を消すが、よく凪《な》いだ日には安息の地から出てきて冒険心にまかせてちょこまかと進んでいき、やがてすっかり湖面を覆い尽くしてしまう。日差しの温《ぬく》もりを存分に味わうことのできる秋晴れの日、このような高みで切り株に腰掛けて湖を眺望し、空や森を映し出す、本来は目に見えぬ湖面にできては消える波紋をじっと眺めていると、とても心が慰められる。花瓶の水を乱すと震える波紋が岸辺を求めるうちにまた消えていくように、この広々とした湖面では、どんな波が立ってもあっという間に収まり、静まっていく。この湖では魚一匹が跳ねても、虫一匹が落ちても、絶え間なく湧き続ける泉のように、たおやかな生命の鼓動のように、胸の高鳴りのように、輪となり広がっていく波紋やいくつもの美しい線で分かってしまう。歓喜の興奮と苦痛の興奮は見分けがつかない。この湖を取り巻く現象は、なんとのどかなのだろう！　人間の営みも、ふたたび春のような輝きを放ちはじめる。そうとも、木の葉も石も蜘蛛の巣もこの昼のさなか、春の朝露にまみれたようにきらめいているのだ。オールや昆虫の動きひとつひとつが閃《ひらめ》きを放つ。オールが水に落ちたりすると、その響きのなんと美しいことか！

九月や十月のそんな日のウォールデンは、稀有《けう》で貴重な宝石を周囲にちりばめた、森を映す非の打ち所のない鏡である。おそらく地上に存在するもののうち、湖ほど美しく、純粋で、そして雄大なものなど他にありはしない。これは空の水なのだ。囲いなど必要ないのだ。次々と民が現れては消えていっても、この水が汚れることはない。この鏡は石でひび割れることもなく、水銀が剝《は》がれることもなく、その輝きは絶えず自然が修繕し続けてくれる。嵐も粉塵《ふんじん》も、永久《とこしえ》に澄み渡るこの表面を曇らせることなどできはしない。これは不浄のものをすべて沈めてしまい、太陽の靄のブラシで——光の布巾《ふきん》で——払われ、そして拭《ぬぐ》われる鏡なのだ。息を吐きかけても曇ることなく、逆に己の息を湖面の遥《はる》か高くに雲にして浮かべ、それをそっと自らの胸に映す鏡なのだ。

広がる水面は、宙に潜む精霊の姿を映し出す。湖は休むことなく、空から新たな生命と動きを受け取り続けている。湖とは本質的に、陸と空の中間なのだ。陸では草と木々だけが波を立てるが、水はそれ自体が風を受けてさざ波となる。光の破片がちらつくのを見れば、どこを風が渡っているのかが分かる。その湖面を見下ろせるというのは、素晴らしいことだ。たぶん私たちはいつの日か、空の表面をこんなふうにして見下ろし、そこにうっすらとした精霊が漂っていくのを見つけるのだろう。

アメンボとミズスマシは、厳しい霜が降りはじめる十月の後半になると姿を消す。そして十一月の穏やかな日には、湖面をかすかにでも乱すものは何ひとつなくなる。数日にわたり続いた嵐が過ぎ、空を陰鬱《いんうつ》な雲が覆って大気に靄が立ち込めたある十一月の午後、私はいつになく静穏な、湖面がどこにあるのかすら見分けがつかぬ湖を眺めていた。湖面はもはや十月の鮮やかな彩りではなく、周囲に連なる丘の厳しい十一月の色彩を映していた。私はできるだけ静かに進んでいたが、進むボートが立てるかすかな波が見渡すかぎり遠くへと広がっていき、湖面に映る情景を畝のように揺らした。だが湖面をじっと見つめていると、遠くのあちらこちらにかすかな輝きが見え、まるで靄から逃れたアメンボがそこに集まっているか、ともすれば、ひっそりと静まり返った湖面を乱し、底から湧き出す泉の在処《ありか》が露見しているかに思えた。そうした場所のひとつにそっとボートを漕《こ》いでいったところ、体長五インチほど、豊かなブロンズ色をした小さなスズキの群れが私の周囲をぐるりと取り囲んで泳ぎ回り、ひっきりなしに湖面に出てきては、ときにはあぶくを残しながらさざ波をたてていくものだから、私はすっかり驚いた。そんなにも透明で一見したところ底なしに思える湖で、私は風船の中に入って宙を漂っているかのように感じ、泳ぐ魚たちは空を飛び、浮いているみたいに思えた。ひれを帆のように体の周りに広げ、私より低いところを右に左に通り過ぎていく、密集した鳥の群れのようだった。湖にはそんな魚の群れがたくさんおり、冬が氷の鎧戸《よろいど》を閉ざして明るい空の光を遮ってしまうまでの短い季節を楽しんでいるように見え、ときおり湖面をそよ風が撫《な》でたか、いくつかの雨粒が落ちてきたかのように湖面を乱すのだった。私がろくに注意も払わずに近づいてしまうと魚たちは警戒し、まるで葉を繁らせた枝で湖面を叩《たた》いたかのように、やにわに尻尾《しっぽ》で水を撥《は》ねて波紋をたて、あっという間に深みへと逃げていった。やがて風が立ち、霧が深さを増して波が走りはじめ、スズキはそれまでよりも高く跳ね、百もの黒い点が三インチの体の半分をいっせいに湖面から突き出した。ある年、もう十二月五日になるというのに、私は湖面にぽつぽつと波紋が立つのを見かけたのだが、辺りに霧が立ち込めはじめていたためこれはすぐにひどい雨になると思い、大急ぎでオールを手にして家へ帰るために漕ぎだした。頬には何も感じていなかったもののすでに雨脚はみるみる速まりつつあり、すぐにでもずぶ濡れになってしまいそうだった。だが、いきなりぴたりと波紋が消えた。それは私のオールの音に驚いて深みに身を隠したスズキが立てた波紋で、よく見れば群れが消えていくさまがかすかに見えた。そうして私は濡れることなく午後を過ごしたのであった。

六十年近く前、このあたりに暗い森が広がっていたころに足繁くこの湖を訪れていたある老人によると、当時の湖には鴨をはじめ水鳥たちがたくさんおり、鷲《わし》の姿も多く見られたという。老人は魚釣りをするために来て、浜辺で見つけた古い丸太のカヌーに乗った。シロマツの丸太を二本くりぬき、つなぎ、両端を四角く切り落としたカヌーだった。粗末なものではあったが長年にわたって乗った末に浸水するようになり、おそらくは湖底に沈んでしまったのだろう。誰のものなのかは老人も知らなかった。湖のものだった。彼はヒッコリーの樹皮を結び合わせ、錨綱《いかりづな》を作った。独立戦争の前に湖のほとりに住んでいたある年老いた陶工から、湖底に鉄の箱があり、自分も見たことがあると聞いたのだと老人は語った。ときおり浜辺までぷかぷかと浮かんでくるが、箱に近寄ろうとするとまた深くに潜って消えてしまうという。私はその古い丸太のカヌーの話が、すっかり気に入ってしまった。同じ材料で作られながらもより優美だったインディアンのカヌーの後を受け継いだわけだが、おそらく最初は岸辺に立つ一本の木だったのが、やがて水中に倒れ、そのまま一世代にわたり浮かび続けた末に、この湖にもっとも相応《ふさわ》しい船になったのだろう。初めて湖の底を見下ろしてみたとき、ずっと前に風で倒れたのか、はたまた材木が今よりも安価だったころに伐採されて氷上に放置されたのか、たくさんの木の幹が横たわっているのがほのかに見えたのを憶《おぼ》えている。だが今や、それもほとんど無くなってしまった。

私が初めてボートに乗って漕ぎ出したウォールデン湖は、天を衝《つ》く松とオークの木々にみっちりと囲まれ、入江のいくつかの浜辺に立つ木々には葡萄《ぶどう》の蔓《つる》がつたい、ボートで通りぬけることのできるあずまやのようになっていた。浜辺を形成する丘はどれもひどく急で、そこに立つ木々はとても高く、西の端から見下ろすと、まるで森のショーを上演する円形劇場のような姿をしていた。若き日の私は夏の午後、湖面にボートを浮かべて座席に寝そべり、何時間も風任せで過ごしたものだった。やがてボートの底が砂にこすれて我に返り、体を起こし、運命が自分をどんな浜辺にいざなってきたのかを目の当たりにした。当時は、怠惰こそがもっとも魅力的かつ生産的な営みだった。午前中にはしょっちゅう家から抜け出し、一日のうちでもっとも価値のある時間をそうして過ごすのを私は好んでいた。金銭的には貧しくとも、日差しに恵まれた時間や夏の日々はふんだんにあったので、私は気前よくそれらを使ったし、仕事場や教壇でさらに多くの時間を費やさなかったことを悔やんでもいない。けれど私が浜辺から去った後に木こりたちが辺りをさらに荒らしてしまい、今後は何年にもわたり、ときおり木々の合間に覗《のぞ》く湖面を眺めながら森の小径《こみち》をそぞろ歩くこともできなくなった。それ以来、私の詩神《ミューズ》が唄《うた》うのをやめてしまったとしても、仕方のない話だ。木立が切り倒されてしまったのに、鳥に唄えという者などいるだろうか？

今や湖底に転がる木々も、古い丸太のカヌーも、取り囲む暗い森も無くなって、湖がどこにあるのかもほとんど知らぬ村人たちは、水を浴びたり飲んだりするために湖に行こうとはしない。代わりに、最低でもガンジス川ほどには神聖であるはずのその水をパイプで村まで引き、皿洗いに使おうとしている——蛇口をひねり、栓を抜き、ウォールデン湖を己のものにしようというのだ！　耳をつんざくいななきを町じゅうに響かせる悪魔じみた鉄の馬がボイリング・スプリングを足で濁らせ、ウォールデン湖の浜辺に立つ木々を一本残らず食い荒らしてしまった。金に汚いギリシャ人どもの手で持ち込まれた、千の兵士を腹に潜ませたトロイの木馬だ！　「切り通し《ディープ・カット》」で待ち構え、その脇腹に復讐の槍《やり》を突き立てる英雄は——この国のムーア・ホールのムーアは

——どこにいるというのだろう？

それでも私が知る限り、ウォールデン湖ほど清らかで、その清廉さを保ち続けているものなど他にありはしない。この湖になぞらえられた者は多くとも、その誉れに値する者などほんのひとにぎりだ。最初に木こりたちがこちらの岸、あちらの岸と木々を切り倒し、それからアイルランド人が岸辺にみすぼらしい小屋を建て、鉄道が境界を侵し、氷屋が来て湖面の氷を剝ぎ取ってしまったこともかつてはあったが、湖自体は何も変わらず、若き日の私が眺めたのと同じ水だ。あらゆる変化は、私の中で起きたのだ。あんなにもさざ波が立ったというのに、永遠に残り続ける皺《しわ》などひとつたりともついてはいない。ウォールデンはいつまでも若々しく、たたずめばかつてのようにツバメが水面の虫を捕まえようとしているのか、水に潜る姿も見られよう。二十年以上にもわたり毎日見てきた湖だというのに、今夜また私は胸を打たれるのだ——ああ、これがウォールデンだ、長年の昔に私が見つけた森の湖そのままだ。昨冬に木々が伐採された岸辺には、かつてと変わらぬ力強さで新たな木々が芽吹いている。当時と同じ思念がその水面へと湧き上がっている。湖自身とその創造主、そしてともすればこの私にまで分かたれる水の歓《よろこ》びと幸福だ。この湖は邪《よこしま》な心など微塵《みじん》も持たぬ、雄々しき人の創造物に違いない！　彼は己の手でこの水を掻《か》き回し、思いの中で深め、清め、そして自分の意志でコンコードに託したのだ。水面を見れば、湖も同じ思いを抱いているのが分かる。そして私は思わず言いかける。ウォールデン、君なのかい？

一本の線を飾ろうなど
私は夢にも思わない
ウォールデンのかたわらに住むほど
神と天国に近づく術《すべ》などありはしない
私は石の転がるその岸辺
そこを吹き過ぎるそよ風
私の手のひらのくぼみに
その水と砂があり
安らぎ流れる深き水底は
私の思念の高みにある

湖を眺めるために汽車が止まることはない。だが機関士や火手やブレーキ係、それから定期券を持ち湖をよく目にする乗客たちは、この景色のおかげでより良き人間になっていてもおかしくはない。機関士は――もしくは彼の本質は――一日に最低一度はこの静穏と純粋さの情景を眺めたことを忘れはしない。たった一度しか目にしたことがなくとも、ステート通りや機関の煤《すす》を洗い落とす助けにはなる。この湖を「神の雫《しずく》」と呼ぶというのはどうだろう。

ウォールデン湖には目に見える流入口も流出口もないと言ったが、その一方、さらに高地にあるフリント池と、その近辺に連なる小さな池を通じてはるばる間接的に繫《つな》がっており、逆に低きを流れるコンコード川とは、いつか別の時代には水流を形成していたかに思える似たような小さな池の連なりを通じて、直接的にはっきり繫がっている。今もなおほんの少し掘るだけで――そんなことは許されないだろうが――再びそちらへと水を通すことができるだろう。もしもこれほどの長きにわたり森に住む隠者のように慎ましく、そして質素に生きてきたことによってあんなにも素晴らしい清らかさを手に入れたのだとしたら、より不純であるフリント池の水と混じり合ったり、海へと流れ出て大海の波でその清らかさを無にしてしまったりなどということを、悔やまぬ者が果たしているだろうか？

ウォールデン湖の東に位置するフリント池、またの名をサンディ池は、リンカーンあたりでは最大の湖で、まるで内陸の海のようだ。遥《はる》かに大きく、聞くところによると広さは百九十七エーカーにもなり魚も豊富に棲息《せいそく》しているが、比較的浅く、とりたてて水が澄んでいるわけでもない。私はよく気晴らしのため、森を抜けてそちらのほうまで散歩した。自由に頬をなでる風を感じ、波が走るのを眺め、船乗りたちの暮らしに思いを馳《は》せるためにだけでも、そうして出かけていく価値があった。秋になると、風の強い日に、池に落ちて足元に流れてくる栗を拾いに行った。ある日、冷たい水しぶきを顔に浴びながらスゲの生い茂る岸辺を伝っておそるおそる進んでいると、朽ちたボートの残骸《ざんがい》に出くわした。船べりは無くなっており、なんとか平らな船底だと分かるものだけがイグサの中に残っていた。それでも睡蓮《すいれん》の葉が腐っても残った葉脈かるそれと分かるように、元の形はありありと見て取れた。海辺に転がっている船の残骸のように心に焼き付き、それと変わらぬ教訓を感じさせた。そのときにはもう腐り果てて腐植土となり、イグサや蒲《がま》に飲まれかけており、浜辺と見分けもつかなかった。以前は池の北端の底を覆う、歩く足に硬く感じるほど水圧で固まった砂についた波紋の模様や、その模様に沿ってあたかも波に植え付けられたかのごとく、波のような線を描きながら一列縦隊に生えたイグサを見て、私は引き込まれたものだった。他にも、おそらくはホシクサの細い草か根からできているのか、直径半インチから四インチでまん丸い、興味をそそる球体を大量に発見した。浅瀬の底の砂の上で水に揺られながら、ときおり浜辺に打ち上げられるのだ。草だけが固まってできたものも、少し砂の混じったものもある。それを見ればまず、丸石と同じように波の力でそんな形になったのだと思うだろう。だが、長さ半インチほどといちばん小さなものでも同じく粗野な素材でできており、一年のうちでも特定の季節にしかできない。それに、私が思うに波とは何かを作り出すというよりは、すでにできている物を磨耗させるものではないだろうか。この球体も、水から上げればいつまでも形を保ち続ける。

フリント池！　人々の名付けの発想は、なんと貧弱なのだろう。空に等しいこの池のすぐ隣に農場を構え、岸辺を容赦なく丸裸にしてしまった薄汚れて愚かな農民に、己の名前を池につける権利などいったいどこにあるというのか？　一ドル硬貨やぴかぴかの一セント硬貨の鏡のような表面が好きでたまらぬ守銭奴め。池に住む鴨すらも侵入者と見なす。長きにわたりハーピー〔ギリシア神話に登場する伝説の生物。女の顔と鳥の体を持つ。ハルピュイアとも〕のようにものにしがみつくその指は、折れ曲がり、まるで骨ばった鉤爪《かぎづめ》だ。そんな名前を私が気に入るわけがない。私はそんな男に――池を見もせず、水を浴びもせず、愛しもせず、守りもせず、褒めもせず、池を作った神への感謝も持たぬ男に――会いに、話を聞きに、池を訪れるわけではない。どうせならむしろ、池に泳ぐ魚や、よくやってくる四つ足の動物や、浜辺に育つ野の花や、自らの歴史を家の歴史の一部とする野人やその子供にちなんで名付けるほうがいい。似たような心根の隣人か議会から与えられた証書の他にはなんの権利も示せない男――池の金銭的な価値しか頭にない男。すべての岸辺を呪い、周囲の土地を荒れ果てさせ、中の水まで駄目にしかねない男。池の代わりにイギリス干し草やクランベリーの野原でないことに歯ぎしりし――彼の目には実にどうでもいいものだった――水を抜いて底の泥の代金で売り飛ばしてもおかしくなかった男。そんな男の名前など、つけるべきではなかったのだ。池は彼の製粉機を回してはくれず、ただ眺めていることなど彼には特権でもなんでもありはしなかった。私は彼の労働や、あらゆるものに値札が付いた彼の農場になど、敬意など払いはしない。多少なりとも金になるなら、景色でも神でも市場に持っていく。自分の神を手に入れようと市場に行くのだ。彼の農場では何ひとつただでは育たず、畑に穀物は育たず、牧草地に花は咲かず、木々に果実はつかず、できるのはドルばかり。果実の美しさを愛することもなく、彼にとってはドルに替えて初めて果実が熟したことになる。私には、真の豊かさを享受できる貧しさを与えてほしい。私にとって農民とは、貧しいほど尊敬し、興味を抱くものである。まったく、モデル農場とは！　堆肥《たいひ》の山に生えるキノコのように家が建ち、人間、馬、牛、豚らの部屋が、清潔なものも不潔なものも、何もかもが隣り合っている！　人間も家畜だ！　肥料とバターミルクの臭いが立ち込めた巨大な油染み！　人間の心臓と脳をこやしにした、高度な耕作が行われるのだ！　教会墓地でジャガイモを育てるのと同じこと！　モデル農場とは、そんな場所なのだ！

だめだ、だめだ。風景の中でもっとも美しきものに人の名を付けるのであれば、もっとも高潔で立派な者でなくてはならない。私たちの湖にも、せめて「今もなおその岸辺……勇ましき偉業がとどろく」イカリア海に負けぬ名を与えようではないか。

小さなグース池は、フリント池への道すがらにある。コンコード川が広がってできた広さ七十エーカーほどと言われるフェアヘヴンは、一マイル南西に位置する。そしておよそ四十エーカーのホワイト池はフェアヘヴンの先、一マイル半のところにある。これが私の湖水地帯である。これらとコンコード川の水を、私は好きに使える。そして夜も昼も、毎年毎年、私の持っていく穀物をこの水が粉にしてくれるのだ。

木こりと鉄道、そしてこの私自身がウォールデン湖を汚してからは、もっとも美しいと言えば大げさだが、すべての池や湖のうちでおそらくもっとも魅力的な森の宝石は、ホワイト湖だろう。特筆すべき水の透明度からか、はたまた砂の色からか、とにかくその平凡さゆえにこんなつまらぬ名前が付いた。だがそれを含めていろいろな点で、この池はウォールデン湖の小さな双子なのである。あまりにもよく似ているものだから、地下で繋がっているに違いないと思う者もいるだろう。どちらも岸辺にもごろごろと石が転がり、水の色彩も同じだ。ウォールデン湖と同じく、蒸し蒸しとした猛暑の日には、大した深さもなく水底からの反射で色づく入江を木々の間を通して見下ろせば、池の水は霞《かすみ》がかって青みを帯びた緑色か、淡い青緑色に見える。私は何年も前、紙やすりを作るために荷車を押して砂を採りに行ったころから、続けてそこに通い続けている。足繁くそこに通う者の中には、新緑《ヴィリド》湖と呼んではどうかという者もいる。だが、次のような理由から黄松《イエロー・パイン》湖と呼ぶのもいいかもしれない。およそ十五年前には、岸から何ロッドも離れた沖合の深いあたりの湖面から、大して特別な種類ではないがこのあたりで黄松《イエロー・パイン》と呼ばれるヤニマツのてっぺんがひとつ、水面から突き出しているのが見えた。この池が陥没したことによりできたものであり、この松はかつてそこにあった原生林の名残ではないかと考える者もいた。私が調べたところでは、一七九二年にはすでに『マサチューセッツ歴史協会文献集』所収のある市民による「コンコード地誌」なる文献において、著者がウォールデン湖とホワイト池に関する記述のあとにこのように書き加えている。「後者の中央に、水位が大きく下がると、現在立っている場所で生長したかのような木が一本見える。木の根は水面の五十フィートも下にあるというのにである。この木のてっぺんは折れており、その直径は十四インチである」。四九年の春、私はサドベリーで池のいちばんそばに住む男と話をしたことがあるのだが、男の話では、十年か十五年前にこの木を引き上げたのは自分だという。彼の思い出す限りでは、その木は岸辺から十二ないし十五ロッド、水深が三十から四十フィートのあたりに立っていたのだという。季節は冬で、男は午前中に氷を切り出していたのだが、その日の午後になったら隣人たちの手を借りて、その黄松の古木を引き上げようと決心した。男はのこぎりを手に岸辺に向けて道を切り、牛を使って古木を引き倒して氷上に引きずり上げたのだが、まだ作業を始めて間もないうちに、この木が上下さかさまになっており枝の折れ口も下を向き、細い先端が底の砂地にしっかり突き刺さっているのに気づいてすっかり驚いた。太いほうの端は直径およそ一フィートで、こいつは上等の挽材《ひきざい》になるぞと期待したのだが、腐敗がひどかったため薪くらいにしかならなかった。そこで男はその一部だけを納屋にしまっておいた。根本には斧《おの》の痕《あと》や、キツツキにつつかれた痕跡《こんせき》があった。もしかしたら岸辺で立ち枯れた木が風で倒れて池に落ち、先端のほうから水浸しになり根本のほうは乾燥して軽いまま沖へと流され、逆さまに沈んでしまったのではないかと男は考えた。

八十歳になる彼の父親は、その木が池になかったころのことを憶《おぼ》えてはいなかった。池の底にはいまだにかなり大きな丸木が何本か横たわっており、うねる水面のせいで、大きな水蛇たちが蠢《うごめ》いているように見える。

漁師を惹《ひ》き付けるようなものがほぼないおかげで、この池がボートに汚されたことはほとんどない。清廉な水の中には土を必要とする白睡蓮《すいれん》やありきたりな菖蒲《しょうぶ》ではなく、岸辺あたりの石の転がる水底からまばらに菖蒲《あやめ》（イリス・ウェルシコロール）が生えており、六月にはハチドリたちが訪れてくる。青みを帯びた葉と花が、特に水に映ったその姿が、青緑色の水と見事に調和している。

ホワイト池とウォールデン湖は地表に輝く巨大な水晶、光の湖である。もし永遠に固まり、そのうえ手で摑《つか》めるほどに小さければ、きっとどちらも貴重な宝石のように奴隷たちに運ばれ、皇帝たちの頭を飾ることになるだろう。だが液体で、広大で、永久に我々や子孫たちのものとして定まっているものだから、人々は目もくれずにダイヤモンドやコヒヌール〔インド産の最高級ダイヤモンド〕を追い求めるのだ。どちらもあまりに純粋すぎて市場価値など付きはしないし、汚れひとつありはしない。私たちの人生よりどれほど美しく、私たちの性質よりどれほど透き通っていることか！　彼らから下品さを学んだことなど一度たりともありはしない。農家の前にある、アヒルの泳ぐ水たまりなどより、どれほど綺麗《きれい》なことだろう！　ここには綺麗な、野生のアヒルがやって来る。自然を敬う住人など、自然の中にいはしない。羽と歌声を持つ鳥たちは花々と調和しているが、野生の繁茂する自然の美と共に歩む若者や娘がどこにいるだろう？　彼らの住む町々からはるか遠く、自然は密《ひそ》かに栄えている。天国を語るとは！　お前は大地を貶《おとし》めているのだ。

ベイカー農場

私はときおり松林をぶらつきに出かけた。神殿か、はたまた帆をいっぱいに広げて海原をゆく船団か、大枝を波打たせ光を浴びてきらめき、ドルイド僧たちも聖なるオークの木々を放り出してそこで祈りを捧《ささ》げたくなるほどに、穏やかで緑濃き木立である。フリント池の先にあるヒマラヤスギの森まで足を延ばすこともあったが、青白い実をたわわに付けて高くへ高くへと伸びた木々はヴァルハラ神殿の前庭を飾るに相応《ふさわ》しく、杜松《ねず》は実を鈴なりにした花輪で地面を覆い尽くしていた。また、サルオガセがシロトウヒの木々から花綱となって垂れ下がる沼地にも出かけていった。沼地の神々の円卓である毒キノコが地面を覆うように生え、それよりも美しいキノコが蝶《ちょう》や貝殻――タマキビ貝の植物版である――のように切り株を飾っていた。ヘロニアスやハナミズキが育ち、ハンノキの赤い実がインプ〔小さな低級の悪魔。元は妖精だったが、その後悪魔に分類されるようになった〕の瞳《ひとみ》のように輝き、ツルウメモドキがどんなに硬い木であろうと溝を作って砕いてしまい、ヒイラギの実はその美しさで目にした者に我が家を忘れさせ、野になる名もなき禁断の果実は人にとっては美味すぎ、人の目をくらまし、かどわかす。学者のもとを訪れる代わりに私は、ずっと遠く牧草地のただ中や、森や沼地の深きや、さらには丘の頂に立つような、この近隣では稀《まれ》な特定の木々を何度も訪れた。たとえば、直径が二メートルにもなる素晴らしいカバノキや、その従兄弟《いとこ》、似たような香りを漂わせてゆったりとした黄金のベストをまとったキハダカンバ。すらりとした幹を持ち美しく苔《こけ》に彩られ、隅々まで完璧《かんぺき》なブナ。これはぽつぽつと点在する個体を除けば、この郡区《タウンシップ》では大きな木々の並ぶ小さな林があるのしか私は知らない。近隣のブナの実につられてやって来た鳩たちによって種が広まったのだと推測する者もいる。この木を割ったときに銀色の木目がきらめく様子は必見である。シナノキやシデもある。そしてエノキ（ケルティス・オクシデンタリス）もあるが、よく育ったのは一本しかない。高くそびえる帆柱のような松や、他のものよりさらに見事なツガが、森の中にまるで塔のようにそびえている。他にも山ほど挙げられる。夏も冬も、私はこうした聖堂を訪れたのである。

かつて一度、偶然にも虹《にじ》が描くアーチの根本に立っていたことがある。虹は周囲の草葉を染めながら大気の下層を満たし、色の付いた水晶ごしに見ているかのように私の目をくらました。まるで虹の光の湖で、私は刹那、イルカのように生きていた。さらに長いことそうしていたならば、あの光は私の営みや命まで染めあげてしまっていただろう。鉄道の通る土手を散歩しながら、私はよく自分の影をとりまくぼんやりとした光輪を見て不思議に思い、もしかしたら自分は神に選ばれし民なのではないかと楽しく空想したものだった。私を訪ねてきたある御仁は、前をゆくアイルランド人の影にはそんな光輪などなく、そんなにもはっきりと見えるのは地元の人間だけだと言った。ベンヴェヌート・チェリーニは回想録において、セント・アンジェロの城に幽閉されていたころに恐ろしい夢や幻想を見てからというもの、フランスにいようとイタリアにいようと、朝夕には頭の影の上にまばゆい光が出現し、草が露に濡《ぬ》れているときには特にそれが目立ったと記している。おそらくこれは私が書いた現象と同じもので、特に朝によく起きるものの他のときにも見られ、月明かりの中ですら起きる。こうしたことはごく当たり前に起きてはいるが気づかれぬことも多く、チェリーニのように激しい想像力の持ち主であれば、迷信を生み出すのに十分な土台になりえるだろう。そのうえ彼は、ほとんど誰にも見せなかったと述べている。だが、一目置かれている自覚のある者は、実際に特別な者ではないだろうか？

ある午後、私は野菜ばかりの味気ない食事をなんとかしようと、フェアヘヴンに魚釣りに出かけた。道すがらプレザント牧草地《メドウ》を抜けるのだが、ここはある詩人が次のように始まる歌に残した、静かなるベイカー農場の付属地である。

「入口は心地よい野原
苔むした果樹がぽつぽつと
小川に寄り添う
マスクラットは滑るように駆け
気まぐれな鱒《ます》が
矢のように泳ぐ」

ウォールデンに行く前は、そこに住もうかと考えたこともあった。林檎《りんご》を「パクり」、小川を飛び越え、マスクラットと鱒を脅かした。私が出かけたときにはもうすでに一日の半分は過ぎていたが、私たちの人生に起こりうるできごとの大半が起きてもおかしくないような、まだ無限に続きそうなほど長い午後であった。道すがらにわか雨に降られた私は、松の木陰で枝の下に入り、雨避《あまよ》け代わりのハンカチを頭にかぶり、三十分にわたり足止めされることになった。そしてようやく腰まで水に入って水草の先に釣り針を投げ込むと、やにわに雲の影に覆われて猛烈な雷鳴が轟《とどろ》きはじめ、もう魚釣りどころではなくなってしまった。無防備な釣り人を幾筋もに分かれる稲妻で追い散らすとは、神々はさぞかしいい気分だろうと思った。そこで私は大急ぎでいちばん傍に建つ小屋に避難した。どの道からも半マイル離れているものの池のすぐそばで、長きにわたり無人になったままの小屋である。

「そして詩人がここに小屋を建てた
はるか昔のことだ
ただ朽ちてゆくのみの
粗末な小屋を見たまえ」

詩神《ミューズ》はそうして物語を編む。しかしいざ小屋に辿《たど》り着いてみれば、そこにはジョン・フィールドなるアイルランド人と妻、そして数人の子供たちが住み着いていた。父親の仕事を手伝い、父親とともに雨を逃れて沼地から走って戻ってきた顔の丸々とした少年。そして、まるで貴族の住む宮殿にでもいるかのように父親の膝《ひざ》に座った、巫女《みこ》のような装いのとんがり頭の赤子は、雨漏りと飢えのはびこる我が家の中から、不思議そうに見知らぬ男の姿を見つめていた。赤子の特権であろう、自分はジョン・フィールドの腹ぺこで惨めな小童《こわっぱ》などではなく、世の人々の希望であり称賛の的である高貴な家系の末裔《まつえい》なのだぞとでも言わんばかりの様子である。そうして私たちは表で雨がざんざか降り雷鳴が轟く中、もっとも雨漏りの少ない場所で寄り添うように座っていた。一家をアメリカへと連れてきた船が建造される以前、私は何度もそこに座っていたことがある。ジョン・フィールドは実直な働き者である一方、見るからに理想を持たぬ人物であった。妻のほうはそびえるように高い窯で、勇猛果敢に来る日も来る日も無数の夕食を作り続けていた。丸く油ぎった顔で胸元をはだけ、いつかもっといい暮らしをするのだと胸の中で唱え続け、片手に握りしめたモップを片時も離さずにいるというのに、まだ目に見えるような実をひとつも結んではくれないのだった。そのうえ同じく雨宿りをしてきた鶏たちが小屋の中を歩き回っており、それがあまりにも人間的で、いずれこんがりローストされるようにはとても思えぬほどで、まるで家族の一員なのである。立ち止まっては私の目を覗《のぞ》き、私の靴を思い切りつついてくる。そんな中、家主は私に自分の身の上を語りはじめた。近隣の農民たちのために「泥まみれになり」一エーカーにつき十ドルの報酬と、肥料込で一年間土地を使っていいという許諾と引き換えに、シャベルや鍬《くわ》を使って牧草地を掘り返したこと、それがどれほどひどい取引かも知らぬまま丸顔の小さな息子がその横で楽しげに働いていたこと。私はすぐ近所に住んでいることを告げ、自分の経験が彼の助けにはならないかと思い話してみた。こんなところに魚釣りに来ているからとんだ怠け者に見えるかもしれないが、私も彼のように自給自足の暮らしをしているのだと。彼の住まいみたいに粗末な小屋を一年間借りるのと大して変わらぬ金で、雨漏りもない明るく清潔な家に住んでいるのだと。そして彼さえその気になればものの一、二ヶ月のうちに自分の宮殿を建てることができるのだと。私はお茶もコーヒーもバターも牛乳も新鮮な肉も口にしないから、そうしたもののために働く必要がないし、大して働きもしないから腹いっぱい食べなくともよく、食費などほんのわずかしかかからないのだと。けれど彼はまずお茶を飲み、コーヒーを飲み、バターを使い、牛乳や牛肉を使うからそれらを手に入れるため必死に働かなくてはならず、必死に働けば体の機能を回復させるためまた腹いっぱい食わなくてはならず――それでは無駄ではないか、いやそれどころか後戻りではないか、なぜなら彼は満たされることなく取引に費やし人生を無駄にしているのだ。それなのに彼は、日々お茶やコーヒーや肉にありつけるのは自分がアメリカに来たからだと思い込んでいるのだと。だが本当のアメリカとは、そんなものが無くとも暮らせる生きかたを追い求められる国であり、奴隷制度や戦争や無駄な出費を直接的にも間接的にも存続させるそうしたものを使うことを人々に無理強いしない国なのだと。私は故意に、彼を哲学者か、もしくはそれを目指す者であるかのように見なして語り聞かせた。もし人間が自らを救済しようと努力を始め、その結果として世界じゅうの牧草地が野生のまま残るのであれば、私には喜ばしいことだ。己の文化にとって何が最善かを人間が知るのに、歴史を学ぶ必要などありはしない。だが、なんということか！　アイルランド人の文化は、精神を開墾する鍬を手にして進めるべき大事業である。私は彼に説いた。あんなにもひたむきに土を掘れば厚手のブーツと丈夫な衣服が必要になるが、すぐに泥まみれになり擦り切れてしまう。だが私はその半額程度で買える軽い靴と薄手の服を着ており、君からしたら紳士のような装いに見えるかもしれないが（それは的外れというものだ）、望みとあらばほんの一、二時間で大した苦労もなく楽しみながら二日食べられるほどの魚が釣れ、一週間過ごせるだけの金も稼げるのだ。もし彼と家族が質素に暮らしたいのであれば、夏にはみんなで楽しみに、ハックルベリー狩りに行けばいい。ジョンはこれを聞くとため息をつき、妻は両手を腰に当てて宙を睨《にら》み、どちらもそんな生きかたをするだけの金が自分たちにあるのか、そしてやり通せるほどやりくりができるのかと、頭を悩ませているようだった。ふたりにしてみれば推測航法で船旅をするようなもので、そんな方法で港までたどり着く方法もはっきり分からなかったのである。だから彼らはおそらく今もなお、自分たちのやりかたで勇ましく生きているのだろう。巨大な隊列に楔《くさび》を打ち込んで引き裂き、ばらばらになった烏合の衆を蹴散《けち》らすだけの能力もないまま、真正面から人生とひたむきに対峙《たいじ》している——アザミを相手にするかのように、人生と大雑把に向き合おうとしているのだ。だが彼らの戦いは圧倒的に不利である——悲しいかな、計算もできぬままジョン・フィールドは生き、やがて当然の失敗を迎えるのだ。

「魚釣りをしたことは？」私は訊《き》いてみた。「ああ、あるとも。休みの日なんかはちょくちょく大漁なんだよ。いいスズキが釣れるんだ」「餌には何を？」「ミミズでシャイナーを釣っておいて、そいつでスズキを釣るんだよ」「あんた、今行ったらどうだい？」妻は期待に顔を輝かせて言ったが、ジョンは聞き入れなかった。

にわか雨はすでにやみ、東の森の頭上にかかる虹《にじ》が今夜は晴れると告げていたので、私は出発することにした。表に出た私は、この小屋の調査を完了するため井戸の底も見ておきたいと思い、水を一杯所望した。けれど残念なことに井戸は浅く砂が入り込んでおり、おまけにロープが切れてバケツを引き上げるのが不可能になってしまっていた。井戸を見ているうちに夫婦は適当な器を選び、蒸留してあったらしい水を注ぎ、ふたりで何やら相談して私を長々と待たせたあげく、喉《のど》の渇いた私にそれを渡してくれた——水はまだ冷めてもおらず、澄んでもいなかった。こんな薄い粥《かゆ》のような水で命を繋《つな》いでいるのか、と私は胸の中で言った。そして瞼《まぶた》を閉じ、器を巧みに揺らして埃《ほこり》を一方に寄せ、心からのもてなしに感謝しつつ水を飲み干した。そのようにマナーが求められる場面で、私は潔癖さなど気にしないのである。

雨がやんでからアイルランド人宅をあとにして、また湖に向けて歩を進めていると、カワカマスを釣ろうと急ぎ足で人気のない牧草地や、ぬかるみや地面のくぼみや、わびしい野生の場所を歩いているのが、学校も大学も出た自分には刹那《せつな》的な些事《さじ》に思えてきた。だが肩に虹をかつぎ、澄み渡る空気のどこか向こうから耳に届く鈴の音のようなかすかな音を聞きながら、赤く染まった西へと丘を駆け降りていると、私の守り神がこう言っているように思えてきた——日々、遠く広く魚釣りに出かけなさい——遠く広く——そして何も心配せず、数多《あまた》の小川や炉端で休みなさい。若き日々に汝《なんじ》の創造主を憶《おぼ》えなさい。夜明け前に不安を抱かず起床し、冒険を求めなさい。昼は新たな湖のほとりに立ち、夜にはどこであろうと我が家としなさい。こんなにも広い野は他になく、ここでの遊びほど価値のある遊びはない。イギリス干し草になど決してならないスゲやシダのように、汝の本質に従い好きに生い茂りなさい。雷鳴は轟《とどろ》くに任せよ。たとえそれが農民の穀物をだめにしたところで、それは汝には関係のないこと。

彼らが荷車や納屋をめがけて走ろうと、雲の下で雨宿りしなさい。商売ではなく、気晴らしで糧を得なさい。大地を楽しみ、しかし我がものとしてはいけない。冒険心と信仰を持たぬものだから人はひとところに留《とど》まり、ものを売り買いし、奴隷のように人生を浪費してしまうのだ。

ああ、ベイカー農場よ！

「わずかばかりの無垢《むく》な陽光が
もっとも豊かなものである風景」……

「柵《さく》をめぐらせた草原で
騒ごうと駆けてくる者はなし」……

「口論する相手もなく
問いかけられて困ることもなく
初めてまみえたときと同じく従順に

質素なあずき色のギャバジンをまとい」……

「おいで、愛する者よ
そして憎悪する者よ
聖なる鳩の子らも
国家に背くガイ・フォークスも
そして陰謀はすべて
木々の丈夫な垂木に吊《つ》るしてしまえ！」

夜になると人々は、己の家の物音が響くすぐ傍の畑や通りから大人しく帰ってくる。吐き出したその同じ息を何度でも吸い込み続けているうちに、彼らの命はやつれてしまう。その影は朝も夕も、日々の歩みよりも遠くまで伸びていく。人は毎日、発見や、新たな経験と人格とともに、遠くから、冒険から、危険から帰ってこなくてはならぬというのに。

私がまだ湖に辿《たど》り着かないうちに、新たな衝動に駆られたジョン・フィールドが心変わりし、「泥掘り」仕事を日没前に切り上げて来た。だが可哀想に、私が立派な釣果を上げるかたわら、彼はほんの一、二度当たりが来ただけで、自分のツキなどこんなもんだと言った。そこでボートの座席を交換してみたのだが、するとツキのほうまで座席を交換してしまった。哀れなジョン・フィールド！——彼がこれを読んだならばもっと成長するだろうが、読むことはまずあるまい——なにせ彼はこのいまだ手つかずの新たな国で暮らしながら、古い国の生きかたを受け継ごうとしているのだ——シャイナーでスズキを釣ろうなどと。確かに、ときには餌としてよく役立つことはあるのは認めるが。彼の見渡す限り世界は彼のものであるがそれでも哀れな男で、生まれながらに貧しく、アイルランド人の貧しさや、貧しき人生を受け継ぎ、太古から変わらぬままに沼地を掘っているのだから、彼も子孫もこの世で出世などしようがない。ひれ付きの足で沼地をよたよたとゆく彼らの踵《かかと》に、ヘルメス〔ギリシア神話のオリンポス十二神の一人。神々の伝令役で、翼の付いた履物をはいた姿が象徴的〕の翼でも付かぬ限りは。

崇高なる原理

釣った魚たちを紐《ひも》にずらりと通して釣り竿《ざお》を引きずりながら、もうだいぶ暗くなった森で家路を辿っていると、一匹のウッドチャックが音もなく行く手を突っ切るのがちらりと見えた。私はそれまで感じたことのなかった野蛮な歓喜を胸に覚え、どうしてもそいつを捕まえて生のまま貪《むさぼ》りたい強烈な衝動に駆られた。腹をすかせていたわけではなく、そのウッドチャックが醸す野性が欲しくてたまらなくなったのである。だが湖のほとりで暮らしていたころには何度か、自分が自分ではないような妙な気持ちになり、気づけばまるで飢えかけた犬のように、何か獣の肉にありつけはしないかと森をうろつき回っていたことがあった。あのときはどんな肉だろうとも、野蛮とは感じなかったろう。周囲を取り巻くまったき野性が、不可解なほどにしっくりと感じられた。私は己の中に当時も今も、より崇高な、世に言う霊的な人生を求める本能と、原始的かつ野蛮な生活を求める本能とがあるのに気づいており、そのどちらも崇敬している。善とほぼ同じように、野性も愛しているのだ。釣りという行為にある野性と冒険とが、今もなお私に釣り竿を握らせる。私はときとして野蛮さに人生を乗っ取らせ、動物のように日々を送ってみたくなる。おそらく私がまだほんの子供だったころに自然との蜜月《みつげつ》を持ったのも、この魚釣りと狩りのおかげだろう。魚釣りや狩りは、そんな年ごろには大した親しみも持たないはずの景色に私たちを連れていき、その場に足止めする。漁師、狩人《かりゅうど》、木こりなど野山で暮らす人々は特異な意味で彼ら自身が自然の一部であり、期待に胸を躍らせながら自然に近づく哲学者や、さらに言うなら詩人たちと比べれば、自然を眺めるのにほどよい心持ちでいることが多い。自然はそういう人々になら、臆《おく》することなく自らを見せてくれる。大草原を行く旅人はおのずと猟師になり、ミズーリ川やコロンビア川の源流部では罠《わな》猟師になり、セント・メアリー滝では漁師になる。ただの旅人は物事を又聞きで中途半端に知るしかないゆえに、大した理解もできない。自然の中に生きる人々が肌で学び、直感的に知ったことを科学が伝えると、人々はそれに興味を引かれる。それこそが人間の経験を解明してくれる、真の人間学だからである。

ヤンキーには祝祭日もあまりなく、大人も子供もイギリス人ほどたくさんの娯楽があるわけでもないから、大した楽しみも持たない連中だなどと断じるのは間違いだ。

なぜなら、ここには狩猟や魚釣りといった原始的ではあるがひとりで味わえる楽しみがあり、それらがまだ新たな娯楽に取って代わられていないだけにすぎない。私と同世代のニューイングランド人の少年であれば、ほとんど全員が十歳から十四歳の間に猟銃を肩にかついでいる。英国貴族のように禁猟区があるわけでもなく、狩りや魚釣りの舞台は無限であり、未開人たちのそれよりもさらに広大ですらあった。ならば、子供たちが村の中で遊ばなかったとしても、なんの不思議もありはしない。しかし、すでに変化は起きはじめている。これは人間性が進歩したからではなく、獲物が減ったからだ。だがきっと動物愛護協会も含め、狩人こそ獲物となる動物にとっては最良の友なのだ。

湖のほとりに住んでいたころ、私はたまにいつもの食事に飽きて食卓に魚を加えることがあった。私が魚を釣ったのは、原初の漁師たちと同様の必要性に迫られてのことだった。私がそうしたことに反対だと言ってみたところで、そんなものはどれもこれも、感情よりも理屈ばかりのでっちあげだ。そうしたことというのは、魚釣りに限ったことである。というのも野鳥狩りについてはかねてより長いこと別の感情を抱いており、森での暮らしを始めるよりも早く猟銃を売り払ってしまったのだ。私が人よりも人道的な男だったからではなく、大して感情を揺さぶられる感じがしなかったたからだ。私は魚もミミズも可哀想だとは思わない。習慣というものだ。鳥撃ちについては最後の数年、鳥類学を学ぶ以上新種や希少種だけは撃たなくてはならないのだと自分に言い訳をし、銃を持ち運んでいた。だが今にして振り返ると、鳥類学を学ぶのであればあんなことをするよりずっといい方法があるように思えてならない。そのためには、比べものにならないほどじっくりと鳥の習性に注意を払わなくてはならず、そのためだけにでも、私は喜んで銃を手放そうと思ったのだ。人道的な理由からの反論はありこそすれ、これに取って代わることのできる、同じくらいの楽しみを持つ娯楽《スポーツ》があるかというと、私は疑問を抱かざるをえない。そして、不安そうな友人たちから我が子に狩りをさせてもいいものかと問われることがあれば、私は狩りが自分の成育にとって最重要なもののひとつであったことを鑑《かんが》み、させるべきだと答えた。初めのうちこそただのスポーツでしかなくとも、最後には、ともすれば頼もしい猟師に育てよ、どれほど鬱蒼《うっそう》と茂る野生に行こうとも手間取るほどの大物など見つからぬような猟師に――人を漁《あさ》る猟師にして漁師にと。このような意味では、チョーサーの書く尼僧と私は意見が同じである。

「猟師に聖者などいはしない

そんな聖句など、毛をむしった雌鳥ほどにも気に留めぬ」

個人の歴史の中には人類の発展の歴史においてと同様、猟師こそアルゴンキン族の言う「最高の人間」だという時期がある。銃を撃ったこともない少年には、とても憐《あわ》れみを禁じえない。その子は悲しいことに教育を受けさせてもらえず、人道すらも学べないのである。狩りに熱中する若者たちには、私はそのように答える――いずれ卒業する日が訪れるに違いないと信じながら。少年時代という無分別な時期を過ごした者であれば誰だって、己と同じように生きる動物を気まぐれに殺《あや》めたりはしない。追い詰められた野ウサギは、人の子のような悲鳴をあげる。世の母親たちに言っておこう。私はありきたりの博愛主義のように、分け隔てのある同情ばかりするわけではない。

こうしたものが若者を森へと、そして彼自身のもっとも根源的な部分へと誘《いざな》う。最初は猟師や釣り人として森に入り、もしより良き人生の種を己の内に持っていたなら、やがて詩人や博物学者としての目標を見出《みいだ》して銃や釣り竿を投げ捨てていくのだ。この点においては多くの人たちがいまだ若く、歳を取ることもない。国によっては、牧師が狩りをする光景も一般的に見られる。この手の者は良き牧羊犬にはなれるだろうが、良き羊飼いからは掛け離れている。木こりや氷の切り出し、それからそれに類するような仕事を別にすると、町に住まう父子を半日でもウォールデン湖に足止めできるものは、知る限りひとつの例外を除けば魚釣りしかないのだということは、私にとって驚きである。そんな人々は延々と湖を眺めていられる機会に恵まれながら、紐にずらりと吊《つ》るすくらいに釣果をあげることができないと、運が悪かった、時間を無断にした、などと考える。彼らが千度でも湖に通ってようやく魚釣りの沈殿物が湖底に沈み、そこで初めて己の目的が純然となるわけだが、そんな浄化のプロセスが今もなお延々と結実しないまま進行しているのだ。州知事も議員たちも少年時代には魚釣りに出かけただろうし、湖のことはうっすらと記憶しているはずだ。けれど今やみんな魚釣りをするには老いぼれ、偉くなりすぎてしまい、魚釣りのなんたるかを永遠に忘れてしまっている。そればかりか、最後には天国に行けるはずと期待している。仮に議会が湖に目を向けることがあるにせよ、せいぜいそこで使われる釣り針の数に制限をかける程度でしかあるまい。そのくせ議会を餌につけ、湖そのものを釣り上げる、釣り針の中の釣り針のことなど何も知りはしないのだ。このように、たとえ文明社会においてすら人々は胎児のまま、完全に発展できぬまま狩猟の段階を抜けられずにいるのである。

ここ何年か、私は魚釣りをするたびに自尊心が低くなっていくのを何度も経験してきた。釣りの技術には長《た》けているし、多くの仲間たちと同じく釣り勘もあり、これが折に触れ目覚めるのだが、いざ魚を釣ってしまうといつでも、釣らなければよかったという気持ちになってしまうのだ。気のせいなどではない。朝に漏れ込む最初のひとすじの陽光と変わらぬ、ほのかな暗示である。私の中には、下等な生物たちが持つ本能が、明確に存在している。しかし、人間性も知識も進歩しないというのに、私は年々釣り人ではなくなっていく。今はもう、まったく釣り人ではなくなった。だが、もし野生の中で生きることになったなら、また釣り人や狩人になりたいと心から思うに違いない。それに、魚やその他の肉には何か、根本的に不浄なものがある。私は家事というものがどこから始まるのか、そして日々小綺麗《こぎれい》で恥ずかしくないよう身なりを整え、家を心地よく保ち悪臭や汚れから守るための、大変な対価をともなう努力がどこから始まるのかが分かりかけていた。私は自分自身の肉屋であり、皿洗いであり、コックであり、そのうえ彼らが仕える紳士でもあったわけだから、私は並外れて完璧《かんぺき》な経験から話すことができる。私の場合、肉食に反対する実際的な理由は、不潔だからだ。さらに、魚を捕まえ、捌《さば》き、調理して食べてみても、それが本質的に私の血肉になるとは思えなかった。ちっぽけで、不必要で、得るよりも失うもののほうが大きかった。小さなパンひとつ、もしくはジャガイモが少しあれば、面倒もなく汚れもせずに同じだけ腹が膨れるだろう。同じ時代を生きる多くの人々と同じく、私は何年にもわたり滅多に肉も、お茶も、コーヒーなども口にしなかった。それらが自分に害をなすと考えたからではなく、想像するほど私を喜ばせてくれるものではなかったからだ。肉食への嫌悪は経験から生じたものではなく、本能的なものだ。多くの意味で質素に暮らし、素食を通すということは、美しいことに思えた。私は実際に徹したわけではなくとも、自分の想像を満たす程度にはそうしてきた。より高度な、そして詩的な能力を最高の状態に保とうと本気で思う人々は、肉食を避け、どんなものでも食べすぎたりはしないと、私は確信している。昆虫学者は――私は、カービーとスペンスの共著の中で知った――「昆虫の中にはたとえ完全な状態であり、食物を摂《と》るための器官を備えてはいても、それを使用しないものがいる」というが、これは重要な事実だ。そのうえ「原則としてこの状態にある昆虫のほぼすべては、幼虫の頃よりも食物の摂取量が遥《はる》かに少ない。大食の毛虫が蝶《ちょう》に変態すると……貪欲《どんよく》な蛆虫《うじむし》が蠅《はえ》になると」一、二滴の蜜《みつ》か他の甘い液体だけで満足してしまうという。羽の下に伸びる蝶の腹部は、幼虫のころの姿を残す。これが食虫生物を誘惑する、美味なる食料となるわけである。貪欲な大食いとは、幼虫の状態にある人間だ。全国民がそんな状態にある国もある。彼らは空想もせず想像力も持ちはしない。あの巨大な腹を見れば、聞かなくとも一目瞭然《いちもくりょうぜん》というものだ。

想像力を損なわないような単純かつ清潔な食事を用意し、こしらえるのは、大変なことだ。だが私は、肉体に食事を与えるのなら、想像力にも与えなくてはならないと思うのだ。どちらも同じテーブルに着いているべきだ。これは可能なことだ。ほどよい程度に果物を食べたとしても私たちは己の食欲を恥じることはないし、もっとも価値ある仕事の妨げにもなりはしない。だが余計な香辛料を振りかけたとたん、料理は食べた者を毒してしまう。上等なものを食べて生きることに、価値などありはしない。肉料理だろうが野菜だろうが、日々、人に作ってもらうような料理を手ずから作っているところを他人に見られようものなら、大半の人間が羞恥《しゅうち》を覚えるだろう。それでも現状をひっくり返すことができない限り、私たちは文明人ではありえないし、紳士や淑女であったとしても、真の男や女ではない。このことは、どんな変化を起こすべきかを明確に提示している。なぜ想像力が肉や脂身と調和しないかなど、問うたところでまず無駄であろう。調和しなくて大いに結構だ。人間が肉食動物であるというのは恥ずべきことだ。確かに他の動物を餌食《えじき》にすればずいぶんと長く生きられよう。だが、そんな生きかたは惨めなものだし――ウサギを罠《わな》にかけ子羊を殺《あや》めている者であれば誰でもそうと分かるだろう——もし人々により無辜《むこ》で健全な食事だけを摂れと説く者があれば、人類の恩人と見なされるべきだろう。私自身がどんなものを食べているかはともあれ、かつて野蛮な種族が文明人と出会ってから互いを食らい合うのをやめていったのと同じように、人類がゆるやかな進歩とともに肉食をやめていくのは確実だと、私は信じて疑わない。

もし人が、か細くも決してやまない内なる導きの声に耳を傾けたならば、いったいどれだけの極限にまで、さらに言うなら狂気にまで連れて行かれるかは想像もつかないが、それで決意と信念がより堅牢《けんろう》になれば、そこに道はできる。健全な者が覚える微《かす》かながらも確かな異論は、いずれ人類の議論や習慣を圧倒するだろう。内なる導きの声に従い続け、道を踏み外した者はいない。たとえ結果として体を衰弱させてしまうにせよ、それが崇高なる原理に従い生きたゆえのことであれば、誰ひとりとして悔恨の情など抱くまい。もし昼と夜とが歓喜とともに迎えられるものであり、日々が花や芳しい香りを醸す香草のような芳香を漂わせ、より柔軟性に富み、より多くの煌《きら》めきに満ち、より不朽のものだったなら——それが人の成功である。森羅万象が祝福となり、自分も刻一刻、歓《よろこ》びを感じるのだ。最大の利益と価値とは、もっとも気づきにくいものなのだ。そんなものが本当に存在するのかと、人はやすやすと疑念を抱く。

だがそれは、いちばんの高みに存在する現実である。おそらく、もっとも驚異的でもっとも核心的な事実とは、人から人へと伝わっていくようなものではありえない。私が日々の暮らしから得る真の収穫物は、朝夕の色彩のように、触れることも言葉にすることもできないものだ。この手に捕らえた星屑《ほしくず》や、この手で掴《つか》んだ虹《にじ》の欠片《かけら》なのだ。

とは言うものの、私は生まれてこのかた、異常に神経質なわけではない。必要とあらばときにはネズミのフライだろうと美味《おい》しく頂くことができる。私はアヘン常用者の天国などより自然の空のほうがいいのと同じ理由で、ずっと水を飲んできてよかったと感じている。私は喜んでしらふでいるが、酒酔いには無数の段階がある。賢者の飲みものは水だけだと私は信じているし、ワインは大して高貴な酒ではない。それに朝には温かなコーヒー一杯で、夕べにはお茶一杯で、希望を台無しにすることを想像してみるといい！　ああ、そんなものの誘惑に乗ったなら、私はどれだけ堕落してしまうだろう！　音楽にすら、人を酔わせる力がある。そのように一見取るに足らないようなものが原因となってギリシャとローマを滅ぼし、いずれイギリスとアメリカをも滅ぼそうとしているのだ。酔いにはさまざまなものがあるが、己が吸い込む空気に酔うのを気に入らない者など果たしているだろうか？　荒々しい労働を長時間続けることが持つもっとも深刻な問題とは、そのおかげで飲み食いの仕方まで荒々しくなってしまうことだと私は悟った。だが実を言うと、今の私はこの点において、昔ほど偏屈ではない。以前のように食卓に宗教を持ち込むことも減り、食前の祈りもしなくなった。これは私が以前よりも賢くなったからではなく、打ち明けてしまうなら、深く悔やんではいるものの、長年のうちに私がずっと粗野で無関心な男になってしまったからだ。詩に夢中になる人々もほとんどがそうだが、こうした問題というものは、若いうちにしか楽しめない。私は「どこでも」実践しないが、意見はここにある。とはいえ私は、ヴェーダが「偏在する至高の存在を真《まこと》に信仰する者は、存在するものならどんなものでも食べてよい」と、要するに何を食し、誰が料理しても問われることはないとする特権者からは遠く掛け離れている。そしてヒンドゥー教の聖職者が述べたように、特権者たちの場合においてすら、ヴェーダンタはこの特権を「苦難のとき」に限っているのである。

誰でもときには食事から、食欲とは無関係の、言葉にできぬ満足感を味わったことがあるのではないだろうか？　私は味覚という、一般的には粗野な感覚のおかげで精神的知覚が育ったことに、ものを味わうことで鼓舞されたことに、そして丘腹で食べた果実が私の守護霊の糧となったことに胸を躍らせてきた。「魂が己の主《あるじ》でなくては、見ても見えず、聞いても聞こえず、食べても食べものの味が分からない」と曾子《そうし》は言っている。食べものの真の味わいを知る者は断じて大食漢などではなく、真の味わいを知らぬ者は大食漢でしかありえないのだ。清教徒《ピューリタン》であろうとも、市会議員がヵメ料理にかじりつくかのような食欲で、黒パンにかぶりついても不思議ではない。口に入る食べものが人を汚すのではなく、それを人に食べさせる食欲が人を汚すのだ。量でもなく質でもなく官能的な味わいに没頭してしまい、食物が私たちの肉体の維持も精神性を鼓舞もせず、私たちに取り付いた蛆虫の食料となってしまうのだ。もし猟師がドロガメやマスクラット、はたまた他の野生動物の肉が好きであれば、上品な淑女は脇目も振らずに子牛の足でできたゼリーや舶来もののイワシなどを味わうわけで、どちらもまったく変わらない。猟師は水車小屋の立つ池に行き、淑女は保存用の壺《つぼ》に行く。彼らも、そしてあなたも私も、食べたり飲んだりしながらこんなにも卑しく、そして獣じみた暮らしをしているというのは、まったく信じがたい話である。

　私たちの暮らしはすべて、驚くほどに道徳的だ。善と悪との間には、ほんの刹那《せつな》の休戦もありはしない。善とは、決して損をすることのない唯一の投資だ。世界じゅうに震える音色を響かせるハープの旋律が力強くそれを訴え、私たちは興奮する。ハープは、宇宙の法を勧めて回る〈宇宙保険会社〉の外交員で、私たちのささやかな善はそれに支払う掛け金だ。若者たちがいずれ無関心に育つにせよ、宇宙の法は決してそうはならず、永遠に誰よりも繊細な者たちの味方なのだ。確かにそこに吹くすべてのそよ風に耳をそばだててみるといい。それが聞こえぬ者は不幸だ。弦に触れたり音栓《ストップ》を動かしたりすることはできなくとも、その魅惑的な道徳は人を釘付《くぎづ》けにしてしまう。うんざりする騒音も遠く離れてしまえば音楽のように、人の暮らしの卑しさに向けられた気高く甘美な風刺のように響くのだ。

私たちは、己の上等な本質の眠りが深くなるほどに目覚めていく、内なる獣の存在を感知している。下劣で好色で、おそらく完全に追放することのできない獣だ。私たちが健康であるときですら肉体に取り付いている、イモムシのようなものだ。私たちはそれから逃げることはできるかもしれないが、その本性は変えられない。その獣はその獣なりに健康を享受しているのではないかと思うと、私は恐ろしい。いくら健康であっても、私たちは純粋になれることなどないのではないだろうか。先日、白く頑強な歯牙《しが》の付いた豚の下顎骨《かがくこつ》を私は拾ったのだが、その骨は、霊性とは関係のない動物的な健康と生命力というものがあることを物語っていた。この動物は、自制や純潔とは別の方法で成功を収めたのだと。「人間と獣の差など、ごくわずかしかない。凡夫はそれをすぐに失い、優れた者は入念にそれを保ち続ける」と孟子《もうし》は言っている。仮に純潔であることができたなら、どのような人生へと結びつくのか、誰が知っているだろう？　純潔とはなんたるかを教えてくれるほどの賢者がいるのなら、私は今すぐにでも探しに行くだろう。「情欲を制御し、体外の感覚を制御して善行をなすことは、精神が神に近づくためには不可欠である」とヴェーダははっきりと言っているが、精神はそれでもしばらくの間、肉体が持つあらゆる部位に行き渡ってその機能を制御し、一見したところひどく粗野な官能性を純潔と献身へと変容させる。怠惰に暮らす者を放蕩《ほうとう》させ不潔にしてしまう生殖のエネルギーも、私たちが自制さえすれば、生命力と創造力をもたらしてくれる。純潔とは人が花開くことだ。天与の才、英雄性、聖性などというものは、花開いた者に実るさまざまな果実に過ぎない。純潔の水路が開くと、人はすぐさま神のみもとへと流れはじめる。純潔は人を鼓舞し、不純は人を堕落させる。己の中で日ごとに動物が死にゆき、聖性が盤石となっていく確信を抱ける者は、幸福である。おそらく、動物的な下劣で野蛮な本質と結びついていることを恥と思わぬ者など、ひとりもいないだろう。だが、神や半神といっても人はせいぜいファウヌスやサテュロス〔どちらもギリシャ・ローマ神話に登場。ファウヌスは人間の上半身と山《や》羊《ぎ》の下半身を持つ森の神。サテュロスは半身半獣の森の精霊〕くらいのものであり、聖性と獣性とが結びついた欲望の生きものでしかなく、この命そのものが恥辱なのではないかと私は思うのだ。

「己の内なる獣性にふさわしき場所を与え
心の森を拓《ひら》いた者の、どれだけ幸せなことか！

＊

馬、羊、狼と、己の獣をすべて利用しようとも
自分は他の誰のラバにもならぬ者！
そうなれぬ者は豚の群れと等しいどころか
豚を烈火の如く怒らせ破滅へと追い込む
悪魔と何も変わるまい」

官能は無数の形を持ってはいても、ひとつであり、純潔というものもまた、すべてはひとつだ。食べる、飲む、同棲《どうせい》する、眠る、そこに官能があるならすべては同じことである。これらはすべてひとつの欲望であり、人がどれだけの官能の持ち主であるかを知りたいのなら、これらのどれかひとつの行為を見ればそれで事足りる。不潔な者は、立つことも座ることも純潔にできはしない。この蛇は巣穴の口から攻撃を受け

ると、別の口から出てくる。純潔であるためには、自制しなくてはいけない。純潔さとは、いったいなんだろうか？　己が純潔であると、どうすれば分かるのだろうか？　分かる方法などありはしない。純潔という美徳を耳にしたことはあっても、それがなんであるかは誰も知らない。私たちは聞こえてきた噂話を元にして、気楽に話しているだけにすぎない。努力からは知恵と純潔が生まれ、怠惰であれば無知と官能が生まれる。学徒にとって官能とは、精神の怠惰のことだ。不潔な人間は例に漏れず怠惰であり、ストーブの前に座り、ひだまりに寝転がり、くたびれてもいないのに休んだりする。もし不潔から、そしてあらゆる罪業から逃れたければ、たとえ牛小屋の掃除のような仕事であろうと真摯《しんし》に働くことだ。本性とは克服しがたいものだが、必ず克服しなくてはならない。異教徒よりも不純であり、己を省みることもせず、信仰心も持てないとしたら、キリスト教徒であることにいったいなんの意味があるというのだ。異教とされながらもその教えで教義の読者に恥を感じさせ、たとえ儀式的なパフォーマンスであろうとも、それを行うことで人を新たな努力へと駆り立てるような宗教を、私はいくつも知っている。

　こうしたことを言うのは躊躇《ためら》われるが、それは主題のせいではなく――私の言葉がどれほど節度を欠いていようが私は気にしない――私が己の不純さを隠したままこうしたことを語ることができないからだ。人はある色欲の形については臆面《おくめん》もなく語るものの、他の形については黙してしまう。私たちは人間のこの本性が持つ必要不可欠な役割について、率直に語ることもできないほどに堕落しているのだ。太古の時代にはあらゆる機能が敬いとともに語られ、法により定められた国々もあった。現代の感覚では不快に思えようとも、インドの立法者たちには取るに足らないことなど何も無かったのである。彼らはどのように食べ、飲み、同棲し、大便や小便をするかといった卑俗なことを崇高に扱って説き、こうしたことを些末《さまつ》なことだと言って触れずに済ますような不実は犯さなかったのだ。

人は誰でも、純粋に自分の方法に従い肉体という名の神殿を建て、己の崇拝する神へと捧《ささ》ぐ建築士だ。大理石をハンマーで叩《たた》いて済ませることなどできはしない。私たちはみな、己の肉を、血を、そして骨を材料とする彫刻家であり画家なのだ。いかなる高潔さもたちまち人の顔立ちを変えてしまうし、低俗さや色欲は人を獣の面相にしてしまう。

ある九月の夕べ、一日の重労働を終えたジョン・ファーマーは家の戸口にかけていたが、その心はまだいくらか仕事に奪われたままだった。そこでひと風呂《ふろ》浴びて、自分の中の知性を呼び起こそうとして座っていたのである。やや冷える夕暮れで、霜がおりるのではないかと心配する隣人たちもいた。考えごとを始めてまだまもないころ、誰かが吹く笛の音が聞こえてきて、その音色がファーマーの気分と調和した。それでもまだ仕事は頭から離れなかったが、彼にとって気が重いのは、仕事を頭から追い出すことができず、気づけば自分の意思に反して仕事の計画を考え工夫を凝らしてしまうというのに、実は仕事になどろくろく関心が無いことであった。絶え間なく皮膚から剝《は》がれ落ち続ける垢《あか》のようなものだったのだ。だが、自分が働く場所とは別の天地から笛の調べが耳に入ってきて、彼の中で眠りこけている機能を活《い》かして働きなさいと誘《いざな》ったのだ。笛の音は彼の住まう通りを、村を、国を、そっと消し去っていった。声が彼に語りかけた――君はせっかく輝かしい存在になれるというのに、どうしてこんなところに留《とど》まり、惨めで骨の折れる暮らしを送っているのかね？　あの星々は、他の畑の上でも等しく瞬いているというのに。――だが、どうやってこの状態を抜け出し、実際に他の場所へと移り住めというのだろう？　彼に思いつくのは、何かこれまでとは違う節制を行い、心を体内深くに降ろして肉体を癒《いや》し、日々、より多くの敬意を払って自分を扱うことだけであった。

隣人の動物たち

私にはたまに、釣りの道連れがいた。彼は町の向こうから私の家にやって来るのだが、夕食を釣るというのは、夕食をともにするのに劣らない交流だった。

隠者。今ごろ世間の様子はどうだろうか、と私は考える。かれこれ三時間、ヤマモモの木で鳴く蟬の声すら聞こえてこない。鳩はこぞって止まり木で眠りこけている——羽ばたきひとつ聞こえはしない。つい今しがた森を越えて聞こえてきたのは、農民が吹き鳴らす昼の角笛だろうか。茹《ゆ》でた塩漬け牛肉やシードルやインディアン・ブレッドを食べようと、農民たちが畑から引きあげるのだ。なぜ人間は、ああも自分のことに思い悩むのだろうか。食わないのであれば、働く必要もないではないか。彼らはどのくらい収穫したのだろう？　犬の咆哮《ほうこう》のせいで考えごともできぬようなところに、誰が住みついたりするものか。それに家事だ！　こんな気持ちよく晴れた日につまらぬドアノブを磨いたり、桶《おけ》のこすり洗いをするなどと！　家など無いほうがいい。木のうろなどでいいではないか。それに朝の訪問やディナー・パーティーはどうだ！

ノックしに来るのはキツツキくらいのものだ。やれやれ、人々は群れてばかりで、あそこの日差しはとにかく暑すぎる。私から見れば、彼らは生まれながらにして人生に深入りしすぎている。私には湖から汲《く》んできた水があり、棚には黒パンがひとつ載っている。――しっ！　今、木の葉がざわめく音が聞こえた。腹をすかせた村の犬が本能にまかせて獲物を追いかけているのだろうか？　それともこの森にいると噂の迷い豚だろうか？　私も雨上がりに足跡を見つけたことがある。音が近づいてくる。庭先のスマックとスイートブライアーが揺れている。――おや、詩人殿、君だったのか。世間は今日どんなだったかね？

詩人。あの雲をごらん。あんなに垂れ込めている！　今日見た中でいちばん凄《すご》いものはあれだ。古い絵画や外国の国々に、あんなものはありはしない――スペインの沖合にでも出れば別だろうがね。あれぞ本物の地中海の空だよ。そこで、私は自給自足の生活だし、今日はまだ何も食べていないものだから、釣りに行こうかと思ったわけだ。魚釣りこそ、詩人のための仕事だよ。私が身につけた、たったひとつの仕事なんだ。さあ、一緒に行くとしようじゃないか。

隠者。断るわけにはいかない。私の黒パンもすぐに無くなる。今すぐにでも喜んでお供するが、今はちょっと大事な瞑想《めいそう》を終わらせるところでね。もうすぐ終わると思うんだよ。だから少しの間だけ、ひとりきりにしてくれないか。肥料で肥えたことのないこのあたりの土地では、ミミズには滅多にお目にかかれない。ほぼ絶滅寸前だ。よほど空腹でないときであれば、餌を掘るのは魚釣りとほとんど変わらない気晴らしになる。それを今日は君ひとりにやってもらうのだ。あそこのホドイモの茂みの中、風にそよぐオトギリソウが見えているあたりを掘ってみるといい。草むしりをしているときのように草の根の間をよく見ながら掘れば、三度掘るたびに一匹はミミズが見つかると保証しよう。もっと遠くで掘ってみようというのなら、それも悪くないとも。私の経験からすると、だいたいここからの距離の二乗に比例して、捕れるミミズも増えるからね。

孤独な隠者。さてと、何を考えていたところだっただろうか？　確か、世間の様子がどうだったか、そろそろ分かりかけたところだったはずだ。天国か釣りか、さて、どちらに行くとしようか？　この瞑想を終わりにしたならば、もう一度こんなにも最高の機会が訪れるものだろうか？　もう少しで、かつてないほど森羅万象の本質との調和に近づいていた。あの思考は、二度と戻ってきてはくれないのではないだろうか。それで戻ってきてくれるのなら、口笛を吹こう。思考のほうから手を差し伸べてくれているのに、少し考えさせてほしいなどと答えるのは、賢き者のすることだろうか？　私の思考は痕跡《こんせき》ひとつ残しておらず、もうあの道を見つけることはできない。私が考えていたのは、いったいなんだったのだろう？　靄《もや》の深く立ち込めた日だった。孔夫《こうふ》子《し》の言葉を三つ諳《そら》んじてみるとしよう。もしかしたら、あの状態を取り戻してくれるかもしれない。あれが憂鬱《ゆううつ》だったのか、はたまた恍惚《こうこつ》のさきがけだったのか、私には分からない。書き留めておくべきは、同じ機会は一度しか訪れないということだ。

詩人。隠者殿、どうだね？　早すぎたかな？　私のほうは、素晴らしいミミズを十三匹も捕まえたよ。それに、いまいちのや小さいのを何匹か。それでも小さな魚になら使えるし、針に対して大きすぎることもない。村のミミズはとても大きすぎて、シャイナーなら針に届かぬうちに腹いっぱいになってしまうかもしれない。

隠者。さてと、それでは出かけるとしよう。コンコード川ではどうだろう？　水かさが高すぎなければ、いい釣り場になるぞ。

なぜ私たちの目に見えるものだけで、世界はできているのだろう？　なぜ人間は決まった種類の動物だけを隣人と見なしたりするのだろう？　まるでその裂け目を埋められるのは、ネズミだけだとでも言わんばかりだ。私が思うに、ピルパイ〔インドの寓話作家《ぐうわ》）らは動物たちを、商人よろしくもっとも巧みに利用したのではないだろうか。登場する動物たちはみな何らかの意味で重荷を負わされ、私たちの思考の一部を運ばされていた。

私の家に居着いたネズミは、外国から持ち込まれたとされているありきたりのネズミではなく、村の中では見かけることのない、昔からいる野生種だった。一匹捕まえてある高名な博物学者に送ったところ、彼は大変興味をそそられた。家を建てているころ、このネズミが一匹家の下に巣を作り、私が二度目の床張りをしながら木くずを掃き出していると、いつも昼飯時に姿を見せ、私の足元でパンくずを漁《あさ》っていた。たぶん、人間など見るのが初めてだったのだろうが、すぐにすっかり慣れてしまい、私の靴の上を走ったり、服を駆け上がったりしてくるようになった。まるでリスのような動きでちょこまかと、ひといきに部屋の壁を登ってしまう。しまいには、ある日ベンチにひじをかけていると、ネズミは私の服を駆け登り、袖《そで》をつたい、私の弁当を包んでいる紙の周りをぐるぐると走り回るようになった。私は弁当を抱えてネズミから逃げたり、いないいないばあをしたりして遊んだ。最後に親指と人差し指でつまんでチーズをひとかけ差し出してやれば、ネズミがやって来て手のひらに座ってそれをかじり、食べ終わると両手で蠅《はえ》のように顔をぬぐってから立ち去っていくのであった。

そのうちフェーベがうちの物置に巣を作り、家のそばに立つ松の木にはコマドリが棲《す》み着いた。六月にはひどく人見知りな鳥であるライチョウ（テトラオ・アンベルス）が裏の森から家の前にまでやって来た。雛鳥《ひなどり》たちを引き連れて窓の前を歩きながら、雌鶏のように雛たちに呼びかけるのだが、その様子を眺めていると、まさに森の雌鶏であると感じられた。人が近づいていくと雛たちは母親の合図で、まるでつむじ風に吹き散らされたかのようにばらばらになる。ライチョウは親も雛も枯葉や枝と実にそっくりなものだから、そこを通る人々の中には雛たちの中に足を踏み込んでしまう者も多かった。母鳥が飛び立つ羽音や心配そうな鳴き声を聞いたり、人の目を引き付けようと尾を引きずりながら歩くのを見たりしても、そばに雛がいるなどとは疑いもしないのだ。取り乱した親鳥がときどき目の前をごろごろと転げ回ることがあるのだが、そんなときはしばしば、それがいったいどんな生物なのか見分けもつかなくなる。雛鳥たちはじっとうずくまって落ち葉の中に頭を突っ込み、遠くから聞こえる母親の合図だけをひたすら待ち続けており、たとえ人が近づこうともまた逃げ出して姿をさらすようなことはしない。踏みつけてしまったり、しばらく姿が視界に入り続けているのに、そこにいるのに気づきもしないこともある。私はそんなときに雛を手に乗せてみたことがあるが、それでも雛鳥たちは母鳥と自分の本能に従い、恐れも震えもせずにその場にうずくまり続けるばかりだった。この本能は実に完璧なので、あるときなどは私がまた落ち葉の上に戻してやったところ、うっかり横向きに落としてしまったのだが、それから十分経って確かめてみると、まったく同じ格好のままそこに倒れていたことがあった。この雛たちはほとんどの鳥の雛のように未熟ではなく、ヒヨコと比較してさえ完全に成熟し、早熟であった。雛鳥たちの見開かれた瞳《ひとみ》に浮かぶびっくりするほど大人びた、それでいて無垢《むく》な表情は、深く心に焼き付いた。すべての知性がそこに輝いているかのようだ。雛の純粋さのみならず、経験により研ぎ澄まされた知恵までが、そこに浮かんでいるのである。こうした目は雛鳥とともに生まれるのではなく、そこに映る空と同じほどに年月を経ている。森はこんな宝石を他のところで生み出したりはしない。こんなにも透き通った泉など、旅人でも滅多にお目にはかかれまい。そんなときに無知で無分別な狩人《かりゅうど》が親鳥を撃ってしまうこともあり、すると無垢な雛鳥たちは森をうろつく鳥獣の餌食《えじき》になるか、自分たちとそっくりな朽ちゆく落ち葉とゆっくり混ざり合っていくことになる。聞いた話では、雌鶏にこの卵を孵《ふ》化《か》させると、何かに驚いた際にはすぐに散りぢりになり、また呼び戻そうとする母親の声がしないために、そのまま行方知れずになってしまうそうだ。私の雌鶏やヒヨコたちは、そんな鳥なのだ。

これだけたくさんの生きものたちが密《ひそ》かに、そして野生のまま自由に森で生きており、猟師にしか気づかれることもなく町のそばで生きながらえているというのは、驚嘆すべきことだ。カワウソたちも、ひっそりと身を隠して生きている！　体長四フィートと、小さな少年くらいの大きさだが、その姿をちらりとでも目にする者はおそらくひとりもいない。家の裏に広がる森で前にアライグマを見たことがあったが、今でもたぶん夜には彼らの鳴き声が聞こえるだろう。種まきを終えて昼になると、私はだいたい木陰で一、二時間休みを取り、畑から半マイル離れた泉のほとりでランチをし、少し読書をした。沼と、ブリスターズ・ヒルの麓《ふもと》から湧く小川の水源となっている泉である。ここに行くにはヤニマツの若木が群生する草に覆われた窪地《くぼち》をいくつか下り、沼のそばに広がる大きな森に入っていく。枝を広げたシロマツの木陰の下に、まったく人の来ない木陰があり、そこが座るのにちょうどいい固い草地になっていた。私はその泉を掘り当てると、澄んだ灰色の水が湧く井戸を作ったが、そこではバケツ一杯水を汲《く》んでも濁ることがなかった。それからというもの、真夏、池がいちばん温かくなるころには、ほとんど毎日それを目当てに私は通い続けた。ドロの中にいる虫を探そうと、そこにはヤマシギも雛と連れ立ってやって来た。隊列を組んで走る雛鳥たちの頭上一フィートほどのところを、親鳥が飛びながら土手を降りていくのだ。しかし母鳥はついに私を見つけると、雛鳥たちを離れ、私の周りをぐるぐると円を描いて飛び、四、五フィートの距離にまで近づいてきた。そして私の注意を引き付けて雛鳥たちを逃がそうと、翼や脚が折れた振りをしてみせるのだが、雛鳥たちのほうはもう小さな声でピイピイ鳴きながら、母親の指示のとおりに一列になって沼地を行進しているのだった。ときには親鳥の姿が見当たらず、雛鳥たちの声だけが聞こえてきた。泉を見下ろしキジバトがとまっていたり、私の頭上を覆う柔らかなシロマツの枝から枝へと飛んだりしていることもあった。そばの枝をつたって降りてくるアカリスは、とりわけ人なつっこく好奇心旺盛《おうせい》だった。森の中にあるどこか居心地のいい場所でのんびりと長い間ただ座っているだけで、森の住人たちが代わるがわるみな姿を見せてくれるのだった。

決して安穏といえないできごとを目にすることもあった。ある日、薪の山――いや、切り株の山というべきだろうか――のところに行くと、二匹のアリが激しく争っているのが目に入った。一匹は赤く、もう一匹はずっと大きく体長半インチもある黒いアリだった。一度組み合ったらどちらも絶対に相手を離さず、もがき、取っ組み合い、木《き》の切り屑《くず》の上を転げ回った。さらに遠くまで見渡してみた私は、同じようなアリの闘士たちが切り屑を覆い尽くしており、決闘を、いや戦争をしているのを見て目を瞠《みは》った。アリの二種族の間に繰り広げられる戦争だ。赤いアリはいつでも黒いアリに立ち向かい、たいていの場合、二匹ひと組で一匹の黒いアリに組み付くのだ。そんなミュルミドーン人〔ギリシャ神話に登場する神話的民族。ミュルミドーン王に従わせるべく、ゼウスがアリの姿に変えたと伝えられる〕たちの軍勢が私の薪置き場であらゆる丘も谷間も埋め尽くしており、地面にはすでに赤黒両軍の死体と瀕死《ひんし》の兵士たちがばたばたと倒れているのだった。これは私が目撃した唯一の戦争だった。戦闘がもっとも激化しているときに私が己の足でその戦場を歩いたのも、このときだけだった。かたや赤い共和主義者、そしてかたや黒の帝国主義者だ。どこを見回してもアリたちは、人間の兵士などとても敵《かな》わぬほどひたむきに、命がけの戦いを繰り広げているが、物音ひとつ聞こえてはこない。私は、切り屑だらけの日差しに照らされた真昼の小さな谷間で、二匹のアリががっしりと組み合い、日が沈むかどちらかの命が燃え尽きるまで戦う気でいるのを見つめていた。小さな赤き負王者は、敵の触角を片方根本から引きちぎろうと、一瞬たりとも力を緩めず、万力のように敵にしっかりと食らいついて戦場を転げ回っていた。もう片方の触角はすでに折れてしまっていた。黒アリのほうが力が強く、赤アリを右に左に振り回している。もっとそばでよく見てみると、すでに赤アリの手脚を何本かもぎとってしまっていた。どちらのアリも、ブルドッグよりも執念深く戦っており、身を引く気配などちらりとも感じられない。双方のスローガンが「勝利か死か」であるのは明白であった。そうこうしているうちにこの谷間の斜面を、見るからに血をたぎらせた様子の赤アリが一匹やってきた。敵を倒してきたのか、それともまだ戦いに加わっていないのか。手脚が揃っているところから察するにおそらくは後者だろう。きっと母親から、盾を手にして帰れぬのなら盾に乗って帰れと言われて来たのである。それともこのアリは離れたところで怒りをたぎらせていたアキレスで、朋友《ほうゆう》パトロクロスを助けに馳《は》せ参じたところだとでもいうのだろうか。このアリはこの不公平な戦いを遠くから見て――なにせ黒が赤の倍も大きいのである――急いでやって来て、戦い続ける二匹から半インチと離れていないところで足を止め、身構えた。そして機を狙って黒き闘士に飛びかかると、敵にも自分の手脚を好きに狙わせながら、まずは右の前脚の付け根近くから攻撃し始めた。こうして三匹は命がけのひと塊になり、どんな鍵《かぎ》や接着剤も顔負けの新たな薬品でも発明されたかのようだった。そのころには私ももう、アリたちがそれぞれの楽隊を大きな木切れの上に配置し、瀕死の兵士たちを奮い立たせるべく延々と国歌を演奏させていたとしても、まったく驚かないような気持ちになっていた。当の私自身までもが、あたかも人間同士の戦いを観ているかのようにどこか興奮していた。没入すればするほど、アリでも人間でも変わらなくなっていく。兵士の数であろうと戦場を彩る愛国心や勇猛さであろうと、アメリカ史においてこの戦いと刹那《せつな》でも並び立つほどの戦いなど、少なくともコンコード史には記録されていない。兵士の数も殺戮《さつりく》のひどさも、アウステルリッツやドレスデンさながらだ。コンコードの戦いなど！　愛国者側からふたりの死者が出て、ルーサー・ブランチャードが負傷しただけではないか！　けれどここちらと来たら、バトリックのようなアリばかりだし――「撃て！　とにかく撃ちまくれ！」――デイヴィスやホズマーと同じ運命を辿《たど》ったアリは数えきれない。こちらの戦場には、傭兵《ようへい》などひとりもいはしない。アリたちがたった三ペンスの茶税を逃れるためなどではなく、私たちの祖先のように己の主義を賭《か》けて戦っていることは疑いようがない。そしてこの戦いの結果は、最低でもバンカー・ヒルの戦いの結果と同様、関わった者たちにとっては重要かつ忘れがたきものになるに違いない。

私は先ほど特筆した三匹の戦場となった木切れを拾い上げ、家の中に持ち帰ると、顛末《てんまつ》を見届けようと窓枠に置いてコップをかぶせた。最初に書いた赤アリに拡大鏡を向けて覗《のぞ》いてみると、敵の残った触角も嚙《か》みちぎってから前脚に必死に食らいついているところだったが、こちらも胸をすっかり引き裂かれてしまい、黒い闘士のはさみの前にあらゆる臓物を曝《さら》け出してしまっていた。黒アリの胸板はあまりにも分厚く、赤アリにはとても貫けぬようであった。そして苦闘するアリのざくろ石のような目には、戦争でしか発露することのない凶暴性が光っていた。二匹はコップの下でさらに三十分にわたって戦い合ったが、私がもう一度覗いてみると、黒アリが敵の頭を胴体から切り離してしまっていた。まだ生きているふたつの頭はどうやらまだがっしりと嚙み付いているようで、黒アリの両側から、鞍《くら》に付けたおぞましい戦利品でもあるかのように垂れ下がっていた。触角を失い、残った脚もわずか一本となった黒アリは他にも無数の傷を負いながら、敵を振り払おうとして弱々しくもがき続け、三十分ほどしてようやく自由の身になった。コップを持ち上げると黒アリは、手脚をもがれた無惨な姿のまま窓枠を乗り越えて姿を消した。戦いを終えて生き延びたのか、それとも残りの日々を廃兵院《オテル・ド・ザンヴァリッド》で過ごしたのかは、私には分からない。だが、あのアリの苦闘はその後たいして報われなかったろうと思った。どちらの軍が勝ったのか、そしてどちらが戦争の原因となったのかは、私にはまったく分からなかった。だがその日はずっと、我が家の前で行われた人間の戦争と変わらぬ戦いや残虐さ、そして殺戮を目の当たりにしたせいで、私の感情まで波立ち、苦悶《くもん》するような気持ちで過ごしたのだった。

カービーとスペンスによると、こうしたアリの戦争を実際に目にしたことのある現代の著述家はユベールだけだが、戦争そのものは遥《はる》か昔から有名で日付の記録まで残っているという。ふたりは「アエネーイス・シルウィウス〔ローマ神話に登場する伝説的な王〕は、梨の木の幹で大小二種族のアリが決してどちらも引かずに戦い続けた様子を極めて詳しく書いたあと、さらに『この戦いは、エウゲニウス四世が教皇だった当時に高名な法律家であったニコラス・ピストリエンシスの前で行われたものであり、彼はその戦争の顚末を非常に忠実に記述した』と書き加えている。大きなアリと小さなアリの似たような戦いについてはオラウス・マグヌス〔スウェーデンの宗教家、歴史学者〕も書き記しているが、ここでは小さなアリが勝利を収めており、味方の兵士の亡《なき》骸《がら》は埋葬してやったものの、敵となった大アリたちの死骸《しがい》は鳥の餌にしてやったという。この戦いが起きたのは、暴君クリスチャン二世がスウェーデンから追放される前のことである」と書いている。私が目撃した戦争はポーク大統領時代、ウェブスターの逃亡奴隷法案が通る五年前に起きたものである。

　地下の食料庫でドロガメを追い回すくらいしか脳のない村の飼い犬たちが、飼い主の知らぬ間に重い尻《しり》を揺らしながらぞろぞろと森に出かけ、古いキツネ穴やウッドチャックの巣穴を虚《むな》しく嗅《か》ぎ回った。おそらくは痩《や》せこけた野犬が――森を素早く走り回り、森の住人たちに恐怖を振りまいているあの野犬が――呼び寄せるのだろう。飼い犬たちはもう引率者からずっと後方に離れ、木の上に逃げた小さなリスに向かってブルドッグのように吠《ほ》えたて、それから野ネズミ一家からはぐれた迷いネズミの後を追ってでもいるつもりか、己の体重で茂みを押しのけながら駆け出した。いつぞやは、滅多なことでは家を遠く離れぬはずの猫を、石の転がる湖の岸辺で見つけて驚いたこともあった。だが、驚いたのは猫のほうも同じであった。日がな一日カーペットの上でごろごろしている野性を忘れた家猫だというのに、森の中でもかなりのくつろぎようで、抜け目のない隠密《おんみつ》なその身のこなしは、彼女がいつもの森の住人よりもずっと森になじんでいることを証明していた。いつだったか、ベリーを摘みに森に出かけたときに、幼い子猫を連れた一匹の猫に出会ったことがある。強い野性を感じさせる猫で、子猫たちのほうまでみんなそろって母親のように背を丸め、私に向かって獰猛《どうもう》なうなり声をあげてみせた。私が森暮らしを始める何年か前、湖のすぐ傍にあるリンカーンのある農家、ギリアン・ベイカー氏の家に「羽つき猫」と呼ばれる猫がいた。一八四二年の六月、私がその猫に会うため訪ねていくと、彼女は(オスかメスか私は知らないので、一般的に使われる代名詞を使っておく)狩りをするため森に出かけていたのだが、飼い主である奥さんの話によると、猫がこのあたりにやってきたのは一年ちょっと前の四月のことで、結局その家で飼うことになったらしい。褐色を帯びた深いグレーの猫で、喉《のど》に白い点がひとつあり、脚は白く、キツネのようにふさふさとした大きなしっぽの持ち主だった。冬には毛が深くなり体の両側にぺったりと垂れ、長さ十から十二インチ、幅二・五インチほどの縞模様《しまもよう》ができ、あごの下も上面が粗く下面はフェルトのようにもじゃもじゃと毛の生えたマフ〔毛皮でできた円筒形の道具で、女性が手を温めるのに使った〕のようになるのだが、春になるとどれもこれも抜け落ちてしまうのだという。一家は一対の「羽」をくれ、私はそれをまだちゃんと持っている。羽には被膜めいたものは付いていない。中にはムササビか何かの野生動物の血が流れているのではないかと考える者もいたが、それもありえない話ではなかった。博物学者によれば、テンと家猫とが交わることでさまざまな雑種が生まれているというのだ。もし私が猫を飼うとするなら、そんな猫こそまさしく私向きだろう。詩人の猫であれば、詩人の馬のように翼が生えていてもいいはずである。

秋になると例年のようにアビ（コリンブス・グラシアリス）〔水鳥〕がやって来て、湖で羽毛を落とし、私が起き出す前から野性の笑い声を森に響き渡らせた。アビの訪《おとな》いの噂にミルダムの狩猟家たちはこぞって色めき立ち、ある者は二輪馬車に乗り、ある者は徒歩《かち》で、ふたり連れで、ときには三人連れで、新型の猟銃と散弾、そして望遠鏡を持って湖を目指した。がさがさと秋の枯葉のように音を立てて森を抜け、アビ一羽を最低でも十人の男たちが付け狙うのである。池のこちら側に拠点を置く者も、反対側に置く者もいた。哀れなアビは神出鬼没ではなく、こちらで潜れば必ずあちらに現れるのだ。だが今や優しき十月の風が立ち、木々の葉をざわめかせ水面にさざ波を起こすので、敵が望遠鏡で湖を見渡し銃声を森に轟《とどろ》かせようとも、アビの声は聞こえず、姿も見えはしなかった。波はとめどなく立って怒濤《どとう》のごとく打ち寄せ、すべての水鳥たちの味方となり、狩猟家たちのほうはといえば、町や店ややりかけの仕事に戻るべく退却を余儀なくされるのであった。しかし彼らが勝利することも珍しい話ではなかった。朝早く水汲《みずく》みに出かけていくと、数ロッドも離れていない私の入江からこの鳥が堂々と泳いで出ていくのをよく見かけた。どんな手に出るかひとつ見てやろうと思ってボートで追いついてみると、アビは水に潜ってすっかり姿をくらましてしまい、私にはもう見つけられなくなり、ときには日暮れまで見かけないこともあった。それでも湖面では私のほうが断然有利であった。アビは雨が降るといつもどこかに消えてしまった。

とても穏やかな十月のある午後、私は北岸沿いでボートを漕《こ》いでいた。特にこういう日には、アビがトウワタのように湖面に降りてくるのだ。すると、湖面を見渡してもまったく姿が見えなかったはずのアビが一羽、自分はここだとでも言わんばかりに野性あふれる笑い声をあげながら、岸辺から私の目の前数ロッドのところに泳ぎ出てきて、湖の中央目指して泳ぎだした。私がオールを漕いで追いかけると、アビは水に潜り、次に出てきたときにはさっきよりも近くにいた。アビはふたたび潜ったが、私は彼の目指す方向をうっかり計算間違いしてしまい、次に湖面に姿を現したときには私が距離を開いてしまったせいで、私たちは五十ロッドも離れたところにいた。彼はまた長く大きな笑い声をあげたが、それも当然というものだろう。私を六ロッド以内には近づけず、アビは狡猾《こうかつ》に泳いでいった。湖面に姿を現すたびに、あちこちに頭を動かして水面と陸を冷静に観察し、どこに行けばいちばん広い湖面に出られ、そのうえボートからもっとも離れられるかを選んでいるかのようだった。彼の判断の速さも、その判断を行動に移す速さも、実に驚異的だった。彼はみるみるうちに私をいちばん広い湖面へと連れ出し、そこからどう追い払おうとしてもまったくの無駄であった。アビが頭の中で何か考えていると、私も自分の頭でそれを読み取ろうとしてみた。凪《な》いだ湖面で人間とアビの間で繰り広げられる、ちょっとしたゲームである。とつぜん敵の駒が盤の下に消え、いかにして再び現れるところのすぐ近くに自分の駒を置くか。ときどきアビは私の乗るボートの真下を通過したのか、不意に私の背後に浮上した。とても息が長い上に疲れ知らずで、遥か遠くまで泳いでいってもあっというまに潜ってしまう。そうなると、よく凪いだ湖面の下、深い水のどのあたりをアビが魚のように猛スピードで泳いでいるのかなど、考えるだけ無駄であった。なにせアビには湖のもっとも深い場所にすら到達できる時間と能力があるのだ。聞くところによると、ニューヨークの湖では水深八十フィートにおろした鱒《ます》釣りの釣り針に、アビがかかることがあるという——だがウォールデンはさらに深い。いきなり別天地からやってきた異形の闖入者《ちんにゅう》に猛スピードで群れを突っ切られ、魚たちはさぞかし驚いたことだろう！　だが、どうやらアビは水面下でも湖面と同じように進路が分かるらしく、上でよりもずっと速く泳ぐのだ。私はアビが水面に接近したときに波が立つのを何度か目撃したことがあったが、アビはちらりと頭を出して様子をうかがい、またさっさと潜ってしまった。私は、アビがどこから出てくるかを計算するのも悪くはないが、ボートを漕ぐのをやめて再び姿を見せるのを待ってみようと思い立った。というのも何度も何度も、湖面の一カ所を凝視しているときにいきなり背後からぞっとするような笑い声が聞こえて、ぎょっとさせられたからだ。それにしても、あれほどの狡猾さを見せておきながら、なぜいつも決まって水面に出てくるたびに、ああして大笑いをして己の居場所をばらしたりするのだろうか？　あの白い胸だけでもすぐに見つかるではないか？　なんて馬鹿なやつだ、と私は思った。湖面に出てくるたびに水の跳ねる音が聞こえるものだから、私にはいつもアビの居場所が分かった。けれどそれから一時間が過ぎても彼はまったく元気なまま、相変わらず喜々として潜っては、最初よりもずっと遠くまで泳いでいくのだった。彼が湖面に出てくるたびに、胸の羽毛ひとつ乱しもせぬまま、水かきの付いた足だけを水面下で動かして悠然と泳いでいくさまは、まったく驚きであった。普段のアビの鳴き声は、どこか水鳥の声のようでもある、あの悪魔じみた笑い声だった。だがたまに、私を見事にだしぬき遥《はる》か遠くに浮上しようものなら、鳥というよりも狼のような身の毛のよだつ長い咆哮《ほうこう》を響かせた。獣が鼻先を地面に付けて放つ、威嚇の咆哮みたいな声だ。これぞアビの鳴きかただ——おそらくこの辺りでは、こんなにも森に響き渡る野性的な音など他にありはすまい。きっとあのアビは己の力を誇らしく思い、私の努力をあざ笑っているのだ。もう空はどんよりと曇っていたが、たとえ音が聞こえなくとも、アビが乱せばすぐにどこか分かるほど湖面は穏やかだった。白い胸も、静まり返った大気も、穏やかな湖面も、すべてがアビの敵であった。しばらくして五十ロッドほど先に現れた彼は、まるでアビの神に救いを求めるかのように長い遠吠《とおぼ》えを発した。するとたちまち東から風が吹いてきて湖面に波を立て、辺り一面に霧雨が降りだしたものだから、私はアビの祈りが聞き届けられ、アビの神が私に怒っているような気持ちになった。そして、荒れる湖面を遠ざかって消えていく彼をじっと見送ったのだった。

秋になると、私は狩猟家たちから遠く離れて湖の中央に陣取り、そこで気ままに泳ぎ回っている鴨たちを何時間も見つめていた。ルイジアナの入江でならば、そんな芸当をする必要もないだろう。どうしても飛び立たなくてはならなくなると、鴨たちはときおり湖の遥か上空を何度もぐるぐると円を描いて空を漂う黒い埃《ほこり》のように飛び回り、他の湖や河川を楽々と見渡すのだった。そして、もうとっくに飛び去ってしまったと私が思っていると、体を傾けて四分の一マイルほど飛行し、安全な離れたところへと戻って来るのだった。しかし、ウォールデン湖の中ほどを泳いで身の安全の他に何を手に入れたのか、私には分からない。彼らもまた私と同じ理由でこの湖を愛しているのでない限り。

暖房の話

十月、私は川辺の牧草地にぶどう狩りに出かけ、食料としてよりもその美しさと芳香ゆえに愛《いと》しくてたまらぬその房をたっぷりと摘んだ。また、摘みこそしなかったものの、その草地ではクランベリーにすっかり見とれもした。小さく艶《つや》やかな宝石は赤い真珠のようで、まるで草地に生える草の首飾りだが、農民たちは醜い熊手で美しい草地を台無しにしてそれをむしり取り、ろくろく何も考えずに何ブッシェルだ何ドルだと値踏みをし、牧草地からの略奪品をボストンやニューヨークへと売り払ってしまう。そして果実はジャムにされ、そこに住む自然愛好者たちの舌を楽しませるさだめなのである。肉屋も同様に、草を千切ろうが萎《しお》れさせようが知ったことかと言わんばかりに、バイソンの舌を掻《か》き集める。メギの見事な果実もまた同じような目のごちそうだったが、地主や旅人が見逃していた野林檎《りんご》は、鍋で煮込もうと思い集めて回った。栗の実が熟れたときには、冬への備えとして、半ブッシェルを蓄えた。この季節に、当時は果てしなく広がっていたリンカーンの栗林を——今やそんな栗の木も線路の枕木となって永久《とこしえ》の眠りに就いているが——肩にバッグをかつぎ、手にイガ割り棒を持って歩き回るのは、実にわくわくするものだった。私はいつでも霜が降りるまで待つわけではなかったので、がさがさと葉を言わせ、食べかけの栗を私に横取りされたアカリスやカケスに大声の文句を浴びせられながら進んだ。なにしろ彼らの選んだイガならば、確実に立派な実が入っていたのだ。ときには木に登り揺することもあった。私の家の裏にも木々は生えていたが、中でも家を飲み込まんばかりに大きな木陰を持つ一本の大樹は、花をつけると、近隣をその匂いで包んでしまう花束になったのだが、果実のほうはほとんどリスやカケスに持って行かれてしまった。カケスたちは群れをなして朝早くからやって来て、まだ落ちてもいないイガから実をつつき出してしまうので、私はここの木々を彼らに明け渡し、栗の木の他には何も生えていないもっと遠くの森に出かけていった。栗の実は、高望みさえしなければパンの代用品になる。代用品は他にもたくさん見つかるだろう。ある日、釣り餌《え》にするミミズを掘っていた私は、蔓《つる》についたホドイモ（アピオス・ツベロサ）を見つけた。先住民たちが食べたことのイモはある意味伝説的な実で、私は子供のころに掘って食べたことがあると書いたことこそあるものの、あれは夢だったのではないかと疑いを抱くようになっていた。

あれ以来、私はあの皺《しわ》の寄った深紅の花が他の植物の茎に支えられているのをよく見かけたが、それがあの花だとはまったく気づかなかった。開墾のせいでホドイモはほとんど根絶やしになってしまった。霜にやられたジャガイモのような甘みがあり、私の知る限りではローストするよりもボイルするほうが美味である。この塊茎は、いずれいつの日か自然が我が子たちをここで育てて質素な食事を与えるという、朧《おぼろ》な誓約であるかのように感じられた。肥えた家畜と波打つ穀物畑の現代では、かつてインディアンの象徴《トーテム》であったこの細やかな根はほとんど忘却され、花をつける蔓として知られるのみになってしまった。だが、野生の自然を再びこの地に君臨させられたなら、か弱く贅沢《ぜいたく》なイギリス渡来の穀物は無数の敵を前にして消滅してしまうことだろう。そして人の手を借りなくとも、神がその実をもたらしたとされる南西部、インディアン神の広大な畑へと、カラスが最後のひと粒までトウモロコシの種を持ち帰るに違いない。けれど今はほぼ絶滅しているホドイモは、霜や荒涼の中でも繁栄して己が土着であることを証明し、狩猟部族の食料であったころの重要性と威厳とを取り戻すだろう。インディアンのケレースかミネルヴァ〔二四八、五三頁の注参照〕が、この植物を発明し、そしてもたらしたのに違いない。そして、ここで詩歌の時代が訪れたなら、その葉や蔓に連なる実が私たちの芸術の中に表されることになるだろう。

九月の一日を迎えるころには、湖の対岸、岬の突端に立つ三本のアスペンの白い幹が分かれている水際のあたりで、楓《かえで》の木がすでに何本か紅葉しているのが目に留まった。ああ、その色の、なんと多くの物語を語っていたことだろう！　それから一週また一週と過ぎるうちに、それぞれの木が持つ性質がゆっくりと姿を現し、木々は鏡のように穏やかな湖面に映る己の姿にうっとりと見とれていた。朝が訪れるたび、このギャラリーの支配人は壁にかかった古い絵をはずし、より美しく、より調和した色彩ゆえに際立つ新たな絵と入れ替える。

十月になると、何千匹というスズメバチが冬ごもりをしに私の小屋にやってきて、窓の内側や頭上の壁にとまり、ときには来訪者が入ってくるのを妨げた。私は毎朝、寒さでスズメバチたちが身動きできないうちにいくらか外に掃き出したが、すっかり追い出してしまおうとはしなかった。彼らが我が家を理想の隠れ家だと思ってくれるのを、誇らしくさえ思った。彼らは私とともにベッドに入ることはあっても、私を本気で悩ませるようなことは一度もなかった。そして私も知らぬどこかの隙間に少しずつ姿を消していき、冬と筆舌に尽くしがたい寒さを逃れるのだった。

十一月、いよいよスズメバチのように冬ごもりを控えると、私はよくウォールデン湖の北東側に出かけていった。ヤニマツの森とごろごろ石の転がる岸辺に照り返す陽光のせいで、そこがまるで湖の炉端のようになっていたからだ。人工の炎などよりも、できることなら陽光で温めてもらうほうが遥かに心地よく、そして健やかだ。そうして私は、まるで立ち去った狩人《かりゅうど》のように夏が後に残した、いまだに火の灯《とも》った燃えさしで体を温めたのだった。

煙突を作ることになった私は、レンガ工の技を学んだ。私のレンガはどれも中古だったため、こてを使って綺麗《きれい》にしてやらなくてはならず、おかげでレンガやこての性質について普通よりもずっと多くを学ぶことができた。レンガに付着したモルタルはなんでも五十年前のもので、いまだに硬化し続けているという話だったが、これもまた、真偽とは無関係に人が何度でも繰り返したがる噂話のひとつというものだろう。こういう噂話そのものこそ、寄る年波とともにどんどん硬くなってこびりつき、知ったかぶりの年寄りから綺麗に剝《は》がしてしまうには、何度も何度もこてで叩《たた》かなくてはならなくなるのだ。メソポタミアの村々では多くの家が、バビロンの遺跡から持ち出された上等の中古レンガで建てられており、そこに付いたセメントはなお古く、おそらくはずっと硬かったろう。それはさておき、どれだけ乱暴に叩いても決してすり減ることのない鋼鉄の異様な頑丈さには、すっかり胸を打たれた。私が手に入れたレンガにはネブカドネザルの名こそ刻まれていないものの、以前は煙突に使われていたもので、私は労力と無駄を省くために暖炉周りのレンガをできるだけ多く見つけ出し、炉床のレンガの隙間を湖の岸辺から持ってきた石で埋めていった。モルタルも、同じ場所から持ってきた白砂で作った。家の中でも最も重要な部分であるから、暖炉にはいちばん時間をかけた。本当にひたむきに仕事をしたのだが、朝は地面から始めたというのに夜になってもほんの数インチしかレンガが積めなかった。夜にはそれが枕の代わりになったが、私の憶《おぼ》えている限り、そのせいで首が硬直したわけではない。首の硬直は、もっと昔の話だ。そのころ詩人をひとり二週間ほど泊めていたのだが、おかげで我が家は手狭になっていた。私のところにもナイフは二本あったが、彼も自分のナイフを一本持ってきており、ふたりでそれを地面に突き立てて研いだものだ。彼は、私と手分けして料理もしてくれた。私は頑丈でしっかりとした炉床がだんだんと積み上がっていくのが嬉《うれ》しくて、これだけじっくり時間をかけて積んでいけばきっと長持ちするに違いないと思った。煙突というものは、地面に立ち家を突き抜け天に伸びる、ある程度独立した建造物だ。ときには家が焼け落ちてもなお立っていることもあり、その重要性と独立性は明白だ。これは、もう夏も終わりのころの話だった。今は十一月だ。

もう北風が湖を冷やし始めていた。だがひどく深い湖をすっかり冷やしきってしまうには何週間もかかる。日暮れになると火を入れるようになったのは、家の壁に漆喰《しっくい》を塗る前のことだったが、板の間に大きな隙間がいくつもあるおかげで、煙突からの排煙もかなりよかった。そんな隙間風の入る寒い家でも、節だらけの茶色い粗板や頭上高くを突っ切る樹皮のついたままの垂木に囲まれ、いくつか楽しい夕べを過ごした。漆喰を塗り終わってから私の家はずっと快適になったと言わざるをえないが、それでもこのころより目を楽しませてくれることはついになかった。人間の住まいというものはすべからく、夜には垂木のあたりで影がゆらゆらと躍るほどの薄闇ができるくらいに、天井が高くなっているべきではないだろうか？　フレスコ画やひどく高価な家具などよりも、そうした家のほうが空想や想像を掻き立てるものだ。屋根だけでなく暖かさを得る場としても使うようになって初めて、私はこの家に住み始めたと言っていい。暖炉の前から薪を離しておけるよう、薪載せ台を手に入れてあった。自分が作った煙突の背に煤《すす》がついていくのを見るのは楽しいもので、火をつつくにしても、自分にその権利があることや満足感を普段よりも強く覚えた。私の家は狭く、音が響くのを楽しむこともできなかったが、ぶち抜きのひと部屋であるうえに人里から離れているから、広々として感じられた。キッチン、寝室、客室、居間——家というものが持つ機能のすべてが、たったひとつの部屋に集約されていた。親、子供、主人、使用人、誰もが家に住むことで得られる満足を、私はすべて享受していたのだった。カトーは、一家の主人（パトレムファミリアス）たるもの田舎の別荘には「苦難のときも心強く迎えられるよう、油や酒を何樽《たる》分も地下室に貯蔵しておかなくてはならない。そうすれば己の利益や美質となり、名声をもたらすだろう」と語る。私の地下室にはジャガイモを入れた小樽、コクゾウムシの付いたエンドウ豆が二クォート貯蔵され、棚には米がいくらかと糖蜜《とうみつ》がひと瓶、そしてライ麦とひき割り粉にしたトウモロコシを入れた瓶もそれぞれ置いてあった。

ときおり、黄金時代に建てられた、もっと人がたくさん住める大きな家を夢見ることがある。長持ちする建材で造られ、けばけばしい装飾が無く、ここと同じくひと部屋である。広く、粗野で、頑丈で原始的な居間で、天井も漆喰の壁も無く、剝《む》き出しの垂木と棟木が頭上の低い天空を支え、雨や雪をよく防いでくれる——。敷居をまたぎ、ひざまずく古《いにしえ》の王朝の農耕神サトゥルヌス像に敬意を表せば、真束《しんづか》と対束が王と王妃のように立ち上がり、それを受けてくれる。松明《たいまつ》を先に取り付けた棒を掲げなければ天井も見えない家だ。暖炉の中や、窓の床板や、長椅子や、部屋の隅や、また別の隅や、いろんなところで暮らしてもいいし、その気になれば垂木の上で蜘蛛《くも》と暮らすことだってできる家だ。外からドアを開ければもう家の中だから、面倒な儀礼も必要ない家だ。疲れ果てた旅人も足を休めて体を洗い、腹を満たし、語り合い、眠ることができる安全な場所だ。家というものが持つ宝を一望でき、人が使うものがすべて釘《くぎ》にかかっている家だ。台所であり、貯蔵室であり、客間であり、寝室であり、倉庫であり、屋根裏部屋である家だ。樽や梯子《はしご》などの必需品や食器棚みたいな便利なものも視界に入るし、鍋《なべ》が煮立つ音も聞こえるし、夕餉《ゆうげ》を温める炎やパンを焼くオーブンにも目が行き届くし、ほとんど家具や生活用品しか装飾品の置かれていない家だ。洗濯物も炎も主婦もすべて家の中に収まり、ときには地下の貯蔵庫に降りていく料理人から跳ね戸を開けるからどいてくれと頼まれることもあるものの、おかげで足元が詰まっているのかそれとも空洞か、いちいち足で踏み鳴らさなくても分かる家だ。鳥の巣のように開けっぴろげですべてを一望でき、ひとたび正面ドアから中に入れば住人に姿を見られることなく裏口から出ていくことなど不可能な家だ。客人が家の八分の七からきっちり締め出され、決まった小部屋に閉じ込められ――孤独に幽閉され――どうかおくつろぎ下さいなどと言われることもなく自由に過ごすことができる家だ。最近では家主が客人を己の炉端に招くこともなく、石工を雇って通りのどこかに客用の炉をひとつ作らせるもので、もてなしとは客をずっと遠ざけておく技のことになっている。料理もまた、まるで客を毒殺しようとでもいうかのように、同じく秘密のうちになされる。私はこれまで他人の土地に入り込み、法の力で追い出されてもおかしくないようなことも多々あったが、人の家に足を踏み入れたことはそれほど多くない。先に述べたような簡素な家に住まう王や王妃のもとへなら、私も通りすがりに着古した服のまま訪《おとな》うこともあるだろう。だが、現代風の宮殿に連れ込まれたりしようものなら、どうやってそこから抜け出せばいいのか知りたくてたまらなくなるだろう。

今や客間で交わされる言葉そのものからすべての息吹が失われ、何から何までくだらないお喋りばかりになってしまった。私たちの暮らしは言葉が象徴するものから遥《はる》か遠くなり、比喩《ひゆ》や言葉のあやといったものは給仕用ワゴンで運ばれてくるようなありさまで、あまりにこじつけめいて聞こえてしまう。客間はキッチンや作業場から、掛け離れすぎてしまったのだ。夕食ですら、夕食の比喩でしかなくなってしまった。ともすれば自然や真理から表現を借りることができるのは、そのそばに住まう未開人だけのようではないか。遥か人里を離れ北西部やマン島に暮らす学者には、キッチンでどんな議論が行われているかなど知るよしもないのである。

だが、私の家に留《とど》まり、適当に作った粥《かゆ》を食べようというほど豪胆な来訪者は、ほんのひとりふたりだけだった。しかも、そんな彼らもこの災難が迫っていると見て取るや、家の土台も揺れんばかりに大慌てで退散していってしまった。それでも家のほうは、何度この粥を作ろうともきちんと持ちこたえ続けた。

私は、身も凍るほどの寒さが訪れるまで漆喰塗りをしなかった。漆喰にするため、湖の対岸までボートで出かけて白くて綺麗《きれい》な砂を持ち帰ったのだが、こういう用事なら、私は必要とあらばさらにずっと遠くまで出かけていくのを厭《いと》わなかった。そのころにはもう家はどの壁もすっかり地面まで板張りになっていた。木摺打ちでは金槌《かなづち》の一撃で釘を根本まで打ち込むことができるのが快感で、捏《こ》ね板に盛った漆喰を綺麗に、かつ素早く壁に移してやろうと心が躍った。私は、ある思い上がった男の話を思い出した。綺麗な身なりをして、よく職人たちに助言をしながら町をうろついていた男だ。ある日、男は口ばかりでなく手も出してやろうと、腕まくりをして左官屋の捏ね板をぶん取ると、手際よくこてに漆喰を取り、さも自信ありげに頭上の木摺を見つめてから、これ見よがしな身振りで作業に取り掛かった。するとすぐに漆喰がすべて彼の胸に付いたひだ飾りの上に落ちてしまい、男はひどく狼狽《ろうばい》したという。冷気を実に効果的に遮断し、見てくれも優れた漆喰の簡便さに私は改めて感動し、左官屋が犯してしまいがちな失敗をあれこれとたくさん学んだ。均《なら》してしまわぬうちに漆喰の水分をすべて吸い込んでしまうレンガの乾きも、新しい炉床に洗礼を施すのに手桶《ておけ》に何杯もの水が必要であるというのも、私には驚きであった。前年の冬、私は川で獲《と》れる二枚貝(ウニオ・フルヴィアティリス)の貝殻を焼き、いくらか石灰を作ったことがあった。だから材料がどこで手に入るかは知っていた。その気になれば、一、二マイルのうちで上質の石灰石を手に入れ、自分の手で焼くこともできた。

一方湖では、全体が凍りつくまであと何日か、いや何週間かあるというのに、いちばん日陰にあるもっとも浅い入江に薄氷が張りはじめた。最初の氷は固く、黒く、透明で、ことさらに興味をそそる完璧な氷であり、浅い湖底を観察するには最高の機会をもたらしてくれる。時間の許すときには、厚さ一インチしかない氷の上に、水面をゆくミズスマシのようにべったりと寝そべり、わずか二、三インチ下の湖底をガラス越しに絵画を眺めるように観察できるし、そういうときにはいつでも水は穏やかだ。底の砂には、何らかの生物が往来した痕跡《こんせき》が何本もの溝となって残っており、白い石英の細かな粒でできたイサゴムシの抜け殻がいくつも散らばっていた。イサゴムシがつけたにしては湖底の溝は深く幅も広すぎるが、抜け殻がちらほら溝の中に見つかるところからすると、おそらく溝をつけたのはこれなのだろう。ただ、もっとも興味深い観察対象は氷そのものだった。だが、これを観察するにはできるだけ早いうちに機を捉《とら》えなくてはならない。凍結した翌朝にじっくりと調べてみると、最初は氷の内側にあるように見えた気泡の大半が実は裏側にくっついていることや、湖底から新たな気泡が絶えることなく浮き上がり続けているのが見て取れる。気泡は直径八十分の一インチから八分の一インチで非常に透明度が高くて美しく、氷を通してでもそこに映る自分の顔が見える。一平方インチにつき三十個から四十個もそんな気泡があるのだ。氷の中にはその他にも、全長半インチ程度の細長い、鋭い切っ先を上に向けた気泡がいくつも見つかった。また、張りたての氷の中には、細かく丸い気泡がいくつも上へ上へと重なり合い、糸で繋《つな》がれたビーズのようになっているのが、さらに頻繁に見つかった。だがそうして氷の中にできるものは、下面につく気泡のように大量ではなく、鮮明でもなかった。私はときどき氷の固さを試そうと石を投げ込んでみたが、氷を突き破った石が空気を道連れにし、その空気が氷の下でとても大きくはっきりと見える白い気泡をいくつも形成した。ある日、四十八時間後に私が同じ場所に行ってみると、氷の縁にできた継ぎ目を見てさらに一インチ厚さを増したのがはっきりと分かったが、その大きな気泡はどれもまったく変わることなくはっきりと見えた。だがその二日間は小春日和のようにとても暖かかったため、氷はもう透明ではなくなり水の暗緑色も湖底の様子も見えず、すっかりくすんだ白か灰色になっていた。そして暑さのせいで気泡が大きく膨れあがって混ざり合い、規則性を失ってしまい、氷は二倍もの厚さになるというのに以前のような頑強さを失っていた。気泡はもう綺麗に上へ上へと重なるのではなく、袋からこぼれ落ちた何枚もの銀貨のように互いに重なり合ったり、わずかばかりの隙間に収まろうとするかのように薄い断片になったりしていた。氷の持つ美しさは消滅し、もはや湖底を観察することもできない。新たな氷ではあの大きな気泡がどんな位置にあるのだろうと私は知りたくなり、中くらいの気泡を閉じ込めた氷塊を割って取り出し、それを裏返してみた。すると新たな氷がその気泡の周囲と下部にできており、気泡はふたつの氷に挟まれる形になっていた。気泡は下の氷にすっかり収まってはいたものの、上の氷にぴたりとくっついており、平べったく、ともすれば縁が丸いため水晶体にやや似ており、厚さ四分の一インチ、直径四インチあった。驚いたのは、気泡の真下の氷が規則正しく、まるで皿を裏返したような形に溶けていたことだ。中央部の高さは八分の五インチで、残るのは水と気泡とを隔てる厚さ八分の一インチもない薄い仕切りのみ。そしてこの仕切りの中ではあちこちから小さな気泡が下に向けて飛び出しており、直径一フィートもある最大の気泡の下には、まったく氷など張ってはいなかった。最初に見た、氷の裏側に数えきれないほど付いていた気泡も、今は同じように氷の中に閉じ込められ、程度の差はあれそれぞれが天日レンズのように働き、下の氷を溶かしたのだろうと私は推測した。気泡が小さな空気銃のように、氷にひびを入れる力となったのだ。

私が漆喰《しっくい》を塗り終えるやいなや、冬本番が到来し、まるでようやく許しをえたかのように家の周りで風が咆哮《ほうこう》し始めた。地面がすっかり雪に覆われてしまってからも、夜な夜なガチョウたちが闇に鳴き声を響かせ、羽音をたてながらやってきて、ある者はウォールデン湖に降り、ある者はフェアヘヴンやメキシコに向かって森をかすめるように飛んでいった。夜の十時や十一時に村から帰ってくると、家の裏手にある小さな池のほとりに広がる森の中から、餌を探すガチョウかカモが乾いた枯葉を踏む足音や、急いで飛び去っていくリーダーがあげるかすかな鳴き声が聞こえてくることが何度かあった。一八四五年、十二月二十二日の夜にウォールデン湖はその年初めてすっかり凍りついた。フリント池や他の浅い池や川は、さらに十日かそれ以上早く凍っていた。四六年には十二月十六日、四九年には三十一日ごろ、五〇年には二十七日ごろ、五二年には一月五日、五三年には十二月三十一日だった。十二月二十五日から大地はすっかり雪に覆われ、私はあっという間に冬景色に囲まれた。私はいっそう自分の殻に閉じ籠《こ》もり、家の中にも胸の中にも煌々《こうこう》とした炎を絶やすまいと努めた。私が外でする仕事といえば、森で枯枝を集め、摑《つか》んだり背負ったりしてそれを運ぶことや、松の枯木を両脇に抱えて引きずりながら我が家に持ち帰ることだった。よき日々を眺めてきた古い森の柵《さく》は、私にとって大きな収穫だった。柵はすでに境界の神テルミヌスに仕えてはいなかったので、私はそれを火の神ウルカーヌスに捧げた。料理に使う炎の種を集めに——いや、盗みにと言うほうがいい——雪の中へと出ていく者の夕食が、どれほど興味をそそるできごとになるか！　パンも肉も美味を極める。だいたいの町のそばに広がる森には、そこの家々で炎を焚《た》くのに十分な薪や枯木があるものだが、今は誰かを温めることもなく、むしろ若木が育つ邪魔になると考える者もいる。湖には流木も流れついた。夏の間に私は、鉄道工事に従事していたアイルランド人が樹皮も剝《む》かずにまとめて組み上げたヤニマツの筏《いかだ》を見つけた。そして、なかばまで岸に引き上げておいた。二年間にわたり水に浸《つ》かりっぱなしだったものを半年間陸に上げておいたおかげで、どうしても乾かない部分こそあったもののじゅうぶんに使い物になった。冬のある日、私はこれをばらすと、一本ずつ湖を滑らせて楽しんだ。十五フィートある丸木の片端を肩にかつぎ、もう片端を氷の上に滑らせながら、湖を突っ切り半マイルも進むのだ。カバノキの小枝で何本かを結わえ、さらに長めのカバやハンノキの枝の先に鉤《かぎ》を取り付けたものを使って、引きずりながら湖を渡ることもあった。すっかり水浸しになったせいで鉛のように重かったが、丸木は長く燃え続けてくれるばかりか、とても高熱の炎を出してくれた。むしろ、濡《ぬ》れていたほうがよく燃えるように私は思った。ヤニが水に封じ込められていると、ランプの中と同じように火が長持ちするようになるのだと。

イギリスで境界の森に暮らす人々について記した文献の中でギルピンは、「侵入者たちの来寇《らいこう》と、彼らが森の境界に建てた家々や柵」は「古き森林法においては甚大な迷惑行為と見なされ、鳥獣を脅かし森林を破壊する恐れがあるとして、公有地侵害の名の下に厳罰に処された」と述べている。だが私は獣や木々の保護に関していえば、狩猟家や木こりなどよりも強い関心を持ち、まるで森林局の長官と変わらぬほどであった。そして森のどこか一部でも焼けてしまうことがあれば——うっかり私が燃やしてしまったにせよ——私は所有者本人の悲哀よりも長く続く、慰めようのない悲哀に暮れた。むしろ、所有者により伐採されたときにも嘆き悲しんだ。この国の農民が森を切り拓《ひら》くときには、古代ローマ人が聖なる森を伐採《lucum conlucare》し光を入れたときのような畏怖《いふ》を、わずかでも感じてほしい。ローマ人は贖罪《しょくざい》の供物を奉じ、「この森を神聖なものとする神や女神よ、私の家族と子らに幸いをもたらしたまえ」といったように祈りを捧げたのだった。

この現代に、そしてこの新たなる国においてすら、金よりも永続的で普遍的な価値が森に与えられているというのは驚嘆すべきことだ。これほどまでに新発見が、新発明がなされようとも、薪の山の前を素通りできる者などひとりとしていない。祖先であるサクソン人やノルマン人にとってと同様、森は我々にとっても大切なものなのだ。彼らが木々から弓を作ったように、私たちも銃床を作っている。三十年以上も昔にミショー〔フランスの植物学者フランソワ・アンドレ・ミショー〕は、ニューヨークとフィラデルフィアにおいて燃料として使われる樹木の価格は、「パリで使われる最上級の薪と同等か、ときにはさらに高価である。この巨大都市は毎年三十万コード超を必要としており、周囲三百マイルを農耕地に囲まれているのだ」と書いている。この町では木材の価格が着実に上がり続けており、去年に比べてどれだけ上がるのかだけが問題となっている。木材のみを目的として森に入る職工や商人は、木材の競売にも欠かさず顔を出し、木こりがあとに残した木くずを掻《か》き集める特権のために大枚をはたく。人間が燃料や芸術の素材を森に求めるようになったのは、今やもう遥《はる》か昔のことだ。ニューイングランド人、ニューオランダ人、パリ人、ケルト人、農民とロビンフッド、グディー・ブレイクとハリー・ギル。そして世界のほぼすべての地域にいる王子と小作農、学者と未開人。身を温め、料理をするためには、誰もが森から木々をいくらか持ってこなくてはならない。私とて、それがなくては暮らしていけないのだ。誰もが愛《いと》しげな眼差《まなざ》しで、山と積まれた己の薪を見つめる。私は窓辺に積んでおくのがたまらなく好きで、高く積まれていればいるほど楽しい作業を思い出せた。私は持ち主の分からない斧《おの》を一丁持っており、冬には日当たりのいい家の横手で、自分の豆畑から持ってきた切り株を相手にそれを振るったものだった。私が畑を耕しているときに馬引きが予言したとおり、この切り株は二度、私を温めてくれた――最初は薪割り作業のときに、そして次は炎をあげて燃えているときで、これよりも私を温めてくれる燃料など他にありはしなかった。斧については、村の鍛冶屋《かじや》に作り直してもらえと助言されたが私はすぐに考え直し、森で採ってきたヒッコリーを柄にして修理した。切れ味は今ひとつだったが、少なくとも斧らしくはなった。

樹脂の豊富な松は、わずかしか採れなくとも大きな財宝だった。炎の餌となるこの木がどれだけ地中に埋まっているのか考えると胸が躍る。それまでの何年か私は、かつてヤニマツが繁っていたが今は裸になっている丘へと、何度も調査に出かけ、たくさんの樹脂を含んだ松の根を掘り起こした。どの根も、朽ちることなどありえないように思えた。三、四十年は経つかという切り株も、芯《しん》から数インチ離れたあたりは地面の高さで鱗《うろこ》のような分厚い樹皮がぐるりと環状になっており、腐敗しているのが見て取れたが、それでも芯のほうは盤石なのだった。斧とシャベルを手にこの鉱山を探索し、金の鉱脈でも掘り当てたかのように、牛の脂身みたいな黄色いこの髄の貯蔵庫を地中深くへと掘り進めていく。だが普段の私は、降雪の前に森で集めて薪置き場に蓄えてあった枯葉で火を焚いた。木こりは森で野宿をするときには、細かく割ったヒッコリーの生木で火を熾《おこ》す。私もときどき、それに倣ってみた。地平線の彼方《かなた》で村人たちが火を熾すころ、私も煙突からひとすじの煙をたなびかせ、ウォールデンの谷間に住まうさまざまな野生の住人たちに、私は起きているぞと知らせてやるのだった。

軽き翼持つイカロスの鳥
空高く舞い、その翼を溶かす
歌わぬ雲雀《ひばり》は夜明けの使者
村々を己の巣のように見下ろしその上を丸く飛ぶ
いや、消えゆく夢や夜更けの幻の
裾《すそ》をたくし上げて去ってゆく微《かす》かな影か
夜は星々をヴェールで覆い、昼は

光を遮り日輪を隠す
　この炉から高く立ち上る芳香の煙よ
　この明るき炎を許したまえと神々に頼みたまえ

切ったばかりの硬い生木はほとんど使うことこそなかったが、他の何よりも私の目的に適《かな》ってくれた。冬の午後に散歩するときには、火が燃え盛るにまかせて出かけることもあったが、三、四時間して帰ってみると、まだ炎は赤々と燃えあがっていた。私がいなくとも家は無人などではなく、まるで明るい家政婦を残してきたかのようだった。そこには私と火が住んでおり、この家政婦はいつでも私の信頼に隅々まで応《こた》えてくれたのである。ところがある日、薪割りをしていた私は、家が火事になっていないか確かめようと窓から覗《のぞ》いてみたい気持ちに駆られた。憶《おぼ》えているかぎり、そんなことがひどく気がかりだったのはそのときだけだ。そんなわけで覗いてみたのだが、するとと火の粉がベッドに燃え移っているのが見え、私は家に駆け込み、自分の手のひら程度の広さが燃えたところで消し止めたのだった。そんなことがあったものの、私の家は日当たりがよく風の届かぬところに建っていたし、そのうえ屋根も低いおかげで、冬のさなかでも火を消したまま過ごすこともできた。

我が家の地下室にもぐらが棲《す》み着き、ジャガイモを三分の一もかじってしまい、漆《しっ》喰《くい》塗りのあとに残った毛や茶色い紙とを使い、そんなところにまで快適な寝床をこしらえていた。どれほど野性的な動物でも人間と同じく快適さと温《ぬく》もりを愛しており、その両者を入念に手に入れるからこそ冬を生き延びることができるのだ。友人たちの中には、私が自ら凍えようとして森に来たかのように話す者もいた。動物はただ寝床を作り、風雨をしのげる場所で、己の体を使ってそれを暖める。だが火を手に入れた人間は広々とした住まいに空気を入れ、自分の体温を使うことなくその空気を暖め、そこを自分の寝床とし、動きにくい服を脱ぎ捨て住まいの中を動き回り、冬のさなかだろうと夏と同じような環境を存続させ、窓を通して光さえ入れ、ランプの光で昼を延長する。そうして人間は本能の一歩二歩先をゆき、芸術活動をするためのわずかな時間を作り出す。長時間にわたり猛烈な風に晒《さら》されると私も全身の感覚がなくなりそうになったが、暖かな我が家に辿《たど》り着くと、すぐさま身体機能を取り戻して生きながらえることができた。だがこの点についてはどんな豪奢《ごうしゃ》な家に住む者でも自慢できることなどほとんどないし、人類は最後にどのように破滅するのかなどと思い悩む必要もない。ほんの少し鋭い寒風が北から吹き付ければ、人間の命の糸などいつでもやすやすと断ち切られてしまう。私たちは相変わらず「極寒の金曜日」や「大豪雪」からどれだけ経ったかを考えてばかりだが、もう少し寒い金曜日やもう少し激しい雪の日があるだけで、地球に暮らす人類には終止符が打たれてしまうのだ。
私は森の持ち主ではなかったので、翌年の冬、倹約のために小さな調理用ストーブを使ったのだが、これはオープンな暖炉ほどには火のもちがよくはなかった。それを使った料理はもはや詩的とはいえず、ほとんどが単なる化学的な作業だった。そんなストーブの時代では、かつての私たちがインディアンのようにジャガイモを灰に埋めて焼いていたことなど、すぐに忘れ去られてしまうだろう。ストーブは場所を取って家に臭いを染み付かせるだけでなく、火を隠してしまうため、私はまるで朋友《ほうゆう》を失ってしまったような気持ちになった。火の中には、いつでも顔が見える。労働者は夜に火を見つめ、昼の間にかすや泥のこびりついた己の思考を清める。だが私にはもはや座して火に見入ることも叶《かな》わず、ある詩人の的を射た言葉が、新たな力とともに蘇《よみがえ》ってくるのだった。

「まばゆき炎よ、どうか私を拒絶せず
そなたの慈しみ深き、命を映す、その思いやりを与えておくれ。
あんなにも煌々《こうこう》と高く燃え上がるのは、私の希望。

あんなにも夜闇の底に沈むのは私の運命。
そなたはなぜ私たちの炉や広間から消されてしまったのか
あんなに喜ばれ、あんなにも愛されていたというのに。
私たちのつまらぬ人生の凡庸な光の前では、
そなたの存在はあまりに夢のようだったのか。
謎めきに満ちたそなたのまばゆい光は私たちの
魂に語りかけ、あまりに大胆な秘密を打ち明けたのか。
私たちは今、薄影ひとつ揺らめかぬ炉端に座し
安全で、そして頑強だ。
嬉《うれ》しきことも悲しきこともなく、ただ炎が
足と手をぬくめるだけ——それより望むこともない。
ささやかながら役立つものが積まれたその傍らで
今の世では座して眠りに落ちるのだ。
仄暗《ほのぐら》き過去から現れて、揺らめく古薪の炎に照らされ
私たちと語らった、あの亡霊たちを恐れもせずに」

〔エレン・スタージス・フーパーの詩『The Wood-Fire』より抜粋〕

先住者、そして冬の来訪者たち

　私は浮かれた吹雪をいくつかやり過ごし、表では猛烈な雪が吹き荒れフクロウの鳴き声すらも途絶えていたが、我が家の暖炉に寄り添い楽しい冬の夜を過ごした。歩きに出てみたところで、たまに木を伐《き》って橇で村に運ぶ者たちに出くわす以外、何週間もにわたり誰にも会わなかった。だが森の元素にけしかけられ、私は深く雪の積もる森に一本の小道を作った。前にそこを通ったとき風がその通り道に落としたオークの葉がそこに溜《た》まり、陽光を吸い込み雪を溶かし、私の足を下ろす場を作ってくれたばかりか、夜には黒々とした線で私を導いてくれたのだった。人と交流したいときには、この森に暮らした先住者たちを呼び起こしてみるしかなかった。町に暮らす人々が憶えている限り、私の家のそばを通る道は、笑ったり噂話に興じたりする住人たちの声でにぎやかで、道の両側に茂る森も当時は今よりも鬱蒼《うっそう》としてはいたものの、そうした人々の庭や家屋が森の刻み目のように点在していたという。私自身の記憶では、とところどころ松の木が両側から同時に二輪馬車《チェイス》の側面をこする場所もあったし、この道を抜けてリンカーンを目指すしかない女子供はびくびくと恐怖しながら歩き、しばしばかなりの距離を走って抜けていくのだった。その道は主に近隣の村々へ向かう人々や木こりの一団が通るごく平凡な道であり、かつては景色が豊かにうつろい道行く人々を楽しませ、もっと長く記憶に留《とど》まった。当時は、今や村から森にかけて見事な農地が広がっているあたりに、楓《かえで》の生える湿地帯を抜ける丸木に支えられた道が通っていた。今もなおストラットン農場（現在のアルムズハウス）からブリスターズ・ヒルへと通じる埃《ほこり》っぽい街道の下には、その残骸《ざんがい》が眠っているはずである。

私の豆畑から東に道を挟んで、コンコードの名士ダンカン・イングラハム殿の奴隷、カトー・イングラハムが住んでいた。主人が彼に家を建ててやり、ウォールデンの森に住んでよいと許しを与えたのだ――ウティカのカトー（共和制ローマの政治家、哲学者。曾祖父のカトー・ケンソリウスと区別するためこう呼ばれる）ではなく、コンコードのカトーである。彼をギニア出身の黒人だという者もいる。いずれ年老いて必要になるその日のためにと、彼が育つに任せておいたクルミの木に囲まれたあの小さな畑を憶えている者は、ほんのわずかである。だが結局はある若い白人の相場師がやって来て、そのクルミの木を我がものとしてしまった。ところがその相場師も、今では同じくらい狭い家に住んでいる。半ば崩壊したかのようなカトーの地下の穴蔵は、ほとんど誰にも知られず、道行く人からも松の木立に隠れて見えこそしないが、今も残っている。そこは今や艶《つや》やかなスマック（ルース・グラブラ）が埋め尽くすように生え、アキノキリンソウ（ソリダゴ・ストリクタ）の中でも早咲きの種のひとつが豊かに茂っている。

私の畑の隅、我が家よりも町に近いところに、ジルファという黒人の女が小さな家で暮らしていた。大きく素晴らしい声の持ち主だった彼女は、ウォールデンの森にその歌声を高く響かせながら、町の人々のためにリンネルを紡いでいた。だが、その後一八一二年の戦争のさなか、彼女が留守の間に仮釈放されていたイギリス兵の手により家は放火され、彼女の犬も猫も鶏も、すべてまとめて焼けてしまったのだった。つらい人生を歩んできた彼女には、どこか情けに欠けるところがあった。森をよく訪れていたある老人の話では、ある午後に彼女の家の前を通りかかると、煮えたぎる鍋《なべ》を見下ろしながら「お前たちはみんな骨だ、骨だ！」とぶつぶつ言っているのが聞こえたという。私も、そこに生えるオークの木立の中にレンガをいくつか見たことがある。

道のさらに先に進んだ右手、ブリスターズ・ヒルの上に、かつてカミングス殿の奴隷だった「有能な黒人」ブリスター・フリーマンが住んでいた――そこにはブリスターが植えて手をかけてきた林檎《りんご》の木が残っており、今は大きな古木になってはいるが、果実はまだ野性味を失っておらず、私には酸っぱかった。少し前の話になるが、古びたリンカーン墓地の隅で、彼の墓碑を読んだ。コンコードから退却するときに落命したイギリス兵たちの、無名墓地のそばにある小さな墓だ。そこには「シッピオ・ブリスター」と刻まれており――「スキピオ・アフリカーヌス〔共和政ローマの政治家、軍人。妻の甥であるスキピオ・アエミリアヌスと区別して、大スキピオとも〕」と呼んでも不足はあるまいが――まるで変色でもしたかのように「黒き者」と添えられていた。ことさらに強調して彼の命日も記されていたが、それは彼が生きていたことを遠回しに私に知らせるものでしかなかった。彼とともに気の利く妻が暮らしており、楽しげに占いをしてくれた――背が高くてふくよかで、黒く、夜のどんな子供たちよりもなお黒く、今も昔もコンコード上空に昇ったことのない黒々とした球体であった。

丘をさらに降った左手、森を抜ける旧道沿いに、ストラットン家の屋敷の名残がある。かつてはこの一族の果樹園がブリスターズ・ヒルの斜面に広がっていたのだが、かなり前にヤニマツに根こそぎやられてしまい、今はちらほらと切り株が残るのみである。その古い根は今でも、村に立つつつましい木々の親株になっている。

さらに町の近くに行くと、道の反対側、森のちょうどはずれにブリード家の住居跡がある。古い神話にはっきりと名前が示されているわけではないが、我がニューイングランドの暮らしにおいてはひときわ目立つ驚嘆すべき役を果たし、あらゆる神話上の人物に劣ることのない、いずれ伝記が記されてしかるべきある悪魔が悪行を尽くしたことで知られるあたりである。最初は友人や雇われ人のような顔でやって来て、家じゅうのものを略奪し、一家を皆殺しにする――ニューイングランド・ラムである〔ニューイングランドはラムの蒸留が有名。ここでは、家族のトラブルを多く引き起こしたラム酒を悪魔とみなしている〕。だが今はまだ、この地で起きた悲劇の数々を歴史が語るべきではない。時の流れがいくらかその悲劇を和らげ、淡い青に霞《かす》ませるのを待たなくては。ひどく曖昧《あいまい》で眉唾《まゆつば》ものの言い伝えによると、そのあたりには昔、一軒の酒場があったという。旅人たちの酒を割り、馬の喉《のど》を潤す井戸もあった。ここで人々は挨拶《あいさつ》を交わし、日々のできごとを語り合い、また旅路に就いたのである。

ブリードの小屋は長らく主《あるじ》がいなかったが、十年少々前までは建っていた。私の思い違いでないとすれば、ある選挙日の夜、不良少年たちに放火させられたのだ。当時私は村のはずれに住んでおり、ちょうどダヴェナントの『ゴンディバート』を読むのに没頭していた。私が居眠り病に苦しんでいた冬のことだ――余談だが、私にはひげ剃《そ》りをしながら眠りこけてしまう叔父《おじ》がおり、日曜には眠ったりしないよう地下室でジャガイモの芽を取りながら安息日を守っていたほどだったので、私は自分の眠気が一族伝来の病によるものなのか、それともチャーマーズのイギリス詩選集をひとつも飛ばすことなく読破しようとした結果なのか、判断がつかなかった。私の中のネルウィイ族〔古代ローマ時代、ベルガエ人の中でも最強とされた部族〕さえこの眠気には圧倒されるほどだった。私がこの本に没入したとたん、火災を告げる鐘の音が鳴り響き、あわてふためく大人や子供たちの一団に先導されるように消防車が次々と走り抜けていった。私は小川を飛び越えたので、その先頭に立っていた。私たちは、火事は森を南に越えたあたりだと思っていた――みな以前にも火事場に走ったことがあったのだ――納屋、店、住宅、はたまたそのすべてか。「ベイカー農場だ」誰かが叫ぶ。「いや、コッドマン邸だ」別の者が言い直す。そのとき屋根でも落ちたのか森の上空に鮮やかな火の粉が上がり、私たちが一斉に「コンコードが助けに行くぞ！」と叫ぶ。荷物を満載した荷馬車が何台も猛スピードで飛ぶように走っていく。おそらく、どんな遠くだろうと駆けつけねばならぬ保険会社の調査員もあの中にいるだろう。そしてときおり後方から、さらにゆっくりと落ち着いた消防車の鐘が響いてくる。そうして最後尾からは、のちに火を放って警鐘を鳴らしたと噂される連中がついてくる。そうして私たちは五感がもたらす証拠を拒絶して、根っからの理想論者のように進み続けたが、やがて道を曲がると火の爆《は》ぜる音が聞こえ、壁の向こう側から炎の熱気が肌に伝わってきて、私たちはここが燃えているのだと確信した。炎の目の前にいるという事実が、私たちの熱気を冷ました。最初は蛙池をそのままあびせてやろうかという勢いだったが、すでにすっかり燃え広がって家とは呼べなくなっていたため、そのまま燃えるに任せてしまうことにした。私たちは消防車の周りに集まり、両手で口を囲うようにして互いの思うところを言い合ったり、声を落として、バスコム商店を含めてこの世界が過去に目にしたさまざまな大火のことを話したりした。もしもちょうど手桶《ておけ》を持っており、横にたっぷり水を湛《たた》えた蛙池のひとつもあれば、この世をすっかり焼き尽くしてしまうような業火だろうと洪水に変えてみせるのだが、などと語り合った。結局、私たちはなんの悪さもせずに撤退した——眠ったり『ゴンディバート』を読んだりするために。ともあれ『ゴンディバート』については、私なら序文にある機知は魂の火薬であるというくだり——「だがインディアンが火薬を知らぬのと同じように、ほとんどの人間は機知を知らぬのだ」——は省くだろう。

翌日、私はたまたま同じくらいの時間に畑を突っ切り火事のあった現場のほうに歩いていたのだが、現場に差し掛かると低いうめき声が聞こえたので暗闇の中で近づいてみると、声の主は一家のたったひとりの生存者、私の顔見知りであった。一家の美徳と悪徳を警鐘するこの火災の唯一の関係者である彼が、うつぶせに横たわり、地下室の壁の下でいまだくすぶり続ける燃え殻を見つめながら、いつもの彼らしくぶつぶつひとりごとを言っていた。彼はずっと離れた川沿いの牧草地で朝から晩まで働いており、仕事が終わるとすぐ、幼い頃に過ごした先祖代々の家へとやって来たのだった。彼はうつぶせのまま いろんなほうへ、いろんな角度に顔を動かし地下室を眺めていた。レンガと灰の山の他には何もありはしないというのに、まるで石の間に宝石でも隠されているのを思い出したかのような様子だった。家はもはや跡形もなく、彼の目に映るのは残骸《ざんがい》だけであった。私がそこにいるだけで彼は心が慰められ、暗闇の中でもできるだけ分かりやすく、井戸がどこに埋もれているかを私に示してくれた。ありがたいことに、井戸は絶対に燃えない。それから彼はしばらく時間をかけて、父親が切って取り付けたはねつるべを探そうと壁を手探りし、重い先端に重石《おもし》を縛り付けた鉄のフックを手でなぞり――今や彼がしがみつけるのはこれだけだった――こいつはただの道具じゃないんだと私に告げた。私もそれに手を触れてみたのだが、今でも日々、散歩をしながらそれに目を留める。そこには、一族の歴史が吊《つ》るされているのだ。

さて、他にも左側には、今は壁沿いに井戸とライラックの茂みがある開けた野原があるが、ここにはかつてナッティングとル・グロスが住んでいた。だが、リンカーンのほうに帰るとしよう。

ここまでに書いてきた家々のどれよりも森の奥深く、道がもっとも湖に近づくあたりに、陶工のワイマンが勝手に住み着き、町の人々に陶器をくれて、自分の跡継ぎとなる子孫を作った。彼らは世俗的な富はろくに持たず、住んでいる間は地主の情けで土地を借りていた。私が読んだ記録によると、取れもしない税金を取ろうと保安官《シェリフ》がそこをしばしば訪れたものの、差し押さえられるものが何ひとつなく、形だけ「札を貼った」らしい。夏も盛りのある午後のこと、私が畑の草むしりをしていると、市場へ運ぶ焼物を荷馬車に満載した男がひとり畑の脇に馬を止め、ワイマンのせがれのことを訊《たず》ねてきた。ずいぶん前に彼から轆轤《ろくろ》を買ったことがあるのだが、その後彼がどうなったのかを知りたいという。私も陶工が使う粘土や轆轤のことなら聖書で読んだことがあったが、私たちの使う陶器がそのころから壊れることなく伝わってきたものでも、どこかの木にヒョウタンみたいになっているものでもないなどとは、考えもしなかった。近所で陶芸の技が行われたのだと知り、私は実に嬉しく思った。

私よりも先にこの森に住んでいた最後の住人は、ワイマンの借家に住んでいたヒュー・コイルというアイルランド人で（私もくるくると巻くように綴《つづ》ってみた）、コイル《コイル》大佐の名で通っていた。噂では、兵士としてワーテルローの戦いに行ったという。もしまだ彼が生きていたならば、もう一度戦わせてみなくてはなるまい。彼はここで、溝掘り人として働いていた。ナポレオンはセント・ヘレナ島に行き、コイルはウォールデンの森に来た。私が彼について知っているのは、悲劇的なことばかりである。彼は世界を目の当たりにしてきた人物らしく礼儀のできた男で、こちらが聞いていられなくなるほど丁寧な物言いをした。震えをともなう譫妄症《せんもうしょう》を患っているために真夏であろうと厚手のコートに身を包み、いつでも赤い顔色をしていた。私が森に来てすぐにブリスターズ・ヒルのふもとに延びる道で死んでしまったので、私には隣人としての彼の記憶がない。彼が住んでいた家は、仲間たちから「不運の城」と呼ばれて誰も近寄ろうとしなかったが、私が訪れたのはその当時であった。板切れのベッドの上に彼の着古した服が丸めて脱ぎ捨ててあり、まるで彼がそこにいるかのようだった。泉のふちで割れた碗《わん》の代わりに、壊れたパイプが炉に載っていた。彼が私に打ち明けてくれたところでは、ブリスターの泉は話に聞くだけで見たことはないという話だったので、割れた碗では彼の死の象徴にはなりえなかった。それから泥汚れのついたトランプ――ダイヤとスペード、そしてハートのキング――が床に散らばっていた。管財人が捕まえられなかった黒い鶏が一羽――夜のように暗く静かなやつだ――が鳴き声ひとつたてずに隣の部屋に居着き、いつか狐にやられるのを待っていた。裏には菜園らしきものの輪郭がなんとなく見て取れたが、植え付けだけされはしたものの例のひどい震えのせいで一度たりとも草取りをしてもらえず、そのまま収穫どきになってしまっていた。一面をヨモギとセンダングサに侵略され、果実といえば私の服にくっつくセンダングサだけだった。家の裏には、彼にとって最後のワーテルローの戦いで勝ち取った戦利品となるウッドチャックの毛皮が広げられていたが、あいにく彼にはもはや暖かな帽子も手袋も必要なかった。

今や、そうした住居があった名残といえば、地面についた窪《くぼ》みと、土に埋まった地下室の石組み、そしてそこに広がる日当たりのいい草地に生えたイチゴ、ラズベリー、シンブルベリー、ハシバミの茂み、そしてスマックだけである。かつて煙突が占めていた奥のあたりをヤニマツか節くれ立ったオークの木が占拠し、甘やかな香りを放つカバノキか何かが戸口の敷石のあたりに波打つように生えていた。ところどころに、かつて水が湧いていた井戸のあった窪みが見えたが今は干上がり、涙も見せぬ草が生い茂っていた。あるいは最後のひとりが家を離れるときに、後々まで誰にも見つからないようにと平石をかぶせて隠していったものもあった。井戸を閉ざしてしまうとは——なんと悲哀に満ちた話なのだろう！　閉ざした途端に涙の泉が開くのだ。そうした、打ち捨てられた狐の古い巣穴のような地下室の窪みだけが、賑《にぎ》やかで慌ただしかった人々の暮らしと、「運命、自由意志、絶対余地」が何らかの形で、そして何らかの方言で次々に議論された、その名残のすべてなのだ。だが彼らの辿《たど》り着いた結論について私に分かるのは「カトーとブリスターが互いにやり合った」というくらいのものだ。これもまた高名な哲学諸派の歴史に等しく啓発的なのである。

ドアやまぐさや敷居が消えてひと世代の後にも、陽気なライラックが生い茂り、毎年春には物思いに耽《ふけ》る旅人に摘まれようとして甘やかな香りの花を開かせる。子供たちの手で前庭の隅に植えられ、世話をされ——今や放棄された牧草地の壁際に立ち、新たに育ちゆく森にその場を譲り渡そうとしている——この家族の最後の末裔《まつえい》、唯一の生き残りとなっている。あの浅黒い少年たちも、家の陰で自分が地に植えて来る日も来る日も水やりをした、ふたつしか芽を持たない小枝が根付き、自分たちよりも、そして日陰を作っていた家そのものよりも、そして大人が育《はぐく》んだ庭や果樹園よりも長生きし、自分たちが大人になってこの世を去ってから半世紀ものちに、この孤独な彷徨《さまよ》い人を相手に自分たちの物語をほのかに語ることになろうとは、夢にも思っていなかったろう——初めての春と変わらず美しい花を咲かせ、甘い香りを漂わせながら。いまだ優しく、しとやかで、明るいライラックのその色に、私は心を奪われる。

それにしても、コンコードはちゃんと持ちこたえているというのに、より大きな何かの芽生えであるはずのこの小さき村は、なぜついえてしまったのだろう？　自然の利が無かったのだろうか――水に恵まれなかったというのだろうか？　まさか。深きウォールデン湖と冷たきブリスターの泉――それらが湛える尽きることなき健やかな水を飲む特権を、グラスの酒を割るくらいにしか行使しなかったのである。彼らは、ひとり残らず喉《のど》の渇いた種族だ。カゴや、厩《うまや》の箒《ほうき》や、敷物作りや、トウモロコシ粉の製造、リンネル紡績、陶器の製造などがここで栄えて荒野を薔薇《ばら》のように花開かせ、たくさんの子孫が父祖の土地を受け継ぐようにはできなかったのだろうか？　不毛の土地であろうとも、低地の退廃を防ぐ役割くらいは果たしてくれたろうに。ああ、ここに住まう人々の思い出が、風景の美しさをこんなにも高めてくれないとは！　きっと自然は私を最初の定住者として、そして昨年の春に建てた我が家を最古の家として、もう一度やり直そうというのだろう。

私の住む土地にかつて家を建てた者が誰かいるのか、私は知らない。太古の町跡に作られた新たな町から――瓦礫《がれき》を使って作られ、墓場を庭園に変えた町から――私を解放してくれ。土壌は使い果たされて呪われ、必要としようにも土壌そのものが破滅してしまっている。そんな追憶とともに私は森に住み、己を眠りに就かせたのだった。

この季節には、来訪者も滅多にいなかった。ひどく雪深いときには、一、二週間にわたり我が家の傍まで来る者も皆無だった。だが私はといえば、草地のネズミや、食べものもないのに延々と雪に埋もれながらも生き延びたとされる家畜や家禽《かきん》のように、安穏と暮らしていた。いや、この州でサットンの町に早くから入植した一家のように、というべきだろうか。一七一七年、主人の留守中に豪雪に見舞われて小屋がすっかり雪に埋もれたものの、煙突からの息吹で雪に穴が開いたおかげでインディアンに見つけてもらうことができ、一家は救出されたのである。けれど私を案じてくれる親切なインディアンなど誰もおらず、家の主《あるじ》も在宅していたのだからそもそも必要がなかった。豪雪！　なんと耳に楽しい言葉なのだろうか！　そんなとき農民たちは徒党を組んで森や沼地に赴くことができず、自分たちの家の前に立つ日除《ひよ》けの木々を伐採しなくてはならなかったり、雪面が固まってしまえば湿地に出かけて地面から十フィートのところで木を伐《き》ったりして、それが春の雪解けとともにあらわになるのだった。

雪がいちばん深くなると、街道から私の家へと続くおよそ半マイルの道は、点と点の間隔が大きく開いた曲がりくねった点線のようなありさまになった。穏やかな天気が続く一週間、私は慎重に足を踏み出して、自分の付けた深い足跡を分割コンパス《ディヴァイダー》のような正確さでなぞりながら、行きも帰りも同じ歩数、同じ歩幅で歩いた——冬になると人は、そういうお決まりの手段を取るしかなくなるのだ——が、私の足跡が空の青を湛《たた》えているようなことも珍しくなかった。ともあれ、どのような天候だろうと私の散歩を——いや、さらに言うならば外出を——徹底的に妨げるようなことはなく、私はしょっちゅうブナやキハダカンバや松林に立つ古なじみとの面会の約束を果たすべく、深く積もった雪の中、八マイルから十マイルの距離を歩いていった。松の木は氷と雪のせいで枝を垂れ、てっぺんを鋭く尖《とが》らせ、すっかりモミの木のようになってしまっていた。雪が平地に二フィートも積もる吹雪のときには、足を踏み出すごとに頭の雪を払い落としながら、いちばん高い丘のてっぺんまで必死に登っていった。ときには狩人《かりゅうど》たちも冬ごもりする中、四《よ》つん這《ば》いになって這いずるように登ることもあった。ある日の午後には、一本のシロマツの低い枯れ枝の幹に近いあたりにアメリカフクロウ（ストリクス・ネビュローサ）がとまっているのを、一ロッドと離れていないところから眺めて胸を躍らせた。私が動いて雪を踏みしめる音がしても、彼はその音こそ聞こえても私の姿をはっきり捉《とら》えることはできなかった。私が大きな音を立てると彼は首を伸ばし、首の羽毛を逆立て、目を大きく見開いたが、また瞼《まぶた》を閉じてこくりこくりと居眠りを始めた。そうして猫のように目を半開きにして座る姿はさながら翼の生えた猫の兄弟で、それを三十分も眺めていると私にまで眠気が伝染するようだった。フクロウの瞼の間にはごく細い隙間しか空いておらず、彼はそこを通して私と微かな関係を保っていた。そうした半分閉じた目で夢の国から外を眺め、私を——視界を邪魔するぼんやりとした物体か、それとも埃《ほこり》か——認識しようとがんばっているのだ。やがてさらに大きな音が聞こえたり私が近づいたりすると、彼はみるみる不安になり、まるで夢見を邪魔されたことに苛立《いらだ》ったかのようにのろのろと身じろぎした。そして、こちらの予想を超えるほどに大きく翼を広げて松の木立から飛び立ち、羽ばたいていくのだが、私にはその羽ばたきがまったく聞こえなかった。そうして視覚よりも繊細な感覚に導かれ、感覚の研ぎ澄まされた翼で黄昏《たそがれ》の道を感じ取りながら、松の枝の間を飛び、安らかに夜明けを待つことのできる新たな枝を探すのだ。

草地に鉄道を敷くために作られた長い土手道をずっと歩いていると、その土手のほかには自由に吹くことができる場所を持たない、突き刺すような烈風に何度も出くわした。そして凍《い》てつく風に片方の頰を打たれたなら、私は異教徒ではあったが、もう一方の頰も差し出した。ブリスターズ・ヒルから続く馬車道を通っても、大差はなかった。広大な畑の雪がウォールデン街道の両壁の間にうずたかく積もり、人が通った痕跡《こんせき》をものの三十分ですっかり消し合ってしまうようなときでも、私は友好的なインディアンのように町に通っていた。帰るころにはすでに新たな吹き溜《だ》まりができており、私はそこをえっちらおっちら進んでいったわけだが、休むことを知らぬ北西の風が道に横殴りのように雪を吹き付け、ウサギの足跡も、ネズミが残した小さな活字の足跡も、すっかり見えなくしてしまった。だが私は冬のさなかであろうと、ほぼ間違いなく、草やザゼンソウが一年を通して緑を繁らせ、ときには屈強な鳥が春の帰りを待っている、泉の湧く暖かな湿地を見つけ出すことができた。

ときおり雪が降っているというのに散歩に出かけ、夕方に戻ってくると、我が家の玄関から木こりの深い足跡が続いていることがあり、炉端には木くずが山と積まれ、家には彼のパイプの残り香が漂っているのだった。日曜の午後にたまたま在宅しているときには、ある利発な農民がちょっとした世間話でもしようとはるばる森を抜け、雪を踏みしめながらやって来る音が聞こえることもあった。数少ない「自作農」であった彼は、教授のようなガウンの代わりに作業着に身を包み、納屋の庭から肥料を運び出すかのようにやすやすと教会や国家から教訓を引き出してみせる、稀有《けう》な男であった。私たちが話すのは、人々が身の引き締まるような寒さの中、澄み切った頭で大きな焚き火《たきび》を囲っていた、粗野で質素な時代のことだった。そしてすっかりデザートがなくなってしまうと、賢いリスがとっくに見捨てたクルミをかじっては自分たちの歯がいかに頑丈か試していたが、殻が分厚ければだいたい中身は空っぽなのだった。

このうえなく深い雪も、このうえなく猛烈な嵐もものともせず、誰よりも遠くからやってきたのは、ひとりの詩人だった。農民、狩人、兵士、記者、哲学者、そういった連中はおじけづくこともある。だが詩人をおじけづかせるものなど何もありはしない。詩人とは、純粋な愛に突き動かされて行動するものだからだ。詩人がいつどこに現れ、そして立ち去るのか、いったい誰に予想できよう？　医者が眠りこけているその間にも、詩人はいつでも使命に呼ばれて出かけていくのだ。私たちはあの小さな家を賑《にぎ》やかな歓声で震わせ、ひどく真剣な話ではひそやかな囁《ささや》きで共鳴させることで、長きにわたりウォールデンの谷間を包んできた沈黙の償いとした。これに比べればブロードウェイすら静かで心寂しく思えてくる。規則正しく、ほどよい間隔を置いて笑いの祝砲が響くが、今放たれた言葉へのものなのか、それとも次に来る冗談のためのものなのかは分からない。私たちは、陽気さの長所を、哲学に必要な冷静さと結合させてくれる力を持つ薄い粥《かゆ》の皿を挟んで、「かってない」人生論をいくつも作り上げた。

湖で過ごす最後の冬にもうひとり、歓迎すべき客人があったのを忘れてはいけない。彼は雪も雨も暗闇ものともせずに村を通り抜け、木々の間から漏れる我が家の明かりを見つけ、長い冬の夜をいくつか私と共にしてくれた。彼は最後に残された哲学者のひとりで——コネティカットが彼を世に与えてくれた——最初は故郷の産物を手に行商していたものの、やがては自分の頭脳を売り歩くようになったと自称していた。

今でも彼はそうして行商を続けており、神を鼓舞して人を貶《おとし》めながら、クルミが殻の中の実だけを売り物とするように、己の脳だけを果実として売り歩いていた。生きとし生けるものの中、彼ほどの信念の人はいないと私は思う。彼はいつでも、他の者には理解が及ばぬ万物のよき状態を踏まえてものを言い、行動し、どれほど時代が変わろうとも最後まで失望しない人物に思えた。現代に対しては、なんの冒険心も持たぬ男だった。今でこそ本来の評価を受けてはいないが、いずれ彼の時代が訪れたなら、人々が想像だにしなかった原理が働き、家族の長や支配者が彼に助言を求めてやって来るようになるだろう。

「静穏が見えぬとは、なんという盲目か！」

人間の真の友。人間の進歩におけるほぼ唯一の友。人体に彫られた像を、汚れて傾いた記念碑となり果てた者どもの神を、不屈の忍耐と信仰心をもってはっきりと現さんとする供養老人《オールド・モータリティ》、いや、むしろ不老の人《イモータリティ》だ〔「供養老人」は、ウォルター・スコットの小説の登場人物。スコットランド全土を回り、カヴェナンターの殉教者たちの墓を彫り直した。イモータリティはそれにかけたソローの言葉遊び〕。彼はその温かな知性で子供を、物乞《ものご》いを、狂人を、学者を抱擁し、みなの思考を楽しませ、いつでもそこにいくらかの広がりと優雅さを加えてしまう。思うに、彼は世界の街道に、あらゆる国々の哲学者が泊まることのできる隊商宿《キャラバンサライ》を構え、宿の看板に「人間歓迎、ただし人の内なる獣の立ち入りを禁ずる。豊かな心の静かなる心を持つ、正しき道を真摯《しんし》に求める人々の宿」と掲げるべきである。彼はおそらく私がこれまでに出会ってきた中で、もっとも正気で、もっともまっとうな人間で、昨日も明日も変わることはない。以前、私たちはぶらぶらと歩きながら話をし、あっという間に世を置き去りにした。彼は世に存在するどんな制度にも跪《ひざまず》くことのない、生まれながらの自由と純真の男である。私たちがどの道を曲がろうと、彼がいるだけで景色は美しさをいやまし、天と地が溶け合うかのようだった。己の静穏を映し出す蒼穹《そうきゅう》を屋根とするにふさわしい、青き衣をまといし者。彼の死など、私には想像もつかない。自然にとって、彼の代わりなどいはしないのだから。

私たちはそれぞれよく乾いた思考の板を何枚か手にして座し、ナイフの切れ味を試しながらそれを少しずつ削り、黄色がかったパンプキンパインの明確な木目をうっとりと眺めた。私たちはとても静かに恭しく水を渡り、とても穏やかに船を漕《こ》いだので、西の流れを泳ぐ思考の魚は怯《おび》えて逃げることも、岸辺の釣り人を恐れることもなく、悠々と現れて空に浮かんだ雲や、ときおりそこにできては消える真珠母雲のように、は消えていった。そこで私たちは神話を改変したり、寓話《ぐうわ》をあちこち磨き上げたり、地上にはふさわしい立地の見つからぬ城を宙に築いたりした。偉大なる観察者よ！　偉大なる理想家よ！　彼との語らいはニューイングランドの夜の楽しみだ。ああ、隠者、哲学者、そして前にも書いた古き入植者の――我ら三人の――かわしたそんな語らいは、私の小さな家を広げ、そして苛《さいな》んだ。一インチの円にかかる気圧に、さらに何ポンドの重みがかかったか、敢《あ》えて口にはすまい。その重みが家の継ぎ目を押し広げ、そこに生じた漏れを防ぐため、私たちはひどい退屈でそこを埋めてやらねばならなかった。ともあれそうした類《たぐい》の槙肌《まいはだ》は、すでにたっぷり集めてあったのだが。

他にもひとり、村にある彼の家で末永く忘れがたき「実りの季節」を過ごした人がいる。彼もちょくちょく我が家を訪れてくれたものだが、私の家での交流はそれがすべてだった。

他の場所と同じく、ときに私は決して訪れない来訪者をそこで待った。『ヴィシュヌ・プラーナ』には「日暮れ時、家の主《あるじ》は牛の乳搾りにかかるくらいの時間、気が向くならばさらに長く庭にとどまり、客の到来を待たなくてはならぬ」とある。私もよくこの歓待の義務を果たすべく、群れの雌牛の乳を搾り尽くせるほどの時間を待ち続けてみたのだが、町からやってくる者の姿はひとりたりとも見えなかった。

冬の動物たち

湖が固く凍りつくと、あちこちに続く新たな近道ができるだけでなく、その氷上から見ると周囲に広がる見慣れた景色も新たになったかのようだった。雪にすっかり覆われたフリント池を渡ってみたときには、よくそこでボートを漕いだりスケートで滑ったりしたこともあるというのに、思いもよらぬほど広くて見知らぬように感じ、私にはもうバフィン湾だとしか頭に浮かばなかった。以前に行ったことがあるかどうか見分けもつかぬほど雪積もる平原の果てに、私を囲むようにリンカーン丘陵がそびえていた。どれほど離れているかも分からない氷上の漁師たちは狼のような犬を連れてゆっくりと移動し、まるでアザラシ猟師かエスキモーのようで、霧の立ち込めたときにはおとぎ話の生きものみたいにぼやけ、巨人のようにも小人のようにも見えた。リンカーンで夜の講義に出かけるときにはこのルートを通ったので、自宅と講義室の間では一本の道も通らず、一軒の家も通り過ぎなかった。その道すがらにあるグース池にはマスクラットの群れが棲《す》んでおり、私が渡るときには一匹も姿を見せなかったが、氷上高くに巣を連ねていた。ウォールデンは他の池や湖と同様、たいていは雪がないか、あったにしてもぽつりぽつりと浅い吹《ふ》き溜《だ》まりがあるくらいのものなので、他のところでは二フィート近くも積もって村人たちを自宅のある通りに閉じ込めてしまうようなときであろうと、私はまるで自分の庭のように思うまま歩き回ることができた。村の通りからはるか離れ、やかましく鈴を鳴らす橇《そり》もごく稀《まれ》にしか通らないこの場所で、私は氷上を滑り、スケートをした。ここは雪の重みで垂れたりどっさりつららを付けたりしたオークや、厳めしい松の木々に覆われ、しっかりと踏み固められた広大なヘラジカたちの棲み家だった。

冬の夜に付きもので、日中にもよく耳にする音といえば、どこか遠くから聞こえてくる、もの悲しくも美しい旋律を持つフクロウの鳴き声だった。凍《い》てついた大地もちょうどいいバチで弾《はじ》けばそんな音を奏でるだろうかというようなこの音は、ウォールデンの森の土地言葉であり、その音をフクロウが出すところを一度も見たことがない私にも、やがてすっかりおなじみとなった。冬の夜に玄関を開ければ、その音が聞こえないことはほとんどなかった。ホー、ホー、ホーアー、ホーと朗々と響き渡るその鳴き声は、最初の三音節はハウ・ダー・ドゥのようにも聞こえたが、ときにはただホー・ホーだけで終わることもあった。冬の始まり、まだ湖が凍りつく前のある夜九時ごろ、けたたましいガチョウの鳴き声にびっくりして玄関に出てみたところ、我が家をかすめるように飛ぶ彼らの羽音が森を吹く嵐のように聞こえてきた。どうやら我が家の明かりのせいでここに棲み着くのを断念したのか、フェアヘヴンに向かって湖を渡っていくところで、群れの隊長はずっと規則正しく鳴き声をあげ続けていた。すると、だしぬけに私のそばで、すぐにオオコノハズクだと分かるものすごいしゃがれ声が、一定の間を置きながらガチョウの群れに応《こた》えはじめた。音域でも声量でもはるかに勝る先住民の声をあげて、ハドソン湾からの侵入者を曝《さら》け出し、貶め、そのけたたましい鳴き声でこのコンコードの地平から追い出してやるとでもいわんばかりであった。こんな夜更けに神聖な俺の砦《とりで》の平穏を妨げようとは、いったいどんな了見なのだ？　こんな時間に俺が居眠りでもしていると思い、お前と同様この俺にも肺や喉《のど》があろうとは考えもしなかったのか？　ブー・フー、ブー・フー、ブー・フー！　それは私が聞いたことのある中で、もっとも戦慄《せんりつ》を感じる不協和音だった。それでも鋭い聴覚の持ち主であれば、このあたりの平原では見たことも聞いたこともないような和音《コード》の要素がいくつもそこに潜んでいるのが分かったことだろう。

それに、コンコードのこのあたりで私がベッドを共にする偉大な友人である湖の氷が、腹にガスが溜《た》まって膨張して悪夢にうなされ、おちおち眠ることもできずに寝返りを打ちたがっているかのような叫びをあげるのも耳にした。さらには誰かが馬に馬車を引かせてうちの玄関にぶつかったかのような、霜の地面が割れる音で叩《たた》き起こされたこともあり、そんなときには翌朝、長さ四分の一マイル、幅三分の一インチのひび割れが地面にできているのだった。

　月夜になると、ときおり、ヤマウズラか他の獲物を探すキツネたちが、森に棲む野犬のように耳障りな悪魔じみた咆哮《ほうこう》をあげながら、凍てついた雪の上を駆け回っているのが聞こえた。まるで不安に駆り立てられるか、その不安をなんとか表そうとしながら光を求めてもがき、いっそ犬になって自由に通りを駆け回れたらと足掻《あが》いているかのようだった。彼らが生存してきた長い年月を思うなら、獣にも人間と変わらぬ文明が存在していてもおかしくないのではないだろうか？　キツネたちは穴蔵に住む原始人たちのように、いまだ己の身を守ることだけで精一杯になりながら、変容の時を待っているのではないかと私には思えた。たまに我が家の明かりに誘われて一匹が窓辺に近づき、私に向けて呪いの咆哮を放って引き返していった。

　夜明けにはいつも決まってアカリス（スキウルス・フードソニクス）が、屋根を駆け回ったり外壁を登ったり降りたりして、まるでそのために森から遣わされてきたかのように私の眠りを妨げた。冬の間、私は熟しきらなかったスイート・コーンを半ブッシェルほど、戸口のわきで固まった雪の上に放り出しておき、それにつられて来るさまざまな動物たちの営みを見て楽しんだ。夕方と夜にはいつでもウサギがやって来て、たんまりと食事をしていった。アカリスは一日じゅう出没し、ちょこまか駆け回っては私を心から楽しませてくれた。中にはシュラブ・オークの中からおずおずと現れ、風に吹かれる木の葉のように、固い雪面を飛んだり跳ねたりしながら駆け回るアカリスもいた。目の覚めるようなスピードとエネルギーであっちに何歩か進んだかと思えば、賞金を追い求める競走馬のように目にも留まらぬ俊敏さでこっちに戻ってくるが、一度に半ロッド以上進むことはない。それから突然ぴたりと動きを止めると、全宇宙の視線が自分に注がれているかのように滑稽《こっけい》な表情をして、なんの理由もなく宙返りをしてみせる——たとえ森のいちばん侘《わび》しい場所においてさえ、リスの動きというものは、人間の踊り子の動きと同じくらい人目を意識したものなのだ——すべての距離を歩き切る時間よりも長い時間を、立ち止まり、あたりを警戒するのに使う——リスが歩くところなど見たこともない——それからだしぬけに、こちらが「ジャック・ロビンソン」と言い終えることもできぬほどの時間で〔あっという間であることを示す言い回し〕ヤニマツの若木のてっぺんまで駆け上り、時計のネジを巻きながら架空の観客たちを野次り、独白をしながら、同時に森羅万象に語りかける――いかなる動機でそうするのか、私には皆目見当もつかなかったが、もしかしたら彼自身にも分かっていなかったのではないだろうか。やがて、ようやくコーンに辿《たど》り着いて気に入った穂を選び、例の不規則な三角法の動きで跳ね回り、私の窓の下に積み上げてある薪の山をてっぺんに置かれた一本まで登りきり、私の顔をじっと見つめ、そこに何時間も座して過ごし、ときどき新たな穂を持ってくるのだが、最初こそがつがつ食べるものの半分ほど食べたところで放り出してしまう。そのうちますます好みがうるさくなって、穀粒の中身だけを食べて食べものをもてあそび、薪の上で片手で持っていた穂をうっかり地面に取り落としてしまうこともあった。そうすると彼は、もしやあれは生きているのかと言わんばかりの不安げで間抜けな表情になり、もう一度拾うべきか、新しいのを持ってくるべきか、それともそのままとんずらしようか決めかねたように穂を見下ろした。そして、今コーンのことを考えていたというのに、風に紛れて届く物音にぱっと聞き耳を立てる。そうしてこの小さく厚かましい友人は、午前中に何本も穂を無駄にしたあげく、ついに長く、太く、自分よりもかなり大きな一本の穂を摑《つか》み取り、まるでバッファローを引きずる虎のようにそれを運びながら森へと引き返しはじめた。いつもと同じジグザグのコースをたどりしょっちゅう立ち止まり、こいつは自分には重すぎると言わんばかりに何度も転びながら引きずり続けるのだった。なんとしてもこいつを運ぶのだという決意のもと、縦でも横でもなくその中間、斜めに転ぶのである――なんとも軽率で気まぐれなやつだ。そうして彼はコーンの穂とともに、自分の棲み家に帰っていく。おそらくは四十から五十ロッド離れた松の木のてっぺんまで運び、私はそのあと裸になった穂を森のあちらこちらで見つけるのである。

ついにカケスたちがやって来た。用心しながら近づいてくる耳障りな鳴き声は、八分の一マイル離れたところからでも聞こえていた。ひっそりと姿を潜めて木から木へと飛び移り、じりじりと近くに迫りながら、リスたちが落としていったコーンの粒をついばむのだ。それからヤニマツの枝にとまって、大きすぎる粒をあわてて飲み込もうとして喉に詰まらせ、さんざん苦しんだあげくにようやく吐き出し、そのあと一時間、なんとかして割ってやろうと何度もくちばしで叩き続けるのだ。彼らが盗賊であることを疑う余地はなく、私は敬意を払う気になどなれなかった。だが一方リスはといえば、最初こそびくびくしているものの、まるでこいつは自分のものだと言わんばかりの態度で仕事に取り掛かるのだ。

やがてコガラも群れをなしてやって来て、リスたちが残したくずを拾って手近な枝に飛んで行き、それを鉤爪《かぎづめ》で押さえ、樹皮に隠れた昆虫を狙うかのように小さなくちばしで叩いて割り、しまいには己の細い喉を通るくらいに小さく砕いてしまった。こんなコガラの小さな群れが毎日、夕食をついばみに私の薪の山に来たり、戸口でパンくずをついばんだりした。そんなときには舌っ足らずで微《かす》かな、まるで草地で氷柱《つらら》が軽やかに鳴るような声をあげた。だがときにはディ、ディ、ディ、と元気に鳴くこともあったし、たまに春めいた日には森のはずれから、風に針金が鳴るようなフィー・ビーという夏のような声がすることもあった。コガラは非常に人懐っこい鳥で、私が運び込もうと腕に抱えた薪の山まで降りてきて、ものおじもせずに薪をつついたこともあった。一度、村の菜園で草取りをしている私の肩に、ほんの一瞬スズメがとまったことがあるのだが、そのときにはどんな肩章を着けるよりもずっと栄誉なことに感じた。リスたちも最後にはよくなつき、近道をするためであれば私の靴に乗ることもあった。

地面がすっかり雪に覆われてしまう前、そして丘の南の斜面や薪の山に積もった雪が溶けだす冬の終わりごろには、朝と日暮れに餌を求めるヤマウズラが森から出てきた。森のどちら側を歩いていても、ヤマウズラたちが慌ただしく羽ばたきながら飛び立ち、頭上高くの枯葉や枝から落ちた雪が陽光を浴びて金粉のようにきらめきながら舞い落ちてきた。勇敢なヤマウズラは冬など恐れはしない。ときには雪溜まりに埋もれてしまうこともあるし、なんでも「飛行中に軟雪に突っ込み、そのまま一日二日出てこないこともある」という。以前、開けた場所でも、野生の林檎《りんご》の木の芽をついばみに出てきたヤマウズラを驚かせてしまったことがあった。彼らは毎夕決まって同じ木々にやって来るのだが、そこには狡猾《こうかつ》な猟師が待ち伏せしており、森のとなりにある離れた果樹園が少なからぬ被害を受けることになった。何はともあれ、ヤマウズラが餌にありつけるのは私にとって喜ばしいことだ。ヤマウズラは木の芽と健やかな飲みものだけで生きる、自然の申し子なのだ。

暗い冬の朝や短い冬の午後、追跡本能に逆らうことができない猟犬たちの群れが、獲物を追い求めて叫び、吠《ほ》えながら森じゅうを駆け回る声が聞こえることがあり、一定の間を置いて響く狩猟笛の音が、その背後に人間がいることを明かしていた。また森に猟犬の声が響く。だが開けた湖畔に飛び出してくるキツネも、獲物のアクタイオーン〔ギリシャ神話に登場する猟師。狩猟の女神アルテミスの裸体を見たことで鹿に姿を変えられ、自分の猟犬たちに追われた〕を追いかけてくる犬の群れも姿を見せはしなかった。そして日暮れどきには、戦利品であるキツネの尾を一本橇《そり》から引きずり宿を探しに引き返す猟師たちを見かけることもあった。彼らから聞いた話では、キツネは大地が凍《い》てつこうとも巣穴に籠《こ》もっていれば安全だし、一直線に走って逃げればフォックスハウンドだろうと追いつくことはまずできないらしい。だが追っ手をすっかり置き去りにすると、キツネは足を止めて休憩し、追っ手が迫るまで聞き耳を立ててからまた逃げ出すのだが、結局ぐるりと回って、狩人《かりゅうど》たちが待ち受ける元の場所に戻ってしまうのだ。ところがたまに何ロッドも土手の上をひた走ってから、水が自分の臭いを消すことを知っているのか向こう側に大きく跳躍し、そのまま逃げてしまうことがあるという。やがて猟犬たちがやって来ても、もう臭いを見つけることはできなかった。ときには自分たちだけで狩りをしている群れが我が家の前を通り過ぎ、私になど目をくれずに、まるで何らかの狂気にでも憑《つ》かれ、自分たちの追跡を止められるものなど何もないというかのように、吠えたり駆け回ったりすることもあった。こうして新たなキツネの臭いを嗅《か》ぎつけるまでぐるぐると走り回り続けるのだが、賢い猟犬であれば何をなげうってでもそうするものだ。ある日、レキシントンから我が家を訪ねてきた男があり、獲物を追ったまま一週間も勝手に狩りをしている自分の猟犬を知らないかと訊《たず》ねてきた。だが、私がその質問に答えようとするたびに、いちいち「ここで何をなさってるんです?」と質問して遮るものだから、たとえ私がどんな話をしようと彼の役にはまったく立たなかったろう。彼は犬を失い、人間と出会ったのである。

粗野な話しかたをする、ある老いた猟師が――毎年水がすっかり温かくなるころウォールデンに水浴をしに来て、そのつど私を訪ねてきた男だ——何年も前のある午後に、猟銃を手にウォールデンの森を散策しに出かけたときの話をしてくれたことがあった。彼がウェイランド街道を歩いていると猟犬たちが近づいてくる鳴き声が聞こえ、しばらくすると一頭のキツネが土手を飛び越え道に出て来たかと思うと、瞬く間に反対側の土手を越えて姿を消していき、すぐに銃を撃ったがかすりもしなかったという。やがて自力で狩りをしている老いた猟犬が三匹の子犬を引き連れて走ってくると、これもまた森の中に消えていった。夕暮れが迫るころ、ウォールデン湖の南側に生い茂る森の中で猟師が休憩をしていると、まだあのキツネを追い続けている猟犬の咆哮《ほうこう》がフェアヘヴンのほうから聞こえてきた。そして彼らが近づいてくるに従い、森じゅうに響き渡る追跡の咆哮は、ときにはウェル・メドウから、そしてときにはベイカー農場からどんどん迫ってきた。彼が長いことじっと立ち尽くしたまま、猟師の耳にはあまりにも甘やかなその旋律に耳を傾けていると、だしぬけに例のキツネが目の前に姿を現した。木の葉がたてる優しいざわめきに足音を消され、険しい森の道をすいすいと駆け抜け、素早く音も立てず、まごつくこともなく追っ手をはるか置き去りにしてしまったのだ。キツネは森に囲まれた岩に飛び乗り、猟師に背を向けたまま背を伸ばして座り聞き耳を立てた。刹那《せつな》、猟師は同情のあまり腕が動かなくなったが、そんな感情も瞬時に消え失せ、すぐさま狙いを定めた。ズドン！　キツネは岩から転げ落ち、死体となって地面に横たわった。猟師はその場から動かず、猟犬たちの声に耳をそばだてていた。猟犬たちはどんどん近づいてきて、森じゅうにその狂ったような咆哮が響きわたった。そしてついに、あの老いた猟犬が視界に飛び込んできた。地面に鼻を付けるようにして臭いを探り、何かに憑かれたかのようにがちがちと歯を嚙《か》みながら、まっすぐにあの岩へと走っていく。だが例のキツネの軀《むくろ》を見つけると、驚いて声が出なくなったかのように吠えるのをぴたりとやめ、静かにその周りをぐるぐると歩き回った。子犬たちも一匹、また一匹と姿を現すと、母親同様、この謎を前にして静まり返った。そのうち猟師が彼らの前に歩み出て、謎が解けた。彼が毛皮を剝《は》いでいるあいだ猟犬たちは大人しく待っていたが、やがて歩き出した彼にしばらく付いてきて、それからまた森の中に引き返していった。その日の夜、ウェストンの名士が自分の猟犬のことを訊《き》きにコンコードにある猟師の小屋を訪れ、自分たちだけでウェストンの森に狩りに行ってしまい、一週間も帰って来ないのだと説明した。コンコードの猟師は自分の知っていることを話して聞かせ、あのキツネの毛皮を差し出したが、名士はそれを受け取らずに帰っていった。その夜は猟犬を見つけることができなかったが、翌日、犬たちが川を渡ってある農家で一泊し、たんまりと餌を貰《もら》ってから早朝に出発したことが分かった。

この話を教えてくれた猟師は、サム・ナッティングという人物を憶《おぼ》えていた。かつてフェアヘヴン・レッジで熊狩りをして、その毛皮をコンコードの村でラム酒と物々交換していた男なのだが、そのあたりでヘラジカを見たこともあると猟師に教えてくれたそうである。ナッティングはバーガインという名の有名なフォックスハウンド――彼はブーギーンと発音していたが――を飼っており、私に話を聞かせてくれた老猟師はその犬をよく借りていたらしい。この町の老商人であり、船長であり、町の書記官であり、そして代議士でもあった男の「取引台帳」には、次のような記載がある。一七四二―三年一月一八日「ジョン・メルヴィンに灰色ギツネ一頭代として二シリング三ペンスを信用貸し」。このキツネは、もう近辺では見つからない。一七四三年二月七日の記録には、ヘジカイア・ストラットンに「猫の毛皮二分の一代一シリング四・五ペンス」を信用貸ししたとあるのだが、これは言うまでもなく山猫のことだろう。ストラットンは昔のフランス戦争では軍曹を務めたほどなのだから、それよりも品格で劣る獲物では信用貸しになるまい。信用貸しは鹿革についてもなされており、日常的に売られていた。ある男はこの近辺で最後に狩られた鹿の角をまだ所持しているし、別の男からは叔父《おじ》が加わった狩りの話を詳しく聞いたこともある。昔はこのあたりには猟師がたくさんいて、みんな気のいい連中だった。私は、痩《や》せこけたニムロド〔旧約聖書に出てくるノアの子孫。地上における最初の狩人とされる〕のような男をよく憶えている。道端から草をむしりとって、私の記憶に間違いなければ、どんな狩猟笛よりも野性味あふれる美しい旋律を奏でたものだ。

月の出ている真夜中に森を歩いていると、ときおり道の先をうろついている猟犬たちに出くわすことがあったが、犬たちはまるで私を恐れているかのようにそそくさと道を空け、私が通り過ぎてしまうまで茂みの中で静かに立っているのだった。

リスと野ネズミは、私が蓄えたクルミをめぐり争った。我が家の周りには直径一インチから四インチのヤニマツがたくさん生えていたが、前の冬にことごとくネズミたちにかじられてしまっていた——雪が長きにわたり深く積もり、彼らにしてみればノルウェーの冬さながらで、いつもの食料の他に松の樹皮もかなり食べなくてはならなかったのだ。かじられた木々は生きていて、真夏には一見よく茂っているようだったし、すっかり樹皮が剝げてしまっているにもかかわらず多くは一フィートも伸びたのだが、次の冬が明けると一本残らず枯れてしまった。たった一匹のネズミが松の木を一本まるまる食事とし、上下ではなく周囲をぐるりとかじりきってしまうとは驚嘆すべきことだ。だが、そのままでは密生してしまう木々を間引くためには、そうである必要があるのだろう。

野ウサギ（レプス・アメリカーヌス）は、そこかしこにいた。一匹の野ウサギはひと冬まるまる私と床板一枚だけを隔てて我が家の床下に居を構え、毎朝私がもぞもぞと動きはじめると慌てて逃げ出そうとし、急ぐあまりに床板のあちこちに頭をぶつけて音を響かせては私をびっくりさせた。日暮れにはいつもこぞって私が捨てたジャガイモの皮にありつこうと、ぞろぞろ戸口にやって来たものだが、なにせ地面と本当に色が近いものだから、じっとしているとほとんど見分けが付かなかった。逢魔《おうま》が時には窓の下で身じろぎもせずじっとしている野ネズミが一匹、見えたり見えなくなったりを繰り返した。夜に玄関を開けると野ウサギたちは、きいきいと甲高い声で鳴いて飛び跳ねながら逃げていった。すぐ傍で野ウサギたちを見ると、私は哀れみしか感じなかった。ある夜、一羽の野ウサギが私から二歩離れた戸口のあたりに座っていた。最初は恐怖に震えていたが、それでも動こうとはしなかった。哀れな小動物。痩せこけ骨ばった体と、破れた耳と尖《とが》った鼻、粗末な尻尾《しっぽ》と細い脚。まるで自然にはもはや高潔な血を持つ種族がおらず、存亡の危機に瀕《ひん》しているようではないか。その大きな目は幼く不健康で、水腫《すいしゅ》を患っているようにすら見えた。私は一歩踏み出してみた。するとウサギは体と四肢を優美に伸ばして固まった雪の上をしなやかに跳躍し、あっという間に私と野ウサギを森が隔ててしまった――野生の自由な肉が、その生命力と自然の威厳とを示してみせたのだ。体のか細さにもちゃんと理由がある。それが野ウサギの自然なのである（ウサギはラテン語でレプスというが、これは軽い足《レウィペス》に由来すると考える者もいる）。

ウサギやヤマウズラのいない田舎など、私には考えられない。彼らはあらゆる動物の中でもっともシンプルで、もっとも土着的な動物だ。古代から現代までを知る立派な血族だ。自然の色合いと本質を備え、木の葉や大地ともっとも深く結びついている――そして翼と脚のどちらが付いているのかという違いこそあれ、この両者もお互いに強く結びついているのだ。ウサギやヤマウズラがぱっと逃げ出すのを見ると、まるで木の葉がざわめくのを目にしたような、ありふれた自然を目の当たりにしたように感じる。たとえどんな革命が起ころうとも、ヤマウズラとウサギは大地の子として、必ずや繁栄していくだろう。仮に森がすっかり刈られてしまったとしても、新たに芽吹く若芽や灌木《かんぼく》が彼らの隠れ場となり、かつてよりも数が増えるだろう。一匹の野ウサギも育たぬ土地など、ひどく貧しい土地に違いない。私たちの森ではそのどちらもが栄え、どの沼地の周囲にも、どこかの牛追いが小枝の柵《さく》や馬の毛の罠《わな》を仕掛けたヤマウズラかウサギの通り道があるのだ。

冬の湖

穏やかな冬の夜が過ぎたある朝、私は何かの質問をされたような気持ちとともに目覚めた。眠っている間に、何を――いつ――どこで――と訊かれて必死に答えようとしたのにすべて徒労に終わったような余韻が残っていたのだ。けれど、大窓からはすべての生物が暮らす夜明けの自然が、穏やかで満ち足りた顔で私を覗《のぞ》き込んでおり、彼女の唇には質問の名残も見つかりはしなかった。目覚めればそこに質問の答えが、自然と日光があったのだ。深く積もった雪面にぽつりぽつりと松の若木が生え、我が家の立つ丘の斜面は「進め!」と言っているかのようだった。自然は質問を投げかけることも、人間の投げかける質問に答えることもない。彼女は遥《はる》か昔に決意を固めているのである。「おお、王子よ。我々は素晴らしい、多様な宇宙の眺望を感嘆のまなざしで眺め、そして魂に伝えよう。夜はたしかに、この輝かしい創造物の一部を覆い隠してしまう。だが昼が来て、大地から天の平原にまで広がるこの偉大な作品を、私たちの前に曝《さら》け出してくれるのだ」

そして、私は朝の仕事に取り掛かる。まず斧《おの》と手桶《ておけ》を持ち、本当に夢でなければ水を探しに出かける。凍《い》てつく雪の夜のあとには、占い棒が欠かせない。毎年冬になると、湖の水と、あまりにも繊細でどんなそよ風すらも感じ取り光も影も余すことなく映す湖面は、一フィートから一フィート半もの厚みに凍りつき、そうなるとどれほど重い家畜たちが馬車を引いてもびくともせず、同じ高さまで積雪すれば地表と見分けが付かなくなる。周囲を取り巻く丘陵に住むマーモットたちのように、湖も瞼《まぶた》を閉じ、三ヶ月かそれ以上にわたる眠りに就くのである。丘に囲まれた草地に立つかのごとくこの雪に覆われた平原に立ち、私はまず雪を一フィート、それから氷を一フィート掘って足元に窓をひとつ開け、ひざまずいて水を飲む。そこはまるで魚たちが棲《す》まう静かな応接間で、磨《す》りガラス越しに差し込んだかのようになびやかな光が隅々まで広がり、底の砂地は夏と何も変わらない。そこに暮らす住人たちの静かで穏やかな気質に呼応する、琥珀色《こはくいろ》をした夕焼け空と変わることのない、波ひとつ立たぬ永久《とこしえ》の静穏が支配している。天とは頭上のみならず、私たちの足元にもあるのだ。

あらゆるものが霜で凍りついている朝早く、人々は釣り糸を巻いたリールとささやかな弁当を手にやって来ては、カワカマスやスズキを釣ろうと雪野原の下に細い釣り糸を垂らす。彼らは本能的に町の人々とは違う流儀に従い、違う権威を信奉する野性的な人々で、彼らが往来するおかげで、本来ならばらばらになってしまうような町々の縫い目が、ところどころでまだ縫い合わされている。彼らは分厚いウールの防寒着に身を包んで、浜辺に敷き詰められたオークの枯葉の上に座り、昼食を摂《と》る。町の人々が人工的なものに精通しているのと等しく、彼らは自然の知識に精通しているのだ。書物を読んだ経験などなく、実際してきたことに比べれば、持っている知識や人に教えられるようなことは極めて少ない。彼らがどんなことをするのかは、まだまだ世に知られてはいない。たとえば、スズキの成魚をエサにしてカワカマスを釣る者がいる。手桶を覗けば、まるで夏の湖を覗いたときのような驚きを覚えるはずだ。夏を家に閉じ込めていたのか、はたまた夏の隠れ家を知っていたのか。いったいどうして冬のさなかに、こんなにもたくさん釣り上げられたのだろうか？　地面が凍てついていたので腐った丸木からミミズを見つけ出し、それでどんどん釣り上げたというわけである。彼の人生自体が、自然学者の研究など及ばぬほど深く自然の中に根ざしており、彼自身が自然学者の研究対象になるほどだ。自然学者はナイフでそっと苔《こけ》や樹皮をめくって昆虫を探すが、一方の彼は斧を手にし、苔も樹皮も派手に飛び散るにまかせて丸太をまっぷたつにしてしまう。樹皮を採取することで、生活の糧を得ているのだ。こうした男には魚を釣るいくばくかの権利があり、私は彼によって自然の営みが行われるのを見ると嬉《うれ》しくてたまらなくなる。スズキが地虫を飲み込み、カワカマスがスズキを飲み込み、釣り人がカワカマスを飲み込む。そうして生物という階梯《かいてい》の隙間がひとつ残らず埋まるのである。

霧の立ち込める日に湖の周りをぶらついていると、ときおり、粗野な釣り人が使っている原始的な手法に目を奪われてしまうことがあった。岸辺から等距離の氷面に四、五ロッドの間隔で小さな穴を穿《うが》ち、その上にハンノキと思《おぼ》しき枝をかぶせ、釣り糸が引き込まれてしまわないよう端を木の棒にゆわえつけ、氷面から一フィートかもう少し上のあたりで釣り糸のたるみをハンノキの枝に引っ掛け、そこにオークの枯葉を一枚結びつけ、魚が餌に食いついたらその葉が下に引っぱられるという仕掛けを作っていたのだ。湖を半周もすると、そうしたハンノキの枝が一定の間隔を置き、ぼんやりと霧に浮かんでいるのである。

ああ、ウォールデンのカワカマスよ！　彼らが氷の上に横たわる姿や、釣り人が水を溜《た》めておくために氷を掘って作った小さな穴の中にいる姿を見るたびに、私は稀有《けう》なその美しさに目を瞠《みは》ってしまう。町とも、森とさえもかけ離れた、私たちがコンコードで送る暮らしとはアラビアほどもかけ離れた、素晴らしい魚であるかに思えるのだ。彼らは目もくらむようなずばぬけた美しさを持ち、町ではやたらとちやほやされる死体のように青白いタラやモンツキダラなどとは比較にもならない。松のように緑ではなく、石のように灰色ではなく、空のように青くもない。だが私の目には、たとえば花や宝石のような、真珠のような、まるでウォールデンの水の核か結晶体が動物として命を持ったかのような類稀《たぐいまれ》な色をしているように見えるのだ。無論、彼らは隅から隅までくまなくウォールデンだ。彼ら一匹一匹が、動物界の小さなウォールデンであり、ウォールデンシズ〔ヴァルド派、ワルドー派とも呼ばれる。十二世紀の中世ヨーロッパで生まれた、キリスト教の教派。ローマ・カトリック教会により異端とされ、迫害された〕なのだ。こんなところで彼らが釣れるというのは驚きだ――がたがたと音を立ててウォールデン街道を行き来する荷馬車や駅馬車、そして鈴の音を鳴らしながら通り過ぎていく橇《そり》のずっと下で、こんなにも深く広い湖の中に、金色とエメラルド色が混ざり合うこの大きな魚が泳いでいるのだ。この種の魚はどこの市場でも見かけたことがないが、もし市場に出たなら万人の注目の的となるだろう。カワカマスたちは何度か痙攣《けいれん》したように身悶《みもだ》えすると、まるで時ならぬ死を迎えて天国の薄い空気へと移されていく人間のように、あっさりと己の命を手放してしまう。

私は長きにわたり失われてきたウォールデン湖の水底を蘇《よみがえ》らせたくなり、一八四六年の初頭、方位磁石と測鎖と測鉛線を使って慎重に測量をした。この湖の底については、底なしという説も含めて多くの説が語られてはきたが、どれもこれも裏付けの無い話ばかりだった。ちゃんと調べてみようともしないまま、こんなにも長きにわたり湖は底なしだなどと人々が信じてきたとは、まったくとんでもないことだ。近隣を散歩中、私はそんな底なしの池をふたつ訪れたことがある。ウォールデン湖はそのまま地球の裏側まで突き抜けていると信じる者も多くいる。中には延々と氷の上でべったりと俯《うつぶ》せになり、ともすれば目を潤ませながら、ゆらゆらと視界を惑わす水という媒介を通して湖の中を見下ろし、胸から風邪をひいてはたまらぬという恐怖から結論を急いでしまい、「たっぷりと干し草を積んだ荷馬車でも通ることのできそうな」大穴を見つけ（そんなところを馬車で通る者などいるはずもないのだが）、これこそ間違いなくステュクス〔ギリシャ神話で冥界《めいかい》を流れるとされる川〕の水源であり、地獄への入口だと言い出す者までいる始末だった。また別の人々は、五十六ポンドの重りと一インチごとに目盛りの付いた測量ロープを荷馬車いっぱいに用意して村から出向いたが、それでも底を見つけることはできなかった。なにせ重りが途中で引っかかってしまったにもかかわらず、真に測定不能となった深淵《しんえん》を測ってやろうと無駄な骨折りをしていたのだ。とはいえ読者諸兄には保証しておくが、ウォールデン湖には確かに桁外《けたはず》れではあるものの、法外とは言えぬ程度の深さに、じゅうぶんにしっかりとした水底がある。私はタラ釣り用の釣り糸と重さ一ポンド半くらいの石を使い、楽々と測ってしまった。湖底の水が石の下に入り込んで力を貸してくれないかぎりかなりの力で引っ張らなくてはならないので、いつ石が湖底を離れたのかが明確に分かるのである。もっとも深いところは百二フィートぴったりだったが、その後に水面が上昇した分を五フィート加えると、百七フィートになる。このような小さな湖としては驚異的な深さである。だからといって、たとえ一インチであれ想像で差し引きするわけにはいかない。もしすべての湖が浅かったら、どんなことになるだろう？　人間の精神にまで影響が及びはしないだろうか？　この湖が象徴として相応《ふさわ》しく深く清らかに作られたことに感謝している。人間が無限を信じ続けている限り、底なしと信じられる池や湖もなくなることはないのだ。

私の測った水深を聞いたある工場主は、それが本当であるわけがないと考えた。自分が持つダム関連の知識からして、そのような急角度で砂が落ち着いているはずがないと判断したのである。だが、どれほど深い湖であろうと、世の人々が考えるように面積に比例して深くなるわけではなく、もし水を全部抜いたとしても特筆すべき谷など見つかりはしないはずだ。丘に囲まれた谷間とはまったく違うのだ。面積に対しては桁外れに深いこの湖にしたところで、どまん中で垂直に割ってみればせいぜい浅い皿程度の深さしかないだろう。ほとんどの池や湖は水を抜いたところで、私たちがよく目にするような窪《くぼ》みと大差ない草地にしかならないはずだ。ウィリアム・ギルピン――地形に関することならどんなことにでも長《た》けており、大抵は見事なまでに正確に論じてみせる人物だ――はスコットランドのファイン湖について「塩水の入江で深さは六十から七十尋《ひろ》〔一尋は約一・八メートル〕、全幅四マイル」、全長は五十マイルあって周囲を山が囲んでいると記述しているが、そのファイン湖の端に立ってこう言っている、「ノアの大洪水による破壊、もしくはその引き金となった自然の激変の直後、激流が押し寄せてくる前にここを見ることができたなら、どれほど恐ろしい地割れに見えたことだろう！」

「山々は隆起して高くそびえ
地の底は広く深く窪み
なみなみと水を湛《たた》える底となった」

だが、ファイン湖のもっとも短い直径を使ってその比率をウォールデン湖――先に述べたように断面図では浅い皿にしか見えない――に当てると、四分の一の浅さになってしまう。水を抜かれたファイン湖の谷についていや増す恐怖の話は、このあたりで打ち切るとしよう。見渡す限りのトウモロコシ畑が広がる晴れやかな渓谷の多くは、水の抜けたこのような「恐ろしい地割れ」をなしていることに疑いは無いわけだが、何も知らぬ住人たちにこの事実を信じさせるためには、地質学者並の洞察と見識とが必要になる。好奇心の強い目には、地平に低く連なる丘陵に太古の湖の岸辺が見えることも多く、のちにその歴史を隠すべく平野が隆起するような必要もなかった。しかし――これは道路建設に従事する労働者なら知っていることだが――雨上がりにできた水たまりを見れば、どこが窪んでいるかはやすやすと分かる。要するに、想像力というものは少しでも自由になると、自然よりも深く潜り、高く駆けるものなのである。だからおそらくは大洋の深さも、その広さに比べれば、ごく些細《ささい》なものなのだろう。

私は氷を通して測ったので、凍結することのない港を測るよりも遥《はる》かに正確に湖底の形状を把握することができたし、その全体的な規則性には驚かされた。最も深いところでは数エーカーにわたり、太陽や風や鋤《すき》にさらされた畑の大半よりもずっと平坦《へいたん》な地面が広がっていた。たとえばある箇所では、適当に選んだ直線上三十ロッドにわたり、高低差は一フィート以内に収まった。そして中心部付近では、どの方向に百フィート測定をしても水深の差は概《おおむ》ね三、四インチに収まると予測できた。人々の中には、このように穏やかな砂の湖底を持つ湖にも深く危険な穴があると言う者もいるが、こうした状況では水の力であらゆる凸凹《でこぼこ》が平らに均《なら》されるものだ。湖底の規則性、そして岸辺や周囲の丘陵との連続性は非の打ちどころもないほど完璧《かんぺき》で、湖を渡って測深するうちに遠く離れた岬も見えてきたし、対岸を観察しさえすれば、どちらの方角にあるかも予測することができた。岬は砂州に、平地は浅瀬に、そして谷や地溝は深い水底や水路になった。

十ロッドを一インチとする縮尺で湖の地図を作り、全部で百ヵ所以上の水深をそれに書き込んだ私は、ある驚くべき一致を発見した。一見したところ最大水深を示す数値が地図の中央にあることに気づき、定規を縦にして地図に当て、それから横にして当ててみたところ、驚いたことに最大の縦幅と最大の横幅を示す二本の直線が、湖のもっとも深いところとぴったり重なっていたのだ。湖の縁は規則性からほど遠いうえに、最長の縦幅と横幅はどちらも入江まで入れて測定したにもかかわらずである。そこで私は思った。もしかしたらこの手がかりは、湖や池のみならず、大洋のもっとも深いところまで測ってしまうことができるのではないか？　そして谷の対極であると捉《とら》えるならば、この規則性は山の標高にも当てはまるのではないだろうか？私たちももすでに知っているとおり、山々の頂というものは、もっとも狭い部分ではないのだ。

五つある入江のうち三つ、つまり私が測量したすべての入江には、入口を突っ切る砂州があり、内部はさらに水が深くなっていた。そのため入江は陸地に向けて水平方向だけでなく垂直方向にも広がって内湾や独立した水域を作る傾向があり、ふたつの岬が延びる方向から、砂州の向きも分かるのだった。沿岸のどの港も例外なく入口には砂州が存在する。入江の口径が全長に比べて大きければ大きいほど、砂州を覆う水は入江の中よりも水深があった。要するに、入江の全長と全幅、そして沿岸の性質さえ分かれば、あらゆる場合に適用できる公式を作るのに必要な要素が、ほとんど揃ってしまうというわけだ。

この経験を元に、湖面の輪郭と岸辺の性質を観察するだけでどこまで正確に推定できるかを確認するため、私はホワイト湖の略図を作ってみた。ホワイト湖の面積は約四十一エーカーで、ウォールデン湖と同じく島は存在せず、水の出入口も見当たらない。向かい合うふたつの入江が接近し、それに囲まれた入江が退いているため、もっとも横幅の広いところともっとも狭いところに引いた直線はすぐ近くを通っており、後者の線から少し離れた前者の線上に最深部の印を付けてみた。その後、実際の最深部は私の見立てた地点から同じ方向に百フィートと離れておらず、深さも予想より一フィートだけ深く、六十フィートであることが判明した。もちろん、川が流れ込んでいたり、池に島があったりしたら、問題は遥かに複雑になるだろう。

もしあらゆる自然の法則を私たちが理解していたならば、たったひとつの事実や、実際に起きた現象についての記述さえあれば、それにちなんだあらゆる結果を予測することができるはずだ。今の私たちが知っている法則などごくわずかで、上等な結果を導き出すことなどできないが、これは自然界の混沌《こんとん》や不規則性のためではなく、私たちが計算に必要不可欠な要素をろくに知らないからだ。私たちが持つ法則や調和の概念というものは概して、自ら察知できるものに限られている。だが一見、矛盾しているように見えても実は一致している、人の目には見えぬ数々の法則が生み出す調和は、さらに驚異的なものなのだ。たとえば山にはたったひとつしか形がないというのに、旅人が一歩一歩進むにつれてその輪郭は形を変え無限の表情を見せるのと同じで、法則のひとつひとつは私たちの視点と同じである。たとえ山を切り裂いたり穴を穿《うが》ったりしてみたところで、全貌《ぜんぼう》を把握することはできないのである。

私がウォールデン湖で観察したものは、そのまま倫理にも当てはまる。いわゆる平均の法則だ。ふたつの直径の法則は、私たちを太陽系の太陽や人間の心臓へと導いてくれるだけでなく、人々の日々の振る舞いや、人生の波、いわば湾や入江の長さや幅に線を引けば、その交差するところに性質の高さや深さが見えてくるのだ。おそらくは彼の浜辺の傾向と近隣の地形や状況さえ分かれば、彼の深さや秘められた水底を推察することができるのではないだろうか。もし彼が高くそびえる山々に囲まれ、その影が胸に落ちているのであれば、それに呼応する彼の内面的な深さを持つ暗示となる。だが、低くなだらかな浜辺に囲まれているなら、彼の内面も浅いということだ。額が大きく突き出ているのであれば、それは同じだけの深みを持つ思考があることの暗示だ。さらには私たちの入江、言い換えるなら個人個人の傾向の入口には砂州があり、そのひとつひとつが私たちを引き止め、私たちの一部を陸で囲って封じてしまう港になる。こうした傾向はたいてい気まぐれなものではなく、形状、大きさ、方向などは岸辺にある岬の形や太古からの隆起の軸によって定まっている。嵐や潮の満ち引きや海流により、この砂州がだんだんと高くなるか、もしくは水位が下がるかして同じ高さになると、はじめは思考の停滞する入江内の岸辺でしかなかったものが、外海から切り離されて独立した湖となり、そこで思考は独自の環境を抱く――おそらく塩水から淡水へと変わって甘やかな海に、死んだ海に、でなければ湿地になるのだ。ひとりひとりが生を授かるその瞬間、それはどこかの砂州がそのようにして水面まで出てきたのだと考えられはしないだろうか？　けれど私たちはひどく拙《つたな》い船乗りであり、私たちの思考は港ひとつない海岸線に近づいたり離れたりをほぼ延々と繰[illegible]しながら、詩という湾の描く曲線の他には何もよく知らぬまま公共の輸入港に向け[illegible]取り、空虚なドックに船を入れてしまう。そこで俗世に合わせてつまらぬ改装を[illegible]り、で、思考を個性化してくれる自然の潮流など、入り込む余地もありはしない[illegible]

ウォールデン湖の流入口と流出口については、雨と雪、そして蒸発を除けば[illegible]つ見つからなかったが、温度計と紐《ひも》を使えばそうした場所をひょっとしたら発見[illegible]るかもしれない。湖に水が流れ込むあたりは夏にはもっとも冷たく、冬にはもっ[illegible]温かいはずだからだ。一八四六年から四七年、ここで氷の切り出し人たちが働いて[illegible]たころのある日、岸で氷を積んでいた男から、これでは薄くて他の氷と並べておけないと断られたことがあった。すると切り出し人たちはそれを受け、ごく狭い範囲だけ他のところに比べて氷が二、三インチ薄いことを突き止め、そこが流入口ではないかと当たりをつけた。さらに彼らは別のところで私を氷の上に押し出し、水が湖の下を通って丘の下を抜け、隣の牧草地に出ていく「浸出口」ではないかと考えられる場所を見せてくれた。それは水面下十フィートに開いた小さな空洞だったが、今より漏れがひどくならない限りは、はんだ付けをする必要もないと私が保証しよう。もしそのような「浸出口」が見つり、本当にどこかの牧草地と繋《つな》がっているとしたら、着色粉やおがくずを穴の口に持って行き、牧草地の泉にろ過器を置いておきさえすれば、水流に運ばれてきたものが後に残るので、証明できるはずだと提案した者もいる。

私が測量していたとき、そよ風を受けた厚さ十六インチにもなる湖の氷が、まるで水のように揺らいだ。氷の上では水準器が役に立たないことはよく知られている。そこで陸上の水準器を、氷上に立てた目盛り竿《ざお》に向けて測定してみると、一見したところ氷は岸にしっかりくっついているというのに、岸から一ロッドの地点において最大で四分の三インチ揺らいでいた。おそらく、湖の中心部あたりではもっと大きいだろう。私たちの手にする機器がさらに精密だったら、地殻内部の揺らぎすら察知できてもおかしくないのではないだろうか？　水準器の脚の二本を岸に、三本目を氷上に置いて三本目の延長線上に水準器を合わせると、極めて小さな氷の上下動があり、対岸の木では数フィートの差となって現れた。私が水深を測るために氷の穴開けに着たときには、深く積もった雪のせいで沈んだ氷面には三、四インチの水が溜《た》ま た。だがその水もすぐに私が穿った穴に流れ込み、深い流れとなって、そのときまでにわたり四方の氷を溶かしながら流れ続け、湖の氷面の水をなくすのに、はいかなくとも重要な役割を果たした。水が流れ込むことで氷が浮き上がるからだ。

これは、排水するために船底に穴を開けることにも似ている。その穴が凍りつき、その後に雨が降り、湖一面を新たな氷が覆ってしまうと、氷の中に暗色の蜘蛛《くも》の巣のような形をした、氷の薔薇《ばら》飾りとでも呼びたくなるような美しい斑《まだら》模様ができる。四方八方から中央に向かって流れ込む水流に溶かされた水の通り道が、これを作り出すのだ。氷面が浅い水たまりに覆われているときには、私の影が二重に見えることもあった。ひとつの影が氷上に、もうひとつの影が木立や丘の斜面にいて、片方がもう片方の頭の上に立っているように見えるのだ。

まだ冷え込んだ一月、雪も氷も厚く固いというのに、夏に飲みものを冷やすための氷を手に入れようと、堅実な地主が村からやって来る。まだ夏とは呼べないものがあまりにも多いそんな時期に、厚手のコートと手袋を身に着け、一月から夏の暑さと乾きを先取りするとは、感嘆を覚えるほどの、涙ぐましいほどの聡明《そうめい》さである。来世で夏に飲みものを冷やしてくれるこの宝を、現世に積んでおくなどもってのほかと思うのだろう。彼は凍った湖を切り出して挽《ひ》き、魚たちの屋根を奪い、魚にとっては欠かすことのできない水と空気を荷車で持ち去ってしまう。まるで束ねた薪のように鎖と杭《くい》で氷を縛り、都合のよい冷気の中を厳寒の貯蔵庫まで運んでいき、そこで夏まで寝かせておくのだ。はるか通りを引かれていくそのさまは、まるで塊になった青空のようだった。氷の切り出し人というのはいつでも冗談を飛ばしてふざけ合っている陽気な連中で、私が彼らのところに行くとよく私を下に立たせ、一緒に切り出そうじゃないかと誘ってくれたものだ。

一八四六年から四七年の冬のある朝、百人ものヒュペルボレイオス〔ギリシア神話の北方民族で「北風の彼方に住む人々」の意。アポロンを崇拝し、その国は理想郷と考えられた〕の末裔《まつえい》たちが、荷車に橇《そり》、鋤《すき》、種まき車、泥炭切り、シャベル、ノコギリ、熊手など、不格好な農機具を満載してウォールデン湖に押し寄せてきた。そのうえ全員が『ニューイングランド・ファーマー』紙でも『カルティベイター《耕作者》』誌でも見かけぬような、尖《とが》った先端がふたつ付いた金属の杖《つえ》を装備していた。冬ライ麦を蒔《ま》きに来たのか、はたまた近ごろアイスランドから持ち込まれた他の種類の種を蒔きに来たのか、私には分からなかった。肥料がどこにもないのを見た私は、彼らも私と同じようにここの土壌が深く、長らく休閑地だったことを鑑《かんが》み、浅く耕すつもりなのだと判断した。彼らの話によると、雇い主の大地主が、聞くところ五十万ドルにもなる持ち金を倍に増やしたがっているらしい。手持ちの一ドル札をすべて倍にするために、厳しい冬のさなかだというのにウォールデン湖にしてみればたった一枚のコートを、いや皮膚そのも

のを剝《は》がしてやろうというのだ。男たちはすぐさま仕事に取り掛かり、まるで模範農場でも作ってやろうとしているかのように、見事な秩序で耕し、泥を切り、均《なら》し、畝を作っていった。だが、その畝にいったいなんの種を蒔いているのかとじっくり観察していると、すぐとなりにいた一団が、独特の動きで手つかずの土壌をやおら掘り起こし、一気に砂まで——湧き水の出る土壌だから、水までと言うべきか——掘ってしまい、橇に積み込み運び始めたものだから、きっと湿地から泥炭を切り出しているのに違いないと私は思った。こうしてその男たちは来る日も来る日も、機関車のあげる甲高い叫びとともに、北極の鳥の群れのようにやって来た。北極のどこからか来訪し、そこに帰って行くかのように私には思えた。だが、ときにはウォールデン婆さんが仕返しをすることもあった。荷馬車のうしろを歩いていた雇われ人が、地面に口を開けた割れ目から冥界《めいかい》の最奥、タルタロスへと落ちかけてしまい、それまでとても勇ましかったはずがたちまちものの役にも立たなくなり、生者の体温まで失いかけ、私の家に逃げ込んできて、ストーブのありがたみを思い知ることになったのだ。また、ときには凍《い》てつく大地が鍬《くわ》の刃を折ったり、畝からどうにも抜けなくなった鋤を切断しなくてはならぬこともあった。

文字通りに言うなら、毎日百人のアイルランド人がヤンキーの監督たちを伴い、氷を運び出すためにケンブリッジからやって来た。彼らは、今さら説明の必要もないよく知られた手順で氷を四角い塊に切り分け、橇で岸へと運んで氷置き場まで引っぱって行き、それから鉄のフックと滑車を使い馬の力を借りて、小麦の樽《たる》のようにきっちりと積み上げていった。雲を貫くオベリスクを支える盤石の基礎を作っているかのように、綺麗《きれい》に横並びにした列をいくつも重ねていったのだ。私は、天気に恵まれた日には千トンを運び出せると彼らに聞いたが、これは一エーカー分の量にのぼる。橇が何度も同じ道筋を通るため、氷面には堅き陸地《テラ・ファルマ》と同じように深い轍《わだち》ができ、馬たちはバケツのようにくりぬかれた氷の塊からカラス麦を食べていた。彼らはそうして側面の高さ三十五フィート、面積六、七平方ロッドに氷塊を積み上げ、空気が入ることのないよう各階層の間に干し草を詰めた。というのも風が吹くと、たとえそれが凍てつくような冷たい風であろうと氷塊の間を吹き抜けて大きな隙間を開け、あちこちに細い柱や支え程度が残るのみとなり、最後には崩落してしまうからである。初めて見たときのそれはまるで巨大な青き城塞《じょうさい》かヴァルハラかに見えたが、牧草地から持ってきた粗野な干し草が隙間に詰められると、全体を霧氷や氷柱《つらら》が覆い、まるで太古から立つ苔《こけ》むした老廃墟《はいきょ》のように見えた。空の色味を帯びた大理石で造られた、私たちが暦で目にするあの冬という老人の住処《すみか》さながらで、彼が私たちとともに夏眠するためにこしらえたかのようだった。彼らの計算によると、氷塊の二十五パーセントは目的地に辿《たど》り着けず、二、三パーセントは貨車の中で溶けてしまう。だが、氷塊の大部分は本来の意図とは違う運命を辿ることになった。普通よりも大量の空気を含んでいて予想ほど長持ちしないと判明したのか、あるいは他の理由からかは不明だが、市場にはひとつも到着しなかったのである。一八四六年から四七年の冬にかけて作られたこの氷の山は一万トンあると見積もられていたが、結局、干し草と板で覆われることになり、翌七月には屋根がはずされて中身の一部が持ち去られはしたものの、残りは太陽にさらされたまま、その夏と次の冬を持ちこたえ、一八四八年の九月まで溶けきることなく残り続けた。そうして湖は、大部分を取り戻したのである。

ウォールデン湖では水と同じように、すぐ傍で見ると氷も緑を帯びているが、離れてみると美しい青をしており、川でできる白い氷や、四分の一マイル離れた他の池などでできる緑を帯びただけの氷などとは、ぱっと見ただけでも違うと分かる。そんな大きな氷塊のひとつがたまに切り出し人の橇から村の通りへと滑り落ち、そのまま巨大なエメラルドのようにそこに残り続けることがあり、行客たちの注目の的になった。水のときには緑色に見えるのに、凍りつくと、同じところからでも青く見える場所がウォールデン湖にはあることに、私は気づいた。湖の周りの窪地《くぼち》もこれと同じで、冬には湖自体と同じような緑がかった水で満たされるが、翌日には青く凍結しているのだった。おそらく水と氷が帯びる青みというのは、光とそこに含まれる空気が生み出すもので、透明であるほど青も濃くなる。氷というものは、考えれば考えるほど実に面白いものだ。フレッシュ池の氷貯蔵庫には五年物の氷があるが、まったく変質していないと人から聞かされたことがある。なぜバケツの水はすぐに腐って悪臭を放ちだすのに、凍った水はいつまでも美味なのだろうか？　これは愛情と知性の違いと同じであると、世間では言われている。

そうして十六日にわたり私は、何頭もの馬に荷馬車を引かせ、農機具らしきものを片っ端から手に取り、まるで忙しい農民のように働く百人の男たちを我が家の窓から眺めていた。さながら暦の最初の一枚で目にするような絵で、窓から外を見ると私はよく、ヒバリと農民のおとぎ話や、種を蒔く人の寓話《ぐうわ》を思い出した。今は男たちもひとり残らず立ち去り、おそらく三十日かもう少しも経てば、私は同じ窓から、海のように青く澄み渡るウォールデンが雲や森を映し、ひとり蒸気を立ち上らせる姿を目にするだろう。男たちがそこにいた痕跡《こんせき》など、どこにも現れはしない。きっと私には水に飛び込んだり羽を繕ったりする一羽のアビの笑い声が聞こえたり、ひとりボートに乗る釣り人が湖面に浮かぶ木の葉のように、つい最近まで百人の男たちが労働に追われていたその場所で、波間に映る己の姿を見つめる姿を目にしたりするのだろう。

こうして私は、チャールストンやニュー・オーリンズ、マドラスやボンベイ〔現在のムンバイ〕やカルカッタ〔現在のコルカタ〕の、暑さに力尽きた住人たちが、我が家の井戸で水を飲むように感じるのだ。朝、私は広大で宇宙的な『バガヴァッド・ギーター』の哲学に自分の知性を浸す。この聖典ができてから神々の時代は過ぎ去り、これと並べてしまうと、私たちの現代世界やそこで生まれる文学など取るに足らぬ、つまらないものに思えてくる。だから私たちの概念を遥かに超えるほどに崇高なこの哲学は、もしや前世についてのものなのではないかと私には思えてくるのだ。私は本を置いて、井戸に行く。するとどうだろう！　そこでブラフマンとヴィシュヌとインドラの司祭、ブラフマンの僕《しもべ》――いまだガンジス川のほとりで委員に座してヴェーダを読み、パンの皮と水差しを持ち木の根元に住んでいる――と出会う。主人のために水を汲《く》みに来たこの僕と私は出会い、私たちの木桶《きおけ》は同じ井戸の中で擦れ合った。純粋なウォールデンの水が、ガンジスの聖なる水と混ざり合う。順風を受けてウォールデンの水はアトランティスやヘスペリデスなど伝説の島々の傍を過ぎ、テルナテとティドールとペルシャ湾の口を流れ過ぎ、インド洋を吹く熱帯の強風の中に溶け、アレクサンダー大王ですら名を耳にしたことしかない港に辿り着くのである。

春

切り出し人たちが広々と氷を切り出してしまうと、湖の解氷もそれだけ早くなる。寒いさなかであろうとも、風に煽《あお》られた水が波立って周囲の氷をどんどん侵していくからである。だが、その年のウォールデン湖は、古い衣の代わりとなる新たな厚手の衣をすぐにまとってしまったため、そうはならなかった。この湖は、近隣にある他の池や湖が解氷してもなかなか溶けることがない。それはより深さがあり、氷を溶かしたり侵したりする流れが中を通っていないからだ。私は冬の間に溶けたのを一度も見たことはなく、それはあたりの池や湖に厳しい試練となった一八五二年から五三年にかけての冬とて変わらなかった。毎年たいていフリント池とフェアヘヴンが溶ける一週間後から十日後の四月の一日あたりに、湖の北側、最初に凍結する浅瀬のほうから溶け始めるのだ。この湖の水温は、つかの間の気温のうつろいにも大した影響を受けず、辺りのどんな水域よりも正確に季節の進行を示してくれる。三月に数日ほど厳しい寒さが続くと他の池では解氷が大きく遅れるが、ウォールデンの水温だけはほとんど途切れることなく上がり続ける。一八四七年三月六日、ウォールデン湖の中央に温度計を突っ込んでみたところ、華氏三十二度、つまり氷点を示し、岸のあたりでは三十三度だった。同じ日、フリント池の中央では三十二・五度、岸から十二ロッドあたりの浅瀬で厚さ一フィートの氷の下を測ってみると、三十六度だった。深みと浅瀬の間にある三・五度の水温差と、他の大部分が比較的浅いことを鑑《かんが》みれば、なぜフリント池がウォールデン湖よりもかなり早くに氷解を迎えるのかを示している。この時期、もっとも浅い部分の氷は中央部の氷よりも数インチも薄い。真冬には中央がもっとも温かく、氷も薄くなる。それと同じように、夏に岸に近いあたりを歩いてみれば誰にでも、三、四インチの深さしかない岸辺のそばでは水温が少し沖に出たあたりよりもずっと高く、水深が深いところでも、湖底近くより水面のほうがずっと温かいのが分かったことだろう。春には太陽が大気と土壌の温度を上げてその力を放ったが、その熱気は一フィートかそれを超える厚みの氷をも通過し、浅瀬の湖底に反射して水を温め、氷を下側から溶かした。同時に真上からさらに直接的に溶かして氷面を凸凹《でこぼこ》にし、氷の中に閉じ込められた気泡を上に下に広げてすっかり蜂の巣状にしてしまい、最後にはたった一度の春雨に降られてあっという間に消滅するのだった。氷には木と同じように目があり、氷の塊が崩れて、蜂の巣のような姿になると、どんな向きであろうと気泡は元の水面に対して垂直になる。岩や丸太が水面近くまで突き出しているような場所では、その上に張った氷はずっと薄く、反射熱によってすっかり溶けてしまっていることが多い。私の聞いたところによると、木製の浅い池に水をはって凍結させる実験をケンブリッジで行ったところ、冷気が底部を循環して左右の側面にまで行き渡っていたにもかかわらず、水底からの太陽の反射がそれを相殺してなお上回ったという。冬のさなかに温かな雨がウォールデンの雪氷を溶かし、湖の中央に暗色や透明の固い氷を残すと、岸辺のあたりに、その反射熱でできた幅一ロッドかそれ以上の、厚みこそ勝るが崩れかけたような白い氷が帯状に張る。さらに先述したように、氷に閉じ込められた気泡が天日レンズの働きをして、その下の氷を溶かしてしまうのだ。

この湖では、一年のうちに起きる現象が毎日小さな規模で起きている。毎朝、たいてい浅瀬の水は、大した差ではないものの深みよりも温まるのが早く、日暮れから朝にかけては冷えるのが早い。一日が一年の縮図なのだ。夜は冬であり、朝と夕方は春と秋であり、そして昼は夏である。氷が立てる軋《きし》みや唸《うな》りは、気温が変わる兆しだ。一八五〇年二月二十四日、凍《い》てつく夜が明けたある朝のこと、フリント池で一日を過ごそうと出かけていった私は、斧《おの》の頭で氷を打ってみたところ、何ロッドにもわたって鐘か、はたまたぴっちり張った太鼓でも叩《たた》いたかのような音が響き渡ったものだから驚いてしまった。日の出からおよそ一時間、丘陵を越えて斜めに差し込んでくる日差しのぬくもりを受けて、湖は唸りをあげはじめた。湖は目覚めたばかりの人間みたいに伸びをし、あくびし、そうして三、四時間をかけてだんだんとにぎやかになっていく。午後になると短い午睡《シエスタ》を取り、夜に向けて太陽がその力を収め始めるともう一度唸りをあげる。天候さえ間違わなければ、湖は夕刻の時砲を極めて規則正しく響かせる。だが、氷の割れる音に満ちた昼のさなかともなると、大気も柔軟性を失い、音も響かぬようになる。おそらく氷を叩こうと、魚もマスクラットも足をすくませすらしないだろう。釣り人たちは、この「湖の雷鳴」が魚たちを怯《おび》えさせ、まったく餌に喰《く》い付かなくしてしまうという。湖は毎晩雷鳴を響かせるわけではなく、私にもいつそれが轟《とどろ》くのかはっきりとは言えなかった。だが、天候がまったく変わらなくとも雷鳴は轟くのだった。これほどまでに巨大で、冷たく、そして分厚い皮をかぶったものがそんなにも繊細だなどと、いったい誰が疑いを抱くだろう？　それでも春が訪《おとな》えば蕾《つぼみ》が開くのと同じくらい確かに、時の訪れに服従して雷鳴を響かせるという法則を、この湖は持っているのだ。この大地は隅々まで命を宿し、小さな乳頭状の突起に覆われている。もっとも大きな湖も、管の中にある小さな球状の水銀と等しく、大気の変化を敏感に感じ取るのである。

森を訪れ、そこに住まう楽しみのひとつは、春の到来を目にする時間と機会を与えられることだ。湖の氷はようやく蜂の巣状になり、私はそれをかかとで踏みしめながら歩くことができるようになる。霧と雨と暖かさを増した太陽がゆっくりと雪を溶かし、日はみるみる長くなって派手に火を焚《た》かなくとも冬を越す算段がつき、私はもう新たな薪を積まなくてもいいと踏む。春を告げる最初の兆しを、決して逃すまい。私は飛来する鳥の歌声や、もう餌の蓄えも底を尽きかけたシマリスの甲高い鳴き声が聞こえないかと耳をそばだてる。冬のねぐらからウッドチャックがのっそりと出て来るのではないかと目を凝らす。三月十三日、ブルーバード、ウタスズメ、そしてワキアカツグミのさえずりは既に聞こえたというのに、氷の厚みはまだ一フィート近くもあった。気候が暖かくなっていっても氷は水に溶けず、川のように割れて流れていくこともなかった。岸に近いあたりでは幅にして半ロッドくらいはすっかり溶けてしまっていた。中央のほうは蜂の巣状になって水に浸っており、厚さ六インチほどあったものの足で踏み抜くこともできた。だが翌日の夕べには――温かな雨が降って霧が立ち込めたりすると――氷は影も形もなく忽然《こつぜん》と、まるで霧とともに神隠しに遭ったかのように消えてしまった。ある年、私は氷がすっかり消えてしまうつい五日前に、湖の中央を歩いて突っ切ってみた。一八四五年、ウォールデン湖は四月一日にやっと全面的な解氷を迎えた。四六年は三月二十五日。四七年は四月八日。五一年は三月二十八日。五二年は四月十八日。五三年は三月二十三日。五四年は四月七日ごろである。

川や湖の解氷や、天候の安定と関係するできごとは、どんなものであれ、これほど寒暖差の大きな気候に暮らす私たちにとってはことさら興味深いものだ。暖かな日々が訪れると、川の傍に住む人々は夜中、大砲の轟音《ごうおん》のようなものすごい音をたてて氷が割れるのを耳にした。氷の拘束具が隅から隅まで割れてしまうようなその轟音がすると、それから数日のうちにどんどん氷が流されていくのが見えるようになる。そして地面を揺るがし、アリゲーターが泥の中から出てくるのだ。自然をじっくりとつぶさに観察してきた、ある老人がいる。彼がまだ少年だったころ、まるで自然が造船台に載せられ、自分もその竜骨の取り付けを手伝いでもしたかのように、自然の営みを何もかも知り尽くしているかに思えるほどだ――今やもうすっかり大人ではあるが、仮にメトセラの齢《とし》まで生きながらえたとしても、自然についてさらに知ることなどほとんどありはしないだろう。その彼が私に話してくれたところでは――私は彼と自然の間にはもはやなんの秘密もないと思っていたので、彼が自然の営みに対する何らかの驚きを表現するのを聞くと、ひどく意外に思った――ある春、銃を携えボートに乗り、カモでも撃ちに行くかと思い立った。まだ草地には氷が残っていたが、川からはすっかり無くなっており、おかげで彼も自分の住んでいるサドベリーからフェアヘヴン池まで進んで行けたのだが、そこで不意に、池のほとんどが固い氷に覆われてしまっているのに出くわした。暖かな日だったので、そんなにも大きな氷が残っているのを見た彼は、度肝を抜かれた。一羽のカモも見当たらないので、池に浮かぶ島の北側にボートを隠し、自分は南側に生えた茂みの陰に隠れてカモが現れるのを待った。岸から三、四ロッドのあたりまで氷は溶け、そこにはカモたちが好きでたまらぬ穏やかで温かな水面が広がっていたので、きっとすぐにでもカモがやって来るだろうと彼は当たりをつけた。そうしてそのまま一時間も待っていると、どこかひどく遠くと思《おぼ》しきところから低い音が届いてきた。彼が今までに聞いたことのないような、とても荘厳で心に響くその音は、普遍的で、決して忘れ去られることのない終焉《しゅうえん》をもたらそうとするかのように、徐々に広がり、大きくなり、陰鬱《いんうつ》な怒濤《どとう》となって押し寄せた。老人は、こいつはきっと大きな鳥の群れがここで過ごしに飛んでくる音に違いないと思って銃を摑《つか》み、うずうずと胸を躍らせながらぱっと立ち上がると、驚いて目を瞠《みは》った。彼が身を横たえている間に、氷そのものが動きだして岸に流れ着いていたのだ。さっき彼に聞こえたあの音は、氷の端が岸辺を擦《こす》る音だったのだ——最初はそっと齧《かじ》り取られて崩れるだけだったのが、やがて岸に乗り上げ陸地にその破片をうずたかく撒《ま》き散らし、そしてようやく動きを止めたのである。

やがて日が高く昇り、暖かな風が霧と雨を吹き払い雪溜《だ》まりを溶かし始めると、太陽は霧を消し去り、あずき色と白の芳香を放つ蒸気が織りなす、縞模様《しまもよう》に包まれた情景に向かって微笑む。千の小川やせせらぎは己の血管を満たす冬の血を剝《は》ぎ捨て、そして流しながら、その軽やかな調べで旅人の胸を弾ませ、旅人は小島から小島へと道を進んでいく。

村に行く道すがら通った線路沿いの深い切り通しの断面を、砂や粘土が雪解けとともに流れ落ちていく様子ほど、見ていて心躍るような現象はあまりなかった。鉄道が発明されてからというもの、この現象に必要な素材を含む断面が曝《さら》け出されることは飛躍的に増えたに違いないが、このように大きな規模のものはほとんど見かけなかった。素材は粗さも色もさまざまな砂で、普通は多少の粘土が混ざっている。春の訪れとともに霜が溶けたり、冬のさなかにふと雪の溶ける日があったりすると、その砂がまるで溶岩のように斜面を流れ落ちる。そしてときおり雪を破り、それまで砂の無かったあたりにまであふれ出すのだ。数え切れないほどの小さな水流が重なり合い、混ざり合い、半ば流れの法則に、そして半ば植物の法則に従いながら、交配種のようなその姿を見せる。流れながらよく潤った葉や蔓《つる》の姿を取り、そこに積もる枝葉は一フィートかそれ以上の深さにもなり、それを見下ろしてみれば、ぎざぎざと縁が浅く切れ込んだ葉が鱗《うろこ》のように重なり合った、何らかの地衣類の葉状体のように見える。もしくは珊瑚《さんご》か、豹《ひょう》の鉤爪《かぎづめ》か、鳥の足か、脳や肺や腸《はらわた》か、ありとあらゆる排泄《はいせつ》物のようにも見える。形も色も、ブロンズのまがいもののような極めてグロテスクな植物で、ハアザミ、チコリー、キヅタ、ツル草など、どんな植物の葉よりも古く、広く建築物にあしらわれた植物文様のように見え、おそらく状況次第では、未来の地質学者にとっては不可解な謎にもなりえるだろう。切り通しの全体像は、まるで光に晒《さら》された鍾《しょう》乳《にゅう》石《せき》の洞窟《どうくつ》のような印象を私に与えた。その砂がまとう多様な色彩はこのうえなく豊かで目に心地よく、茶色、灰色、黄色や赤を帯びたりと、さまざまな鉄の色を宿していた。砂の流れは土手の下に掘られた溝に辿《たど》り着くと砂地のように平らに広がり、幾筋にも分かれた流れは、半円筒形の形状を失いだんだんと平たく幅広にし、水分を増やしながら合流してほとんど平坦《へいたん》な砂地になるが、多種多様な美しい色彩は相変わらずで、元の植物のような姿形はまだ見て取れる。やがて、それも水の中に入って河口の先にできるのと同じような砂州へと変わり、あの植物文様は水底で波模様となって消えてしまうのだ。

高さ二十から四十フィートになる土手が、その片側だけのことも両側のこともあるが、四分の一マイルにわたり、上から下まで春の一日が生み出すこの植物文様に――もしくは砂の断裂に――覆われてしまうことがある。砂が作るこの植物文様の特筆すべきところは、突如として出現することである。太陽は初めは片側の壁だけを照らすので、まず命の宿らぬ片側の壁を見てから、もう片側の壁にわずか一時間のうちにできた豊かな植物文様に目をやれば、私はふと、世界と自分を創ったあの芸術家のアトリエに立っているかのような奇妙な感覚に打たれた――その芸術家がまだこの土手を相手に仕事をし続けていて、有り余る活力を使って、自分の頭に浮かんだばかりのデザインをほどこしているのではないかと。この砂の流出で現れる葉の塊が動物の内臓のようにも見えるものだから、私はまるで地球の内臓のすぐそばにいるかのような気分だった。こうして砂そのものの中に、私たちは植物の葉の予覚を見るのである。内側に向けて己の意図を大らかに表現しているこの地球が、それを外側に向けて、葉で表現しようとするのはまったく当たり前のことだ。原子はすでにこの法を知り、大地に身ごもられている。生い茂りしだれる葉も、この原子に原型を見ているのだ。この地球であろうと、動物の肉体であろうと、内部にあるのは湿った分厚い葉であり、この言葉は特に肝臓、肺、そして葉状脂肪にも当てはまる（γείβω、labor、lapsus は流れ落ちる、もしくは滑り落ちる、陥るの意味。λοβός、globus はそれぞれ葉や地球を意味し、そこから重なる〈lap〉、はためく〈flap〉をはじめ、多くの言葉とつながる）。外部は乾いた薄い葉〈leaf〉で、これは f と v が圧迫して乾かした b であるのと変わらない。葉《よう》〈lobe〉の語根は lb であり、b の柔らかな堆積《たいせき》（b は単葉、B は複葉である）のうしろで、流体の l がそれを前に押している。地球〈globe〉の語根は glb だが、その言葉の意味に喉音《こうおん》の g が咽喉《のど》の働きを付け加えている。鳥の羽根や翼は、いっそう乾いて薄くなった葉だ。それに、土中ののろまな幼虫が宙に羽ばたく蝶《ちょう》となるのも同じことだ。地球そのものも絶えることなく自分を超越し、変容させ、やがて翼を持ち己の軌道を描くようになる。氷ですら、最初はまるで水草の葉が水鏡に刻んだ型へと流れこんでできたような繊細な水晶の葉だ。木も全体がたった一枚の葉に過ぎず、川はより大きな葉だ。葉肉はそこに付いた陸地であり、田舎町や大きな街は葉の付け根に産み付けられた昆虫の卵なのだ。

　太陽が影を潜めると砂は流れるのをやめるが、朝になると再び流れはじめ、何度も枝分かれを繰り返しながら無数に増えていく。血管網とは、そうして形成されていくものなのかもしれない。つぶさに観察してみれば、最初に溶けていく塊から、指の付け根のふくらみにも似た、水滴のような先端を持つ柔らかくなった砂の流れが、ゆっくりと、あてもなく流れ出してくるのが見て取れる。日が高くなるにつれて熱と湿気が高まり、最も流動的な部分は、生命を持たないものが従う法則に自分も倣おうとしながら、生命を持たないものから分かれ、その内部にくねくねと曲がった水路を——もしくは動脈を——作り出す。その中では小さな銀色の流れが稲妻のように光を放ち、ときおり砂に飲まれながらも、水分をたっぷり含んだ葉や枝を次々と渡っていく。その塊から得られる水路の鋭い端を作るのに最高の素材を使い、砂が流れながら自分をまとめあげていくその速さは、まったく見事なものだ。川の源流もまったく変わらない。水が残していく珪酸《けいさん》質の物質の中にはおそらく骨を作る組織が含まれており、さらに細やかな土や有機体の中には、肉質の繊維や細胞組織があるのではないだろうか。人間とは、溶けて行く粘土の塊以外のなんだというのだろう？　人間の指の付け根のふくらみは、凝結した水滴でしかないのだ。指やつま先とは、人体という塊から溶け出したものが限界まで流れてできたものなのだ。より穏やかな楽園であれば、人体がどれだけ広がり、流れていくことができるか、誰に思い描けるだろう？　手とは、裂片や葉脈を持つ開いたシュロの葉ではないのか？　空想を羽ばたかせるならば、耳とは裂片もしくは垂れた葉を持ち頭の両側に付いた、地衣類かイワタケといったところか。唇——labiun、つまりlabor（骨折る）の派生だろうか——は、洞窟になぞらえた口の両側にかぶさる（lap）か、もしくは垂れる（lapse）もの。鼻は凝結した水滴か鍾乳石が形となったもの。あごは顔をしたたり落ちてきたものが合流した大きな水滴だ。頬は額から顔の谷間へと流れ落ち、頬骨に行き当たって分かれたものだ。丸みを帯びた葉の裂片もまた大小を問わず、厚みがあり、今はひと休みしている水滴だ。裂片は葉の指だ。裂片は存在する数の分だけさまざまな方向へと流れるもので、さらに熱や、他の温暖な環境のもとであれば、もっと遠くまで流れていくだろう。

このように、この丘の斜面ひとつが自然の働きの原理をすべて説明してくれているように思えるのだ。この地球の創造主は、たった一枚の葉の特許を持っているに過ぎない。どのようなシャンポリオン〔十八～十九世紀フランスの古代エジプト学研究者〕がいずれこの象形文字を解読し、私たちが新たな葉をめくれるようにしてくれるだろうか？　この現象は私にとって、ブドウ園の豊穣《ほうじょう》や繁栄などよりもはるかに胸の躍るものだ。確かに、その性質にはいささか排泄物的なところがあり、まるで地球があべこべに裏返ってしまったかのように、肝臓、肺、腸《はらわた》の山も果てしなく連なっているが、これは自然が何らかの内臓を持っている徴《しるし》でもあり、このことからも自然が人類の母であることが分かる。これこそ地中から現れた霜だ。これが春なのである。それは神話が普通の詩に先立つのと同じように、緑と花が栄える春に先立つ。冬の毒気と消化不良にこれほどよく効く下剤を私は他に知らない。そして私は確信する。この地球はまだ産着にくるまれた赤子で、あちこちにその小さな指を伸ばしているのだと。まったく何もなかった額に、新たな巻き毛が生えてくる。無機物などというものは、ひとつとして存在しない。こうした葉状の塊がまるで溶鉱炉の鉱滓《こうさい》みたいに土手沿いに並び、内部では自然が「フル稼働」していることを物語っているのだ。この大地は、死んだ歴史のつまらぬ断片などではない。地質学者や古物商たちがじっくり調べる幾重にも重なる本のページのような、何層にも重なる地層ではない。花や果実に先駆けて茂る木の葉のような、命を持つ詩なのだ――古びた大地ではなく、生ける大地なのだ。その大いなる中心的な生命と比べれば、動物や植物の命など、どれも寄生しているだけのようなものだ。その陣痛は、墓場で眠る私たちの抜け殻すら立ち上がらせるだろう。人間がいかに自分という金属を溶かし、思いつくかぎり最も美しい鋳型に流し込もうとも、溶けて流れ出し様々な形となる大地ほど私の胸を躍らせるものなどありはしない。そして大地のみならずそこに存在する法までもが、陶工の手中にある粘土のように思いのままになるのである。

もうすぐ、冬眠から覚める四つ足の獣たちのように、土手だけではなくすべての丘陵や平原や窪地《くぼち》で地中から霜が現れ、音楽を奏でながら海を求めたり、雲となって新たな地へと移ったりしていく。穏やかに説き伏せる雪解けは、ハンマーを振るうトール神よりも力強い。ひとつは溶かし、ひとつは粉砕するのだ。

　大地の雪がちらほらと消え、暖かな日が何日か続いて地表をいくらか乾かすころ、わずかに顔を覗《のぞ》かせた幼い一年の最初の穏やかな兆しを、冬を耐え忍んだ枯草や枯木の厳粛な美しさと比較するのは楽しいものだった——ハハコグサ、アキノキリンソウ、オランダフウロ、そして優雅な野の草たちは夏よりも凛《りん》として目を引き付けることも少なくなく、まるでこの季節になりようやく美しさが盛りを迎えるかのようだ。ワタスゲ、蒲《がま》、モウズイカ、セイヨウオトギリソウ、ハードハック、シモツケなど丈夫な茎を持つ植物は、最初にやって来る鳥たちの尽きることない食料となって、彼らをもてなす——少なくとも、寡婦たる自然がまとうに相応《ふさわ》しい喪服となる。私は特に、弓なりの束となるカヤツリグサの穂に目を奪われてしまう。それは私たちが抱く冬の記憶に夏を呼び戻し、芸術はそれを模倣することをこよなく愛し、そして人間の心にすでに存在する原型に対して天文学が持っているのと同じ関係を、植物の王国において持っている。これはギリシャやエジプトのものよりも古い、古代の様式だ。冬に起きる大きな現象の多くは、表現できないほどの優しさや壊れてしまいそうな繊細さを暗示している。この王が粗野で乱暴な暴君であるとは聞く話だが、彼はまるで恋人のような優しさで夏の髪を美しく飾ってやるのだ。

春が近づくと、我が家の、私が読書や書きものをする場所の真下に、アカリスがやって来た。ときには二匹で連れ立ってやって来て、世にも奇妙なくすくす笑いやさえずりを漏らしたり、声を裏返したり、喉を鳴らす音をたてたりする。私が大きな音で床を踏み鳴らしても、そのさえずりは大きくなるばかりで、まるで狂気の悪ふざけのあまり恐怖も敬意も忘れ去り、己を止めようとする人間に抗《あらが》っているかのようだ。おいおい、やめろ、アカリスめ、アカリスめ。彼らは私の苦情などまったく聞こえないのか、でなければこちらが本気であるのが分からないのか、止めようがないほどの罵《ば》詈《り》雑言《ぞうごん》を浴びせてくるのである。

春に訪れる最初のスズメよ！　新たな一年が、かつてないほど若々しい希望とともに始まるのだ！　まだ草の生え揃わぬ湿った草原の向こうから、ブルーバード、ウタスズメ、ワキアカツグミがたてる微《かす》かな銀色のさえずりが、まるで冬の名残の雪が舞い散る音のように聞こえてくる！　歴史、年代記、伝承をはじめ、文字で書かれた啓示など、こんなときに一体何になるというのだろう？　小川は春を迎える讃歌《さんか》を歌う。

ハイイロチュウヒは草地の上を低く飛び、ぬめった生物が目覚めているのではないかと探している。雪解けのしたたる音が谷間という谷間で聞こえ、湖では氷がみるみる溶けていく。丘の斜面では春の炎のように若草が萌《も》える――「春の初雨に促され《et primitus oritur herba》、草が萌え出づる《imbribus primoribus evocata》」――まるで大地が、日輪の帰還を迎えようと内なる熱を解放しているかのようだ。その炎は黄色ではなく緑色だ。永遠の若さの象徴である草の葉身は、長い緑のリボンのように土中から夏へと流れ出してくる。霜に固く遮られようともすぐにまた押し始め、前年の枯草を突き抜けてあらたな芽を吹かせるのである。新芽は、地中から湧き出すせせらぎのように、順調に育っていく。せせらぎが涸《か》れる六月、すくすくと育つ草の葉身はその水路となるのだから、新芽とせせらぎはほとんど同じものだ。毎年毎年、家畜たちは緑の絶えないこの水流で喉《のど》を潤し、草刈り人たちは冬の備えの水汲《みずく》みをする。私たち人間の命も同じように、根まで枯れ果てようとも永遠へと緑の葉身を伸ばしていくのである。

ウォールデンはみるみる溶けていく。北側と西側の沿岸には幅二ロッドの運河が流れ、東端ではさらに広々としている。浜辺の茂みからは、ウタスズメのさえずりが聞こえてくる――オリット、オリット、オリット――チップ、チップ、チー・チャ――――チェ・ウィス、ウィス、ウィス。ウタスズメもまた、氷を割る手伝いをしている。

多少は岸辺に沿っていることはあっても、より規則的に雄大な曲線を描く氷の縁の、なんと美しいことか！　近頃の、刹那《せつな》的ながらも厳しい寒さのせいで、いつになく固く、まるで宮殿の床のようにつややかで、波模様をまとっている。だが風はそのくすんだ氷面を東に向かい虚《むな》しく滑り、その先で生きた水面《みなも》に行き着く。陽光に煌《きら》めくこの水のリボンは見るからに華麗だ。水の中に暮らす魚たちや岸辺の砂の歓《よろこ》びを語る、歓喜と若さみなぎる湖の素顔だ――ウグイの鱗《うろこ》のような銀の輝きは、まるで湖がそのまま活力あふれる一匹の魚になったかのようだ。冬と春は、こんなにも対照的だ。ウォールデンは死に、そしてまた生き返る。だがすでに書いたように、この春の解氷は例年よりも順調なものであった。

嵐と冬から静穏と温暖の気候へ、暗く鈍重な時間から明るく伸びやかな時間へ。その変化は、あらゆる存在が宣言すべき忘れがたい変化である。起きてみれば、まるであっという間のできごとだ。夕暮れ近くは冬の雲がまだ頭上を覆い、軒先からは霙《みぞれ》まじりの雨がしたたっていたというのに、とつぜん差し込んできた日差しがあっという間に我が家を満たしてしまったのだ。窓から表を覗き、私は目を瞠《みは》る。昨日は灰色の冷たい氷が覆っていたところに、透き通った湖がひと足早く夏の夕暮れのような希望をいっぱいに湛《たた》えている。どこか彼方《かなた》の地平とつながっているかのように、頭上にまだ欠片《かけら》も見えぬ夏の夕空をその胸に映している。遠くでコマドリの鳴くのが聞こえた。私にとっては何千年振りかに聞く声に、そしてこの先何千年も忘れることのない声に感じられた――太古から変わらぬ甘く力強い声に。ああ、ニューイングランドの夏の終わりに鳴く夕暮れのコマツグミよ！　もしこの私に、彼の座す枝を見つけ出すことさえできたなら！　その彼を、その枝を。少なくともこの鳥は、ただの「トゥルドゥス・ミグラトリウス」〔コマツグミの学名〕などであるものか。我が家の周りでずっとうなだれていたヤニマツやシュラブ・オークがやにわに本来の姿を取り戻し、まるで雨のおかですっかり綺麗《きれい》になって元気になったかのように、すっかり明るく、緑濃く、よりすっくりして活力に満ちているように見えた。もう雨が降ることはないと、私には分かった。森のどの枝も、いや、自分で積んだ薪の山を見ても、ほんのひと目で冬が過ぎたかどうかが分かる。宵闇が訪れると、森の上空低くを飛んでいくガンの群れの鳴き声に、私ははっとした。まるで夜遅くに南の湖からやって来た疲労困憊《こんぱい》の旅人たちが、ようやく気を緩ませてぐちをこぼし、労《いたわ》り合うかのような鳴き声であった。戸口に立てば、彼らの羽ばたきが聞こえた。こちらに飛んで来ていたのがいきなり我が家の灯りに気づき、大慌てで進路を変えて湖に降りたのだ。私も家に入ってドアを閉め、初めて森で迎える春の夜を過ごしたのだった。

朝、私は戸口に立ち、霧の向こうの湖を眺めた。岸から五十ロッド、湖のなかほどで昨夜のガンの群れが泳いでいた。とても大きく、そして騒がしく、ウォールデンはまるで彼らを遊ばせるために作られた人工の池のようだった。けれど私が岸辺に出た途端、ガンの群れは隊長の号令とともに大きな羽音を立てて一斉に舞い上がり、全二十九羽で隊列を組み、円を描いて私の頭上を飛んでいたが、やがて隊長がたてる規則正しい号令が響くと、もっと泥の多い水域にいけば朝食にありつけるはずだとばかりに、まっすぐカナダを目指して飛び去っていった。それと一緒にカモの「群れ《ブランプ》」も飛び立ち、やかましい従兄弟《いとこ》たちのあとに続けとばかりに北へと進路を取った。

それから一週間、取り残されたガンが朝霧の中で円を描いて飛びながら、仲間を探して鳴く大きな鳴き声が響いていたが、たった一羽とはいえ森には支えきれぬほど大きな命の声が森を満たしていた。四月になると、鳩がまた小さな群れをなして現れ、ものすごい速さで飛び回り、我が家のある開拓地の上からはイワツバメたちの声が聞こえた。この行政区には、我が家を訪《おとな》うほど多くのイワツバメが棲《す》んでいるようには見えなかったのだが、きっとこのイワツバメたちは白人がやって来るよりもはるか昔から木のうろに住んでいた、太古の種族に違いないと私は空想した。ほとんどどの地方においても、この季節の先駆けとなり訪れを告げる使者の中には、亀とカエルがいる。そして鳥たちは翼を煌めかせてさえずりながら飛び、植物は芽吹いて花を付け、風は吹き、地軸のわずかな振動を修正し自然の均衡を維持するのだ。

巡りくる季節はどれも最高のものと思えるものだが、春の訪れもまた、混沌《カオス》から宇宙《コスモス》が創造されたことに、そして黄金時代が実現したことに似ている。

「東風は帰ってゆく、曙《アウローラ》の女神のもとへ、ナバテアの王国へ、
そして朝日の照らすペルシャの山々へ。
……
人間が生まれた。万物の創造主が、
より良き世界の源が神の種子から作ったのか、
それとも気高き天空から分かれたばかりの土に、
天の種子の名残が残されていたのか」

〔『変身物語』オウィディウスより〕

優しい雨が一度降っただけで、草はずっと青々としてくる。それと同じように、より良き思想が流れ込めば、私たちの行く手にも光が差す。もし私たちが常に今を生きて、我が身に落ちたほんのわずかな露の重みを告白する草のように、自分に降りかか

るあらゆるできごとを活《い》かすことができ、過去に無駄にしてしまった好機への贖《あがな》いに時を費やし、それを己の義務であるなどとしなければ、私たちはきっと祝福されるだろう。もう春だというのに、私たちは冬から出もせずにうろついている。心地よい春の朝には、あまねく人々の罪が赦《ゆる》される。このような日には、悪徳とも停戦するのだ。日輪が燃え続けている限り、どれほどの罪人であろうと我に返ることができる。そうして取り戻した清廉さにより、隣人の清廉さを見出《みいだ》すのだ。昨日は隣人を泥棒だ、酔いどれだ、好色家だと思ってただ哀れみ、見下し、世界に絶望していたかもしれない。だが春の始まりであるこの朝、日輪はまばゆく輝き暖かく、世界を再創造している。そして私たちは静かに仕事をする彼に出会い、疲弊しきって堕落した血管が穏やかな歓喜に拡張して新たなる日に祝福を施し、幼子のような純真さで春の力を感じ取るその姿を見れば、彼の過ちなど何もかも忘れてしまう。彼の周りには善意の空気が取り巻くだけでなく、生まれたての本能のように闇雲で無意味だったとしても、聖なる芳香までもが顕現しようと模索しており、ほんの短い間だけ、南に広がる丘の斜面に下卑た冗談が響くこともなくなるのだ。ごつごつとした彼の硬い外皮からは、生まれたての草木のようにたおやかに、瑞々《みずみず》しく無垢《むく》な若芽が新たな一年の命を生きてやろうと芽吹きのときを待っている。彼ですら、主の歓喜を賜ったのだ。なぜ牢番《ろうばん》たちは牢を開けっ放しにしておかないのだ——なぜ判事は裁判を棄却しないのだ——なぜ牧師は信徒たちを解散させないのだ！　それは、彼らが神の与える啓示に従うことも、神が万人に分け隔てなくもたらす赦しを受け入れることもしないからだ。

「日々、朝の静穏で恵み深き息吹の中で生まれる善へと回帰すれば、愛の美徳と悪徳への憎悪という意味において、伐採された森に出る若芽のように、人はほんの少しだけ原始の人間が持った本質へと近づくことができる。それと同じく、一日という時の中で罪を犯してしまえば、新たに顔を出した美徳の若芽が育つのを遮り、駄目にしてしまう。

こうして美徳の若芽が育つのを何度も遮られてしまえば、たとえ恵み深き黄昏時《たそがれ》の息吹だろうと生きながらえさせることは叶《かな》わない。黄昏の息吹に生きながらえさせることができぬとなれば、人の本性は獣《けだもの》のそれと変わらなくなってしまう。そんな獣の本性を持つ人物を目の当たりにした人々は、この人は理性という天与の力を持たずに生まれてきたのだと考える。果たしてそれが、人間の真の、そして自然な感情といえるだろうか？」

「初めに創られたのは黄金時代であり、懲罰を受ける者もなく、法もなかったが、自《おの》ずから忠誠と公正がなされていた。
刑罰も恐怖もなく、真鍮《しんちゅう》の板に書かれた脅し文句もなく、
嘆願者の群れが判事の言葉を恐れることもなく、
懲罰を受ける者がひとりもいなくとも安泰であった。
山の松の木も切り倒され、異国を望む
海原の波間に降りてゆくこともなく、
人間もまた、己の棲まう地の浜辺より他に知らなかった。

……

そこには永久《とこしえ》の春があり、穏やかな西風が暖かに吹き
種もなく生まれた花々を慰めた」

〔『変身物語』オウィディウスより〕

四月二十九日、ナイン・エーカー・コーナー・ブリッジあたりで、コバンソウや柳の根に覆われたマスクラットが潜む川岸から釣りをしていると、なにやら少年たちが指に挟んで鳴らす木の棒の音にも似た、乾いた妙な音が聞こえた。見上げると、ヨタカのようにほっそりとした優雅な一羽のタカが見えた。陽光を受けてサテンのリボンか、真珠色をした貝殻の内側みたいに煌《きら》めく翼の裏側を見せながら、何度もさざ波の

ように舞い上がっては転がり落ちるように何ロッドか降下している。その光景は私に鷹狩《たかが》りを、そして鷹狩りにまつわる高貴さと詩を思い起こさせた。もしやマーリン〔コチョウゲンボウという小型のハヤブサ。また『アーサー王と円卓の騎士』に登場する魔法使いの名でもある〕と呼ばれる鳥かとも思ったが、名前など私にはどうでもよかった。あんなにもこの世のものとも思えぬ飛翔《ひしょう》など、私は見たことがなかった。蝶《ちょう》のようにただ羽ばたくのでも、大きなタカのように舞い上がるのでもなく、誇りと自信に満ちながら空の野に遊んでいた。笑い声のような奇妙な声をあげて幾度も高く舞い上がり、凧《たこ》のようにくるくると翻りながら自由で美しい降下を繰り返し、やがて堅き陸地《テラ・ファルマ》に足を触れたことなど一度もないというかのように、気高く身を翻すのをやめるのだった。どうやらこの天地に友のひとりもなく孤独に戯れており、朝と天空の他に遊び相手など求めてもいないようだった。そのタカは孤独ではなく、むしろその下に広がる大地すべてを孤独にさせた。彼を孵《かえ》した母鳥は、親族は、そして父親は、この天空にいたのだろうか？　天に棲まうその鳥と大地を繋《つな》ぐのは、かつて岩場の割れ目で孵った卵だけではないか——それとも生を受けた巣はどこか雲間に隠れ、虹《にじ》の縁飾りと夕焼け空で織りなされ、地上から持ってきた真夏の柔らかな靄《もや》で裏打ちされているのだろうか？　今や高きにできたその巣は、どこか雲の断崖《だんがい》にあるのだ。

そのうえ私は、金、銀、そして鮮やかな銅の色をした魚を山のように釣り上げ、その様はまるでずらりと糸に連なる宝石のようであった。ああ！　新たな春が来てその朝を迎えるたび、私は小丘から小丘へ、柳の根から柳の根へと飛び回るようにしてあの草地に入っていった。野性の川谷や森は、死者ですら目を覚まさんばかりの――人が思うように死者が己の墓で眠っているものであれば――清らかでまばゆい光を浴びていた。永遠の生の存在について、これ以上に強烈な証拠は不要である。このような光の中でなら、あらゆるものが生を持つに違いない。おお、死よ。汝《なんじ》の棘《とげ》はどこにあるのだ？　おお、墓よ。それでは汝の勝利などいったいどこにあるのだ？

もしもまだ探検されていない森や草地に周りを囲まれていなかったなら、私たちの村の暮らしは瞬く間に活気を失ってしまうだろう。人には、野性という気付け薬が必要だ――ときにはサンカノゴイやクイナの潜む沼地を歩いてシギの声を聞き、もっと野性的でもっと孤独な何らかの野鳥だけが巣を構え、ミンクが地面に腹を擦るようにしながら這《は》い回るところで、さざめくスゲの香を嗅《か》がなくてはならないのだ。私たちは万物を探求し、そして学ぶ熱意を抱くと同時に、万物は謎めき、人の立ち入れぬものであってもらわねばならない。陸地も海も無限の野性を持ち、人には調査も測量もできぬほどに深遠なものでいてもらわねばならない。私たちには思いのままに自然を手にすることなどできはしない。難破船の残骸《ざんがい》が打ち上げられた海岸や、生木や朽ちゆく木々の立つ荒野や、雷雲や、三週間にわたり降り続き洪水を呼ぶ雨のような無尽蔵の力を、広大で巨大な光景を目の当たりにし、生命力を取り戻さなくてはならない。私たちは己の限界を超越するものを、そして己には踏み入れることの叶《かな》わぬ場所でのびのびと生きる生命を、目の当たりにしなくてはならないのだ。自分なら吐き気を催し嫌悪を抱くような腐肉を食べ、その食事から健康と体力を得るハゲワシを見て、私たちは力づけられる。我が家へと続く道の脇に掘られた溝に馬の骸《むくろ》がひとつあり、特に空気がどんよりと重い夜には回り道をしなくてはならなかったものだが、おかげで自然の強烈な食欲と侵すことのできない健康を確信できたことで、回り道の埋め合わせもついた。数えきれないほどの生命が犠牲となり、互いに喰《く》らい合っていようと問題にならぬほど生命にあふれた自然を目にするのが、私はたまらなく好きだ。脆《もろ》い生物はまるで果肉のようにやすやすと潰《つぶ》される——アオサギに飲み込まれるオタマジャクシも、道で轢《ひ》かれる亀やヒキガエルもそうだ。ときには血肉が雨と降ることもある！　事故はあっさりと起きるものであり、私たちはいかにそれを軽く受け止めるかを悟らねばならない。賢者は、森羅万象に罪はないと感じ取る。毒は突き詰めてみれば毒ではなく、どんな傷も命取りではない。同情などという拠点は、とても長続きしやしない。束の間抱くだけのものであるべきなのだ。同情から放たれる懇願は、とても定型化できるようなものではない。

五月初旬、湖を取り囲む松の森の中、オーク、ヒッコリー、カエデをはじめ様々な木々が芽吹き、あたりの情景に陽光のようなまばゆさを与えた。特に曇りの日になると、まるで太陽が霧を通して丘肌のそこかしこを仄《ほの》かに照らしているようだった。五月三日か四日、湖にアビを見かけ、その月の一週目にはヨタカ、チャイロツグミモドキ、ビリーチャツグミ、モリタイランチョウ、トウヒチョウをはじめさまざまな鳥たちの声を聞いた。モリツグミの声は、もっと前から聞こえていた。フェーベはすでに何度か我が家を訪れ、翼をはためかせ、鉤爪《かぎづめ》を宙を摑《つか》むかのように丸め、果たしてここは洞窟《どうくつ》のように快適な住処《すみか》だろうかと戸口や窓から中を覗《のぞ》き込んできていた。間もなく硫黄のようなヤニマツの花粉が湖を、岸辺に転がる石や朽木を覆い尽くした。集めればひと樽《たる》分にもなったろうか。これがいわゆる「硫黄の雨」だ。カーリダーサの戯曲『シャクンタラー』の中にも「蓮《はす》の金粉で小川は黄色く染まる」とある。そして季節は高さを増していく草むらへと分け入る人のように、止まることなく夏へと移ろった。

こうして森での暮らしの一年目が終了した。二年目も、だいたい変わらなかった。一八四七年九月六日、私はとうとうウォールデンをあとにした。

むすび

賢明にも、医者は空気と環境を変えてはどうかと患者に勧める。ありがたいことに、ここだけが世界ではない。ニューイングランドではトチノキが育たず、マネシツグミの声も滅多に聞こえない。野生のガンは人間よりもよほど国際的で、カナダで朝食を摂《と》り、オハイオで昼食を食べ、南部のバイユー〔河川や湖に注ぐ、ゆったりと流れたり淀《よど》んだりしている湿地帯のような支流や入江〕で羽をつくろう。バイソンですらある程度は季節と歩調を合わせ、イエローストーンの川岸に青々とした美味な草が茂るまでの間はコロラドで草を食《は》んで過ごす。それなのに私たちは農場の柵《さく》が取り払われて石壁が積まれたりしようものなら、もはや己の人生には限りができ、運命は決まってしまったなどと考える。町の事務官に選ばれようものなら今年の夏はティエラ・デル・フエゴに行くことなどとてもできはしない。ひょっとすると、むしろ地獄の火の国に行く羽目になるだろう。宇宙は私たちが目にするよりも広大なのである。

それでも私たちは、航海の間じゅう槙肌作《まいはだ》りをしてばかりの間抜けな船乗りみたいな船旅をするのではなく、好奇心の強い乗客たちのように、もっと自分の船の手すりの先に目を凝らさなくてはならない。地球の裏側は、私たちの通信員の住む場所でしかない。私たちの航海は大圏航法でしかなく、医者はただ外皮の病しか診てはくれない。キリン狩りをしようと南アフリカに急ぐ者もいるが、彼が追いたい獲物は断じてキリンなどではない。仮にキリンを追えたところで、いつまでそんなものだけを追いかけ回していられるというのだろう？　シギやヤマシギも、滅多に味わえぬ楽しみを感じさせてくれるかもしれないが、自分自身に向けて引き金を引くほうがずっと高潔な娯楽ではないかと、私は確信しているのだ――。

「己の内に目を向けなさい、そうすれば
　まだ誰にも知られぬ千もの領域が
　見つかるだろう。そこを旅し、
　自分の宇宙の成り立ちを知り尽くしなさい」

アフリカは――そして西洋は、果たして何を意味しているのだろうか？　私たち自身の内面は、発見してみれば海岸線のように黒々としているかもしれないが、今はまだ空白のまま海図上に残されているのではないか？　私たちが発見するのは、ナイル川やニジェール川やミシシッピー川の源流か、もしくはこの大陸の北西航路なのではないか？　こうしたことが、人類をもっとも悩ます問題なのだろうか？　妻があんなにも本気で探し出そうとしているのを見ると、行方不明になったのはフランクリン〔サー・ジョン・フランクリン。カナダ北極圏の北西航路を見つけ出そうとしたが、探検中に行方不明となった。後、一八五九年の捜索にて死亡が確認された〕ただひとりなのだろうか？　グリネル氏〔アメリカの商人、慈善活動家。北極探検の出資者でもあった〕は自分がどこにいるか理解しているのだろうか？　それよりも、己自身の川や海を旅するムンゴ・パーク〔スコットランドの西アフリカ探検家〕に、ルイスとクラーク〔アメリカ陸軍大尉メリウェザー・ルイスと少尉ウィリアム・クラーク。探検隊を率いて陸路で太平洋に探検した〕に、フロビッシャー〔イギリスの航海者、探検家、私掠船船長〕になり、己の中の高緯度の地域を探検するべきだ——必要とあらば塩漬け肉を船に蓄え、目印として空き缶を天高く積み上げればいい。保存肉はそもそも、肉を保存するためだけに発明されたものだろうか？　それは違う。己の中にある新大陸を、新大陸を求めるコロンブスとなり、商《あきな》いのためではなく思考のために新たなる航路を開くのだ。人はひとり残らず、ロシア皇帝の治めるのは、地上の帝国などせいぜい氷が残した小山程度の小国にしか思えぬほどの王国を支配する君主である。中には自尊心の無い、些細《ささい》なことのために大事なものを犠牲にする愛国者もいくらかいるだろう。彼らは自分の墓を作る土を愛しはするが、己の形作る土くれに命を吹き込む魂のほうにはまったく心を注がない。愛国主義は、彼らの頭に巣くった蛆虫《うじむし》だ。巨額の資金をつぎ込んだあの大仰な南洋探検隊は、精神世界にはいくつもの大陸や海があり、誰もがそこへと続く地峡や入江になれるというのに、人はまったく探検することをせず、己の海を、自分ひとりだけの大西洋や太平洋を孤独に探検するよりも、大人も子供も含めて五百人もの力を借りて政府の船に乗り、寒さや嵐や食人族に出くわしながら行く何千マイルもの航海のほうが簡単なのだという事実を、間接的に認めたに過ぎないのだ。

「彼らには旅をさせ、突飛なオーストラリア人たちをじっくり観察させせよ。
私には数多《あまた》の神がおり、彼らには数多の道がある」
〔ローマの詩人クラウディアヌスの詩をソローが翻訳したものだが、
原文ではオーストラリア人ではなくイベリア人とされている〕

わざわざ世界を回ってザンジバルまで猫が何匹いるかを数えに行くなど、まったくやる価値のないことだ。だが、もっとましなことができるようになるまでは、そんなふうに過ごしていれば、ともすれば結果的に、中に入り込むのに使う「シムズの穴」〔地球空洞説を唱えたアメリカ陸軍大尉、ジョン・クリーブス・シムズは、地球の両側に穴が開いていると信じていた〕のようなものが見つかるかもしれない。イギリスもフランスも、スペインもポルトガルも、黄金海岸も奴隷海岸も、どれもこれも己の海に面している。これこそまっすぐにインドへと続く道であることは疑いようもないというのに、いまだかつて、陸地の見えぬところまで漕《こ》ぎ出した船は一隻たりともありはしない。もしあらゆる言語を習得し、あらゆる国の風習に倣いたいと願うなら、もしどんな旅人よりも遠くまで旅をしてすべての風土に馴染《なじ》み、スフィンクスの謎掛けを解いてその頭を岩に打ち付け砕かしめようと願うなら、古《いにしえ》の哲学者の教えに従い「汝《なんじ》自身を探求せよ」。そのためには眼識と胆力とが求められる。敗北し、脱走した者だけが戦争に行く。逃げ出し、軍に入る臆病者《おくびょうもの》だ。今すぐに、最も遠い西の道へと出発するのだ。ミシシッピーや太平洋で止まることもない、疲弊しきった中国や日本へと続くこともない、この地球と直接の接戦をなし、夏も冬も、昼も夜も、日が落ちても、月が落ちても、そして最後に地球が落ちてもずっと続く道である。

ミラボー〔ミラボー伯爵オノレ・ガブリエル・ド・リケティ。フランス革命初期の中心的指導者で「政略のミラボー」ともよばれた〕は、「最も神聖なる社会の法に公然と刃向かうにはどの程度の決意が必要かを確かめるために」路上強盗を働いてみたという。そして「隊をなして戦う兵士には追い剝《お　は》ぎの半分も勇気は要らない」「よくよく考えて下した固い決意の前には、栄誉も宗教も無意味であった」と名言している。これは、世間からすると男らしい行いだったが、自暴自棄とは言わないまでも無意味な愚行であった。より正気の人物であれば、さらに神聖な法に従うことを通して「社会の最も神聖な法」と見なされるものに「公然と刃向かう」自分を発見し、そうすることで己の道を逸脱することなく自らの決意を試しただろう。社会に対してそうした態度を取るのではなく、己の存在の法に従うことで見出せる態度を保ち続けることこそ、人がすべきことである。もしどこかに正しき政府というものがあるのなら、この態度がその政府に反することは決してないはずだ。

私が森を後にしたのには、森にやって来たのと同じく、れっきとした理由があった。おそらく私は、他にもいくつか送るべき暮らしがあり、これ以上は森の生活に時間が割けないと感じたのだろう。私たちは驚くほどやすやすと、そして無自覚のうちにどこかの道に入り込み、自分が歩きやすいよう道を踏み固めてしまう。私は森に住んで一週間もしないうちに、玄関から湖のほとりまでの道を踏み固めてしまった。そこを歩いていたのはもう五、六年も昔の話だが、今もなお道はくっきりと残っている。確かに、他の者がこの道に入り込んだせいでまだ残っているのかもしれない。大地の表面は柔らかく、人の足跡がよく残るものだ。心の歩む道もまた、それと同じである。そうなると、世界の街道も踏み固められて埃《ほこり》にまみれ、伝統と服従の轍《わだち》がどれほど深く刻まれていることだろう！　私は船の客室に居座っているよりも、山間を満たす月光がもっともよく見える世界の帆柱の前に、甲板の上に出ていたい。もう下に引き籠《こ》もっているのはごめんだ。

私は自分の体験を通し、最低でも次のようなことを学んだ。もし自分の夢のあるほうへと胸を張って前進し、思い描くとおりの人生を送ろうと努力するなら、普通では想像もできない成功に出会えるだろう。何かを残して立ち去り、目には見えぬ境界線を通り越せば、新しく、普遍的で、より自由な法が、自分の周囲や内面におのずとできあがっていくだろう。もしくは古き法が拡大され、彼に利をなすもっと自由な意味に解釈され、より高次の存在としての資質を備えて生きて行くようになるだろう。人が人生を簡素にするほど、森羅万象の法は複雑なものでなくなり、孤独は孤独でなくなり、貧苦は貧苦でなくなり、弱さは弱さでなくなる。たとえ宙に楼閣を築こうとも必ず失敗するとは限らず、むしろ楼閣はそこにこそあるべきだ。次はその下に基礎を作ればいいのである。

アメリカやイギリスでは人に伝わるように話せというが、なんと愚かしい要求だろうか。人間だろうと毒キノコだろうと、そんなふうに育ちはしない。まるでそれが重要なことで、彼ら以外には人を理解できる者などほとんどいないとでも言わんばかりではないか。まるで自然はたったひとつしか理解の秩序を支えられず、四つ足の獣に加えて鳥類までも、地を這《は》うものに加えて空飛ぶものまでも養うことはできず、ブライト〔イギリスの政治家ジョン・ブライト〕でも理解できる「hush（静まれ）」と「whoa（どうどう）」こそ最高の英語だと思っているかのようだ。愚鈍さの中にのみ安全が存在するとでもいうのだろうか。私は自分の言葉が控えめすぎて、私の日々の経験の狭き限界を十分に踏み越えられず、私が理解してきた真実を語るに相応《ふさわ》しくないのではないかと、それがいちばん気がかりだ。大仰であるかどうかは、人がどのくらい囲われているかで決まる。別の緯度に新たな牧草を求めて移住していく水牛たちよりも、乳しぼりの時間に桶《おけ》を蹴《け》り倒し、柵《さく》を飛び越えて我が子を追う雌牛のほうが大仰だ。私はどこか、囲いの外で語りたい。目覚めのときを迎えた者が、目覚めのときを迎えた者に語るように。私は、たとえ真の表現の基礎を築くためであろうと、大仰になりすぎることはないと確信している。ひと筋の旋律を耳にした者であれば、もう大仰に話すことをいつまでも恐れたりはしない。未来を、そして可能性を視野に捉《とら》えながら、私たちは自分の影が太陽に向かい人には感知できぬ汗をかくのと同じように、己の正面を曖昧《あいまい》にして定まらせず、輪郭をぼんやりと朧《おぼろ》なままにして生きねばならない。私たちの言葉から揮発していく真実は、残された言葉の残滓《ざんし》がいかにくだらぬものかを常に暴き立てている。その真実は瞬く間に変容させられ、文字ばかりの記念碑だけがあとに残る。私たちの信心と敬虔《けいけん》さを語る言葉はどれもこれも曖昧ではあるが、優れた特質にとっては大きな意味を持ち、乳香のような芳しさを放つものである。

なぜもっとも鈍い知覚にまで基準を下げ、いつでもそれを万人に共通の感覚であると讃《たた》えたりするのだろう？　いちばん共通する感覚とは、人が眠りながらいびきで表現する感覚だ。ときに私たちは常人の一・五倍の知力を持つ者を半分しか知力を持たない者と等しいものと見てしまう傾向がある。彼らの知力の三分の一しか理解できないからだ。中には早起きをしたのに、朝焼けに粗を探す者もいる。聞いた話では「カビール〔インドの宗教改革者〕の散文には四つの異なる意味があり、それぞれ幻想、霊魂、知性、万人向けに書き換えられたヴェーダの教義であると言う者がいる」そうだ。だが世界のこの地域においては、人の書いたものに複数の解釈があると苦情の元になると考えられている。イギリスではジャガイモの胴枯れ病を根絶すべく苦心しているようだが、より広く蔓延《はびこ》る命取りの脳枯れ病を根絶しようという試みがひとつでも存在するだろうか？

私は、自分が朧になることができたとは思わないが、それでもこの点については、私の書き連ねてきた文章にウォールデンに張る氷以上に致命的な欠陥が見当たらなければ、誇るべきだろう。氷の青さは純粋さの証《あかし》であるが、南部の客たちは濁っているからだと言って、白くはあるが雑草の風味が混ざったケンブリッジの氷のほうを好む。人がこよなく愛する純粋さとは大地を包み込む霧のようなものであり、その先に広がる空の青さとはまったく違うものなのだ。

私たちアメリカ人――そして広くは現代人――は古代人や、ともすればエリザベス時代の人々と比較しても知的には小人同然であるなどと、私たちの耳元で怒鳴り散らす者もいる。だが、なんのためにそんなことをするのだろう？　死んだライオンよりも、生きている犬のほうがいい。ピグミーの一員だからといってなれる限りもっとも大きなピグミーになろうともせず、首をくってしまえというのだろうか？　万人が己のなすべきことに心を注ぎ、なるべき自分になろうと努めればいいのである。

なぜ私たちは成功しようとこんなにも先を急ぎ、必死の企てをしたりするのだろう？ 仲間と歩調の合わぬ者がいるとするならば、おそらくその者は違う太鼓打ちの打つ太鼓の音を聞いている。どんなテンポであろうと、どれほど遠くから聞こえていようと、その音色に合わせて彼を歩ませればいい。彼が林檎《りんご》やオークのような早さで成熟するかどうかは、まったく重要なことではない。彼が己の春を夏に変えなくてはならぬ理由もあるまい。私たちのために用意されるはずの条件がいまだ万物のうちに整いもしないというのに、いったいどんな現実でそれを代用できるというのだろう？ 空虚な現実に乗り上げて難破するなどごめんである。どうせ完成すればそんなものは存在しないかのように、遥《はる》かその上に広がる神秘的な天を見上げるに決まっているというのに、わざわざ骨を折ってまで青いガラスの天を作る理由などどこにあるだろう？

クル族〔古代インドの文献に登場する、インド・アーリア人の部族〕の町に、完璧を追い求めたひとりの芸術家がいた。その彼がある日、杖を一本作ろうと思い立った。不完全な仕事であれば時間を決めて取り掛からねばならないが、完璧な仕事を求めるのであれば時間など考慮する余地はないと考えた芸術家は、たとえ一生涯ほかのことは何ひとつできなくとも、この杖はあらゆる面で完璧なものに仕上げてやろうと己に言い聞かせた。彼は適当な材料で作るわけにはいかないと決心し、すぐさま材木を求めて森に出かけた。そして一本、また一本と手にしては放り出しているうちに、友人たちはだんだん彼から遠のいていった。みんな仕事をしながら年老い死んでいったが、彼だけはちっとも老いることがなかった。杖作りに一心に打ち込む彼の目的意識と決意、そして高尚な忠義が、彼に永遠の若さを与えたのである。彼が時間と妥協しなかったので時間は彼の道に立ちふさがることもせず、これはとても太刀打ちできぬと遠くでため息をつくしかなかったのだ。彼がまだあらゆる意味で杖とするに相応しい木材を見つけられずにいるうちに、クル族の町はすっかり古びた廃墟《はいきょ》に変わり果て、彼は塚に腰掛けて材木の樹皮を剝《は》がした。彼がまだ杖の形も決めかねているうちにカンダハールの王朝は終焉《しゅうえん》を迎え、彼は杖の先で一族最後の王の名を砂に書くと、ふたたび仕事を続けた。彼が杖を削り磨き上げるころには、もはやカルパ〔インド哲学で言う「劫」であり、ブラフマン神の一日の半分、四十三億二千万年を指す〕は時間の基準ではなくなっており、彼が石突きをはめて宝石に飾られた頭を杖に付けるころには、ブラフマンは何度も目覚めと眠りを繰り返していた。しかし私はなぜ、この話をこんなにも続けているのだろう？　芸術家が最後のひと触れを加えると、杖はたちまち目を丸くしている彼の前で大きくなり、あらゆるブラフマンの創造物の中で飛び抜けて素晴らしいものになった。彼は杖を作ることにおいて新たな体系を、見事な均整を持つ満ちたりた世界を作り出したのだった。古《いにしえ》の都市や王朝が滅ぼうとも、さらに美しく誉れ高きそれらがあとにできたのである。そして今、彼はまだ足元に真新しいままの削り屑《くず》の山を見つめながら、己にとっても己の仕事にとってもそれまでの時間の経過は幻想でしかなく、ブラフマンの脳からほんのひとつの火花が人間の脳の火口に落ち、そして燃え上がらせるのに必要な時間しか過ぎていないことを悟ったのである。材料は純粋で、彼の技もまた純粋だった。素晴らしい結果が訪れないはずがないではないか？

私たちが事物に与えるいかなる表層も、結局は真実ほど人を助けてはくれない。長く持続するのはこれだけなのである。人は往々にして本来の居場所ではなく、間違った場所に身を置いている。私たちは己の本性が持つ弱さのため、何らかの状況を想定して我が身をそこにはめ込んでしまうものだから、同時にふたつの状況に対峙《たいじ》せねばならなくなり、そこから抜け出すのも二倍困難になってしまう。正気のときには事実のみに、ありのままの状況に鑑《かんが》みる。言わなくてはならぬことではなく、言わずにいられぬことを言うのだ。見せかけのものよりは、どんな真実であろうとましなのだ。鋳掛け屋のトム・ハイドは絞首台に立って何か言い残すことはないかと訊《たず》ねられると、「最初のひと針を縫う前にちゃんと糸に結び玉を作るのを忘れないよう、仕立屋に伝えてくれ」と答えたという。彼の仲間の祈りは忘れ去られている。

どれほど暮らしがみすぼらしくとも、それと向き合い生きることだ。逃げ出したり、不平をこぼしたりしてはいけない。そんな暮らしも、君自身ほど悪くはない。暮らしとは、最も富んでいるときにこそ最も貧しく見えるものだ。粗探しをする者は、天国にいようとも粗を探す。貧しければ貧しいままに日々を愛することだ。たとえ救貧院にいようとも、歓《よろこ》びや興奮や栄光の時は訪れる。救貧院の窓にも金持ちの住む屋敷の窓にも、夕陽は変わることなくまばゆく反射する。春には戸口の雪が変わらぬほど早くに溶ける。たとえ貧しき場所にいようとも心穏やかであれば宮殿にいるかのように満ち足りて暮らし、楽しい思いを抱けるはずだ。私はよく町に暮らす貧しき人々を見て、彼らこそ最も自立した人生を歩んでいるように感じる。ともすれば彼らは、何の遠慮もなく物をもらうことができるほど偉大だというだけのことなのかもしれない。彼らのほとんどは町に養われるなどごめんだと考えているが、なおさら不名誉とされるべき不道徳的な手段で己の身を養っていることのほうが多い。たとえばセージのような庭の香草を育てるように、貧しさを育てることだ。衣服であろうと友人であろうと、新たなものを手に入れようと気を煩わせてはいけない。古きものを見て、それに戻るのだ。物事は変わらず、変わるのは私たちだ。衣服を売り払い、思いを取っておくことだ。友がいなくならぬよう、神が見守って下さるだろう。たとえ私が毎日蜘蛛《くも》のように屋根裏の隅に閉じ込められようとも、私の中に思いがある限り、世界は変わることなく広々としている。かの哲学者は「三師団からなる軍隊も将を奪えば混乱に陥れることもできる。だがしかし、最も卑しく粗野な者からだろうと、思考を奪い取ることはできない」と説いている。あまりに焦って進歩を求めたり、己の身に降りかかる力の言いなりになったりしてはいけない。そんなものは浪費に他ならない。謙虚さは暗闇のように、天の光を顕《あらわ》してくれる。貧困と卑賤《ひせん》の影が周囲を取り巻くと「どうしたことか！　眼前に宇宙が開けていくではないか！」。たとえクロイソス〔リュディア王国を治めた最後の王〕の富を与えられようとも私たちの理想は変わらず、手段も本質的に変わることはないのだと、私たちはたびたび思い知らされる。のみならず、貧困のせいで暮らしの幅を制限され、たとえば書物も新聞も買い求められなくとも、それはむしろ最も深い意味を持ち最も不可欠な経験だけを与えられるということなのだ。糖分と澱粉《でんぷん》を最も与えてくれる材料を相手にするしかなくなるのだ。それは骨の近くの、このうえなく甘美な暮らしだ。浮ついた生きかたもせずに済む。高い次元で寛大になろうと、低い次元で損をする者などひとりもいはしない。余計な富では、余計なものを買うことしかできない。魂に必要不可欠なものを買い求めるのに、金など必要ないのである。

私は少々の鐘青銅《ベルメタル》を混ぜた鉛の壁を巡らせた、その一隅に住んでいる。昼休みを取っていると、しばしば外界から乱れた鈴の音が耳に届くことがある。私の同時代人たちが立てる音である。隣人たちは高名な紳士淑女とのできごとや、晩餐《ばんさん》の席で出会った名士たちの話を私にして聞かせる。だが私はそんなことには、〈デイリー・タイムズ〉紙の中身程度にしか興味がない。彼らはもっぱら衣装や風俗に興味津々だが、どんなに思いのまま衣装をまとおうともガチョウ《間抜け》はガチョウなのである。みんなカリフォルニアやテキサスやイギリスやインド諸国のことや、ジョージアやマサチューセッツの何某《なにがし》閣下のことなど、その場限りの些末《さまつ》な話ばかり私に聞かせ、しまいに私はマムルークの長官のごとく彼らの中庭から逃げ出してしまいたくなる〔一八一一年に起きたマムルークの虐殺のことを言っていると思われる〕。本来の居場所に帰るのが私は嬉《うれ》しくてたまらない――人目を引くようなところをけばけばしくパレードして歩くより、できることなら森羅万象の創造主とともに歩みたい――急《せ》き立てられ、気持ちを張り詰めた、ごった返したつまらぬこの十九世紀を生きるより、立っていようと座していようとじっと沈思しながらこの世紀を過ごしたい。人々は、いったい何を祝っているのだろう？　誰も彼もが準備委員会の一員となり、誰かの演説を毎時間待ち焦がれているのだ。神は当日の会長でしかなく、ウェブスターがその代弁者となる。私は自分を最も強く、そして正当に引き寄せるものを測り、見定め、その引力に引き寄せられたい——秤《はかり》の棒にぶら下がって目方を軽くしたりはしない——状況を推し量るのではなく、ありのままの状況を受け入れたい。私に歩める唯一の道を、どんな権力にも邪魔だてのできぬ道を歩むのだ。盤石の基礎を築かぬ限り、アーチを築きはじめたところでなんの満足感も私は得られない。氷の上でのお遊びなどする気はない。しっかりした底なら、どこにでもあるのだ。ひとりの旅人が少年に、目の前の沼には固い底があるかと訊ねた話を読んだことがある。少年は、あると答えた。だがそのうち旅人の馬が胴体まで沼に沈んでしまったものだから、旅人は「確か君は、この沼には固い底があると言ったはずじゃないか」と詰め寄った。すると少年は「あるよ。まだそこまで半分も行ってないけどね」と答えた。社会の沼や流砂もこれと同じだが、それを知っているのは熟達した者だけである。稀有《けう》な偶然に考えられ、口にされ、なされたことにのみ価値がある。愚かにもただの木舞に釘《くぎ》を打ち込むような人間に、私はなるまい。そんな愚行を働けば、夜も眠れなくなってしまうだろう。私にハンマーを渡し、壁の骨組みを探らせよ。パテなどあてになるものか。しっかりと釘を打ち込み先を曲げてしまえば、たとえ夜更けに目を覚まそうとも己の仕事に満足ができるだろう——ミューズを呼び出しても恥じることのない仕事をしたと。そんな仕事を、そんな仕事だけを、神は助けてくださる。打ち込まれる釘は一本残らず宇宙という機械の鋲《びょう》のひとつひとつであり、私たちがそれを打ち込み続けるのである。

愛よりも、金よりも、名声よりも、私に真実を与えたまえ。かつて座った食卓には贅沢《ぜいたく》な食事やワインがたんまり載り、こびへつらう客人たちがそれを囲んではいたが、誠実さも真実もありはしなかった。私は空腹のまま、荒涼としたその食卓を後にした。氷のように冷え切ったもてなしであった。彼らを冷やすのに氷など使うまでもないと思った。彼らはそのワインが何年ものでどれだけ名高いヴィンテージなのかを語って聞かせたが、私はといえば、もっと古く、もっと新しく、もっと純粋なワインのことを、彼らには手に入れたこともなければ買うこともできぬさらに素晴らしいヴィンテージのことを考えていた。その暮らしぶりも、屋敷も、庭も、「もてなし」も、私にはまったく意味のないものだった。私は王を訪ねたが、彼は私を客間に待たせ、まるでもてなしの能力などないかのような振る舞いだった。我が家の近所に、木のうろに住んでいる男がいた。彼の態度には、まさしく王の風格があった。彼を訪ねたほうが、私にはずっとよかったに違いない。

いったい私たちはいつまで自宅の玄関口に座り込み、どんな仕事も駄目にしてしまうような怠惰を、そして黴臭《かびくさ》い美徳を後生大事にし続けるのだろう？　まるで長い苦難で一日を始め、ジャガイモ畑の草取りに人を雇い、午後には用意してあった善良さで、いかにもクリスチャン的な温和さと慈しみを振りまくために出かけていこうというのだ！　中華的な高慢と、人類の淀《よど》んだうぬぼれをよく考えてみるといい。今の世代はいささか自分が栄光の家系の末裔《まつえい》であることを祝う傾向がありすぎる。ボストンで、ロンドンで、パリで、そしてローマで、長い家系を考えて芸術や科学や文学においていかに進歩を遂げてきたかを満足気に語ってみせる。哲学協会の記録を、大人物たちの礼賛を見よ！　それは己の美徳に見惚《みと》れる善人アダムの姿だ。「そうとも、我々は決して滅びることのない偉業の数々を成し遂げ、神の歌を唄《うた》ったのだ」――だがそれも、私たちの記憶に残っている間だけの話だ。アッシリアの学会や偉人たち――そんなものが、今どこにあろうか？　私は若さみなぎる哲学者であり実験者だ！　私の読者の中には、まだ人生すべてを生きた者などひとりもいはしない。人類という種族にとって、今はまだ春に過ぎないのだ。私たちは七年続く疥癬《かいせん》に悩まされることこそあれ、コンコードにおいてはいまだに十七年生きる蟬など見たこともない。私たちが知っているのは、自分たちが住むこの地球の外皮でしかないのだ。ほとんどの人間は地表から六フィート掘ることも、六フィート飛び上がることもない。私たちは自分の居場所のことすら知りはしない。そればかりか、己の持ち時間の半分はぐっすり眠りこけて過ごすのだ。にもかかわらず自分は賢いと思い込み、確固たる秩序をうわべに貼り付ける。まったく、人はなんと深遠な思想家、なんと理想高き魂だろうか！　私の視界から身を隠そうと森の地面で松葉の間を這《は》いずる昆虫を見下ろしながら、なぜこの虫はこれほどまでに卑屈な思いを抱き、ともすれば恩人となり己の種族のために何か喜ばしい一報を告げるかもしれない私から、その頭を隠そうとしているのかと自問する。そして、私という人間の虫を見下ろすさらに大いなる恩人と、その叡智《えいち》にまた思いを馳《は》せるのだ。

この世界には次から次へと絶え間なく新しいものが流れ込んでくるというのに、私たちはとてつもない退屈を耐え忍んでいる。もっとも進んだ国においてどのような説教が聞かれているかをほのめかしさえすれば、それだけでいいだろう。歓喜や悲哀などという言葉があるが、そんなものは鼻にかかった声で唄われる賛美歌の中で繰り返されるだけで、私たちはといえば、ごく平凡で世俗的なものばかりを信じている。人は、自分には衣服くらいしか変えられるところはないと考える。世では、大英帝国は立派な大国であり、合衆国は第一級の強国であるという。誰の背後でも潮が満ち引きし、誰でもそれを心の中に導き込みさえすれば大英帝国など木くずのように浮かせてしまえるというのに、人は誰もそれを信じようとしない。次にどんな十七年蟬が地面から出てくるか、誰に分かるだろう？　私の住む世界の政府は英国政府とは違い、食後のワインをたしなみながらの歓談によって形作られたようなものではないのである。私たちの中にある命とは、川の水のようなものだ。今年は誰の記憶にもないほど水かさが増え、干上がった高地を水で浸すかもしれない。いや、波乱多き年となり、マスクラットが最後の一匹まで溺死《できし》してしまうかもしれない。私たちが住む土地は、ずっと乾いた大地だったわけではない。科学が洪水の記録を残し始めるよりも早く、大昔の流れが洗った岸辺が遥《はる》か内陸部に見つかることもある。林檎《りんご》の木で作られた古いテーブルの乾いた自在板から強く美しい一匹の虫が出てきたという話は、ニューイングランドじゅうに広まり、誰でも耳にしたことがあるに違いない。このテーブルというのが、最初はコネティカットで、それからマサチューセッツで、六十年にわたり農家の台所に置かれていたものなのだが、年輪を数えてみたところ、どうやら木がまだ生きていて、切り倒される何年も前に産み付けられた卵から生まれてきたのだという。おそらく湯沸かし器の熱で孵《かえ》ったのか、何週間も前からがりがりと木を齧《かじ》って出てこようとする音が聞こえていたのだそうだ。この話を聞き、己の胸の中で生まれ変わりや不死への信仰が強まるのを感じない者など果たしているだろうか？　初めは緑濃く命持つ木の白木質の部分に卵が産み付けられ、その木が少しずつ枯れた残骸《ざんがい》へと変わり果てるまで、長年にわたり、死して干からびた社会の中で数多《あまた》の年輪の中に埋もれ続け――もしかしたら何年も木を齧り進む音で、ごちそうを囲む家族の誰かを驚かせたのかもしれない――最もつまらぬ祝いの品の家具の中から、不意に羽を持つ美しい命が現れ、ついに完璧《かんぺき》な夏の日々を楽しむなどと、誰に予想できるだろうか！

私はジョンやジョナサンがこの全てを理解できるとは思わない。だが、時間の経過だけでは決して明けることのない朝とは、そういう性質を持つものだ。私たちの視力を奪う光は、私たちにとっての闇である。夜明けは、私たちが目覚める日にだけ訪れる。まだまだ日は明け始めたばかりである。太陽とは、暁の明星に過ぎないのだ。

解説　ウォールデン湖のほとりで彼が試みたこと

管《すが》　啓次郎《けいじろう》

気むずかしい男だった。それはまちがいないだろう。変人《エクセントリック》だった？　社会の主流の考えからはずれているという意味では、そのとおり。そして自分がはずれていることをまったく恐れなかった。なぜなら彼にとって生きることは実験であり、自分が暮らす社会を支配する原理が同意できるものではなかったからだ。たとえたったひとりでも、別の生き方をしめしてみせる。それが彼の気概だった。ヘンリー・デヴィッド・ソロー（一八一七−一八六二年）は十九世紀アメリカ東部ニューイングランド地方で生きた作家＝詩人＝思想家。彼の思想は現代において、いよいよその輝きを増し、はっきりとした手応《てごた》えが感じられるものになっている。

彼の思想の何がそんなに重要なのか。ひとことでいえば彼がすべてに反対していたからだ！「すべて」とはここでは、社会の全体的な流れと価値観のこと。本書『ウォールデン　森の生活』はその反抗の実験、たったひとりの反乱の記録だ。ウォールデンという名の小さな湖のほとりに土地を借りて、小屋を建てる。みずから選んで手作りの暮らしを求める。拝金主義がはびこる世間とは反対に、貧しさ、単純さを生き方とする。できあがった座標の中で生きることを拒否する。社会はつねに個人に位置を指定してくるが、無視する。出ていく。自給自足を旨とし、別のあり方を探す。何よりも多くを教えてくれる「自然」の中で生き、観察し、考え、書くことを実践する。

一九六〇年代の対抗文化の潮流で、彼の思想と生き方がしずかで強い共感を呼んだのは、もっともなことだった。エスタブリッシュメント（社会の既成の枠組）から脱落し、社会が血眼になって熱狂しているお金と戦争に代えて平和と愛をうたうフラワー・チルドレン（ヒッピー世代の若者たち）にとって、ソローはいつしかアッシジの聖フランチェスコと並ぶ守護聖人のような存在になっていた。

十三世紀のイタリアで活動し、太陽を兄、月を姉と呼び動物たちに説教をした神秘主義者フランチェスコ（富裕な家に生まれた元兵士、戦争捕虜）もきわめておもしろい人物だが、ここではふれない。一九六〇年代のアメリカ対抗文化では、公民権運動、ベトナム戦争に対する反戦運動とエコロジーやフェミニズム思想が合流し、インドや中国やアラビアやペルシャの古典文化と各地の先住民世界への関心がひろまり、利潤追求第一の社会のあり方を全面的に問い直す機運が高まっていた。聖フランチェスコがその名を与えた都会サンフランシスコが、アメリカ西海岸におけるこのような反体制文化の象徴的な中心地となったのも、おもしろい。一方、ソローを「守護聖人」と呼ぶのはあくまでも修辞にすぎず、彼は宗教家ではなく鉛筆製造業者で、修道会を組織することはなくたったひとりで暮らし、考えた。考えて、書いた。われわれにとってのソローとは文字の存在であり、その魂をよみがえらせるには彼が残した著作を読むしかない。するとそこには、森のかたすみと現代社会と宇宙をつらぬく思考の線がきらめき、誰もが使うことのできる、生きるための手がかりが気前よくちりばめられているのがわかる。

それに近づくために、まっすぐに『ウォールデン』という奇跡的な本に入っていこう。読みはじめるのは、できれば朝がいいが、そんなことは問題ではないかもしれない。なぜならちょっと見方を変えれば、この本を手に取ればそのときが（一日のどの時間であるかにはかかわりなく）朝になるともいえるのだから。ページを開けばただちに森の朝がはじまる。そんな本だ。

私が森に行ったのは、丁寧に暮らしたい、人生の本質的な事実だけと向き合いたい、そしてその事実から何か学べるのかを確かめたい、いずれ死が私を訪《おとな》うときに自分は生きてこなかったのだと思いたくない、という願いからのことだった。人生でないものは生きたくなどなかったし、生きることはあまりにも愛《いと》おしかった。それにどうしてもという必要に迫られるまで、諦《あきら》めたりはしたくなかった。深く生きて人生の核心をすべて吸収し、逞《たくま》しくスパルタ人のように生きて人生と呼べぬものはすべて捨て去り、幅広く根本まで刈り取ってしまい、生活をどん詰まりまで追い込んで最低限の暮らしまで切り詰め、もしそんな暮らしが惨めなものだったなら、ひとつどれほど惨めであるかをとことんまで掘り下げて世界中に公表してやりたいと思った。（一三八頁）

この決意。生きるということがそのまま隷従になっている現代社会（そんな「現代」がソローのころから数えても二世紀ばかりつづいているわけだが）から降りて、社会を構成する条件を見直し、本質的に、たくましく、根源的に生きる。生きることの意味を見失わない、あらゆる可能性をつきつめたい。生きることにまじめなソローの姿勢は、つねに彼の文章に全面的に現れている。

けっして読みやすくはない文章かもしれない。だがそれは彼の文章が、探究する文章だからだ。他の人の目にはとまらないささやかなあれこれに気づき、その意味を考え、古今東西の例に連想を飛ばし、ああでもないこうでもないと考える自分の心のさざなみを反映させるかのようにして、丁寧に文をつむいでいく。彼にとってはよい文章を書くことが人生の大きな目的だったので、推敲《すいこう》もおろそかにはできない。何しろ『ウォールデン』は、出版までに七回書き直されているのだ！　その職人仕事をじっくりと味わおうと思うなら、読者も寝ぼけまなこではいけない。「朝」に読むべき本だといったのには、そういう意味もある。

ソローは歩き、観察し、考える。ソローの思考は後のエコロジストたち（生態系においてすべてはすべてに関係していると考え人間たちの活動を根源的に見直そうとする人々）に大きな刺激をもたらすが、ソロー自身はまた先駆的なエソロジスト（動物行動学者）でもある。しかもおもしろいのは、人間社会に距離を置く彼にとって、人間と他の動物たちがおなじ地平に並ぶことだ。「村」という章の、気軽ですばらしい書き出し。

私は午前中に草取りをしたり、ときには読書や書き物をしたりしてから、普段はもう一度湖で水浴びし、決まりごととして泳いで入江を渡り、全身についた労働の汚れを洗い落としたり、勉強で刻まれた皺《しわ》をきれいに伸ばしたりして、午後にはまったき自由の身となった。一日か二日に一度、ぶらりと村に出かけ、ひっきりなしに村を巡り続ける噂話を聞いた。口から口へと、もしくは新聞から新聞へと伝わるそうした噂話は、ホメオパシー療法のように摂取すれば、木の葉のさざめきやカエルたちの鳴き声と同じく、それなりに爽快《そうかい》なものであった。森を歩いて鳥やリスを眺めるように、私は村を歩いて大人や子供を眺めた。松の木立を吹き抜ける風の代わりに、がたがたと進む荷車の音を聞いた。我が家からある方角に進んだ川べりの草地にマスクラットたちが群れ棲《す》む巣があった。逆の方角には楡《にれ》やスズカケの木立が広がっており、その下に人々がせわしなく暮らす村があった。みな自分の巣穴の入口に座り込んだり、噂話をしに隣人の巣穴に駆け込んだりしており、私にはまるでプレーリー・ドッグを見ているかのように面白かった。彼らの習性を観察しようと、私はしょっちゅうそこに出かけて行った。（二四九―二五〇頁）

こうしたあざやかな一節を読むとき、ソローにとっての中心的なジャンルが自然史（博物学）だということがはっきりわかる。ソローはもちろん人間の社会を批判し、自分自身の生活を妥協なく充実したものとするために、生き方の改造を試み、それを文章にあらわした。だがこの間にも彼の意識を去らなかったのは、人間の世界はそれよりもずっと大きなプロセスの中に組みこまれた、地球の暮らしの一部でしかないということだろう。『ウォールデン』の日々よりはかなりあとになるが、一八五九年の日記の中では、彼はこんなことばを記している。「われわれが野生世界《ワイルドネス》と呼ぶのは、われわれの文明とは異なった文明のことだ」。文明《シヴィリゼイション》とは都市とそれに物資を供給する生産地をセットにして成立する、地理的に広範囲にわたる人間世界の秩序のことだろうが、人間の秩序をそっくり呑《の》みこんで、それよりもはるかにはるかに大きな自然という秩序がある。このことを人間は忘れがちだ。その秩序は人間世界にくらべて圧倒的に大きく、人間の技術がどんなに反抗を試みても、それを笑い飛ばし、意に介さない。そんな確信を彼に与えたのも、湖畔の森およびその周辺で徹底的に「自然」を観察し、味わった経験だったろう。人間社会はつねに自然史からの批判にさらされている。そんな根本的なことすら意識せずに生きているわれわれは、湖に張った薄い氷を大地と思ってその上で踊ったり浮かれたりしている存在にすぎないだろう。

少しだけ、ソローの生涯を見わたしておこうか。主としてアメリカの「ソロー協会」ホームページ（https://thoreausociety.org）に記されている、リチャード・シュナイダーによる「ソローの生涯」にしたがってたどってみる。一八一七年に彼が生まれたのはマサチューセッツ州の州都ボストンから20マイルほど離れた田舎町コンコード。幼時の一時期にボストンに暮らしたほかは、生涯をここコンコードですごした。地元の学校で学んだあと仲良しの兄ジョンとともにハーヴァード大学に入学。一八三七年に卒業する。当時のハーヴァードの卒業生というと、典型的な進路は四つあったらしい。うち聖職者、法律家、医者には興味がもてず、もうひとつの道である教員を選んだ。地元コンコードの公立学校で教えはじめたものの、生徒に対する懲罰をめぐって校長と意見が対立し、二週間でやめた。

おりしもアメリカは不況。父親がはじめた鉛筆製造業を手伝いはじめる。元来、工夫好きな性格もあってか、ヘンリーはドイツの鉛筆製造法をよく研究し、技術改良を試みる。この結果、ソロー鉛筆は当時のアメリカで最高品質の鉛筆という評判をとったそうだ。一八三八年、ヘンリーはコンコードに自分の学校を開き、兄のジョンにも学校を手伝ってくれるように頼んだ。ヘンリーとはちがって明るく朗らかな性格だった兄とともに、一八三九年九月、兄弟旅行。コンコード川およびメリマック川を舟で遡上《そじょう》し、ニューハンプシャー州のワシントン山にいたった忘れがたい旅は、やがてヘンリーの最初の本の題材となった。

おなじころ兄弟はそろってエレン・シーウォルという女性に恋をする。彼女はコッド岬在住だったが、しばしばコンコードを訪れていた。翌年の秋、まずジョンが、ついでヘンリーが、彼女にプロポーズするが、いずれも失敗。これは兄弟の自由な宗教観に彼女の父親が反対したためで、彼女はそれにしたがったらしい。一八四一年になるとジョンが病に倒れ、ひとりで学校をつづけるのはむずかしくなった。やむなく閉校する。ふたたび家業の鉛筆工場を手伝ったのち、思想上の師である超越主義者ラルフ・ウォルド・エマソンの家に部屋を与えられ、その代償として家まわりの雑事をひきうけた。

エマソンはすでにそのころアメリカのもっとも有名な哲学者のひとり。物質世界と精神世界を峻別《しゅんべつ》し、精神世界にこそ重きをおかなくてはならないというその思想は、ニーチェにも比肩する異様なまでの文体の力強さとともに、これからも真剣に読まれる価値がある。そしてエマソンになくソローにあったのは、エマソンの観念的な自然観に対して、ソローはあくまでも自然の中に身をおきそのまるごとの実在を体験することを好んだという点かもしれない。この時期、ソローははっきりと文の仕事を志ざし、超越主義の雑誌「ザ・ダイアル」に詩を発表しはじめる。しかし生活の困難もあって、なかなか文筆に集中することができない。ある友人の山小屋を訪ねた経験から、自分で落ち着いて書くための場所をもちたいという気持ちが高まっていったようだ。

一八四五年、エマソンがウォールデン湖のほとりにもっていた土地を使ってもいいという許可を彼に与える。ソローは建築素材を購入し、古い鶏小屋の板を使ってごく小さな家を建て、七月四日すなわちアメリカ合衆国独立記念日にそこで暮らしはじめた。めざしたのはふたつ。まず、最初の本である『コンコード川およびメリマック川での一週間』を書き上げ、亡くなった兄ジョンにささげること。ついで週一日だけ働いて残りの六日は自分の超越的関心にささげる（すなわち六日働いて一日休むというヤンキー的慣習を逆転させる）という生き方の実験。こうして彼は以後一八四七年九月六日までこの森の小屋にとどまり、そこで書き溜《た》めたノートが本書『ウォールデン』へと成長していったというわけだ。年齢でいえば、満二十八歳直前から三十歳にあたる。われわれが知る文人ソローは、こうして誕生した。

つまり『ウォールデン』はソローの真のはじまりの書物だといっていいだろう。その後の彼の人生にも、いくつか重要な段階がある。経済的必要のために測量士の仕事をはじめた（測量という仕事自体、自然界と人間界の界面でおこなわれる作業）。奴隷制を支持する政府を批判し、「市民政府への抵抗」という講演をおこなった。コッド岬への旅を何度かくりかえし、それについての文章を書いた。奴隷制反対を唱えて殺人を犯し死刑となったジョン・ブラウンに対する強い同情をあらわにした。自然に対する熱烈な興味は衰えなかったが、彼の健康状態はやがてどんどん悪くなっていった。それで長くは生きなかった。一八六二年五月に亡くなった。生涯は四十五年にみたなかった。

ウォールデン湖畔で暮らすという若きソローの個人的プロジェクトについても、それを結局は失敗に終わった一時的な企てにすぎなかったと考える人もいるようだ。だがそのような評価は、あまりに本質を見逃していると、ぼくは思う。彼は何よりも文人であり、文章でヴィジョンを提示することにその本領があった。このことを軽々しく考えてはならない。人間のことばには、いわば「預言的な性格」があらかじめくみこまれている。ことばに表されたあるプロジェクトは、それが成就しようとしまいと、人間社会全体にとっての想像力の辺境をぐっとおしひろげるものだ。夢見られた計画を完遂するか、途中で挫折《ざせつ》するかは、想像力に関しては大きな問題ではない。言明されたプロジェクトが他の人間に対してもつ喚起力は、成功と失敗とにかかわらず、強いものでありうる。

それで十九世紀のソローの生涯と著作が、まったく古びることなく、現在のわれわれに勇気を与えてくれることにもなる。二十世紀アメリカのもっとも本質的な思想家のひとり、人類学者ローレン・アイズリーは、かってこう記していた。「ソローとおなじく、私たちは世界の終わりにたどり着いた、でもそれは自然の終わりではなく、時の終わりでもない」。グローバルな情報資本主義と十九世紀の亡霊のような侵略・戦争のはざまで、現代世界はたしかにすでに終わろうとしているのかもしれない。しかし人間世界が終わろうとも、またどれほどの破壊を人間がもたらそうとも、「自然」はつづいてゆくし「時」もそうだ。このことを出発点として、人間は自分たちがやってきたことを考え直さなくてはならないだろう。人新世（人間の活動が地質学的痕跡《こんせき》を残すにいたった時代）に対する反省が共有されるようになってきたいまこそ、ソローの生き方＝ヴィジョン＝文章の意義が、われわれにもはっきり見えてきたのではないか。きみのために用意されたその入口が『ウォールデン』だ。いつも手元に置いて熟読しよう、本と対話しよう。

熟読――つまり真の書物を真の精神で読むこと――は高潔な修練であり、この修練は現代の世俗で重んじられるどんな修練よりも読者に労力を強いるものだ。アスリートが行うようなトレーニングを求められ、ほぼ一生涯をそれに注ぐ集中力を要するものだ。本とは、それが書かれたときと等しくひたむきに、粛々と読むべきものだ。（一五四頁）

この本は、いまも人の生き方を変える力をもっている。

（詩人、比較文学研究者）

本書は訳し下ろしです。

本書中には、特定の国や人種、職業や文化について、今日の人権擁護の見地や社会的常識に照らして不当・不適切な語句や表現があります。翻訳に際しては十分注意を払いましたが、本作が執筆された社会背景や歴史的状況を正しく理解するため、また、作品の文学性や著作者人格権を尊重するという観点から、原文の意を尊重する訳としました。差別や侮蔑の容認・助長を意図したものではないことをご理解ください。（編集部）

ウォールデン　森《もり》の生活《せいかつ》

ヘンリー・D・ソロー　田内志文《たうちしもん》＝訳

令和6年 6月25日　初版発行

発行者●山下直久

発行●株式会社KADOKAWA
〒102-8177　東京都千代田区富士見2-13-3
電話　0570-002-301（ナビダイヤル）

角川文庫 24212

印刷所●株式会社暁印刷
製本所●本間製本株式会社

表紙画●和田三造

●お問い合わせ
https://www.kadokawa.co.jp/（「お問い合わせ」へお進みください）
※内容によっては、お答えできない場合があります。
※サポートは日本国内のみとさせていただきます。
※Japanese text only

ISBN 978-4-04-114254-7　C0198

◇◇◇

角川文庫発刊に際して

角川源義

第二次世界大戦の敗北は、軍事力の敗北であった以上に、私たちの若い文化力の敗退であった。私たちの文化が戦争に対して如何に無力であり、単なるあだ花に過ぎなかったかを、私たちは身を以て体験し痛感した。西洋近代文化の摂取にとって、明治以後八十年の歳月は決して短かすぎたとは言えない。にもかかわらず、近代文化の伝統を確立し、自由な批判と柔軟な良識に富む文化層として自らを形成することに私たちは失敗して来た。そしてこれは、各層への文化の普及滲透を任務とする出版人の責任でもあった。

一九四五年以来、私たちは再び振出しに戻り、第一歩から踏み出すことを余儀なくされた。これは大きな不幸ではあるが、反面、これまでの混沌・未熟・歪曲の中にあった我が国の文化に秩序と確たる基礎を齎らすためには絶好の機会でもある。角川書店は、このような祖国の文化的危機にあたり、微力をも顧みず再建の礎石たるべき抱負と決意とをもって出発したが、ここに創立以来の念願を果すべく角川文庫を発刊する。これまで刊行されたあらゆる全集叢書文庫類の長所と短所とを検討し、古今東西の不朽の典籍を、良心的編集のもとに、廉価に、そして書架にふさわしい美本として、多くのひとびとに提供しようとする。しかし私たちは徒らに百科全書的な知識のジレッタントを作ることを目的とせず、あくまで祖国の文化に秩序と再建への道を示し、この文庫を角川書店の栄ある事業として、今後永久に継続発展せしめ、学芸と教養との殿堂として大成せんことを期したい。多くの読書子の愛情ある忠言と支持とによって、この希望と抱負とを完遂せしめられんことを願う。

一九四九年五月三日